SEVIL
Sevilla la Vieja
Santiponce
La Rinconada
Guerta de Colon
RIO DE
1 Arraual dela puerta de Carmona
2 Arraual dela puerta de Macarena
3 Casas del Duq̃ de Alcala
4 Casas de Colon
5. Castilleia de Guzman
6. Castilleia dela Cuesta
7 Camas
8 Calle delas arma
9. Caños de Carmona
10. El Mattadero
11. El quemadero
.2. El Algaba
13 Iglesia maior
14 Monasterio de S. Pablo
15 Plaza de S. Francisco
16 Plaza del Duq̃ de Medina
17 Plaza de Don P
18 Plaza del Duq̃ d
19 Plaza de Palaz
20 Plazio del Rey

LA
La Cruz
Monasterio dela trinidad
Guerta del Rei
Sanbernardo
Santelmo
VADALQVEVIR
25 Puerta de Triana
26 Puerta de Goles
27 Puerta de S. Juan
28 Puert dela almenilla
29 Puerta de Macarena
30 Puerta de Cordoba
31 Puerta del Sol
32 Puerta del Osario
33 Puerta de Carmona
34 Puerta de la Carne
35 Puerta de Gerez
36 Torre del Oro
37 Torre dela Plata
38 Torre dellas Muelle
39 Puente de Triana
40 Las Ataracanas

La Senda del Rey

RAFAELA CANO

La Senda del Rey

Grijalbo

Papel certificado por el Forest Stewardship Council®

MIXTO
Papel procedente de fuentes responsables
FSC® C117695

Primera edición: mayo de 2019

Travessera de Gràcia, 47-49. 08021 Barcelona

Printed in Spain — Impreso en España

ISBN: 978-84-253-5767-1
Depósito legal: B-5.428-2019

Compuesto en La Nueva Edimac, S. L.

Impreso en Unigraf
Móstoles (Madrid)

GR 5 7 6 7 1

Penguin
Random House
Grupo Editorial

—¿Cómo y es posible, Sancho Panza hermano, que no conoces a tu vecino Ricote el morisco, tendero de tu lugar?

Entonces Sancho le miró con más atención y comenzó a rafigurarle, y, finalmente, le vino a conocer de todo punto, y sin apearse del jumento, le echó los brazos al cuello, y le dijo:

—¿Quién diablos te había de conocer, Ricote, en ese traje de moharracho que traes? Dime: ¿quién te ha hecho franchote, y cómo tienes atrevimiento de volver a España, donde si te cogen y conocen tendrás harta mala ventura?

—Si tú no me descubres, Sancho —respondió el peregrino—, seguro estoy que en este traje no habrá nadie que me conozca; y apartémonos del camino a aquella alameda que allí parece, donde quieren comer y reposar mis compañeros, y allí comerás con ellos, que son muy apacible gente. Yo tendré lugar de contarte lo que me ha sucedido después que me partí de nuestro lugar, por obedecer el bando de Su Majestad, que con tanto rigor a los desdichados de mi nación amenazaba, según oíste.

Miguel de Cervantes Saavedra,
Segunda parte de
El ingenioso caballero don Quijote de la Mancha

PRIMERA PARTE

1

Encomienda de Magacela,
año de Nuestro Señor de 1609

Las campanas de la iglesia de Santa Ana ubicadas en la torre de entrada del castillo repicaban con fuerza anunciando a los fieles que estaba a punto de comenzar uno de los actos religiosos más importantes del año. Habían sido mandadas colocar fuera del campanario para que su sonido llegase hasta las últimas casas de la villa.

Un viento racheado comenzó a soplar por la tarde y, a medida que entraba la noche, una llovizna de aguanieve empezó mansamente a caer sobre la fortaleza.

No era una noche para salir de casa y, sin embargo, a ninguno de los convocados se les habría ocurrido faltar al acto. La mayoría lo hacía con sincera devoción, pero un numeroso grupo cumplía el precepto por miedo a ser denunciado a la Inquisición.

El sacristán y familiar del Santo Oficio Jerónimo González, embozado en una gruesa capa de lana, hacía ya rato que se había apostado en la puerta de la Epístola para dar fe de que todos los vecinos moriscos de la villa, excepto enfermos y mujeres parturientas, cumplían con el precepto divino.

Un grupo de feligreses rezagados avanzaba deprisa por el

oscuro camino que llevaba hasta la iglesia, en el interior de la fortaleza. Abrigados por mantos y capas, intentaban resguardarse del viento frío de diciembre que soplaba con fuerza ralentizando sus pasos. En vez de subir por la empedrada calle del Castillo, atrocharon por el callejón que transcurría detrás de los corrales de las casas; aunque la cuesta para subir era más abrupta y estaba en peores condiciones.

El que iba en cabeza divisó las antorchas de resina de pino que iluminaban la fachada de la iglesia e instó al resto a que se apresurara. Invisibles nubarrones negros cubrían el cielo y cuando el grupo coronó la ascensión arreció la lluvia.

Llegaron a la explanada de la iglesia y vieron que la puerta del Evangelio, reservada para la entrada de los cristianos, estaba ya cerrada y temieron haberse demorado más de lo previsto. Rodearon la iglesia, atravesaron el pequeño cementerio de los pobres y, salvando las pocas escaleras, subieron a la puerta de la Epístola.

La severa e impaciente mirada del sacristán les recriminó por la tardanza y cuando iba a anotar los nombres se dio cuenta de que el grupo era más numeroso de lo que debía.

—¿Y éstos quiénes son? —preguntó ceñudo.

—Son mis parientes de Bienquerençia, que han venido para celebrar el Nacimiento de Jesús —contestó Alonso de Paredes.

Echándose mano a la faltriquera, el hombre sacó un papel que entregó al sacristán en el que el cura de Bienquerençia autorizaba a las seis personas relacionadas a faltar a la misa del gallo porque lo harían en Magacela.

Don Jerónimo miró con suspicacia a los extraños y cuando iba a coger el documento oyó la campanilla indicando que el inicio de la misa era inminente y, haciendo un gesto despectivo con la mano, comenzó a indicarles a todos que se apresurasen a pasar hacia el interior.

—Bueno, ya me lo entregaréis luego, que es muy tarde. Vamos, vamos —los apremió.

Alonso de Paredes, el Hortelano, se quedó mirando un instante el arco apuntado de la puerta y los leones que, a modo de gárgolas, flanqueaban el dintel. Todos los años se emocionaba cuando atravesaba esa puerta y pensaba en lo grandiosa que tuvo que lucir la mezquita en el pasado. Entró en la iglesia y suspiró aliviado. Su idea era llegar a punto de comenzar la misa, y así librarse de las preguntas del quisquilloso sacristán cuando comprobara que sólo cinco personas asistían a misa cuando en el documento aparecían seis. Siempre podía haber salido airoso del paso aduciendo que el ausente estaba enfermo y se había quedado en casa, pero cuantas menos mentiras se dijeran a los curas, mejor.

Cuando todos estuvieron dentro, el sacristán cerró las puertas de la iglesia y caminó con un trotecillo ligero por la única nave del templo hasta llegar a la sacristía. Abrió la puerta y vio al prior frey Nicolás Barrantes, al que dos monacillos le acababan de colocar la mitra.

Los dos clérigos y el capellán de menores con sus albas y casullas de damasco verde esperaban pacientemente a que comenzara la misa.

Cuando el prior subió al altar mayor acompañado por los tres clérigos un murmullo de aprobación corrió por toda la nave. No todos los días podían asistir a misa en la iglesia de Santa Ana y, además, que ésta fuera oficiada por el prior. Desde hacía treinta años y siguiendo las premisas establecidas en el Concilio de Trento los moriscos de la villa, es decir, las tres cuartas partes de la población, debían de hacerlo en la ermita de los Mártires.

—*In nomine Patris, et filii, et Spiritus Sancti.*

Alonso de Paredes no atendía a las palabras del oficiante. Su atención y sus ojos estaban puestos en la rica vestidura talar que lucía el prior: el alba de Ruán, la casulla de damasco blanco decorada con una cenefa de raso carmesí y una gran cruz de la Orden de Alcántara bordada en la espalda con hilos de oro, el manípulo también de damasco, y se preguntó si las limosnas que estaban obligados los moriscos a dar a la Iglesia servían para pagar esas caras vestiduras.

Luego se fijó en que el primer banco de la parte destinada a los moriscos, la que daba a la puerta de la Epístola, estaba ocupado por Bartolomé de la Peña, el rico sedero de la villa. Estaba acompañado de su mujer que, arrodillada y con las manos unidas en señal de oración, estaba pendiente de las palabras del sacerdote. Su hijo mayor, Tristán, y los dos pequeños también lo acompañaban y al igual que su madre atendían con sumo respeto lo que el oficiante decía. Los miró con desprecio, apretó los dientes e intentó centrarse en lo que decía el prior.

En los primeros bancos que daban a la puerta del Evangelio, reservados para los cristianos viejos, estaban sentadas las autoridades: don Juan de Hinestrosa, el alcaide de la fortaleza; Diego Adagya y Sebastián Hidalgo, los dos alcaldes mayores e hidalgos orgullosos de su carta de ejecutoria de hidalguía y de ser ascendientes de cristianos viejos y limpios, y los cuatro regidores con sus familias. Sus esposas, hijas o hermanas se sentaban al lado del altar en reclinatorios tapizados de terciopelo rojo que portaban sus criadas. Los otros bancos los ocupaban las ocho familias de cristianos viejos que vivían en la villa.

Tampoco el alcaide estaba prestando mucha atención a las palabras de los clérigos. Sus ojos estaban puestos en el pequeño banco, al lado del altar mayor, donde una joven seguía con atención el desarrollo de la misa. A su lado estaba Ezequiel, el Morero, cristiano viejo al que conocía desde hacía muchos años y del que sabía que tenía una hija. Pero

¿podía esa hermosa muchacha ser ella? Y si era así, ¿cómo era posible que no se hubiese fijado antes en su belleza? Bien es verdad que él tenía poco trato con los moriscos de la villa; sin embargo, con los cristianos viejos sí mantenía una relación cordial e incluso las tres familias de hidalgos subían a menudo al alcázar invitados por doña Rosalía.

Durante la misa don Juan volvió a mirar al banco y se encontró con unos hermosos ojos que le traspasaron el corazón. La muchacha esbozó una tenue sonrisa e inclinó la cabeza a modo de saludo. Luego volvió la cabeza y su sonrisa se ensanchó cuando sus ojos se encontraron con los de Tristán.

Doña Rosalía, atenta siempre a lo que sucedía a su alrededor, se había dado cuenta de la poca atención con que escuchaba la misa su hijo. Cuando vio la tímida sonrisa que la hija de Ezequiel le dedicaba a aquél, se preguntó si esa sonrisa y esos hermosos ojos serían el principio de una preocupación más.

En el momento de la comunión todos los asistentes abandonaron sus bancos y se acercaron al altar para recibir el cuerpo de Cristo de manos de los cuatro clérigos.

De rodillas en el altar, Alonso de Paredes abrió la boca para recibir la hostia consagrada. El capellán de menores dudó unos instantes con la sagrada forma en la mano, pero la fría y dura mirada de Alonso de Paredes le hizo estremecerse.

—*Corpus Domini nostri Jesucristi custodiat animam tuam in vitam eternam* —recitó el sacerdote.

—Amén —contestó el Hortelano.

Los cristianos fueron los últimos en acercarse al altar y don Juan pudo comprobar satisfecho que el talle y la gallardía de la muchacha estaban a la altura del hermoso rostro.

—*Dominus vobiscum* —dijo el prior mirando a los feligreses.

—*Et cum spiritu tuo* —respondieron todos con devoción.

—*Ite, missa est.*

—*Deo gratias.*

Al terminar la Eucaristía el alcaide entró en la sacristía para convidar a los cuatro sacerdotes a que compartieran la cena de la Natividad con él y su familia. Lo hacía desde hacía catorce años, los mismos que llevaba ejerciendo de alcaide de la fortaleza.

El prior aceptó gustoso. Por muy cómoda que le resultara la casa prioral de la ermita de los Remedios, donde se alojaba cuando estaba en Magacela, no podía compararse con el comedor del alcázar, en el que los troncos de encina arderían en las dos grandes chimeneas de mármol, los cómodos muebles invitarían a charlas interminables y los manjares y licores atiborrarían las lustradas mesas de caoba.

2

Alonso de Paredes y su familia se dieron prisa en abandonar la iglesia, y arrebujados en sus capas, comenzaron el descenso del camino hasta su casa. La lluvia había amainado, pero el viento seguía soplando con fuerza.

En cuanto se abrieron las puertas todos notaron la calidez de la casa caldeada por los troncos que ardían en la gran chimenea de la cocina. Dos braseros llenos de ascuas estaban dispuestos en el amplio comedor y una gran mesa en el centro del mismo repleta de suculentos manjares parecía estar esperando a los comensales para celebrar la Natividad del Señor.

—¡Ya estamos aquí, Diego! —anunció a voces uno de los invitados de Bienquerençia.

El muchacho oyó la voz de su tío y se incorporó de un salto en la cama. Había llegado esa misma tarde procedente de Bienquerençia junto con sus padres, un vecino anciano y Gaspar de Paredes, hermano de Alonso, y desde entonces había permanecido recluido en el dormitorio sin hablar ni ver a ninguno de sus parientes de Magacela. Oyó la voz de su madre y se desperezó.

Gaspar de Paredes pidió a su sobrina y a su cuñada que subieran al cuarto para realizar la *guado* y preparar a la novia.

Una vez allí, María se desnudó y se bañó en la tina de agua caliente perfumada con esencia de azahar. Luego, y siguiendo la sunna, se depiló todo el cuerpo y se puso los vestidos que su madre había sacado del fondo de un baúl: la camisa de seda blanca, al igual que los zaragüelles; las vistosas calzas plisadas, que a María le parecieron horribles porque hacían parecer sus piernas enormemente gruesas, y unos escarpines que le estaban pequeños y que sólo pudo ponerse con ayuda de su madre, que utilizó un calzador. Por último, adornó sus manos con alheña y cubrió su rostro con un velo blanco.

Mientras, en el comedor, Francisco Hondón pedía formalmente la mano de su hija a Alonso de Paredes y acordaban la *mahr* en quinientos maravedís.

Cuando todo estuvo preparado Alonso abrió una orza, sacó unos pedazos de cecina de cerdo y cogió del fondo un envoltorio; lo deshizo cuidadosamente y apareció un pequeño Corán que entregó al anciano, que iba a actuar de cadí.

—*Leylehe yie Allah Mahommad resululiah!* —dijo el cadí.

—No hay más dios que Alá y Mahoma es su profeta —contestaron todos los presentes en la lengua de sus antepasados.

Pronto las palabras del Corán en lengua arábiga inundaron toda la estancia.

—Alá, el Todopoderoso, sabe por qué hacemos esta ceremonia y no otra. La *Taqiyya* nos ampara.

Con la emoción y el miedo reflejados en los rostros comenzó la ceremonia. En otros tiempos habrían sido dos, primero la petición de mano y meses o años más tarde la boda, pero no podían arriesgarse a reunirse otra vez con sus parientes de Bienquerençia, ya que las gentes de esa villa despertaban la suspicacia y la desconfianza de las autoridades y clérigos.

El cadí leyó cinco suras del libro sagrado y luego se dirigió a los contrayentes en árabe:

—Muhammad —dijo utilizando el nombre árabe de Diego—, ¿estás dispuesto a contestar a todo lo que se te pregunte de acuerdo con la sharía y la sunna?

Contestando a todas las preguntas del cadí, Diego Hondón juró, con la mano en el Corán, no haber dado palabra de casamiento a otra mujer, tomar por esposa para siempre a Fátima, que no se casaba con ella por engaño o por deseo carnal, sino por criar hijos y servir a Alá. Por último, juró que se ofrecía a ser su esposo según la sunna del profeta Mahoma.

Luego, Gaspar de Paredes subió al cuarto donde la novia, cubierta por un velo, contestó e hizo los mismos juramentos que el novio, pero esta vez fue su padre quien respondió a las preguntas.

—¿Fátima, posees licencia para continuar este casamiento? —pregunto el cadí.

La joven se extrañó al oírse llamar por su nombre árabe, pues no recordaba la última vez que alguien la había llamado así.

Cuando todo terminó, el novio subió al cuarto en el que su esposa Fátima lo esperaba. Le alzó el velo y vio por primera vez su rostro. Sonrió al ver sus hermosos ojos negros y su brillante cabello enmarcando el óvalo perfecto de su cara. Lo único que pensó la muchacha al ver a su marido también por primera vez fue lo que habría dado ella porque su esposo hubiera sido Tristán, el apuesto hijo de Bartolomé, el Sedero. Con lágrimas en los ojos sonrió y se dejó abrazar.

En el piso de abajo las dos familias se dispusieron a celebrarlo y los manjares y licores fueron degustados al son de flautas, cítaras, sonajas y panderos.

Y mientras las gentes de Magacela tocaban zambombas y panderetas por las calles alegrándose del nacimiento del

Niño Dios, en la casa de Alonso de Paredes, los celebrantes, exponiendo sus vidas, celebraban la gloria a Alá y perpetuaban la fe en el profeta, ajenos a unos ojos que, sin perder detalle, escrutaban todo lo que allí estaba sucediendo.

La débil luz del amanecer entraba por la ventana iluminando tenuemente la alcoba. María de Paredes miró a su esposo dormido a su lado y la tristeza volvió a sus ojos. En su desvelo estuvo oyendo durante horas las cítaras y los cantos que celebraban su matrimonio mientras que los esposos, se suponía, estarían gozando del amor.

¡Cuántas veces, cuántas noches imaginó las palabras de amor y las caricias del hombre al que se habría entregado por amor! ¡Cuántas había soñado con ser desposada por él! Y siempre que esas imágenes iluminaban sus sueños, el rostro de Tristán se le representaba nítido. Sus ojos, su sonrisa, su cabello negro, su hidalguía y apostura, ¿Por qué Alá, el Misericordioso, permitía que entregara su cuerpo a un hombre que no amaba? ¿No decía el profeta que era deber de la esposa dar placer al marido? ¿Cómo iba ella a procurar que gozara su esposo cuando su deseo estaba dormido? Recordó la tarde en que su padre le dijo que ya habían elegido un esposo para ella. ¿Por qué su madre no se compadeció de sus súplicas cuando le rogó que no la desposasen con un desconocido?

—Te matará —contestó su madre cuando le contó que amaba a Tristán, el hijo de Bartolomé—. Antes de verte casada con ese cristiano te matará.

—¡No es cristiano, es morisco como nosotros! —había replicado ella.

—No, hija mía. Su madre es cristiana. Tienen por Dios a ese profeta, Jesús, y nosotros adoramos al verdadero dios, a Alá, el Compasivo.

De nada le valieron las súplicas y las lágrimas, su madre nunca se enfrentaría a la ira de su padre.

—Fátima, es por tu bien. Aprenderás a amar a tu esposo. Yo también me casé con tu padre sin conocerlo.

«¡Amar a Diego!», pensó mirando de nuevo al desconocido que dormía a su lado. ¿Cómo iba a amarlo si su corazón era de otro? ¿Podría fingir toda la vida como acababa de hacer esa noche?

Esa mañana Diego se marcharía a Bienquerençia y no volverían a estar juntos hasta que se celebrase la boda en la iglesia al cabo de unos meses. Podía volver a pensar en Tristán, pero ¿podría mirarle a la cara sabiendo que se había entregado a otro hombre?

Unos golpes en la puerta interrumpieron sus pensamientos. Eran sus parientes, que, siguiendo la tradición, venían a entregar un cántaro con agua y una cesta llena de pan, dulces y fruta. Entraron todos y, sonriendo, los colmaron de besos y parabienes. Su madre se acercó a la desposada y tomando unas tijeras le cortó un mechón de pelo que entregó a Diego.

En otra época éste se habría levantado al alba a buscar agua y comida, habría golpeado con una piedra la puerta de la casa al volver; entonces Fátima le habría dirigido por primera vez la palabra y sus hermosos cabellos negros habrían sido cortados.

Pero los clérigos de la villa y sobre todo Jerónimo González, familiar del Santo Oficio, miraban con celo todo lo que se saliese de la tradición cristiana y no podían ni debían exponerse al peligro.

3

Don Juan de Hinestrosa, hidalgo y caballero de Alcántara, tenía veinticinco años cuando por decisión e intercesión de su tío, el prior del convento de Santo Domingo de Llerena, fue nombrado alcaide de la fortaleza de la encomienda de Magacela.

El día que, a finales de septiembre de 1592, acompañado de su viuda madre y de su hermana, llegó a la encomienda de Magacela y su vista divisó en lo alto del cerro la ruinosa fortaleza pensó que el maestre de Alcántara no le había hecho ningún favor dándole esa alcaidía en ruinas, y que su familia le acababa de arruinar la vida. A decir verdad, su madre le había arruinado la vida desde que él tenía uso de razón.

El coche en el que viajaban las dos mujeres recorrió lentamente el último tramo de la empinada rampa empedrada y entró en la fortaleza por la gran puerta abierta en una de sus torres.

Doña Rosalía Ortiz de Tovar y Atienza, una mujer inteligente, orgullosa y de porte aristocrático, emparentada con los marqueses de Torrealta de Llerena, se sonrió al ver una imagen de san Tristán y las campanas colocadas en la gran torre almohade. Le dijo al cochero que se detuviera, quería inspeccionar el lugar en el que iba a pasar, si Dios no lo remediaba, el resto de su vida. Se quedó mirando un momento las ruinas de la fortaleza. Luego, su vista se solazó y desde el privilegiado mirador se recreó contemplando las tierras que lo circundaban: fértiles huertas donde se adivinaban albercas, norias y acequias cubrían las faldas del monte; pegadas a éstas, centenarios olivares y numerosas hazas mostraban la riqueza de sus tierras mientras que, a lo lejos, abundantes rebaños de vacas y ovejas merinas pastaban en las llanuras de los rastrojos tachonados por numerosas charcas que conservaban el agua aunque acababa de terminar el verano. Ya más cerca, las paratas cultivadas colgaban de una de las laderas en perfecto equilibrio.

Sus ojos abarcaron luego el horizonte y divisaron a lo lejos las villas que dependían de la encomienda: Campanario, La Aldehuela y Villanueva de los Freires.

Doña Rosalía pensó en que su hijo iba a ser el administrador de todo lo que alcanzaba su vista y de nuevo una sonrisa se dibujó en sus labios. Miró a su hija Elvira, una hermosa joven de veinte años que permanecía en silencio desde que por la mañana salieron de Llerena, para decirle algo, pero las palabras no le llegaron a salir de los labios. Un pensamiento cargado de rencor se lo impidió. Ella era la culpable de que hubieran tenido que dejar su ciudad querida e irse a vivir a ese villorrio perdido, pero ya que así lo había dispuesto el Señor y su hermano, ella lo acataba voluntariamente con tal de que lo ocurrido hacía tres años no lo conociera nadie. Pensándolo bien, era el mejor lugar para vivir, lejos de su familia y vecinos de Llerena, que acabarían tarde o temprano por enterarse de todo.

Volvió a fijarse en el recinto amurallado que estaba prácticamente en ruinas y comenzó a evaluar la situación: desde luego no valía la pena gastar esfuerzo y dineros en él, dada la nula función defensiva que ahora tenía. Tendrían que centrarse en el interior y reconstruir las dependencias para convertirlas en unos habitables centros recaudatorios y, sobre todo, convertir la vivienda del alcaide en una casa digna de sus ilustres moradores.

Cruzaron el antiguo patio de armas del castillo, en el que un pequeño rebaño pastaba tranquilamente. Doña Rosalía frunció el ceño.

Un hombre de mediana edad fue corriendo hacia ella y se presentó como Antonio, el capataz.

Guiada por este, doña Rosalía atravesó el recinto, en el que pudo ver que entre tantas ruinas y cascotes la iglesia parecía encontrarse en buen estado.

—Tened cuidado, señora, que hay muchas piedras sueltas.

El capataz iba mostrándole las diferentes dependencias, unas en mejor estado que otras: la bodega, la tahona, el gallinero, las caballerizas, los aljibes... Doña Rosalía asentía con gusto y evaluaba mentalmente la situación en el que se encontraban.

Sus ojos descubrieron los montes azules que se divisaban a lo lejos y se acercó al muro.

—Aquélla es la sierra de las Villuercas, señora, es casi lo último de los montes de Toledo —explicó Antonio—. Y aquella otra, la sierra de las Cruces.

«Quizá haya valido la pena venir a este villorrio con tal de contemplar estas estampas», pensó.

Entraron en una plaza empedrada con edificaciones al fondo.

—A esta plaza la llamamos el Apartado, señora, y da paso al alcázar.

A doña Rosalía le gustó la plaza del Apartado, con las dos elegantes columnas de piedra flanqueando el arco de la entrada y la torre del homenaje al lado de un hermoso aljibe. También le gustó que el capataz se hubiera referido a esas dependencias como el alcázar.

Salvaron el pequeño tramo que llegaba a la entrada del alcázar por un camino sinuoso que la señora encontró muy de su agrado. En las puertas de éste, dos lanzas, que se cuadraron al ver a la señora, montaban guardia, lo que agradó sobremanera a la hidalga. Una vez que estuvieron dentro, el capataz siguió guiando a doña Rosalía por las distintas estancias, unas en mejores condiciones que otras. Cuando ya no quedó ni un solo rincón que mirar, doña Rosalía se dio por satisfecha y se dedicó a dar órdenes a los criados y sirvientes.

Don Juan le dejaba hacer a su madre, como siempre. El fuerte carácter de doña Rosalía, unido a su inagotable vitalidad, hacían que todo lo que se propusiera, exigiera, antojara o dirigiera debía llevarse a cabo so pena de ser humillado, despreciado o ignorado. Las órdenes de doña Rosalía no tenían réplica, se acataban sin más, y tanto sus hijos como su difunto marido lo aprendieron muy pronto. El único de la familia que se atrevía a llevarle la contraria o hacerle ver que estaba equivocada, y al único al que ella escuchaba, era su hermano fray Jerónimo, superior del convento dominico de Santo Domingo de Llerena. Su carácter afable y conciliador y la gravedad de los hábitos, aparte del hecho de ser su único hermano, hacían que las palabras del religioso fueran sagradas para la dama y en más de una ocasión se había mordido la lengua de rabia o había llorado a solas de impotencia por no haberse salido con la suya. A pesar de ello, jamás se le hubiera ocurrido replicarle o contradecirle. Claro está que fray Jerónimo, conociendo a su hermana, pues además era su confesor, nunca ordenaba o imponía nada, más bien sugería, aconsejaba, proponía o recomendaba. Sus sobrinos lo querían sinceramente y sus escasas visitas eran festejadas con verdadera alegría. Siempre tenían que comentarle alguna queja: que su madre trataba mal a los criados, que no quería que Elvira se engalanara para bajar a las fiestas de la villa, que se gastaba demasiado dinero —que, dicho sea de paso, no tenían— en restaurar partes de la alcazaba que no iban a utilizarse nunca, o que todo su afán era subir los impuestos a los pobres habitantes de Magacela aduciendo que más pobre era ella, pues lo poco que tenían los aldeanos era suyo, a diferencia de doña Rosalia, que lo mucho que tenía era prestado, de modo que cuando los echaran de allí se quedarían sin nada.

Así había pasado la familia del difunto don Jacinto de Hinestrosa y Robles diecisiete años en la fortaleza, durante los cuales doña Rosalía siguió haciendo y deshaciendo a su antojo mientras Elvira languidecía atormentada por un pecado que su madre le recordaba día sí y día también. Por su parte, don Juan esperaba la hora en que su tío se dignara a sacarlos de aquel destierro en el que sus únicas ocupaciones eran la caza, despachar con los administradores y pecheros y viajar asiduamente a Llerena, la villa en la que su familia había nacido y en la que conservaban su casa y sus amistades y que era testigo de los escarceos esporádicos del alcaide. También en la villa visitaba don Juan a su tío, con quien gustaba tener largas conversaciones alejados de los ojos escrutadores de su madre. No tenía el alcaide ningún secreto para el fraile y, sin acercarse nunca al confesionario, éste guiaba a su sobrino por el buen camino sin dar demasiada importancia a los pecados de la carne, que eran, solía decir, cosa de la edad.

Así que, aconsejado, o más bien obligado por su madre, don Juan envió durante años peticiones al Consejo de las Órdenes, donde daba cuenta pormenorizadamente del tipo y cuantía de los desperfectos y reparaciones necesarios, así como del importe recaudado mediante el aguinaldo en las villas de Magacela y Campanario. El impuesto, aunque obligatorio, llevaba sin cobrarse decenas de años, pero don Juan, a instancias de su madre, lo impuso de nuevo y así, una vez al año, todos los vecinos pecheros colaboraban con las obras de la fortaleza con ocho maravedís, una carga de leña o un día de mano de obra.

De modo que a lo largo de los años los habitantes de la

villa se acostumbraron a ver en la fortaleza a alarifes, canteros, carpinteros, maestros y mozos de Magacela y de las villas vecinas, que reparaban techumbres con gruesas vigas de madera de pino, cocían nuevos atanores para la conducción del agua, ampliaban dependencias administrativas, tiraban lienzos ruinosos de muralla, apuntalaban hastiales, recubrían de almagra los aljibes, construían pesebres en las caballerizas, retiraban el ripio acumulado durante años y dotaban al alcázar, la vivienda del alcaide, de todos los servicios dignos de ese cargo.

Sólo en una de las obras doña Rosalía encontró oposición en su hijo. Se trataba de la torre del homenaje, que como un vigía celoso se resistía a desaparecer y en la que el alcaide se negaba año tras año a gastar los dineros en reformarla. La nula utilidad del edificio y el carácter práctico del alcaide chocaban con el afán de notoriedad de su madre, que veía en esa torre semiderruida el último vestigio de un pasado glorioso y en la que le hubiera gustado vivir como una noble de la Edad Media. Nada le hubiera dado más satisfacción que ver colgado en uno de los muros de la torre el repostero con el escudo heráldico de la familia bordado con hilos de oro.

Fray Jerónimo acabó tomando cartas en el asunto y doña Rosalía y su hijo llegaron a un acuerdo. Se reforzaría la estructura externa de la torre, pero el interior se dejaría en el lamentable estado en el que se encontraba. Doña Rosalía acató las palabras de su hermano y, aunque se resignó a no poder vivir allí, hizo colocar en lo alto un gran pendón con la cruz griega flordelisada verde, emblema de la Orden de Alcántara. Esa vez su hijo no se negó al deseo de su madre, aunque lo consideraba un despropósito.

Después de diecisiete años, esa noche, la noche de la Natividad del Señor, el salón del alcázar lucía espléndido y ella se sentía orgullosa de tan ingente y alabada labor.

4

Tres días después de que María hubiera contraído matrimonio con Diego Hondón, Segundina, la partera, se presentó en la casa de Alonso de Paredes. Había sido llamada por éste porque su hija parecía haber contraído unas fiebres y, como al parecer no era la cosa muy grave, en vez de llamar al médico, decidió avisar a la vieja morisca, que, aparte de ayudar a traer hijos al mundo, conocía el poder de las hierbas curativas. Segundina o Anisa, la Qabila, como se hacía llamar cuando estaba entre amigos fieles, había sido amonestada varias veces por don Tristán Donoso, el diácono de la iglesia de Santa Ana, para que dejara de utilizar el poder de las hierbas para sanar, pues le parecía, y así se lo dijo en reiteradas ocasiones, que esas curaciones parecían ser más cosa del demonio que de Dios, como alegaba la morisca. Segundina, que llevaba casi sesenta años sorteando las prohibiciones del clero, contestaba siempre lo mismo: que si Dios, Nuestro Señor, no fuera quien curaba no hubiera creado esas plantas, porque el creador de todo lo que los ojos veían era Jesucristo. Ante tamaña sentencia don Tristán se quedaba callado y mirando a Segundina a los ojos, como si en el fondo de ellos pudiera hallar las palabras que no acudían a sus labios, levantaba el dedo índice en señal de amenaza para seguidamente darse la vuelta y alejarse de allí.

Cuando la partera entró en el cuarto encontró a María sentada sobre la cama. Sin acercarse siquiera al lecho, se dijo que la muchacha no tenía fiebre y que estaba más sana que una pera. Miró a su madre interrogándola con la mirada y cuando ésta le sonrió no necesitó palabras para entender el mal que padecía la joven. Sin embargo, sí le pareció raro que ella, que sabía todo lo que pasaba en las casas de los moriscos, no se hubiera enterado de la boda de la hija del Hortelano con algún muchacho morisco de la villa. Seguramente sus ojos y sus oídos ya no eran los de antes.

Francisca pareció darse cuenta de lo que pasaba por la despierta mente de la curandera y aclaró:

—Es uno de mis parientes de Bienquerençia.

Segundina se limitó a asentir con la cabeza y se acercó a la joven. Le dijo que se levantara la camisa y metió la mano por debajo. María dio un grito, pero cuando iba a protestar, la partera ya estaba observando con sus miopes ojos el flujo adherido a su dedo. Luego se lo llevó a la nariz y sentenció:

—La niña no está preñada, por ahora. Pero si no se pone remedio puede que en un día o dos lo esté.

María se quedó mirando a la Qabila como si no la hubiera visto nunca. ¿Qué estaba diciendo la vieja? ¿Que podía tener un hijo de Diego Hondón? Miró aterrada a su madre y vio también el miedo en sus ojos.

—Estamos a tiempo, no os preocupéis —volvió a hablar Segundina.

Luego abrió un bolsito de cuero que traía colgado del cuello y extrajo un saquito de tela que le entregó a Francisca.

—Ten, es raíz de achicoria y poleo. Tienes que mezclarlo con perejil y romero, cuécelo y dáselo a beber tres veces al día durante nueve días. Pon cuidado de no saltarte ninguna toma si no quieres estar acunando a tu nieto dentro de nueve meses. —Y soltó una risita maliciosa.

Cogió la moneda que le entregó la mujer y salió tan calladamente como había entrado. Cuando hubo salido, Francisca se acercó a su hija y le tomó las manos. María se desasió de ellas con fuerza y mirando a su madre a los ojos le escupió con rabia:

—Antes de tener un hijo de ése, me mato.

Cinco días después de la visita de la partera, a María le bajó la sangre y su madre dio gracias a Alá el Misericordioso de que no se hubiera descubierto la secreta boda. Siempre habría quedado la salida de una boda precipitada con Diego Hondón al modo cristiano, pero todavía retumbaban en sus oídos las palabras de su hija y Francisca pensó que, aunque en contra de los mandatos del profeta, quien consideraba a los hijos como bendiciones del Todopoderoso, en esta ocasión la bendición había sido que ese niño no naciera.

5

Enero del año de Nuestro Señor de 1610

El sonido de la trompeta del alguacil sobresaltó a Bartolomé de la Peña, que, intrigado, se asomó al postigo de la puerta de su casa. Muy importante o muy urgente debía de ser lo que el regidor tenía que informar a las gentes de Magacela para que el bando se pregonase en domingo. Salió a la calle y el suave sol de finales de enero le dio de lleno en la cara.

Su intriga aumentó cuando vio correr en tropel a sus vecinos.

—¿Qué pasa? —preguntó inquieto a uno de los que corrían.

—¡Es un pregón real! —contestó el interpelado uniéndose a la multitud.

Bartolomé de la Peña se quedó parado y la sombra del miedo cruzó su mente. Un pregón real. ¿De qué podía tratarse sino de la expulsión? En Hornachos el bando se había dado hacía dos semanas y ya estaba terminando el plazo. ¿Cuánto tiempo les darían a ellos? Un escalofrío le recorrió el cuerpo. Sus hijos y su mujer salieron tras él y, juntos, se unieron a las decenas de personas que por la calle Real se dirigían a la plaza del Mercado.

Ezequiel y su hija Mencía oyeron también la trompeta cuando estaban en la huerta. El primero soltó la azada y salió corriendo, pero la muchacha se demoró unos instantes atusándose el cabello delante del espejo y componiéndose la saya de paño.

El bando, que dos semanas antes los soldados pregonaron en el vecino pueblo de Hornachos instando a todos los moriscos a abandonar el reino en un plazo de quince días, había supuesto para los habitantes de Magacela y toda Extremadura la confirmación de que tarde o temprano ellos también tendrían que abandonar sus casas.

La intranquilidad y el desasosiego se apoderaron de los moriscos y las quejas y protestas llegaban por docenas a las autoridades, que, incapaces de resolverlas, pedían a la Corona que actuase para tranquilizarlos. Ésta decidió entonces suavizar las formas y firmó una real cédula en la que alentaba a la población morisca de Extremadura a que emigrase voluntariamente.

Bartolomé llegó a la plaza y vio que el alguacil, subido a lo alto de la fuente de piedra, seguía tocando la trompeta para que todos los vecinos acudiesen. Cuando creyó que toda la villa estaba allí, hizo una reverencia al soldado para que comenzase a leer. Éste desplegó un documento y miró a la concurrencia.

Los ojos de los casi mil trescientos cincuenta moriscos y de los casi cincuenta cristianos habitantes de la villa estaban fijos en el papel que el oficial sostenía en sus manos y él, sabedor del interés que el documento despertaba entre los presentes, se demoró deliberadamente en comenzar a leer la proclama.

> Sabiendo Su Majestad que muchos de los moriscos que viven en tierras de Extremadura han comenzado a disponer de sus haciendas vendiéndolas por mucho menos de lo que valen para partir a las tierras de sus antepasados…

Un grito desgarrado rompió el silencio de la plaza y sobresaltó a todos los presentes. Luego, otros gritos y llantos de desesperación se apoderaron de todas las mujeres.

—¡Haced callar a esas mujeres! —gritó el alguacil y miró al soldado que había detenido por un momento la lectura del pregón.

Los hombres mandaron callar a sus esposas e hijos y poco a poco se hizo de nuevo el silencio.

> ... y no siendo intención del rey que ninguno viva en sus reinos contra su voluntad, hace saber que permite y da licencia a todos los que se quisieran ir, a donde bien visto les fuere, dentro de treinta días que corran desde la publicación de este bando. Y puedan disponer de sus bienes muebles, semovientes y no de los raíces y llevarlos. Ésta es la voluntad del rey.

Cuando el oficial finalizó la lectura comenzaron a formarse corrillos en la plaza en los que se comentaba y se discutía lo oído en el pregón y en los que se pasaba de la esperanza a la desesperación.

—¿Qué opinas tú, Bartolomé? —preguntó un anciano.

Todos los que formaban el corrillo miraron al Sedero con interés, pues, aunque cristiano nuevo, era de los pocos de la villa que estaba casado con una cristiana vieja. Además, su prudencia y sensatez eran respetadas por todos. Era hombre de pocas palabras, así que contestó directamente a lo que le era preguntado.

—Yo creo que el rey o los que le aconsejan se están arrepintiendo. Ya se están notando los perjuicios que ha acarreado la expulsión de los moriscos en otros lugares. Fijaos en Hornachos, dentro de una semana tendrán que dejar la villa decenas de pecheros con sus familias abandonando tierras y casas. Hornachos se quedará sin gentes y las tierras baldías no las labrará nadie. Muchos señores y nobles se están quejando al rey porque ¿quién labrará sus tierras? ¿Quién les pagará impuestos? Acabamos de oír que el rey deja a nuestra voluntad el irnos o el permanecer en nuestras casas. Si tuviera intención de echarnos, el bando habría sido de otra manera.

—No nos podemos comparar con los hornacheros. Ésos se hacen llamar moriscos para guardar las apariencias, pero todo el mundo sabe que siguen la secta de Mahoma, que rezan en sus casas a Alá y que desbautizan a sus hijos y escupen la hostia consagrada cuando llegan a sus casas —argumentó el molinero Domingo Tomás.

—Yo no me creo nada de lo que he oído —afirmó Alonso de Paredes, que, como otros muchos, había ido acercándose al corrillo para escuchar lo que decía Bartolomé—. El rey nos da a elegir y piensa que todos vamos a salir corriendo, pero en cuanto vea que nos quedamos aquí, publicará otro bando en el que nos exigirá que dejemos sus reinos. No nos quieren, nunca lo han hecho, ni a los que siguen a Alá ni a los tornadizos.

—¡Tornadizos a mucha honra! —bramó una mujer—. Nosotros somos moriscos, sí, pero hace ya muchos años que abandonamos nuestra religión y nuestras costumbres. Mi abuelo se bautizó, mi padre se bautizó y yo estoy bautizada y he abrazado la fe de Cristo. Esos de Hornachos han sido siempre unos rebeldes y han seguido con sus ritos en la secta de Mahoma. Nosotros somos cristianos y el rey tendrá que saberlo. Y el que no se sienta cristiano que se vaya a tierra de infieles, que allí estará como en su casa.

Esto último lo había dicho mirando fijamente al Hortelano, que la traspasó con la mirada. No se le escapaba a Alonso que muchos de sus vecinos desconfiaban de unas cuantas familias, entre las cuales se encontraba la suya, y estaba seguro de que algunos de los tornadizos sospechaban que seguían con sus ritos y que iban con el cuento a los curas. Él, al igual que las otras familias, tenía cuidado con lo que hablaba y, sobre todo, a quién se lo decía. Pero ya eran muchos años intentando ocultar lo que no sentía y algún día, como decía su mujer, el cántaro de tanto ir a la fuente habría de quebrarse.

Francisco el Caballerizo oyó la trompeta en el patio del alcázar y salió corriendo camino abajo. Como casi todos los habitantes de la villa, estaba preocupado por lo que pudiera ocurrir en el futuro. Había nacido en Llerena hacía treinta y cinco años y llevaba ya en Magacela unos cuantos. De padre cristiano y madre morisca, fue bautizado al nacer y, aconsejado siempre por el cura, quien había mostrado por el muchacho cierta simpatía y aprecio, llegó a ser un fiel creyente.

Escuchó la proclama real con impaciencia y luego se acercó al corrillo de Bartolomé, el Sedero, y escuchó lo que opinaban los que lo formaban.

—Y tú, Francisco, ¿qué dices?, quizá allí arriba sepan cosas que nosotros ignoramos —preguntó el mismo anciano que había interpelado a Bartolomé.

Todos lo miraron esperando que hablara.

—Doña Rosalía cree que tarde o temprano nos echarán —dijo escuetamente.

—¡Las ganas que tiene esa bruja para quedarse con todas nuestras tierras! —exclamó una mujer.

—Pero yo creo que no —continuó Francisco—. De ser así, ya lo habrían hecho. Hubiesen aprovechado el mismo pregón de Hornachos. ¿Qué sentido tiene que a los moriscos de Hornachos se les expulse ahora y a nosotros dentro de un tiempo? ¿No sería lo normal echarnos a todos juntos?

—Vosotros pensad lo que queráis, tiempo al tiempo —añadió Alonso de Paredes.

Las campanas de la cercana ermita de los Mártires convocando a misa de doce interrumpieron los comentarios y los corrillos se fueron disolviendo.

Ezequiel y su hija habían oído el pregón junto a Bartolomé y su familia y cuando Tristán la cogió del brazo para que no se perdiera entre el gentío, Mencía notó cómo el rubor le quemaba la cara mientras que un escalofrío le subía por la espalda hasta llegarle a la nuca. Volvió la cabeza porque temía que el joven se burlase de ella si llegaba a averiguar lo que sentía por él.

Cuando Francisco volvió a la fortaleza los muleros y criados le esperaban en el patio y él les contó lo que había oído. Desde una de las ventanas, Elvira escuchaba atenta lo que el caballerizo decía y, cuando éste desapareció en la cuadra, bajó y fue tras él.

—¿Tú crees que no les echarán? —preguntó desde la puerta sin entrar.

El mozo se volvió y ella vio una sombra de tristeza en sus inmensos ojos verdes.

—¿Les echarán? —Una sonrisa irónica se dibujó en su rostro—. Yo también soy morisco, Elvira. ¿Lo has olvidado?

—No —dijo mirándolo fijamente—. Tu madre es morisca, pero tu padre es cristiano viejo.

—¡Vaya!, ahora resulta que también tengo sangre cristiana, pero no olvides que soy un morisco.

No, cómo iba a olvidarlo, ésa era su condena en la vida: no poder olvidarse nunca de que por las venas de Francisco corría sangre mora. Se dio la vuelta sin contestar y salió de las caballerizas. Nunca había podido soportar la intensa mirada de esos ojos verdes.

6

Hacía varias horas que el sol se había puesto cuando Alonso de Paredes, amparado en las sombras, salió de su casa. Desde las distintas calles de la villa unas cincuenta personas, todos hombres, hacían lo propio. La noche era templada, pero casi todos se arrebujaban en sus oscuras capas de lana para no ser reconocidos. Aunque algunos se encontraron en el camino, no cruzaron palabra y siguieron caminando a buen paso iluminados por la brillante luna de marzo. Rodearon el recinto fortificado y tomaron una estrecha senda que los llevó hasta la Peña del Búho, una gruta natural abierta en una de las enormes rocas de la fortaleza. El primero en llegar fue el Hortelano, que dedicó el tiempo de espera a prender las dos antorchas que llevaba consigo.

A medida que iban llegando los convocados se iban despojando de las capas y acomodándose como podían en la angosta abertura. Alonso de Paredes se cercioró de que no faltaba nadie y mandó que dos hombres se apostaran a la entrada de la gruta y otros dos se escondieran en el camino por si llegaba alguien que no había sido invitado a la reunión.

Cuando estuvo seguro de que todo estaba en orden se dispuso a hablar. A pesar de la seriedad del asunto que los había llevado hasta allí, algunos sonrieron cuando le oyeron saludar en árabe. Los ancianos aún recordaban la lengua de sus antepasados, pero los jóvenes la iban olvidando y sólo recordaban las fórmulas de saludo y algunas aleyas y suras del Corán. Desde hacía muchos años los curas de la villa venían instándoles e incluso exigiéndoles que vistieran a lo castellano, que hablaran la lengua cristiana e incluso que cocinaran como lo hacían las familias de cristianos viejos o de moriscos que habían abrazado la verdadera fe, pero ellos, que nunca se sintieron intimidados o amenazados, seguían haciendo oídos sordos a lo que los clérigos les decían y continuaron con sus ritos y las costumbres de sus mayores. Hasta hacía unos meses, cuando las cosas comenzaron a cambiar para los moriscos y todos, incluido el grupo que esa noche se reunía allí, intentaron parecer más cristianos que los auténticos, dejándose ver a todas horas por la ermita de los Mártires, abandonando sus ropas tradicionales e incluso prohibiéndose a sí mismos el saludo árabe.

—Todos sabéis para lo que nos hemos reunido aquí —comenzó—. Debemos ponernos de acuerdo en cómo vamos a actuar en lo de abandonar el reino. No tenemos mucho tiempo, así que la reunión será breve.

Uno de los reunidos, un anciano encorvado y enjuto, levantó la mano.

—A ver, Ibrahim, ¿qué propones? —preguntó Alonso llamando al morisco por su nombre árabe, aunque cuando saliera de la reunión volvería a llamarse Manuel.

—Creo que tendríamos que dejar esta villa para siempre, donde hace años que se nos humilla. Nos han obligado a bautizarnos, a hablar su lengua, a vestir como ellos, pagamos más impuestos que los cristianos. Si nos quedamos, ¿qué será lo próximo? ¿Ser sus esclavos, sus siervos, trabajar para ellos a cambio de comida? A nuestros hermanos de Hornachos los han expulsado, ¿creéis que a nosotros se nos perdonará? Y si lo hacen, ¿a cambio de qué? ¿Qué nueva afrenta deberemos soportar? Es mejor irse ahora por voluntad propia, pero con la cabeza alta, que esperar a que nos expulsen y entonces salir de aquí doblegados, porque lo harán, eso, seguro. Ahora podemos vender todo lo que tenemos e irnos con los nuestros a Berbería, donde podremos hablar, vestir o ir a la mezquita como queremos, donde podremos vivir nuestra vida sin escondernos. Sabéis todos que la semana pasada se casó mi hijo. Una boda cristiana. Nunca me he sentido más afrentado que cuando tuve que ir a decir mis vergüenzas al cura. ¿Eso es lo que queréis?

El anciano se calló cuando el Hortelano le hizo una señal.

—Abdel, ¿qué dices tú?

El interpelado era un hombre de mediana edad, robusto y casado con una mujer hornachera.

—No estoy de acuerdo en lo que ha dicho Ibrahim. Yo creo que no nos expulsarán. Vivimos a unas pocas leguas de Hornachos, todos saben que manteníamos cierta amistad con algunos de ellos. A la familia de mi mujer la han expulsado. ¿Y por qué a nosotros no? ¿Hay algún motivo? Yo creo que sí. El rey se ha arrepentido. Hornachos se ha quedado sin gentes, las tierras están baldías, la mitad de las aceitunas se han quedado sin recoger por falta de brazos, la mitad de las tierras de sembradura no se han sembrado hogaño por lo mismo, y eso significa que los diezmos han bajado, que los impuestos de los moriscos han desaparecido y todo eso lo sabe el rey porque sus arcas no se llenan. Entre los del reino de Valencia, Andalucía y Hornachos se han ido miles de moriscos y, con ellos, sus brazos y sus impuestos. Eso no le conviene a nadie. Es cierto que vivimos sometidos, pero yo soy optimista y con el tiempo, ahora que somos menos, los cristianos se darán cuenta de que no representamos ningún peligro para ellos y nos dejarán en paz.

Se oyeron algunos murmullos y Alonso levantó de nuevo la mano indicando a Abdel que su tiempo se había acabado.

—Yo apoyo todo lo que ha dicho Abdel. Nos estamos adelantando a los acontecimientos. Si el rey tuviera intención de expulsarnos ya lo habría hecho. ¿Adónde vamos a ir? ¿A Berbería? Allí nos consideran cristianos, somos extranjeros. ¿A Francia? Todos hemos oído las noticias que nos llegan: los robos, los ataques... No sólo en la travesía, en la que muchos han muerto, sino en Berbería. ¿Qué nos espera? Muchos son viejos, niños... Mi esposa, como muchas de las vuestras, está preñada, es un viaje largo e incierto. Yo me casé en la ermita, sí, me casó un cura, pero eso para mí no significa nada. No toqué a mi esposa hasta que el cadí de Bienquerençia nos hizo una visita y nos casó como manda el profeta.

El que había hablado era un joven moreno que trabajaba para Bartolomé y que hacía poco más de un año que había contraído matrimonio.

Otros hombres levantaron la mano para hablar y expresaron su parecer. Cuando Alonso creyó que se estaban repitiendo los argumentos dio por finalizada la reunión. Además, el tiempo pasaba deprisa y era hora de volver a sus casas; si alguien llegara a sospechar pondrían en peligro a sus familias.

—Lo que está claro es que debemos permanecer unidos. Somos menos que esos tornadizos, por tanto, si nos mantenemos unidos seremos fuertes. Bien, ¿quién está a favor de quedarse en la villa? —concluyó.

—Espera, Alonso, todavía no has dicho lo que opinas tú.

Varias voces se oyeron jaleando lo que Abdel había dicho.

—Está bien, os daré mi opinión. Si por mí fuera me iría mañana mismo de esta tierra que cada vez es menos nuestra porque nos la están quitando. Un hombre debe vivir en la tierra de sus antepasados, sí, pero debe vivir con dignidad sin que lo humillen a cada momento, sin que le prohíban hablar su lengua o vestir su marlota. Ésa es mi opinión. En cuanto a si creo que con el tiempo nos expulsarán, sí, creo que esto irá por tiempos, les llegó la hora a los hornacheros, luego iremos nosotros. No pueden expulsar a todos los moriscos del reino al mismo tiempo porque no habría barcos suficientes para llevarnos a Berbería. He oído decir que somos casi doscientos mil. ¿Cuántas naves harían falta para meter a todas esas personas? Creo que lo tienen planeado y, ya sea más pronto o más tarde, nos expulsarán. Bien, ya sabéis lo que pienso. Pero también digo que sea lo que sea lo que se decida aquí, lo acataré, porque nuestro futuro pasa por estar juntos; si unos nos vamos y otros se quedan perderemos todos. Los que se vayan se expondrán solos a los peligros del camino y la travesía por mar, y los que se queden serán minoría para enfrentarse a las dificultades que nos acechan.

Fueron muchas las manos que se alzaron cuando el Hortelano preguntó quiénes querían quedarse.

La luna todavía brillaba en el sereno cielo cuando los hombres fueron saliendo uno a uno de la gruta y, embozados en sus capas, se apresuraron a llegar a sus casas. Cuando llegaran a ellas tendrían que contar a sus mujeres o a sus madres lo que se había decidido. Algunas dormirían tranquilas el resto de la noche, otras no conciliarían el sueño pensando que la decisión de seguir en la villa las condenaría para siempre.

7

Bartolomé de la Peña era el morisco más rico de Magacela, pero como hombre discreto y prudente no alardeaba de ello y su vida, al igual que la de su familia, era sencilla. Sabía que como cristiano nuevo estaba en el punto de mira de los cristianos viejos, que lo miraban con recelo y cierta envidia. Se había casado, no sin dificultades, con Catalina López, una joven cristiana vieja a la que sus padres intentaron meter en un convento cuando supieron de la relación de su hija con un morisco. Pero la muchacha amenazó con tirarse de la fortaleza abajo si no se casaba con aquel joven gallardo, bueno y callado. Y sus padres, que al fin y al cabo la querían con toda su alma, pues era hija única, transigieron con la boda. Con los años Bartolomé les demostró ser un buen esposo y padre, y lo más importante, un buen cristiano.

Sin embargo, aunque la familia de su esposa creyó sinceramente en su nueva fe, la Iglesia todavía dudaba. De nada servía que sus ascendientes desde hacía tres generaciones hubiesen abrazado la doctrina de Cristo, que su esposa fuese cristiana vieja, una mujer piadosa amiga de novenarios y rezos de rosario o que él entregara cuantiosos donativos para la reparación de la iglesia de la fortaleza. Todo eso quedaba anulado porque en los documentos junto a su nombre y apellidos aparecían las dos palabras malditas, «cristiano nuevo», que lo diferenciaban y lo convertían, junto con la mayoría de los habitantes de la villa, en ciudadanos de segunda.

Dos excepciones hizo Bartolomé en su vida que contravenían la sencillez en la que basaba su existencia: enviar a su hijo Tristán a estudiar a Sevilla y comprar la casa más grande de la villa. Lo primero porque su buen amigo don Alfonso de Silva, sedero sevillano, se había empeñado en que Tristán tuviera estudios porque, según él, era la única manera de que algún día los moriscos pudieran mirar cara a cara a los cristianos viejos; en cuanto a lo de tener la casa más grande, se debía a la insistencia de su esposa de independizar la sedería, como llamaban a la crianza de los gusanos de seda, de la vivienda. Así que, después de pensarlo mucho, se hizo con un antiguo caserón en la travesía principal, la calle Real, que, aparte de una amplia vivienda, constaba de patios, caballerizas, cuadras... Además —y era por lo que Bartolomé transigió—, una de esas caballerizas lindaba con el moreral de su buen amigo Ezequiel. Fue éste quien acabó por convencerlo de que si la compraba abrirían una puerta que comunicaría la sedería con su hermoso huerto de moreras.

Cuando Bartolomé fue a ver al vendedor, un cristiano viejo de Villanueva de los Freires, éste le propuso un precio desorbitado, pero en contra de lo que creía el vendedor, Bartolomé lo aceptó sin rechistar y firmó el trato. Luego adaptó las caballerizas para convertirlas en una gran nave y las comunicó con el moreral de Ezequiel pero, en vez de una puerta, tiró toda la pared e hizo una arquería mirando a los preciados árboles.

Todos ganaron con el cambio: la esposa porque, por fin, tenía una casa por la que no transitaban los que venían a trabajar en la sedería; el viejo cristiano Ezequiel porque ya no tendría que transportar las hojas de sus moreras en su carro hasta allí y el propio Bartolomé porque tenía un espacio más amplio y fresco para colocar los armazones y las bateas de los gusanos.

La sedería de Bartolomé la había montado su padre y era realmente un gran criadero de gusanos de seda. La actividad comenzaba en primavera una vez que las moreras empezaban a brotar. Entonces, los altos armazones, construidos por palos en los que estaban colocadas las cajas con los huevos de los gusanos, se transportaban de la bodega a las arquerías donde el sol entraba a raudales. Allí, el calor hacía que los huevos eclosionasen en quince días, los mismos que los árboles de morera requerían para echar las hojitas tiernas que necesitarían las diminutas larvas.

Luego, cuando a los diez días los gusanos ya adultos comenzaban a quedarse inmóviles, se los llevaba a las bateas, unos recipientes hechos de tiras trenzadas de pleita y enrollados hasta formar una gran rosca en las que se los depositaba cuidadosamente para que formasen los capullos. Las bateas se colgaban de las paredes de las arquerías, a salvo de ratas o insectos.

Cuando Bartolomé se instaló en la nueva casa se dio cuenta de que el número de bateas que podía utilizar era mucho mayor, lo que repercutió en el número de capullos y, por tanto, en sus ganancias.

Entonces, además de los criados, muchos moriscos de la villa trabajaban en la sedería recogiendo las hojas de los árboles de la huerta de Ezequiel, desmenuzando las hojas de morera para las primeras larvas, limpiando las cajas de madera de los armazones o colocando los gusanos en las bateas. Cuando por fin los capullos estaban formados se retiraban de las bateas y se enviaban a Sevilla antes de que los rompiera la mariposa. Sólo unos cientos volvían a colocarse en las cajas para que siguiera la metamorfosis y la mariposa, una vez roto el capullo, pusiese huevos y comenzase un nuevo ciclo.

Los ingresos de Bartolomé no sólo provenían de la sedería. Tenía además olivares y viñas que necesitaban de muchos brazos, entre otros de algunos cristianos viejos. El Sedero trabajaba como uno más.

El moreral que tanto apreciaba Bartolomé era una huerta cuidada con esmero, con tapiales en dos de sus cuatro lados, en uno de los cuales se veía un portón de madera que daba a la calle. Un frente lo ocupaba la casa flanqueada por dos naranjos y un pequeño cobertizo que servía para guardar los aperos y resguardar los días de frío a sus tres cabras. El otro frente se comunicaba, abierto con arcos, con la sedería. Había pertenecido desde hacía generaciones a la familia de Ezequiel, cristiano viejo que se enorgullecía por igual de pertenecer a la familia de cristianos más antigua de Magacela como de tener por sus mejores amigos a Bartolomé y a su familia, cristianos nuevos.

Decenas de moreras crecían frondosas alineadas en perfectas hileras a ambos lados de un caminillo de tierra que unía la casa del Morero con la arquería. Además de las moreras, almendros, granados y perales crecían en la cuidada huerta. En un claro entre los árboles Ezequiel había construido una noria de madera que, encajada en el gran pozo de ladrillos, hacía trabajar todos los días ayudado por el mulo. Cuando los cangilones llenos de agua se vertían en el pilón, el Morero abría una de las cuatro escotillas y el agua llegaba a través de canalillos hasta las tapias donde crecían toda clase de verduras que vendía en el mercado, aunque con las ganancias que Bartolomé le pagaba por las hojas de morera tenía suficiente para vivir él y su hija.

Era feliz con su huerta y con su hija, estaba agradecido a Dios y al difunto don Vicente, cura de la villa, que le hizo el regalo mejor de su vida, su hija Mencía, y, aunque viudo desde que la niña era muy pequeña, daba gracias a Dios todos los días por los bienes recibidos. Conocía desde siempre a la familia de Bartolomé, a la que suministraba las hojas de sus moreras para los gusanos desde hacía décadas y cuando aquél compró el caserón y comunicó la arquería con su casa se sintió más feliz aún. Durante el último año le había dado por pensar demasiado en la muerte y esas ideas le entristecían, no porque tuviese que abandonar esta vida, sino porque las dos cosas que más quería en este mundo, su hija y la huerta, se iban a quedar abandonadas y desprotegidas. Cuando comentaba su tristeza con Bartolomé, éste lo tranquilizaba diciéndole que no debía preocuparse, pues él quería a la muchacha como a la hija que Dios no tuvo a bien enviarle y que el día que el Señor lo llamara a su presencia la acogería en su casa como una más de su familia. En cuanto a la huerta, le decía el Sedero, Mencía era capaz de sacarla adelante sola o con ayuda, porque para eso estaban ellos, para ayudarla en todo lo que hubiere menester.

A Ezequiel se le nublaban los ojos cuando oía hablar así al Sedero y pensaba que, si Dios y Bartolomé tenían las cosas tan claras, ya podía morirse tranquilo.

8

Junio del año de Nuestro Señor de 1610

La primavera pasó sin que nadie de la corte hubiera dado muestras de querer expulsar a los moriscos de Magacela, una villa, al parecer, perdida de la mano de Dios.

En los primeros días del verano don Juan de Hinestrosa había vuelto después de haber estado ausente varios meses de la villa y las noticias que traía no eran nada halagüeñas.

Desde que en 1494 Alejandro VI concedió el título de gran maestre de la Orden de Alcántara con carácter vitalicio al rey Fernando II de Aragón, los alcaides de las antiguas encomiendas debían rendir cuentas al Real Consejo de Órdenes. Los integrantes de este consejo, nombrados todos por el rey, eran caballeros de la Orden y el presidente y el secretario eran asimismo nobles de la mayor confianza del monarca. Una vez al año, los alcaides viajaban hasta la corte y allí, en la sala de las órdenes de Calatrava y Alcántara en el propio Palacio Real, daban cuenta del rendimiento de tierras y ganados, así como de la provisión de beneficios o el nombramiento de oficios.

Ese año don Juan de Hinestrosa, además de exponer los rendimientos y gastos de la antigua encomienda, llevaba otra misión: entrevistarse con don Gómez Dávila y Toledo, marqués de Velada, que como integrante del Consejo de Estado había firmado los decretos de expulsión de los moriscos. Traía cartas de presentación de su tío fray Jerónimo, con quien le unía cierta amistad por haber ambos coincidido en la corte unos años antes.

Don Gómez lo recibió gustoso y dio muestras de su amistad interesándose por la salud y la vida de fray Jerónimo. Lo invitó a tomar asiento y sirvió un espeso vino caliente especiado. Después de que don Juan le diese cumplida cuenta de todo, pasó éste a exponerle la verdadera causa de la entrevista. Cuando el alcaide acabó su exposición el marqués negó con la cabeza.

—Mal asunto, amigo mío, éste de los moriscos. Se ha complicado demasiado, y no tiene vuelta atrás. El sultán de Marruecos, ese Muley Zaidan, que el demonio se lo lleve, ha buscado ayuda de los holandeses para invadir nuestros reinos. Nuestros espías en Valencia nos informaron de que hombres del sultán, haciéndose pasar por moriscos, estaban agitando a éstos para que los apoyaran cuando sus ejércitos llegaran a Levante, y eso, amigo mío, hubiera supuesto entrar en guerra.

—Pero ha sucedido todo tan rápido que no se han buscado otras alternativas —afirmó don Juan saboreando el vino.

—Corría prisa, teníamos que aprovechar que el Turco se encontraba guerreando en Persia y no podía prestar ayuda al sultán cuando comenzase la expulsión. De no haber sido así, sabe Dios qué habría sucedido.

—¿Y los moriscos valencianos que están en Berbería no pueden ingresar en el ejército de Muley Zaidan y atacar nuestras costas?

El marqués negó con la cabeza y se llevó la copa tallada de cristal a los labios.

—Sí, puede suceder, Dios no lo permita. Pero el sultán se lo pensará dos veces antes de atacar porque ya no tendrá ayuda en el Levante.

—Pero los moriscos de Magacela no suponen un peligro para los intereses de la Corona. Esas gentes son pacíficas, trabajan sus campos y pastorean sus ganados. Si los expulsáis, las tierras se quedarán baldías y no encontraremos pastores para las ovejas. Será la ruina de la encomienda.

—Ahí entra la Iglesia. El conde de Salazar, influido por los obispos, espolea al monarca para que de una vez por todas los expulse alegando que viven como moros, despreciando la religión y costumbres cristianas y siguiendo en secreto la secta de Mahoma.

La conversación siguió durante un buen rato. Cuando don Juan se despidió de don Gómez sabía que la suerte de los moriscos de Magacela estaba echada.

En la casa prioral de la ermita de los Remedios el prior frey Nicolás Barrantes se inclinó ante la gran chimenea de piedra para atizar el fuego que ardía constantemente en la sala.

—Supongo que todo lo que acaba de contarme vuestra paternidad lo ha comprobado y lo tiene documentado en el informe —dijo el prior con tristeza—. No creía que fueran tantos, más de doscientos. Pero, entonces, quiere decir que vamos a expulsar a más de mil personas que han abrazado nuestra religión.

—Oh, no lo crea así, frey Nicolás. En los pliegos expongo detalladamente los nombres de los mahometanos que siguen a todas luces la secta del infiel. Todos son hechos probados, de algunos de ellos yo mismo he sido testigo y los otros son confesiones de cristianos viejos que los han visto cometiendo herejías. Pero hay muchos más, sólo que son más precavidos o no están tan arabizados. Si me permite vuestra reverencia, me atrevo a decir que, excepto aquellas familias en las que el padre o la madre son cristianos y unas cuantas moriscas que han abrazado por voluntad propia la verdadera fe en Cristo y que aparecen en el otro informe, el resto profesan en mayor o menor medida la fe de Mahoma —contestó el sacristán Jerónimo González.

El prior colgó con cuidado el atizador en un clavo suspendido en la chimenea, se volvió hacia su interlocutor y se lo quedó mirando fijamente. En la sala se hallaba también el diácono don Tristán Donoso, morisco también, pero que seguramente eludiría la expulsión porque era un hombre de Iglesia, pensó frey Nicolás. ¡Cuántos de los que iban a expulsar creían como ellos en Jesucristo y por no vestir un hábito eran condenados al destierro! Claro que no sería tampoco el primer clérigo expulsado a Berbería. Lo miró por si quería decir algo, pero éste permaneció callado. ¿Debería incluir el nombre de su diácono en el informe que certificaba que eran cristianos viejos? Y si lo hacía, ¿no se sentiría humillado don Tristán al pensar que el prior dudaba de su verdadera fe? ¿Qué mayor demostración de ser cristiano viejo que el dedicar su vida a Dios? Suspiró largamente y acercándose a la mesa, cogió un documento y se lo entregó al sacristán.

—¡Qué tiempos tan contradictorios nos han tocado vivir, hijo mío! Bien, enviaremos los informes. He preparado también la documentación acreditativa de cristianos viejos para treinta y cinco moriscos, entre ellos los diecisiete de Magacela. Mire vuestra merced si falta alguno.

Jerónimo González se caló las antiparras y leyó detenidamente el memorial de los diecisiete moriscos de paz destinado a que en la corte se tuvieran en cuenta sus virtudes y se les permitiese permanecer en sus villas; entre ellos estaban los nombres de Bartolomé de la Peña, de su mujer y de sus tres hijos. El sacristán asentía a medida que iba leyendo que «los nombrados y certificados son gente humilde y corregida, que son naturales de esta villa porque todos han nacido y criádose en ella, y no hablan otra lengua sino la nuestra vulgar, que no han conocido otra religión que la de Cristo Nuestro Señor...». El informe ocupaba varios pliegos y detallaba pormenorizadamente, además, las dádivas y limosnas que cada uno de ellos entregaba a la Iglesia.

—Creo que con esto ya será suficiente para que esas gentes se queden aquí.

El prior se volvió y miró por la ventana al jardín que precedía la entrada a la ermita. Ese año el otoño se había adelantado y, aunque aún estaban a principios de octubre, los árboles aparecían ya sin hojas y las madreselvas mostraban sus retorcidos troncos desnudos en los muros del recinto.

—Presiento que nada de lo que hagamos impedirá que esos desgraciados tengan que abandonar sus casas —declaró mirando ahora las primeras gotas de lluvia que comenzaban a salpicar los cristales de las ventanas.

—Ellos se lo han buscado. Se les dio la oportunidad de abrazar la verdadera religión y prefirieron seguir en esa secta satánica. Ya ha visto vuestra reverencia el informe. Se reúnen en secreto, se desbautizan, hacen escarnio de nuestras creencias casándose en secreto por ese rito árabe el mismo día del nacimiento de Nuestro Señor. ¡Hasta poseen el libro de ese maldito profeta!

—No todos, Jerónimo, no todos adoran al profeta. Me consta que hay cristianos de corazón, acaso más convencidos que algunos de los que suelen llamarse viejos. Nunca será tan verdad el refrán de que pagarán justos por pecadores.

—No se aflija, frey Nicolás —dijo el diácono—, el sacristán tiene razón. A todos se les ha dado la oportunidad de abrazar la verdadera fe. Hasta Alfonso X en el código de las *Siete Partidas* dejó dicho que con esas gentes todo era inútil.

El prior se volvió e interrogó con la mirada al diácono,

que tomó aire para recitar de memoria las palabras del Rey Sabio.

—«Ca segunt dice el Evanjelio non han de poner las piedras preciosas ante los puercos, que quier tanto dezir como enseñar las nobles poridades de la nuestra fé a los hereges.»

9

Julio-octubre del año de Nuestro Señor de 1610

De la casi cincuentena de cristianos viejos que vivían en Magacela, la mitad estaba emparentada con moriscos: jóvenes cristianas casadas con aquéllos o, por el contrario, muchachas moriscas que habían matrimoniado con cristianos eran comunes hasta la fecha, pero desde que los hornacheros fueron expulsados, y sobre todo desde que la trompeta del alguacil los había puesto sobre aviso, el miedo y la desconfianza se adueñaron de los cristianos viejos, que empezaron a mirar con recelo a los que hasta entonces eran sus familiares, amigos y vecinos. Comenzaron a anularse compromisos matrimoniales e incluso hubo algún padre cristiano que se presentó en la casa de su hija recién casada para convencerla de que abandonase a su marido y volviera con él.

Sin embargo, los meses fueron pasando y los temores, al igual que el invierno y la primavera, se fueron quedando atrás. Las jóvenes esposas siguieron con sus maridos y algunos padres consintieron en llevar a cabo el matrimonio de sus hijos, suspendido hasta ese momento. Las conversaciones y diversiones entre unos y otros volvieron a las calles y al mercado. Y cuando a principios de julio llegó la fiesta de San Aquila y Santa Priscila toda la villa se echó a la calle y la música, el baile y los dulces inundaron la plaza de concordia y buenos deseos. Hasta el prior frey Nicolás Barrantes se preguntó, mientras oficiaba la misa en honor a los santos mártires, si no se habría precipitado al pensar que aquellos hombres, mujeres y niños que escuchaban con devoción sus palabras serían expulsados algún día de aquella villa a la que pertenecían por nacimiento.

Don Juan de Hinestrosa ocupaba el lugar de honor que le pertenecía en la iglesia. Y al igual que sucediera en la misa del gallo, sus ojos no podían apartarse de la joven Mencía, a la que no había vuelto a ver desde entonces y a la que sus múltiples ocupaciones relegaban a un lugar lejano de su memoria. No obstante, ahora, aquel pequeño aguijón que sintió hacía meses volvió con más fuerza a clavarse en lo que creyó que era su corazón y aquellos ojos verdes que se cruzaron con los suyos durante un instante le parecieron más hermosos que nunca. Estaba claro que algo debía hacer, quizá llegaba la hora de sentar la cabeza y casarse con una joven que, si bien no era hidalga, era de los pocos vecinos cristianos viejos. Se sonrió al pensar en lo que diría su madre si pudiera leerle los pensamientos.

Los ojos de Tristán también reparaban en Mencía, la querida hija de su amigo Ezequiel, la niña de la que solía burlarse y a la que veía como una hermana, y pensó que se había convertido en toda una mujer. Por un momento la imaginó como lo hace un hombre con una mujer hermosa, pero luego se avergonzó de pensar en ella de ese modo y, sobre todo, de hacerlo en un lugar sagrado. Sintió el calor de la vergüenza quemándole el rostro y se concentró en las palabras del oficiante.

Después de almorzar, don Juan se retiró a su cuarto con la excusa de que tenía asuntos que resolver. La verdad era que quería reflexionar sobre los sentimientos contradictorios experimentados en la iglesia, en esa comezón que lo hacía sentirse inquieto y a la vez alegre, pero, sobre todo, quería estar solo para recrearse en la imagen de Mencía, con esos hermosos ojos verdes que le habían traspasado el alma.

Tumbado en la cama, pensaba que no era sólo el deseo carnal lo que le hacía recordar a la hija de Ezequiel, no, era algo más, algo a lo que no acababa de ponerle nombre. Era la necesidad de proteger a la muchacha, cuidarla, guiarla, tenerla cerca, pero protegerla ¿de quién? Tenía a su padre y a Bartolomé, a la esposa de éste que la cuidaba con cariño —lo había observado en la iglesia—, a los hijos de estos... De pronto, una idea junto a un rostro se abrió paso entre las imágenes de su mente, un rostro joven, agradable, que sonreía a Mencía y a quien ella parecía también sonreír: Tristán, el hijo mayor de Bartolomé.

Se levantó del lecho y se asomó a la ventana desde la que divisaba toda la villa. Vio a lo lejos las palmeras de la huerta de Ezequiel y pensó que seguramente ese joven estaría sentado junto a Mencía viendo sus ojos, oyendo su risa y soñando con su cuerpo. Sintió una especie de punzada en el pecho y se dijo que todo lo que estaba pensando era por efecto del calor. De pronto, sintió cómo el deseo se iba apoderando de su cuerpo y pensó en buscar a María o Feliciana, pero se avergonzó de ese pensamiento y se dijo que no sólo era el deseo lo que hacía que pensase en Mencía, era algo más. Algo que le atraía y a la vez le atemorizaba, ese sentimiento que, según había leído, hacía que los hombres fueran nobles y generosos, pero a la vez fuesen capaces de las acciones más viles. Ese sentimiento al que se resistía a darle nombre.

—Amor, eso es lo que siento por ti, Mencía, amor.

Había pronunciado las palabras en voz alta y sintió que acababa de liberar algo que llevaba dentro desde hacía mucho tiempo, desde que una noche en la misa del gallo sus ojos se encontraron con unos ojos verdes y hermosos.

Se acercó a la palangana, cogió el aguamanil y dejó que el agua fría corriera por su cuerpo desnudo. Luego volvió a la cama y cerró los ojos para evocar el rostro de Mencía. Le vinieron imágenes de amores fugaces de juventud con jóvenes a las que su madre despreciaba una y otra vez por no considerarlas dignas de él, e inconscientemente hizo un gesto de desagrado. Pensó que siempre había transigido, quizá porque era joven y no conocía ese amor verdadero del que le hablaban y sobre el que había leído en libros de juventud. Ahora, todo era distinto, creía haberlo hallado en la hija de Ezequiel. Sí, ahora se encontraba con fuerzas para enfrentarse a su madre. Con estos pensamientos y con la imagen de los ojos de Mencía se adormiló.

Sentado a la mesa y disfrutando de la comida a la que su padre había invitado a Ezequiel y a Mencía para celebrar la fiesta, Tristán sintió que el mismo pensamiento regresaba a su mente y, como por ensalmo, ya no pudo volver a ver en Mencía a aquella niña que jugaba en la huerta con sus hermanos pequeños. Durante la comida sus miradas se cruzaron en varias ocasiones, las mismas que él tuvo que bajar los ojos por no toparse con los suyos. Por la noche, a solas en su cuarto, se sorprendió pensando en Mencía y se preguntó si a la muchacha le sucedía lo mismo.

Cuando los árboles comenzaron a perder las hojas y los días fueron haciéndose más cortos, todos en la villa comenzaron a pensar que el rey había olvidado el asunto de los moriscos.

Sin embargo, una fría mañana de octubre la trompeta del alguacil sonó de nuevo en la plaza de la villa.

Y de nuevo todos sus habitantes corrieron hasta allí para enterarse de lo que el soldado tenía que comunicarles. Con el alma en vilo esperaron a que el alguacil dejara de tocar. Esta vez no tuvo que pedir a las gentes congregadas que se callasen, pues un silencio sepulcral envolvía la tibia mañana otoñal.

A medida que el soldado iba desgranando el contenido del bando, la tensión reflejada en los rostros se iba aflojando y los suspiros de alivio de las mujeres indicaban que aquello que el hombre decía ni les iba ni les venía porque en la villa no vivía escondido ningún morisco ni de Granada ni de Valencia ni de ningún otro reino de los que nombraba el bando. Bien era cierto que hacía casi cuarenta años llegó a la villa un tal Lorenzo de Jaén, morisco granadino huido de la villa de La Haba, y al que la justicia de Magacela denunció. Pero de eso hacía ya mucho tiempo y nunca después había llegado ningún otro. Además, a muchos de los presentes poco se les daba que volviera a expulsarse a aquellos moriscos huidos de la justicia cuando fueron expelidos de los reinos y señoríos de Su Majestad. Cuando el alguacil leyó, refiriéndose a los fugitivos, que los hijos menores de siete años no serían expulsados, sino que deberían quedarse a cargo de familias cristianas y que sólo quedaban exentos los matrimonios de cristiano viejo casado con morisca, pero no al revés, un grito desgarrador rompió el silencio. La mujer que lo emitió, cristiana vieja casada con un joven morisco, se agarró el abultado vientre que delataba su adelantada preñez y abrazó llorando a un niño de unos diez años.

—¿Tendré que irme, madre? —preguntó el niño mirando los llorosos ojos de su madre.

—Nadie nos separará, hijo, eso es para los que siguen a Alá. Nosotros somos cristianos —respondió el padre abrazando a ambos.

El bando terminaba reiterando el ofrecimiento a los moriscos de abandonar por propia voluntad los reinos y señoríos de

Su Majestad. Sin embargo, incluía una condición que no aparecía en el bando de enero: los moriscos que abandonaran los reinos no podrían hacerlo por Francia, sino por los puertos de mar de los reinos de Murcia, Granada y Andalucía.

Cuando el alguacil terminó de leer el bando, los corrillos fueron formándose para hablar sobre las nuevas que les habían comunicado. Pero ahora las caras y los comentarios eran bien distintos de la primera vez. Ahora se sentían a salvo.

Mencía, al igual que otros cristianos viejos de la villa, corrió también a la plaza para enterarse del destino que les esperaba a los moriscos y, como ellos, también respiró aliviada.

—No os vais a librar de nosotros así como así.

La voz la había escuchado junto a su oído acariciándole la raíz del cabello y el estremecimiento que sintió la avergonzó una vez más. Se volvió para ver la sonrisa burlona de Tristán y sin pensarlo se encontró de puntillas hablándole también a él al oído.

—Yo no quiero que te vayas nunca —dijo y, acto seguido, echó a correr como arrepentida y avergonzada de haberse dejado llevar por lo que sentía.

María de Paredes también estaba junto a su madre escuchando lo que el alguacil decía y, al igual que todos, respiró tranquila porque de nuevo se equivocaban y lo que pensaban que sería el bando de expulsión era sólo una advertencia para los moriscos huidos de la justicia.

Iba a volverse a su casa cuando descubrió a Tristán entre la multitud. El corazón comenzó a golpearle en el pecho y, a pesar de que la mañana estaba fría, las manos comenzaron a sudarle. Se escabulló como pudo de la compañía de su madre y se abrió paso entre el gentío hasta llegar a donde estaba el joven. Se paró en seco y una terrible sospecha le cruzó la mente cuando vio que Tristán le decía algo al oído a la hija de Ezequiel, que ella le contestaba de igual manera y echaba a correr y que Tristán la seguía con la mirada. O ella no sabía nada de amor o esa niña estaba enamorada. Y lo que era peor, quizá también Tristán lo estuviera. Apretó los dientes y los ojos se le anegaron de lágrimas. «Es sólo una niña y la quiere como a una hermana», se repitió una y otra vez por el camino de regreso a su casa.

10

Madrid, Real Alcázar,
3 de diciembre del año de Nuestro Señor de 1610

Señor:

Por haberse entendido que no sólo en el consejo de justicia no querían recibir a la junta que Su Majestad habéis mandado hacer para las causas de los moriscos pero que daban mucha prisa a despachar los que estaban en poder de los escribanos y a dirimir todos los que de nuevo venían a ella.

Don Antonio Pérez del Hierro, secretario de cámara de Felipe III, había comenzado a leer la carta al rey. Ante la poca atención que creyó que el monarca estaba poniendo en su lectura se detuvo un momento.

—Seguid, don Antonio, os escucho.

El secretario siguió dando cuenta de las razones que el conde de Salazar esgrimía para urgir al rey a acabar con lo empezado, es decir, expulsar a los cientos de moriscos que incumpliendo las ordenanzas y bandos de expulsión y escudándose en certificados y documentos, la mayoría de las veces falsos, expedidos por los prelados, burlaban dicha orden y se negaban a embarcar.

—¡Por Dios, esto no va a terminar nunca! —exclamó el rey mientras se levantaba del sillón y se acercaba al ventanal.

El prudente secretario detuvo la lectura hasta que su señor le indicó con un gesto que podía continuar.

> El obispo de Sigüença ha enviado información que en algunos lugares de su obispado en la raya de Aragón viven como en Berbería, y en Bienquerençia y Magaçela, dos lugares todos de moriscos cerca de Hornachos, viven de la misma manera que los que allí se castigaron. Su Majestad mande lo que con ellos se ha de hacer que, fuera de la mala relación que hay de su manera de vivir, aquí cesa el inconveniente que podía tener el echar los antiguos por estar casados con cristianos viejos, que en estos lugares no hay ninguno, ni hombre que se pueda dudar de que es morisco. En todo me mandará Su Majestad lo que más convenga a su servicio.
>
> Guarde Nuestro Señor su católica persona de Su Majestad como sus criados y vasallos deseamos.
>
> *En Madrid y de noviembre 27 de 1610*
>
> BERNARDINO FERNÁNDEZ DE VELASCO,
> CONDE DE SALAZAR

Don Antonio permaneció en silencio esperando que el monarca hablase, pero éste parecía absorto contemplando desde el ventanal cómo el fuerte viento se llevaba las últimas rosas de los jardines.

Cuando creyó que había pasado un tiempo prudencial el secretario tosió suavemente.

—La reina pensaba cortarlas hoy para llevarlas al convento —dijo sin mirar al secretario.

—Señor...

—Sí, sí, ya sé, mi fiel Antonio. He escuchado con atención todo lo que dice el conde de Salazar. Tiene razón. Este problema no puede demorarse más. Avise al duque de Lerma de que quiero verlo inmediatamente.

11

Diciembre del año de Nuestro Señor de 1610

Bartolomé de la Peña dejó caer la carta sobre la mesa y su rostro se ensombreció. Sabía de las pesquisas que el alcaide y el prior estaban haciendo para que a un grupo de moriscos se le permitiese quedarse en sus casas, pero el pesimismo que encerraban las palabras de la carta de don Alfonso sumieron al Sedero en una profunda tristeza.

En ella el amigo de Bartolomé, don Alfonso de Silva, afirmaba tener muy buen conocimiento del problema de los moriscos e informaba a su amigo de que el decreto de expulsión de los moriscos de Extremadura se había firmado en julio y, aunque ésta no sería inminente, se llevaría a cabo y que de nada estaban sirviendo las cartas de obispos y gentes de Iglesia intercediendo por ellos.

El conde de Salazar, encargado de llevar a cabo el proceso de expulsión, seguía don Alfonso, se ha tomado el fallo de ésta como un ultraje a su persona y a su buen hacer y ha instado al rey que, por el bien del reino y por el del propio rey, debe terminar de una vez lo que se empezó.

Bartolomé cogió de nuevo la misiva fechada en Sevilla y releyó:

Amigo mío, las palabras que acabo de escribir me entristecen el alma y el corazón. Pero así son. Todo lo escrito lo he conocido por el duque de Osuna, con quien sabéis me une cierta amistad. Por él también he sabido que el rey recibe a diario cartas de protesta de nobles y prelados intercediendo por los moriscos; así, el cardenal primado de Toledo, los obispos de Badajoz y de Sevilla y el conde de Castellar han escrito al rey advirtiéndole del daño moral que causaría en estos cristianos y del daño que su ausencia acarrearía en las tierras al quedar estas baldías.

Al duque también le he pedido ayuda y, pese que no me la ha negado, deduzco por sus palabras que no está en sus manos hacer nada, sin embargo me ha comentado algo que pongo en tu conocimiento por parecerme una solución, aunque no la que yo hubiera deseado. Y es la siguiente. Algunos nobles de Sevilla están furiosos porque sus criados y arrendadores, todos moriscos, deberán abandonar la región y por consiguiente sus tierras quedarán sin cultivar. Así que han propuesto al rey que éstos se queden en calidad de esclavos, unidos a los que ya tienen y que han quedado exentos del edicto de expulsión.

No quisiera yo, amigo mío, que entraseis en mi casa sino como amigo y no como esclavo, pero si ésa es la forma para que os quedéis en este reino que os vio nacer, sea. Así que, si a tu familia le parece bien, hacédmelo saber y hablaré con quien sea menester para que os quedéis en mi casa siendo esclavos de puertas afuera y siendo amigos cuando éstas se cierren...

Bartolomé dejó de nuevo la carta sobre el escritorio y se acercó a la ventana. Faltaban pocos días para la fiesta de la Natividad de Jesús... ¡Con cuánta tristeza la celebrarían ese año! Miró las desnudas moreras y se le hizo un nudo en la garganta al pensar que quizá fuera la última vez que viera los árboles sin hojas. Vio a Ezequiel y a Mencía en la puerta de su casa recogiendo naranjas y los saludó con la mano.

Guardó la carta en un cajón del escritorio y bajó las escaleras arrastrando los pies. Durante todo el día estuvo dándole vueltas a la propuesta de don Alfonso. Tenía razón su amigo: si debía elegir entre ir a Berbería y ser esclavo en la casa de su amigo, prefería esto último.

Cuando por la noche fue a darle un beso de buenas noches a su esposa, ésta vio la preocupación reflejada en su rostro. Estaban a solas en la alcoba, sentados en la cama de madera de nogal que Catalina había aportado con su dote. No le había enseñado la carta porque quería ahorrarle de momento el dolor que supondría para ella el saber que los echarían de Magacela. Cuando no hubiera más remedio se lo diría.

—Hace veinticinco años que te conozco, Bartolomé, y sé que me escondes algo. Dime qué es.

El Sedero se armó de valor y fue a buscar la carta. Cuando la hubo acabado de leer, su esposa tuvo que hacer un esfuerzo para hablar.

—Prefiero ser esclava entre cristianos que libre entre moros —afirmó al fin, y se abrazó a su marido como si el cuerpo de éste le pudiese insuflar las fuerzas que por momentos le estaban faltando a sus piernas.

Estuvieron un rato sin decir nada, abrazados, él sintiendo cada uno de los sollozos de su mujer como si fueran espinas que le atravesaran el corazón y Catalina, aferrada a su pecho, haciendo suyos los latidos del corazón de su esposo, como si ese golpeteo en ese pecho fuerte la hiciera olvidar por momentos las palabras que acababa de leer.

—Quiero saber qué piensas tú —dijo al rato ya más calmada—. La verdad, Bartolomé.

Pensó un momento las palabras que debía decirle a su mujer. No quería mentirle, nunca lo había hecho, pero tampoco deseaba presentarle el futuro tan oscuro como lo veía él. Le habló de que tal vez hubiese llegado el momento de dejar esas tierras y buscar el futuro en otro lugar. Que, si ésa era la voluntad de Dios, pues que ellos como cristianos la acatarían, que lo importante era estar todos juntos y sanos, que luego el Señor proveería y que si quizá se fueran antes podrían vender todo a muy buen precio.

—¿Irnos? —repitió Catalina con el dolor reflejado en la voz—. ¿Irnos adónde? Ésta es la tierra de mis padres, y la de los padres de mis padres... ¿Y me dices que vendamos todo y que empecemos de la nada? ¿Que olvidemos quiénes somos y de dónde procedemos?

A medida que hablaba, la esposa de Bartolomé iba levantando la voz; se había deshecho de los brazos que parecían protegerla y ahora se hallaba en mitad del cuarto encarada a su esposo.

—Si tú quieres irte, ahí tienes la puerta, vete a Berbería con los mahometanos, que al fin y al cabo es la tierra de los tuyos. Prefiero matarme antes que ir a tierra de infieles.

Las voces ahora se oían en toda la casa y Tristán, que no recordaba haber oído nunca discutir a sus padres, se asustó y corrió al dormitorio. Cuando abrió la puerta y vio a su madre con la camisa de dormir y los cabellos sueltos gritando de ese modo pensó que se había vuelto loca.

—Prefiero matarme antes que rezar a Alá. Toda la culpa la tienes tú, tú y tu maldita religión. ¡Menos mal que mis pobres padres están muertos para que sus ojos no puedan ver tanta vergüenza!

—Catalina, podemos ir a Marsella, es un lugar cristiano, tenemos dinero para pagar el barco.

Las lágrimas y los sollozos le impidieron contestar y se tiró a la cama llorando amargamente. Bartolomé y Tristán se acercaron a ella y le acariciaron con dulzura el cabello. El Sedero sintió una pena infinita por su esposa. Nunca acudían a sus labios las palabras adecuadas cuando alguien las necesitaba, y ahora más que nunca a ella le hacía falta su consuelo y él no sabía qué decir. Era la primera vez en veinte años que

Catalina le echaba en cara su condición de morisco. Su mujer tenía razón, él los condenaba a vivir en una tierra de herejes, lejos de su casa, de sus familiares, lejos de todo lo que había amado en su vida. Se levantó lentamente y abandonó la habitación. Su hijo lo siguió.

—Padre, no tenga en cuenta las palabras de madre. Está muy nerviosa y estoy seguro de que no sentía lo que decía.

Él se limitó a asentir con la cabeza y salió a la calle.

A la mañana siguiente le dio a Tristán la carta para que la leyera y, como éste fuera de la misma opinión que su madre, escribió a su amigo don Alfonso para agradecerle lo que hacía por él y por su familia y decirle que esperaba instrucciones para trasladarse a Sevilla como siervos suyos.

Aquella mañana Catalina pensó en las palabras que su esposo le dijera la noche anterior acerca de viajar a Marsella. Era cierto que era un lugar de gentes cristianas, pero también que deberían ir solos allí, pues nadie de Magacela tenía el dinero suficiente para pagar el viaje hasta la ciudad francesa. Tomaran la decisión que tomasen, su vida en la villa había terminado para siempre.

12

Una semana después de haberle enviado la carta a Bartolomé, don Alfonso de Silva recibió en su casa de Sevilla la contestación y la leyó con aflicción, pues se sentía culpable de haber hecho renacer la esperanza en su amigo del alma. Precisamente dos días antes el rey había negado la petición de los nobles sevillanos de que sus sirvientes y arrendadores no fueran expulsados a cambio de convertirse en siervos. La orden del rey era tajante: los siervos no serían expulsados, pero ningún morisco podría convertirse en siervo para eludir la expulsión.

Don Alfonso sintió haberse precipitado al plantearle a Bartolomé la propuesta que ahora les era denegada. Tendría que escribirle de nuevo, esta vez para decirle que ni siquiera como esclavos podían quedarse. Cuando tomó la pluma estuvo mucho tiempo sin que las palabras acudiesen a su mente. De pronto una idea fugaz se abrió paso a través de la nebulosa de sentimientos y el sedero sevillano sonrió. Rasgó el papel y salió de la estancia.

Don Alfonso de Silva Rodríguez había nacido en Sevilla, como su padre y su abuelo. Fue éste el primero de la ciudad en dedicarse a la industria de la seda, más en concreto a la venta y reventa de capullos de seda. Los almacenes de la sedería estaban situados cerca del río, en unas viejas atarazanas que don Fernando, padre de don Alfonso, fue ampliando poco a poco hasta convertirlas en el almacén más grande de la ciudad, lo que hizo que pronto fuera el mayor suministrador de capullos de seda de los mejores telares de la región.

En sus recorridos buscando criadores de gusanos, don Fernando llegó hasta Magacela, una pequeña población extremeña donde la mayor parte de sus habitantes eran moriscos. Allí conoció a Juan de la Peña, un morisco que tenía los mejores criaderos de gusanos de seda que nunca había visto. Ahí comenzó una amistad que fue afianzándose con el tiempo.

Cuando el padre de don Alfonso murió, el joven, como hijo único, heredó todos sus bienes y continuó con la compra y venta de capullos de seda, con lo que su fortuna fue creciendo en igual medida que su fama. A Juan de la Peña también le llegó el fin de sus días, pero antes pudo ver cómo entre su hijo Bartolomé y el del sedero de Sevilla se había forjado una amistad que se pondría a prueba en muchas ocasiones a lo largo de la vida.

En 1599 Felipe III dio a conocer una pragmática en la que se ordenaba a las autoridades de Sevilla y de otras ciudades del reino que prohibiesen comprar seda en capullo, mazo o en madeja para volver a venderla, como no fuera teñida o tejida. Intentaba esa ley frenar el abusivo precio al que llegaban en la reventa los capullos de seda.

Don Alfonso acogió con disgusto la nueva ley, pero como buen comerciante se adaptó a las circunstancias y convirtió uno de sus almacenes en telar, lo que lo hizo aún más rico.

Pronto, los notables del reino se dieron cuenta de que los daños que causaba esta pragmática eran mayores que los beneficios, ya que, si no había revendedores de seda, los pequeños telares tenían que buscar la materia prima por los lugares del reino, lo que les hacía perder tiempo y dinero, además de abocar a muchos de ellos al cierre.

Así, en 1608 se anuló la prohibición y los comerciantes pudieron volver a comprar y vender la seda en capullos.

Don Alfonso cerró el telar, aunque le hacía ganar mucho dinero, a instancias de su esposa, quien se quejaba de las muchas horas que su marido pasaba en las atarazanas y de la poca vida marital que hacían. Amaba a su mujer por encima de todas las cosas y le hizo caso, aunque siguió con la compraventa de capullos. Sin embargo, su espíritu emprendedor le tentaba a probar nuevos negocios.

Un día en su casa oyó a su esposa y a sus amigas quejarse de lo insulsas que eran las sedas de sus vestidos y se le ocurrió una gran idea. Irrumpió en la salita donde estaban reunidas las damas y con una gran sonrisa les espetó:

—Señoras, perdonen la intromisión, pero sus penas se han terminado. Van a tener vestidos más hermosos que las damas de la corte.

Unos meses después abría la tienda de sedas más lujosa de toda Sevilla. Estaba situada en la calle Sierpes, que por tener varios conventos andaba siempre muy concurrida. Satenes, terciopelos, damascos, encajes, tules y tafetanes atiborraban las estanterías para delicia de las damas sevillanas, que esperaban con ansiedad las novedades que don Alfonso de Silva traía de todos los rincones del mundo. Se decía que la propia reina Margarita enviaba a sus modistas a la tienda para elegir las telas que luego lucía en lujosos vestidos en la corte.

Sin embargo, poco le duró a don Alfonso el éxito de la tienda, pues un año después el gremio sedero de Sevilla, siguiendo las protestas de sus homólogos de Toledo, hizo llegar al rey sus quejas contra la entrada de sedas y tejidos de seda extranjeros, ya que esto suponía un gran perjuicio para sus fábricas, en las que trabajaban cientos de personas. Se prohibieron pues las importaciones de sedas.

La tienda de la calle Sierpes tuvo que aguantar la crisis

como pudo con sedas nacionales que, aunque de buena calidad, no podían competir en colorido y dibujos con las de Turquía o Persia.

De nuevo, en la corte se dieron cuenta de que esto tampoco era la solución, pues el fisco del rey se vio mermado al dejar de ingresar las altas tasas que los importadores de sedas le pagaban. Así que poco tiempo después se anuló la prohibición; eso sí, los importadores tuvieron que pagar casi el doble de impuestos que antes de la crisis. Los sederos importadores se quejaron, pero la decisión del rey fue inflexible. Si las damas querían lucir sedas extranjeras, que las pagasen.

A don Alfonso esto no le preocupó, pagaría las tasas y subiría el precio de los tejidos.

«Como bien dice el rey —pensaba don Alfonso—, "si las damas sevillanas quieren sedas extranjeras, que las paguen".»

Pero no sólo las damas sevillanas pagaron todo lo que don Alfonso les pedía con tal de lucir la suavidad, el colorido y los dibujos de las sedas extranjeras, sino que las numerosas iglesias de Sevilla y otras ciudades competían en manteles de altar, dalmáticas, casullas y todo tipo de ornamentos litúrgicos elaborados con los tejidos salidos de Sederías Silva.

Don Alfonso se dedicó al negocio con más brío que antes y contrató varios viajantes que se trasladaban a distintos lugares de Persia, Arabia o Turquía para adquirir las ricas telas; pero también a ciudades más cercanas como Génova, de donde se importaban los coloridos terciopelos genoveses; o a Florencia, donde sus terciopelos labrados, sedas espolinadas y damascos con el diseño a tres flores o a tres campos hacían furor en media Europa.

A medida que las damas de la nobleza sevillana y las iglesias de medio reino se envolvían en elegantes tejidos, don Alfonso se enriquecía cada vez más. Aunque el negocio de la importación de sedas le proporcionaba pingües beneficios, continuó con la compra y venta de capullos a sus amigos de la villa de Magacela, no sólo porque le proporcionaba ganancias, no comparables sin embargo con las de la importación de sedas, sino porque era una manera de continuar con la amistad con Bartolomé de la Peña Vargas, a quien le debía no sólo parte de su fortuna, sino la tranquilidad de su hogar.

La casualidad y el destino hicieron que un día en Sevilla sus vidas quedaran ya unidas para siempre, pues Bartolomé de la Peña demostró a don Alfonso una generosidad inmensa que hizo que el sevillano le mostrase su gratitud en infinidad de ocasiones y constantemente le recordara al magacelense su bonhomía.

—¿Solicitar una falsa carta ejecutoria de hidalguía? —preguntó atónito su interlocutor a don Alfonso cuando éste le hubo expuesto el motivo de su visita—, pero ¿os habéis vuelto loco, don Alfonso?

El sedero miró con tristeza al secretario del duque de Osuna.

—No, don Luis, no es la locura la culpable de esta osadía, es la desesperación. No hay puertas a las que no haya llamado ni clérigo o noble al que no haya solicitado ayuda, pero las unas se me cierran y los otros parecen haber cerrado también sus oídos a mis quejas. Vos sois el único que puede ayudarme. Si hay alguien en este mundo que se pueda compadecer de una buena familia cristiana a la que se está a punto de enviar a una tierra de infieles, sois vos. Confío en vuestra discreción y en vuestro buen hacer.

Don Luis Salcedo sacó un pañuelo de seda y se lo pasó por la frente arrugada. Luego se levantó de la mesa y paseó por la sala con las manos cruzadas a la espalda. De vez en cuando se acercaba a su interlocutor para decirle algo, pero de pronto se volvía y tornaba a los paseos. Al cabo de un tiempo volvió a tomar asiento al otro lado de la mesa y miró a don Alfonso a los ojos.

—Sabréis que debo enterar de esto a don Pedro, mi señor, ¿verdad?

Don Alfonso asintió con un leve movimiento de cabeza.

—Y también supongo que sabéis que es un delito no sólo falsificar documentos sino tenerlos, y que, si se pudieran obtener, digo en un hipotético caso, serían muy costosos de pagar y, por último, debéis saber que en caso de que se ponga en marcha el proceso durará años.

—La necesito para la primavera, es...

—¿Para la primavera? ¡Eso son tres meses! Nadie se atreverá a tanto, ni aunque le llenemos los bolsillos de oro.

Los dos hombres siguieron hablando mucho rato. Cuando don Alfonso abandonó el palacio, la esperanza de que sus amigos no tuvieran que ir a Berbería renació de nuevo en su corazón.

Una semana después de haber mantenido la conversación con el sedero, don Luis Salcedo lo mandó llamar.

—Don Pedro está de acuerdo, siempre que lo dejemos al margen y no le consultemos nada. He pensado que debemos comenzar los trámites, que son muchos y muy largos, en Granada. El duque me ha dado permiso para viajar allí.

Don Alfonso le dio las gracias, sacó una bolsa con monedas de oro y se la entregó al secretario.

—Si no fuera porque la situación es penosa, te echaría en cara el que te hayas negado siempre a solicitar una carta de hidalguía auténtica y ahora te vayas a exponer a ir a la cárcel por conseguir una falsa para tus amigos —le dijo doña Mercedes a su esposo a la hora de la cena con un deje de resquemor.

Él la tomó de las manos y le habló dulcemente.

—Tú sabes que no son sólo mis amigos.

—Lo sé, Alfonso, perdóname, esta situación me tiene también nerviosa.

13

Hacía un año que don Juan de Hinestrosa había visto por primera vez a Mencía y durante todo ese tiempo siguió pensando en la muchacha y soñando algunas veces con los hermosos ojos y con su talle y su cuerpo, que se le aparecían, incitándolo, y le hacían despertarse en mitad de la noche empapado en sudor.

Cuando despertaba, intentaba convencerse de que esos pecaminosos pensamientos se debían a que necesitaba encontrar a una mujer a quien hacer su esposa y no a una muchacha como Mencía. Sabía que algunos de los cristianos viejos estarían encantados de emparentar con su familia hidalga, pero a él ni siquiera se le pasaba por la imaginación; no se sentía atraído por las jóvenes de la villa, a las que encontraba simples y carentes de belleza, a excepción, claro, de la hija de Ezequiel, contra cuyo recuerdo luchaba.

A sus cuarenta y tres años el alcaide mantenía aún la apostura y gallardía propias de la juventud; el cabello negro, en el que aún no aparecían las canas, unos ojos castaños siempre sonrientes y un rostro curtido por las habituales galopadas y días de caza hacían que muchas mujeres de Llerena, adonde solía ir con asiduidad, suspiraran aún por él.

Había conocido y disfrutado del amor en numerosas ocasiones en Llerena, su pueblo natal, e incluso su madre estuvo a punto de concertarle un matrimonio con Mencía, una de sus muchas primas, hija de la viuda marquesa de Torrealta. Sin embargo, el acuerdo no llegó a feliz término porque la gentil Mencía, a la que don Juan veía con muy buenos ojos, se había enamorado del hijo de don Luis Zapata. Entonces era muy joven, pero creyó que el amor que sentía por su prima Mencía nunca más volvería. Y ahora, una muchacha de la misma edad, también de hermosos ojos y con el mismo nombre, le alborotaba el corazón despertando sentimientos que llevaban muchos años dormidos. ¿Era el destino quien le ponía en su camino a Mencía? ¿Qué pensaría su madre si supiese quién era la culpable de sus desvelos? Sonrió para sus adentros al imaginarse su reacción.

Llevaba dieciocho años viviendo en la encomienda y hacía mucho tiempo que había perdido la esperanza de encontrar el amor. Y ahora, cuando ya no pensaba en ello, el Señor le hacía ese regalo. Su tío solía decir que los caminos del Señor eran inescrutables, y él lo acababa de comprobar. Cuando su hermana Elvira cometió aquel pecado, creyó que Dios castigaba a toda la familia y hubo un momento en que se rebeló contra su voluntad, pero de nuevo su tío logró serenar su alma y él acató su voluntad y se trasladó a la fortaleza sin pensar que allí encontraría al gran amor de su vida.

Se levantó y se acercó a la ventana. Una inmensa luna llena se colaba por entre los jirones de las nubes e iluminaba a lo lejos las casas de la villa. Imaginó a Mencía dormida, con el cabello negro derramado sobre la almohada, y ese pensamiento lo hizo estremecerse. Miró para la chimenea, donde unas cuantas ascuas cubiertas de ceniza mantenían aún caldeado el dormitorio. Se sentó frente a la chimenea y removió las ascuas con el atizador mientras pensaba cuál sería la manera más adecuada de acercarse a la muchacha, porque de lo que no le cabía duda era de que necesitaba volver a verla.

La misma luna de enero acababa de ver Elvira desde la ventana de su cuarto, que daba al patio de las caballerizas.

Ella tampoco podía dormir esa noche. Sus desvelos se debían a lo que había sucedido en la cocina. La imagen de la joven criada, de pie, acariciándole el pelo a Francisco mientras él comía se le aparecía una y otra vez. Esa mañana se levantó muy temprano y al acercarse a las dependencias de las criadas se quedó sin habla al contemplar la escena. El mozo se levantó turbado y, tras solicitar permiso, dejó solas a las dos mujeres.

—¿Es a eso a lo que te dedicas cuando estás a solas con los criados? —le lanzó fulminando con la mirada a la sirvienta.

La muchacha, azorada, no supo qué contestar y bajó la cabeza a punto de llorar.

—¡Vete a tus quehaceres! —le gritó mientras le indicaba con el dedo índice la salida de la cocina.

Cuando se quedó sola se sentó y acodándose en la mesa ocultó el rostro entre sus manos. Muchas horas después, la vergüenza de lo sucedido le llegaba ahora por oleadas ardientes que le quemaban la cara. ¿Qué habría pensado la muchacha? No era propia de señoras su reacción. Por otra parte, no era la primera vez que encontraba a Francisco en una actitud comprometida. Sabía que las criadas lo miraban a escondidas y que llegaría el día en que alguna de ellas lograría casarse con él.

Se acercó al espejo, se desabotonó la camisa y se miró en él. Ya no era una niña, pero a sus treinta y cuatro años su piel era tersa y sus pechos conservaban todavía la firmeza de la juventud.

Por un momento el espejo le devolvió la imagen de una joven ruborizada porque un muchacho casi de su misma edad la contemplaba desnuda por primera vez.

Sus ojos se anegaron en lágrimas y dejó que éstas corrieran por sus mejillas. Luego se abotonó la camisa y se acercó a la ventana.

Aún no había amanecido, pero ya comenzaba a oírse el trajín de los mozos en el patio de las caballerizas. Se quedó mirando detrás del visillo hasta que vio aparecer a Francisco. Como si éste hubiese adivinado que alguien lo espiaba, levantó sus ojos verdes hacia la ventana en la que estaba Elvira, que, sorprendida, se retiró al instante y cerró los postigos.

Por el contrario, doña Rosalía dormía esa noche profundamente gracias a la tisana de toronjil y manzanilla que le había preparado Ana, la sirvienta. Sin embargo, la imagen de su hijo riéndose y desposando a la humilde y bella muchacha de la misa del gallo se le aparecía una y otra vez en sueños. Despertó empapada en sudor cuando los primeros rayos de sol se colaban a través de las cortinas. Se incorporó en el lecho y, ya lúcida, pensó que tres noches seguidas con el mismo sueño no podía deberse a la casualidad y que debía de haber algo que se le escapaba a la vista. Tendría que estar atenta al comportamiento de su hijo. Durante todos los años que llevaban en ese villorrio de mala muerte no había tenido nunca necesidad de preocuparse por los amores de su hijo. Conocía a todas las jóvenes casaderas del pueblo y sabía que ninguna era capaz de despertar amor verdadero en el corazón de Juan, y en cuanto al otro amor, el carnal, ya se encargaba ella de que no echara en falta nada. Los hombres eran así, si lo sabría ella... Si tenían cubiertas sus necesidades, el amor pasaba a ser un estorbo.

En sus pensamientos se coló la imagen de su hija Elvira y durante unos instantes pareció que la pena tenía cabida en su corazón de madre; después, echando un pie al suelo, pensó que ella se lo había buscado, bien era cierto que podría haberle buscado marido en Llerena, al fin y al cabo, estaba segura de que nadie en el pueblo había llegado a enterarse del pecado, aunque ella sintiera en aquella época cada mirada como un dedo acusador. Por eso tuvo que suplicar a su hermano que intercediera para que a su hijo le dieran una alcaidía, claro que tampoco pensaba que fuera en esa villa, aunque mirándolo bien gracias a ello eran ricos.

Tiró del cordón de la campanilla y entró la doncella para ayudarla a vestirse.

14

El amor que sentía María de Paredes por Tristán pareció renacer a partir del día de su boda. Diego se había marchado y ella se sentía de nuevo libre para pensar en su verdadero amor.

Sola en su habitación, se miró al espejo y se vio bonita. Sus ojos negros enmarcados por unas finas cejas, los pómulos que realzaban su cara, sus labios perfectamente delineados, su talle gracioso y sus pechos firmes y generosos... Sabía que los hombres la miraban cuando iba por la calle y veía en sus ojos el deseo.

Se despreciaba por haber sentido por primera vez los besos y las caricias de un hombre que en nada se parecían a los de sus sueños. ¿Cómo serían sus besos? Se acarició el cuello y el pecho y pensó que las caricias de Tristán serían suaves y delicadas.

No había vuelto a hablar con él desde Nochebuena, a pesar de que iba todos los días al pilar junto a su casa a por agua. Los temores que la asaltaran la mañana del pregón se habían desvanecido, pues nada en el comportamiento de Mencía, con la que hablaba a menudo en la fuente, le hacían sospechar que la muchacha estuviera enamorada. Lo que sentían, se decía, era el cariño de dos personas que se han criado juntas como hermanos. Pensó que la ausencia de

Tristán podría deberse a su vuelta a Sevilla, donde sabía que estudiaba, y se le hizo un nudo en la garganta.

Esa mañana de finales de enero el cielo amenazaba lluvia, pero eso no impidió que María volviese a coger el cántaro y se dirigiese de nuevo al pilar. El corazón comenzó a golpearle el pecho y las sienes cuando lo vio asomado al postigo de la puerta de su casa, frente al pilón. Las primeras gotas de lluvia comenzaron a caer y se apresuró en llegar.

—Si no te das prisa, vas a coger más agua que el cántaro —le dijo él sonriendo.

Ella se limitó a devolverle la sonrisa y a poner el cántaro en el caño del pilón sabiéndose observada por él. Cuando el agua rebosó el recipiente, hizo amago de cogerlo, pero resbaló de sus manos y chocó contra la piedra del pilar haciéndose añicos. Dio un grito, y Tristán abrió la puerta y se acercó a socorrerla.

—¿Estás bien? —preguntó cogiéndola del brazo.

El solo contacto con él la hizo estremecer y se quedó mirándole a los ojos.

—María, ¿estás bien? Nos vamos a empapar —comentó extrañado por la mirada de la joven y notando que la lluvia comenzaba a arreciar.

Le ofreció que entrara en su casa y cogiera un cántaro, pero ella se negó. En ese momento oyó la voz de su madre.

—María, ¿qué estás haciendo aquí? —inquirió alarmada al ver que el hijo de Bartolomé tenía cogida por el brazo a su hija.

Cuando la muchacha le explicó lo que había ocurrido, su madre se dio prisa en despedirse del joven y, agarrándola del brazo, se la llevó. Habrían andado sólo unos pasos cuando María se volvió para mirar a Tristán, pero ya no lo vio.

—Pero ¿te has vuelto loca? —le recriminó su madre zarandeándola—. ¿Se puede saber qué hacías hablando a solas con ése?

—Tú lo has dicho, madre, estaba hablando.

—Eres una mujer casada, te debes a tu esposo. ¡Si tu padre se entera de esto! ¿Y por qué te tenía cogida del brazo? ¿Es que acaso no sabes que es cristiano? —dijo bajando la voz.

—Se me cayó el cántaro y vino para ayudarme. No ha pasado nada. Estás exagerando.

—No volverás a ir a la fuente, ¿me oyes? Las mujeres casadas deben mostrarse recatadas y no hablar nunca con un hombre a solas.

María se calló. No tenía ganas de discutir con su madre, sino de recrearse en la escena que acababa de vivir con Tristán.

A la hora de comer, su madre sacó en la conversación el tema de la boda y propuso que la ceremonia cristiana deberían celebrarla cuanto antes ya que suponía que Diego estaría ansioso porque su esposa se fuera a vivir a Bienquerençia.

A María se le atragantó la comida y miró a su padre expectante.

—No —dijo al fin Alonso de Paredes—. Esperaremos hasta el verano. Si al final el rey nos expulsa, cosa que estoy seguro de que hará, por lo menos nos ahorraremos la humillación de celebrar una boda cristiana. Además, nos iremos conjuntamente con los moriscos de Bienquerençia. Tendrán toda la vida para estar juntos. ¿Estás conforme, hija?

—Como tú digas, padre —convino la muchacha humildemente.

Durante el resto de la comida María tuvo que hacer esfuerzos para que su alegría no se notase y se concentró en el azafate colocado en el centro de la mesa lleno de legumbres y hortalizas.

Cuando después de comer se quedó con su madre a solas, ésta la cogió de un brazo y la miró a los ojos.

—No me obligues a contárselo a tu padre, ¿me oyes?

—¿Y qué habría de contarle, madre? —replicó sosteniéndole la mirada.

—No me hagas hablar, hija, no me hagas hablar —contestó la madre dulcificando el tono de voz—. Eres una mujer casada, hija mía, y te debes comportar como tal. Aunque fueras soltera, ese muchacho estaría fuera de tu alcance. Su padre es rico, él está en Sevilla revuelto en libros y gente importante, y además es cristiano. ¿Crees que se casaría con la hija de un hortelano? Y aunque eso no le importara, ¿qué crees que haría cuando se enterase de que no hemos renunciado a la religión de nuestros antepasados? Además, ellos se quedarán y nosotros tendremos que irnos. Tu vida está aquí, hija mía, con los tuyos, con tu esposo y con los hijos que tendrás con él.

—Lo sé, madre, lo sé, pero tenía derecho a soñar. —Y miró a su madre con una tristeza infinita.

15

Finales de enero del año de Nuestro Señor de 1611

Don Juan de Hinestrosa bajaba muy pocas veces a la villa, por eso cuando algunos vecinos lo vieron llegar se pusieron en lo peor e imaginaron que vendría a comunicarles en persona la fatal noticia. Sin embargo, el alcaide se limitó a dar los buenos días a todo aquel que encontraba en su camino y se dirigió a la Casa del Concejo: quería tratar con los regidores del asunto de la expulsión de los moriscos. Desde que había vuelto de Madrid a principios de verano, las palabras del marqués de Velada confirmando que la expulsión era un hecho consumado y que sólo era cuestión de tiempo resonaban en sus oídos constantemente. En contra de lo que su madre pensaba, el alcaide consideraba que la expulsión de los moriscos de la villa, es decir de casi el noventa por ciento de sus vecinos, supondría un desastre económico y la muerte de la encomienda. Treinta hombres no podían hacerse cargo de unas tierras y ganados que ahora trabajaban y pastoreaban casi quinientos. Eso sin pensar en el drama humano que eso significaría... A vecinos como Bartolomé, que habían dado sobradas muestras de su sincera conversión, se los enviaría a unas tierras de infieles y quizá se los obligaría a abrazar la secta de Mahoma. Aunque tal vez los informes del prior servirían para que aquellos matrimonios entre moriscos y cristianos viejos pudieran permanecer en Magacela.

La conversación con los notables de la villa no le proporcionó más información que la que tenía y le confirmó, por otra parte, lo que ya le manifestó don Gómez Dávila y Toledo: la expulsión se llevaría a cabo. Las autoridades habían recibido la orden tajante de no comunicar nada a la población para evitar motines y disturbios. La pragmática de expulsión se esperaba para la primavera. Los organizadores no deseaban otro suceso como el de Hornachos. Querían los caminos secos.

El alcaide abandonó la Casa del Concejo cabizbajo y pensativo. Las palabras de los regidores no dejaban lugar a dudas. En primavera Magacela, si Dios no lo remediaba, se convertiría en una villa deshabitada y, aunque sabía de algunos cristianos viejos que se estarían frotando las manos por hacerse con casas y tierras a precio de saldo, estaba seguro de que a la larga todos lamentarían la marcha de sus vecinos.

—¡Buenos días, don Juan!

El alcaide levantó la cabeza y se encontró con el rostro arrugado y los ojos chispeantes de Ezequiel, el Morero, que arrastraba un pequeño carro de mano vacío.

Le contestó afable y le preguntó por la huerta. De buena gana también lo hubiera hecho por su hija, pero no tendría razón para hacerlo, habida cuenta de que no la conocía.

Fueron andando juntos calle abajo hasta llegar al portillo lateral de la huerta de Ezequiel. La cuidada línea de los almendros a punto de florecer se veía desde la calle y don Juan alabó la belleza y el cuidado de la huerta.

—Si vuestra merced no tiene asuntos de importancia puedo enseñársela —dijo con un deje de orgullo en la voz.

La mañana era fría, pero el sol de enero lucía en un cielo limpio de nubes. Entraron por el portillo y el alcaide no tuvo por menos que admirarse de la hermosura de la huerta. Los morales y los frutales aún sin brotar aparecían podados, al igual que el emparrado de la vivienda; sin embargo, las plantas de acelgas, ajos, alcachofas, cebollas y lechugas se alineaban en perfecta disposición.

—Este año ha helado poco, por eso las matas de alcachofas están tan grandes y frondosas —afirmó el Morero pisando con orgullo el caminillo de tierra que dividía la huerta—. Espere, llamaré a mi hija para que traiga un azafate y le corto unas alcachofas.

Ezequiel llamó a voces a su hija y la muchacha apareció con una pañoleta que recogía sus cabellos hacia atrás dejando libre el hermoso contorno de su rostro, donde destacaban los inmensos ojos verdes. Venía con las mangas del vestido remangadas hasta el codo, por lo que la piel blanca de los brazos contrastaba con el rojo de sus manos.

—Buenos días, don Juan. Estaba lavando y las manos se me están quedando como la nieve —comentó sonriendo.

La muchacha acercó sus manos a las del alcaide, que las retiró sorprendido por el gesto. La carcajada franca y abierta de Mencía avergonzó al hombre, aunque acabó riendo también.

Don Juan se había quedado mirando a la joven mientras Ezequiel cortaba las alcachofas y aquélla, incomodada por su mirada, lo invitó a acabar de ver la huerta. Mencía se quitó la pañoleta liberando su cabello castaño, que se desparramó por sus hombros. Lo llevó hacia los arriates, junto a una de las tapias, en la que rosales, jazmines y geranios aparecían podados esperando la primavera para lucir en todo su esplendor.

—También sembramos hierbas aromáticas: tomillo, romero, hinojo y la que más me gusta, hierbabuena —dijo cortando unas hojas de esta última y entregándoselas—. Huela, ya verá.

El alcaide estaba confuso. No sabía si Mencía estaba

coqueteando con él o aquella actitud se debía a su ingenuidad y juventud. La vista de los brazos desnudos, el brillo del sol reflejándose en su cabello y el olor de las plantas aromáticas comenzaban a embriagarlo de tal modo que temió perder la compostura y abrazar a la muchacha y colmarla de besos.

La voz de Ezequiel lo hizo volver en sí y se dio la vuelta para mirar al Morero, que llegaba hasta ellos con un cesto repleto de alcachofas en la mano.

—Este año son muy gordas y muy ricas, pero yo creo que no es cosa de que vaya vuestra merced por toda la villa con el cesto de alcachofas. Si quiere, mi muchacha se las sube luego y así también le corto unas lechugas.

Por educación, don Juan estuvo a punto de declinar el ofrecimiento, pero luego se dio cuenta de que eso significaría no sólo volver a ver a Mencía, sino quizá también poder hablar con ella a solas, y aceptó gustoso.

Después de despedirse, el alcaide regresó a la alcazaba. No tenía ya nada que hacer en la villa y el solo pensamiento de volver a ver o a estar a solas con Mencía le producía cierto desasosiego.

Doña Rosalía acababa de salir a la terraza a tomar el sol cuando vio a una joven hablar con uno de los criados. Le pareció reconocer en ella a la hija del Morero y pensó que esa mosquita muerta ya se habría dado cuenta de que el bobo de su hijo había puesto los ojos en ella y venía a ofrecerse en bandeja. Llamó a voces a una de las criadas y le pidió que a toda prisa bajara al patio y averiguara qué quería esa muchacha, pero que fuera lo que fuese no la dejara entrar y la despidiera allí mismo.

La criada bajó corriendo las escaleras y, al cabo de unos minutos, doña Rosalía suspiró cuando vio que la joven le entregaba el contenido de la cesta a la criada y se daba media vuelta.

A media tarde el alcaide seguía pensando en Mencía y, herido en su pundonor, se preguntó si un caballero y alcaide de una fortaleza podía permitir que una muchacha, hija de un hortelano, por muy hermosa que fuera, se burlara de él como al parecer había hecho Mencía. Se encontraba en las cuadras cepillando a su caballo Volador, que era lo único que lo tranquilizaba cuando se sentía nervioso. Sin saber muy bien por qué y sintiendo un pálpito tiró el cepillo y se dirigió a la cocina. Cuando entró se quedó parado mirando las lechugas, alcachofas y atadillos de hierbas aromáticas que se hallaban encima de uno de los poyos de piedra.

—¿Quién ha traído todo eso? —preguntó señalando las verduras y, a su pesar, comenzó a sentir los latidos del corazón en las sienes.

—Ha sido la hija del Morero. Vino esta mañana de parte de su padre.

16

Finales de enero del año de Nuestro Señor de 1611

Esclavos?! —gritó Alonso de Paredes cuando oyó a Bartolomé decir que quizá la solución para que se quedaran fuera ésa—. Pero ¿te has vuelto loco? Jamás, ¿me oís?, jamás seré esclavo y menos de los cristianos.

En cuanto hubo dicho las últimas palabras el Hortelano se arrepintió. Miró al grupo de hombres para buscar su apoyo, pero éstos habían bajado la cabeza, pensativos.

—¿Prefieres irte a Berbería? A lo mejor tú te sientes a gusto entre moros, pero yo no.

Algunos hombres jalearon lo que acababa de decir un anciano. Alonso los miró con los ojos encendidos por la ira.

—¿Qué estáis insinuando?

—¡Por Dios, seamos sensatos! —Bartolomé siguió hablando—. Bien, os he informado porque creí que era mi obligación, ahora que cada uno tome la decisión que crea conveniente. Por el bien de todos deberíamos procurar respetar lo que cada uno decida.

—Yo creo que nos estamos adelantando. Todavía no hemos oído el pregón de expulsión y tal vez nunca se llegue a pronunciar. ¿Por qué vamos a ponernos el parche antes de que nos salga el grano? —Era Domingo Tomás, el Molinero, el que hablaba.

Un grupo de hombres dejaron oír sus voces para afirmar que estaban de acuerdo con el Molinero.

Aquella tarde Bartolomé había reunido a todos los hombres moriscos de la villa en la bodega de su casa, una nave amplia y cálida, aunque carecía de chimenea para calentarla. Había sacado unas jarras de vino y unos higos pasos de los que la concurrencia estaba dando buena cuenta.

Siguió contándoles que, según lo que decía don Alfonso en la carta, aunque la expulsión se llevaría a cabo, ésta no sería inminente, pues las autoridades no querían que sucediera lo mismo que con los hornacheros, que, al haber abandonado la villa en invierno, tuvieron que hacer el camino en unas condiciones lamentables. Algunos clérigos de Sevilla alzaron sus voces al contemplar atónitos el estado lastimoso en que llegaron los moriscos al Arenal. Muchos de ellos murieron por el camino, y los niños y ancianos llegaron enfermos del pecho. Tuvieron que quedarse varias semanas en el Arenal hasta que se repusieron, aunque algunos también murieron allí. Por tanto, la marcha se haría en primavera o verano. También se estaba discutiendo si los moriscos de Magacela embarcarían para Berbería o para Marsella en el propio puerto de Sevilla o tendrían que hacerlo desde Málaga. Esto último significaría tener que seguir el viaje hasta Málaga, pero todo dependía de si los barcos con los que se contaba en Sevilla serían suficientes.

—¿Alguna pregunta? —dijo cuando hubo terminado de explicarles cómo estaba el asunto.

Domingo Tomás, el Molinero, levantó la mano y todos los ojos se volvieron hacia él.

El Molinero era un hombre joven y corpulento, con una

cara redonda y sonrosada que parecía estar a punto de estallar de ira. Sin embargo, era todo lo contrario, tranquilo, bueno y generoso. Sus vecinos nunca le habían visto pelearse con nadie y cuando aquéllos tardaban en llevar el grano a su molino porque la siega se retrasaba, él les adelantaba la molienda y esperaba paciente y confiado en que ellos se lo devolvieran cuando pudiesen. Por eso, cuando su esposa murió dos años antes, todo el pueblo sintió su pérdida y como muestra de cariño el día del entierro dejaron el trabajo, cerraron tahonas y herrerías para acompañar al Molinero en su dolor, y hasta el alcaide se presentó en la ermita para presentarle sus condolencias. Tenía un hijo de corta edad, Alonsillo, al que quería más que a su vida y con el que ejercía de madre y padre, pues, aunque sus parientes le aconsejaban que tomase una nueva esposa él se negaba alegando que con ello estaría faltando el respeto a la memoria de su difunta.

—Suponiendo que don Alfonso estuviera bien informado...

—Créeme, Domingo, si don Alfonso no supiera de buena tinta todo lo que nos cuenta en la carta, no lo hubiera escrito. Es hombre cabal y moderado.

—Bueno, pues suponiendo que nos vayan a expulsar, ¿dice en la carta algo sobre lo de dejar aquí a los niños que no hayan cumplido ocho años? —preguntó.

No, la carta no aludía al tema, pero eso ya lo sabían ellos.

—¡No abandonaré mi casa ni mis tierras sin luchar por ellas! Si el rey quiere echarme, que venga un alguacil y me saque a rastras de mis campos. Y si me saca, antes de irme les pego fuego —afirmó con rotundidad Juan Cortés, dueño de un gran olivar.

Otras voces se alzaron apoyando lo que acababa de decir el labrador.

Bartolomé intentó que la serenidad volviera a la reunión. Cuando los ánimos se tranquilizaron hizo oír de nuevo su voz.

—Tenéis razón, no podemos dejar nuestra vida y marcharnos a una tierra desconocida sin luchar por lo nuestro. Propongo que algunos de nosotros vayamos a hablar con el alcaide para comunicarle que nos tendrán que sacar por la fuerza de nuestras casas si quieren que nos vayamos porque voluntariamente no nos iremos.

Todos los presentes aplaudieron lo que acababa de decir Bartolomé. Estuvieron de acuerdo en que él, Juan Cortés y el molinero Domingo Tomás subirían a la fortaleza al día siguiente y hablarían con don Juan de Hinestrosa.

—No nos escuchará, ya sabéis lo que nos dijo después de volver de la corte. A él y a todos los cristianos viejos les interesa que nos echen, así se quedarán con nuestras casas y con nuestras tierras a cambio de unos cientos de maravedís en el mejor de los casos.

El que había hablado era Miguel, el Herrero, un hombre enjuto que ya había cumplido los sesenta años y que llevaba trabajando en la fragua desde que era un niño, primero con su abuelo y luego con su padre; ahora dos de sus cuatro hijos lo hacían con él.

—Le ofreceremos dinero para que restaure la fortaleza. Si hacemos un esfuerzo podemos reunir una gran cantidad; los ricos siempre quieren dinero, es lo único que ansían —respondió Benito Pinto el médico.

Siguieron haciendo propuestas y debatiendo ideas hasta que, bien entrada la noche, cada uno volvió a su casa con la esperanza reflejada en el rostro.

El alcaide les recibió al día siguiente, pero las palabras que oyeron los moriscos no fueron las que esperaban. Don Juan les recordó la entrevista mantenida con el marqués de Velada y la respuesta que éste le dio. No se podía hacer nada, pues el rey, por lo visto, conocía la situación de la villa y estaba dispuesto a acabar con lo empezado. No había nada que hacer. Él era el primer interesado en que se quedaran, pero así estaba dispuesto por el monarca y nadie podía ir en contra de su voluntad. Como ya les dijo en su momento, tanto el prior frey Nicolás como él estaban tratando de que algunas personas, cuantas más mejor, se quedaran en la villa, aunque no les podía prometer nada.

—Entonces, don Juan, tendremos que atenernos a las consecuencias —dijo Bartolomé y su voz sonó tranquila, sin atisbos de rencor u odio.

—¿Qué quieres decir? ¿Me estáis amenazando? —preguntó el alcaide con una media sonrisa.

Bartolomé tragó saliva y pensó muy bien las palabras que iba a decir. Si era verdad que el alcaide, como él decía, estaba tratando de ayudarlos no les convenía ponérselo en contra.

—No, señor, eso sería lo último que haríamos. Pero los ánimos están muy caldeados. Nos sentimos cristianos, no tenemos nada que ver con esa secta de Mahoma ni con esas tierras a las que el rey nos quiere enviar. Nuestros antepasados nacieron en Magacela... Mi abuelo, mi padre, mi familia hemos nacido y nos hemos criado en estas tierras, y ahora, de buenas a primeras, nos dicen que tenemos que irnos para no volver jamás. Eso es muy duro, don Juan. Las gentes de la villa están dispuestas a todo, incluso a quemar sus haciendas y morir en ellas si el rey persiste en echarnos.

El alcaide se quedó mirando a los tres hombres que tenía delante. Siempre había pensado que sería difícil convencer a las gentes de la villa de que debían abandonar su casa, pero creía que aceptarían lo que el monarca ordenara sin atreverse a levantarse contra él. Ahora en los ojos de esos tres hombres veía que estaban dispuestos a todo con tal de que nadie les arrancara de sus casas.

—Sabéis que lo de pegar fuego a las tierras o las cosechas está prohibido, lo oísteis todos en el bando, es añadir problemas a los que ya hay. Y también sabéis que ese acto os puede llevar hasta la muerte —los advirtió al cabo don Juan.

—Todos lo oímos, don Juan, pero la desesperación puede

llevar a los hombres a cometer desatinos, incluso a enfrentarse a la muerte con tal de no salir de aquí.

Cuando los tres hombres se marcharon, el alcaide los vio salir despacio, serios, pero también decididos. Mientras los miraba ir desde la ventana por el camino de la alcazaba, pensó que esos hombres, curtidos en el trabajo, de recias y fuertes manos, trabajadores de sol a sol que habían luchado durante generaciones por tener un pedazo de tierra o una casa y que tendrían que abandonarlas de un día para otro, lucharían por lo suyo y, como Bartolomé había dicho, estaban dispuestos a morir, lo que significaba problemas para él.

Se alejó de la ventana y decidió que debía dar cuenta de todo al duque de Velada.

17

25 de marzo del año de Nuestro Señor de 1611

Las palabras que Bartolomé pronunció en la reunión cayeron como losas en los habitantes de la villa.

Sin embargo, muchos pensaban y confiaban en que la información del Sedero no fuera cierta. Habían pasado cuatro meses desde que oyeran el bando en el que se les instaba a denunciar a cualquier morisco de Granada y de otros reinos que se hubiese escondido en la villa, y nada desde entonces hacía suponer que oirían un bando similar. Cuando preguntaban al alcaide o a los clérigos éstos tampoco parecían saber nada. A los hornacheros se les había dado un plazo de quince días. No obstante, las semanas y los meses pasaban y nadie venía a decirles que se fueran. Las noticias que seguían llegando eran confusas; tan pronto venía alguien de otra ciudad contando que Felipe III, presionado por muchos obispos, suspendía la expulsión de moriscos, como llegaba la noticia de que el conde de Salazar no cejaba en su empeño de acabar lo que había comenzado.

La incertidumbre, el desasosiego y la angustia se instalaron en cada casa y las familias hacían todo lo posible por seguir con su rutina sabiendo que en cualquier momento el alguacil podía traer un bando que sería el definitivo de expulsión.

Los hombres recorrían las villas cercanas y visitaban a sus amigos y conocidos cristianos para que les dieran papeles en los que se certificara que los conocían desde hacía generaciones y vivían como cristianos viejos; las mujeres visitaban la ermita de los Mártires, encendían velas y aumentaban las limosnas; los niños entonaban por las calles canciones religiosas en un intento de que los curas de la villa se compadecieran y hablaran a su favor delante del obispo.

Desde aquella primera reunión en casa de Bartolomé de la Peña había habido muchas otras en las que se discutía, se comentaban las últimas noticias, se daban ánimos o se reforzaban las posturas tomadas en otras anteriores.

Pero, a pesar de todo, la vida seguía en la villa, con su día a día, en el que los habitantes intentaban olvidarse con el trabajo de esa espada de Damocles que pendía sobre ellos.

—¡Han brotado, padre, los botones han abierto!

La voz alegre y cantarina de Mencía atravesó el moreral y llegó clara hasta el pequeño cobertizo de adobe en el extremo opuesto del huerto.

Ezequiel dejó por un momento la tarea de ordeñar a la cabra y, elevando los ojos al cielo, dio gracias a Dios en silencio.

Desde hacía días su hija Mencía y él salían todas las mañanas a inspeccionar el moreral, y observaban con preocupación cómo los pequeños botones no acababan de romper. El invierno había sido poco lluvioso y la primavera se esperaba tardía.

Estaban a mediados de marzo y, aunque en las últimas semanas los días estaban siendo cálidos, la tierra no tenía suficiente humedad para hacer brotar los árboles. Por eso, la voz alegre de su hija lo llenó de felicidad.

La muchacha abrió de golpe la puerta de la cuadra y se quedó parada sin resuello en el umbral.

—¡Han brotado, padre! —dijo, cuando pudo tomar aliento—. ¡Los botones han abierto y están limpios!

Ezequiel sonrió a su hija. Sabía lo que las palabras de Mencía significaban. Los brotes venían libres del temido moho que atacaba a éstos desde su nacimiento haciendo que las hojas creciesen enfermas e inservibles. Pero Mencía los había visto limpios, así que dentro de quince días las hojas de las moreras aparecerían espléndidas, verdes y brillantes. Luego, cuando tuvieran fruto, tendría que estar al tanto por si las chicharritas y cigarrillas las atacaban, pero hasta entonces, la cosecha se presentaba abundante.

Mencía, ya más calmada, continuó con la información:

—Están todos limpios, padre, he mirado el primero de cada ringlera y no hay ni rastro de moho.

—¡Bendito sea Dios! —exclamó ahora en voz alta el Morero—. Anda, ve a avisar a Bartolomé y dale la buena noticia.

Mencía volvió a cruzar de nuevo el enorme huerto corriendo; ardía en deseos de informar a Bartolomé de la buena nueva. Antes de entrar en los soportales que comunicaban el huerto con las dependencias del dueño de la casa, se paró y alzó la cabeza para mirar un balcón, como si esperara encontrar allí a alguien. La sonrisa pareció huir de sus labios, pero la decepción no consiguió que perdiera la alegría. Se atusó el cabello y se colocó el vestido antes de entrar.

Los soportales los conformaban dos grandes arquerías formadas cada una de ellas por diez arcos y separadas por un gran corredor de baldosas rojas con olambrillas de dibujos. Una de ellas estaba abierta al gran huerto de moreras y, enfrentada a ella y separada por el gran corredor, se encontraba la otra, que albergaba las dependencias de los criados, las cocinas y unas grandes naves vacías que algunos de los criados se afanaban en limpiar.

Cuando Mencía entró en el corredor todos la miraron

con simpatía, los más viejos la habían visto nacer y crecer, y los más jóvenes jugaron con ella desde niños. Los criados oyeron los gritos de alegría de la muchacha e imaginaron a qué venía a la casa. Aunque cualquiera de ellos podía haberle dado la noticia al señor, todos sonrieron y esperaron a que fuera la joven y bonita hija del morero quien se la comunicara. Sabían lo que significaba el moreral para Ezequiel y su hija.

—Creo que Bartolomé está arriba —dijo Engracia, una joven criada morisca de la misma edad que Mencía y amiga de ésta—, pero procura no dar tantas voces o despertarás a todo el mundo.

Mencía subió por una gran escalera de piedra que daba acceso a la vivienda del morisco y llamó suavemente a la recia puerta de madera.

Una oronda y vieja criada abrió la puerta. El señor no estaba, pero Tristán la atendería, y la llevó hasta él, que se encontraba en la cocina desayunando.

Mencía notó las manos húmedas por el sudor y sintió arder el rostro cuando Tristán se levantó y fue hacia ella.

Éste había oído también las voces de la muchacha y esperaba su visita con ansiedad. Desde hacía un tiempo la presencia de Mencía lo turbaba y temía asustar a la joven si le confesaba lo que creía sentir por ella. Por eso, últimamente, cuando la veía guardaba las distancias e incluso alguna vez le había contestado desabridamente.

Era un joven fuerte y enérgico, con abundante cabello negro y un rostro agraciado donde resaltaban unos hermosos ojos negros. Acababa de cumplir veinte años y ya había saboreado las mieles del amor. A decir verdad, muchas jóvenes cristianas de la encomienda de Magacela soñaban y esperaban casarse con el guapo y rico hijo de Bartolomé. Alguna que otra morisca sólo lo soñaba.

—Las moreras han brotado —anunció la muchacha sin

atreverse a mirarlo a los ojos—, así que dice mi padre que ya puedes subir las bateas a las arquerías.

Las bateas, cubiertas de huevos de gusanos de seda, permanecían en la frescura de la bodega desde la primavera anterior esperando a que las moreras brotasen. Ahora deberían llevarlas a las arquerías, donde la temperatura era mucho mayor. Necesitarían quince días para eclosionar, justo los mismos que las moreras precisaban para tener las primeras hojitas tiernas, único alimento de las pequeñísimas larvas.

Tristán se quedó mirando a la joven con una sonrisa en los labios, pero ésta acabó convertida en un rictus cuando el sonido de la trompeta del alguacil llegó hasta el moreral.

> En el nombre del Rey se hace saber que dentro de dos meses han de salir de los reinos y señoríos de Su Majestad todos los moriscos de esta villa. No se debe entender, ni se entienda, esta orden con los cristianos viejos casados con moriscas, ellos y sus mujeres y sus hijos, ni con los que se han venido de Berbería a convertirse a nuestra Santa Fe, ni con los moriscos que fueren sacerdotes, frailes o monjas, ni con los que actualmente son esclavos. Y con las dichas excepciones, es voluntad y mando que como dicho es, sean expelidos los demás referidos so pena de la vida y perdimiento de bienes. Lo cual se ejecutará irremisiblemente en los que fueren hallados en sus reinos y señoríos, pasado el dicho término de dos meses. Los que no debieren ser expelidos deberán aparecer en una lista. Los que han de ser expelidos deberán dar relación de sus bienes raíces…

El gentío de la plaza prorrumpió en sollozos que fueron haciéndose cada vez más fuertes hasta convertirse en un solo lamento. Los soldados que acompañaban al alguacil pidieron en vano silencio.

—¡Malditos seáis! ¡Malditos mil veces! —El grito angustiado de Alonso de Paredes atronó la plaza.

—¡Malditos seáis vosotros! —gritó a su vez la esposa de Bartolomé—. Tú y todos los de tu ralea sois los culpables de que nos echen de nuestra tierra y nos alejen de nuestro Dios. ¿Qué pensabais? ¿Que no nos enterábamos cuando corríais a los morquíes a desbautizar, a lavarle a los recién nacidos el crisma? ¿Que no sabíamos que os hacíais los remolones para no ir a misa? ¿Que hasta que os obligaron a bautizaros no fuisteis cristianos a la fuerza? ¿Pensabais que era un secreto que antes de que celebraseis el santo sacramento del matrimonio habíais yacido ya como marido y mujer como lo manda ese infiel de Mahoma?

—Esa religión que tanto odias estaba aquí mucho antes de que todos tus antepasados existieran. Llevamos aquí ochocientos años y esta tierra es tan nuestra como vuestra. No tenéis derecho.

—Y antes de que llegarais vosotros, ¿quiénes habitaban estas tierras, eh? Estáis aquí porque nos las arrebatasteis a la fuerza. Antes de que vinierais éramos cristianos —se alzó la voz de Tristán.

—¡Sí, no tenéis derecho! —bramó un joven morisco—. Sois unos hipócritas, predicáis la compasión y el perdón y luego no la ejercéis ni sobre vosotros mismos.

El alguacil gritaba a su vez para que se guardara silencio y los soldados se pusieron alerta porque aquello podía terminar mal.

Bartolomé cogió a su esposa del brazo para llevársela de allí, pero Catalina estaba fuera de sí, forcejeó y siguió gritando:

—¡Antes de que pusieseis vuestros pies aquí nosotros éramos cristianos! Si tanto echabais de menos a Alá, ¿por qué no os fuisteis cuando os dieron la oportunidad? ¿Quién os lo impedía? Teníais libertad, pudisteis vender vuestros bienes. ¡Alonso de Paredes! ¿No se te llena la boca diciendo que el hombre tendría que ser libre para venerar al dios que quisiere? Pues ésa era vuestra libertad: os hubierais ido a Berbería y hubieseis sido allí libres.

—¡Esta tierra es tan nuestra como vuestra! —volvió a gritar de nuevo el joven.

Algunos muchachos cristianos comenzaron a insultar a los moriscos, pero sus madres los agarraron del brazo y los sacaron de la plaza.

Catalina había dejado de chillar y ahora lloraba desconsoladamente mientras su esposo se la llevaba consigo a su casa.

El mismo día en que los habitantes de la encomienda de Magacela se insultaban, lloraban, rezaban y hacían rogativas a Dios para que les dejara permanecer en las tierras en las que habían nacido, en las ciudades del reino se hacían procesiones y se sacaba a los santos para agradecerles que el Señor les hubiera librado de esa raza maldita de moros.

En Madrid el propio rey Felipe III, engalanado con lujosas ropas blancas, salía en procesión acompañado de un séquito de casi quinientas personas: duques, condes, obispos y clérigos se echaron a la calle para festejar que la fe en Cristo tornaba de nuevo a los reinos españoles.

18

Abril del año de Nuestro Señor de 1611

Fray Jerónimo se mostraba preocupado hasta el punto de que en las horas del rezo de nona no pudo concentrarse como debía, pues su mente la ocupaban las palabras que esa mañana había escuchado de boca de su sobrino, don Juan de Hinestrosa.

Se había presentado en el convento a primera hora de la mañana y en el patinillo junto a la sacristía había mantenido la conversación que ahora tanto lo desazonaba. Casarse con Mencía, la hija de Ezequiel, el Morero. Conocía a la joven, ¡por supuesto que sí! Ni en sus más inverosímiles sueños el destino podía haber jugado de aquella manera. Su sobrino, enamorado de... «¡Cuán incomprensibles son tus juicios, Señor, y cuán inescrutables tus caminos!», recitó recordando a san Pablo. ¿Qué camino debía emprender él ahora? Estaba claro que su sobrino estaba enamorado de la muchacha y nada de lo que le había dicho esa mañana parecía haberlo hecho cambiar de opinión. Además, no estaba seguro de querer evitar ese matrimonio. Tendría que comenzar a mover papeles, pero sobre todo debía hacerlo con la mayor discreción.

Ajena al futuro que los dos hombres planeaban aquella mañana para ella, Mencía se sentía feliz y preocupada a la vez. Se encontraba en la huerta atando con tallos de juncia las tiernas hojas de lechuga para formar con ellas cogollos, pero no podía concentrarse en la tarea y no conseguía sujetar los nudos. El bando que había escuchado el día antes ocupaba su mente y la sumía en una profunda tristeza. No quería pensar en lo que sería de ella si Bartolomé y su familia se iban del pueblo, pero, sobre todo, si no volvía a ver nunca más a Tristán. Lo que sentía por el hijo de Bartolomé la llenaba de alegría hasta tal punto de sentirse la mujer más dichosa del mundo por poder ver todos los días al que creía que era el amor de su vida. No tenía por qué seguir engañándose, amaba a Tristán, quizá lo supo siempre, pero era ahora cuando ese amor se había manifestado con toda intensidad. No sabía si él sentía lo mismo por ella. A veces lo sorprendía mirándola, pero su sonrisa burlesca le decía que esas miradas no eran de amor. ¿Qué iba a hacer si una mañana se levantaba y no veía esa sonrisa? Sintió un nudo en la garganta.

Vio al Sedero asomado al balcón que daba a la huerta, lo saludó con la mano y se esforzó por sonreír al ver que aquél le devolvía el saludo. Dos meses, el bando decía que les daban dos meses para que dejaran las tierras y se marcharan de allí para no volver jamás. Las lágrimas comenzaron a nublarle los ojos y temió cortarse con la navaja. Así que decidió dejarlo y ayudar a su padre a recoger naranjas.

Bartolomé oyó los gritos de Mencía y bajó corriendo las escaleras. Cruzó el moreral hasta llegar a la puerta de la casa de Ezequiel, en la que la muchacha, arrodillada en el suelo, abrazaba llorando a su padre, que yacía tendido a los pies de los naranjos.

Durante tres días Mencía no se separó de la cabecera del lecho de su padre y, aunque éste permanecía con los ojos cerrados como si ya no estuviese en este mundo, ella le hablaba y le contaba que los naranjos seguían llenos de frutos esperando que él se recuperara para recogerlos, que los gorriatos, intrépidos y descarados como siempre, picoteaban las ciruelas tempranas, pero que no se preocupara, que Tristán estaba haciendo un espantapájaros y no acudiría ni uno, o que Bartolomé le había llevado un haz de juncia para atar las lechugas. Hasta que una tarde ya no pudo seguir contándole lo que sucedía en la huerta porque el corazón de Ezequiel dejó de latir.

Lo enterraron en la iglesia de Santa Ana, como correspondía a un cristiano viejo, y al entierro asistió toda la villa. Mencía, agarrada del brazo de Catalina, caminaba detrás del féretro en el grupo de las mujeres. El largo velo ocultaba su rostro y sus hermosos ojos, ahora enrojecidos por el llanto y el dolor.

Don Juan de Hinestrosa estaba sentado en un banco de la iglesia detrás de Mencía y su atención no estaba puesta en el oficiante, sino en la hija del difunto. Pensaba que ahora más que nunca ella necesitaba que alguien la cuidara; imaginaba la fragilidad de su cuerpo bajo las ropas negras y sintió una ternura como nunca antes por una mujer. Una vez más volvió a decirse que su atracción hacia ella no era sólo por su belleza o juventud, no era el deseo lo que lo llevaba a querer estrecharla en sus brazos, sino la necesidad de cuidarla y protegerla.

En el momento de depositar el féretro en el sepulcro, abierto en el suelo de la iglesia, Mencía sintió que las piernas se le doblaban y tuvo que apoyarse en el banco para no desvanecerse. El alcaide, pendiente de ella durante todo el tiempo que había durado el funeral, avanzó un paso con la intención de sujetarla, pero se quedó inmóvil al ver que el hijo del Sedero se le adelantaba y, tomándola del brazo, la ayudaba a sentarse. Sintió una punzada parecida a los celos, pero se tranquilizó al pensar, una vez más, que ese joven se preocupaba de ella y la cuidaba como lo haría un hermano.

Cuando todo terminó, don Juan volvió al alcázar y subió a la terraza. Desde allí contempló cómo Mencía y el cortejo de gentes de la villa que la acompañaba bajaban la rampa de la fortaleza y tomaban el camino que les llevaría a sus casas. Por primera vez en su vida sintió no poder ser uno de ellos.

19

La pena y el desconsuelo se adueñaron de Magacela. Hacía una semana que sus habitantes habían escuchado el bando y el tiempo corría deprisa para ellos. Nada parecía haber cambiado en la población, salvo el retén de soldados que hacían guardia a las puertas de la Casa del Concejo y que vigilaban las salidas de la villa.

Sin embargo, ellos ya no eran los mismos. El silencio y el recelo, la desconfianza y la suspicacia aparecían en los ojos de los moriscos cuando se cruzaban por las calles. Además, ninguno de los pocos cristianos viejos quería tener nada que ver con ellos y poco a poco les fueron negando el saludo a quienes hasta hacía unas semanas habían sido sus vecinos de toda la vida o incluso familiares. La sola idea de que los vieran tratar con ellos les hacía pensar que podrían ser también expulsados.

Un día aparecieron en la villa un notario, dos comisarios y dos escribanos y se establecieron en una estancia de la Casa del Concejo. Venían con la misión de constituir las listas de los bienes raíces y del oro, plata y joyas que poseía cada familia morisca con la intención de saber exactamente a cuánto ascendía el montante de lo que la Real Hacienda de Su Majestad iba a ingresar, pues ya sabían, por el bando, que antes de embarcar debían entregar a los recaudadores la mitad de lo que los comisarios anotaran en sus registros.

La otra misión que tenían encomendada era la de apremiar a los expelidos a vender los bienes raíces y procurar adquirir alimentos imperecederos, paños o bienes semovientes que pudieran llevar consigo.

Una tibia mañana del mes de abril los habitantes de la villa quedaron embargados de nuevo con el sonido de la trompeta. Pero esta vez ninguno salió a enterarse de lo que sucedía; no necesitaban salir de sus casas ni acudir a la plaza para escuchar lo que tuviera que decirles el alguacil, lo que hubieran preferido no saber nunca.

Sólo hacía tres días desde que la última asamblea los había reunido a todos y en la que decidieron que, de volver a oírse ese maldito sonido que únicamente les recordaba su desgracia, no saldrían de sus casas, no se darían por enterados de lo que el rey tuviera que comunicarles acerca de su expulsión. Si el conde de Salazar quería informarles de cómo deberían abandonar sus tierras y sus casas, tendría que ir el alguacil casa por casa, pero tampoco podría comunicarles nada porque encontraría las puertas atrancadas y, aunque los golpes atronaran la calle, sus dueños no abrirían.

En la plaza del mercado el alguacil, cansado ya de tocar una y otra vez, miró al emisario esperando órdenes, pero éste dirigió su mirada interrogante a los dos alcaldes mayores. Don Diego Adagya y don Sebastián Hidalgo llevaban varias semanas sin saber cómo sobrellevar el caso de la expulsión de sus vecinos; por una parte, tenían el deber de cumplir órdenes del regidor de Badajoz, pero, por otra, ellos eran habitantes de la villa que gobernaban a sus vecinos, a algunos los habían visto nacer y entre los que serían expulsados se encontraban no pocos parientes. Decidieron que por el momento no informarían a la autoridad superior de Badajoz, sino que hablarían con algunos hombres influyentes como Bartolomé de la Peña o Alonso de Paredes, intentarían que entraran en razón aduciendo que no había vuelta atrás y todo lo que hicieran sólo serviría para echar más leña al fuego, que su negativa a conocer los detalles para la marcha —pues los alcaldes se referían a la expulsión como «la marcha»—, únicamente les traería perjuicios. Apelarían al buen entendimiento y juicio de los entrevistados.

Tampoco los pocos cristianos viejos de la villa habían acudido a oír el bando: cuanto menos se les viera hablando con los moriscos mejor. Al fin y al cabo, si aquéllos no querían enterarse de cómo sería la expulsión, ellos no tenían por qué saberlo tampoco.

Cuando el emisario de las órdenes se percató de que nadie acudiría esa mañana a la plaza, se despidió de los alcaldes y, acompañado de los dos soldados por los que había llegado escoltado a la villa, salió picando espuelas. A primera hora de la tarde el corregidor de Badajoz supo que los moriscos de Magacela se negaban a oír el bando para informarles de cómo se haría efectiva la salida de la villa. Su obligación era poner en conocimiento de lo sucedido al conde de Salazar, pero temiendo que éste reprobara su actuación decidió resolver el problema por su cuenta. Así que una semana después envió de nuevo al emisario con una orden para los alcaldes: detener a todos los varones moriscos mayores de quince años y llevarlos a Castuera si se negaban a escuchar el pregón. Se quedarían en prisión mientras sus familias eran expulsadas a Berbería. Al cabo de seis meses los encarcelados serían expulsados también. Los alcaldes, que habían fracasado en su afán de hablar con los moriscos más influyentes, hicieron correr el rumor de lo que sucedería si éstos se empecinaban en plantarle cara al regidor de Badajoz.

Así que, a la mañana siguiente, con los labios apretados y la ira corroyéndoles las entrañas, los moriscos acudieron a la plaza.

—«... a la salida del sol, las puertas de las casas deberán quedar abiertas de par en par, los carros o recuas...»

Mencía no pudo seguir escuchando lo que el alguacil pregonaba a voz en grito. Con las lágrimas nublándole la vista echó a correr hacia su casa. Hacía sólo unos días que había perdido a su padre y la idea de quedarse ahora sin la familia del Sedero se le aparecía como una nueva tragedia. El mero pensamiento de quedarse sola y no volver a ver nunca más a Tristán hacía que se le formara un nudo en la garganta que le impedía respirar. Cuando abrió el portillo de la huerta, la opresión que sentía en el pecho casi le impedía respirar. Se quedó parada contemplando los árboles frutales, el cuidado caminillo de tierra, las palmeras, las enredaderas floridas. Caminó despacio hasta llegar a la casa y se sentó debajo del naranjo donde había muerto su padre. Allí, el dolor que no había enseñado en público, para demostrar a todos que era fuerte y que podía seguir adelante, apareció con toda su crudeza. El eco del grito desgarrador resonó entre los frutales y Mencía sintió cómo su pecho se aliviaba igual que el arroyo que, obstruido, va ensanchando su caudal hasta que por fin revienta saltando las piedras y, luego, fluye mansamente. Mencía notaba ahora sus lágrimas caer lentamente en su vestido y sentía cómo su pena se aliviaba. No sabía el tiempo que había estado así cuando oyó que alguien se acercaba. Levantó los ojos enrojecidos y al ver a Tristán se levantó y se abalanzó a sus brazos. El joven la abrazó con fuerza e intentó hablar, pero la congoja se lo impedía, quería decirle que él la cuidaría, que no se separarían nunca, que el destino que Dios le tuviera preparado pasaba por estar junto a ella porque la amaba, sí, la amaba más que a nada en el mundo, pero en lugar de esas palabras Tristán le besó el cabello y la estrechó aún más contra su pecho.

Cuando la noche cayó sobre la villa, los tres hombres salieron de sus casas. Llevaban la cara cubierta, excepto los ojos, en los que se reflejaba la ira que les embargaba. Agazapados entre las sombras, esperaron varias horas hasta que el sueño venció a los dos soldados que vigilaban la Casa del Concejo. Entonces, sin hacer ni un ruido salieron de sus escondites al mismo tiempo y se acercaron al edificio. Sin cruzar ni una palabra comenzaron a derramar por las puertas y ventanas las alcuzas que portaban. Luego acercaron el farol y el aceite prendió rápidamente. Cuando las llamas comenzaron a iluminar la noche y el grito despertó a los vecinos, los tres volvieron a sus casas tan silenciosamente como habían salido.

Durante toda la noche los soldados lucharon por apagar el fuego, pues ninguno de los habitantes de la villa salió de su casa ni siquiera para preguntar a qué se debían las voces. Todos imaginaban qué estaba sucediendo. Los moriscos lo intuían, pues ya alguien, en las últimas reuniones, se había atrevido a preguntar qué sucedería si las autoridades no pudieran pasar lista porque el censo de moriscos hubiera desaparecido.

—Lo único que lograríamos sería retrasar la expulsión y eso podría acarrearnos más problemas de los que tenemos. Los soldados podrían tomar represalias —fueron las palabras sensatas y calmadas pronunciadas por Bartolomé de la Peña.

—¿Acaso podemos tener más problemas de los que tenemos? ¿Qué más represalias podrían tomar que echarnos de nuestras tierras? —preguntó aquella noche Alonso de Paredes, indignado.

Cuando al amanecer los soldados irrumpieron en diez casas para llevarse detenidos a los varones, entre ellos al Hortelano, los moriscos recordaron las palabras de Bartolomé.

A media mañana los alcaldes mayores hicieron correr la

voz de que los detenidos, treinta en total, habían sido llevados a un lugar seguro fuera del pueblo. Les traerían de vuelta la mañana en que debían emprender la marcha si no sucedía nada en la villa; por el contrario, si los moriscos oponían resistencia o se amotinaban, los treinta varones, entre los que se encontraban dos muchachos, no viajarían con sus familias, sino que se quedarían en la cárcel, donde serían juzgados enfrentándose a penas que incluían no reunirse jamás con los suyos.

El suceso conmovió de tal manera a las gentes de la villa que el resto del día apenas se atrevieron a salir de sus casas. Fue al atardecer cuando tres hombres, entre ellos el molinero Domingo Tomás, se presentaron en la casa de Bartolomé de la Peña a pedirle que los acompañara. Tenían intención de ir a hablar con don Diego Adagya y don Sebastián Hidalgo o subir a la fortaleza a hacerlo con el alcaide. Les rogarían que liberaran a los detenidos; a cambio, ellos se comprometían a no provocar altercados. Pero tanto los alcaldes como don Juan argumentaron que no tenían potestad para liberar a unos hombres detenidos por los soldados del rey.

20

¿Qué quería el alcaide? —preguntó Tristán cuando entró en la sala después de habérselo cruzado al entrar en su casa—. ¿Se ha sabido algo sobre los detenidos?

—No, no era ése el asunto que lo ha traído aquí —contestó, serio, su padre.

—¿Entonces? —volvió a preguntar su hijo con extrañeza.

Sólo recordaba haber visto un par de veces a don Juan en su casa a lo largo de su vida. Debía de tratarse de algo importante cuando se había personado él y no ningún criado.

—Padre, si es algo referente a la expulsión, ya no soy un niño para que me ocultes...

—Se trata de Mencía —lo cortó.

—¿Qué pasa con Mencía? —inquirió y su voz sonó áspera.

—El alcaide quiere casarse con ella.

—¿Qué... qué...? —tartamudeó Tristán, incapaz de expresar lo que pasaba por su cabeza.

—Don Juan ha creído conveniente hablar conmigo, pues nos considera como su familia. Si Mencía lo acepta, don Juan se casará con ella. A decir verdad, es lo mejor que podía pasarle. Desde que murió Ezequiel no dejo de pensar en lo que será de ella...

Bartolomé seguía hablando, pero Tristán ya no lo escuchaba. En sus oídos martilleaban las palabras que había pronunciado su padre hacía un momento: «El alcaide quiere casarse con ella». Apretó los labios y sus ojos se empañaron de lágrimas. Sintió cómo se le formaba un nudo en la garganta que le impedía hablar.

—Sí, cuidará de ella, es un hombre bueno y rico... —Ahora era su madre la que hablaba y él se la quedó mirando como si fuera la primera vez que la veía.

—¡¿Os habéis vuelto locos?! —gritó cuando pudo por fin hablar—. Mencía jamás se casará con él, jamás, ¿me oís? ¡Jamás!

Y salió de la sala conteniendo la rabia y la amargura que sentía.

Bartolomé se quedó con la vista fija en su hijo sin comprender lo que sucedía. Miró a su mujer buscando una explicación y ésta le sonrió dulcemente.

—No te has dado cuenta, ¿verdad? No me extraña. Él lo ha descubierto hace poco. ¡Qué lástima encontrar al amor de tu vida y tener que renunciar a él! —se lamentó tristemente—. En otro tiempo y en otras circunstancias, la elección de Mencía como esposa de Tristán nos habría colmado de felicidad. Ahora, el dejarla aquí es un dolor más, añadido al que ya tenemos.

El Sedero se quedó mirando a Catalina sin poder reaccionar.

—Mencía y Tristán. No me extraña —dijo por fin devolviéndole la sonrisa igual de triste a su esposa—. Como bien dices, en otro tiempo nos hubiera hecho muy felices. Pero ahora debemos pensar en su bien. De aquí a unos días nos habremos ido y se quedará sola. ¿Qué será de ella entonces? Don Juan la cuidará y...

No pudo terminar la frase porque Catalina, incapaz de retener el llanto, salió precipitadamente dejándolo solo.

Bartolomé se quedó pensando en las palabras pronunciadas por su esposa. ¡Mencía, la hija de Ezequiel, la muchacha alegre y bonita que había jugado con sus hijos y a la que él quería como a una hija! Podía imaginar la cara del Morero cuando él le hubiera ido a decir que su hijo quería casarse con Mencía. Sus ojos llenos de arrugas se habrían humedecido demostrándole su agradecimiento. En lugar de eso, ahora debía hablar con Mencía para darle el recado del alcaide. Pero ¿y la muchacha? ¿Estaría ella también enamorada de Tristán? Su hijo había gritado que Mencía jamás se casaría con don Juan. Quizá ellos hablaban y se amaban en secreto. Si era así, Tristán no querría separarse de Mencía. Conocía a su hijo, sabía lo perseverante que podía llegar a ser cuando quería conseguir algo que deseaba. Recordó cómo durante meses lo estuvo convenciendo para que lo dejara ir a Sevilla a estudiar. Entonces era sólo un muchacho, ahora era un hombre dolido, como toda la familia, por tener que dejar su casa, sus amigos y su vida. Una vez más se sintió culpable por el sufrimiento que estaba causando a su familia. ¿Hasta dónde estaría dispuesto a llegar Tristán con tal de no separarse de Mencía? Un estremecimiento le recorrió el cuerpo al pensar que podrían huir juntos y convertirse en fugitivos. El bando informaba claramente que los moriscos que intentaran eludir la expulsión podrían enfrentarse hasta la pena de muerte. Lo mejor sería que fuera a hablar con Mencía cuanto antes.

Encontró a la muchacha en la huerta recogiendo las últimas naranjas y la invitó a que se sentara en uno de los bancos de piedra adosados a la fachada de la casa.

Desde el balcón que daba a la huerta, Tristán vio a su padre conversar con Mencía y supuso que le estaría dando el recado del alcaide. A fin de cuentas, ¿quién era él para impedir que la joven se casase con quien quisiese? ¿Qué podía ofrecerle él? ¿Huir? ¿Adónde? Don Alfonso les había ofrecido que se fueran a vivir con ellos, pero eso había sido antes del bando. Ahora, los caminos estaban tomados por soldados que impedían salir a ningún morisco de sus villas. Además, no sabía si ella sentía lo mismo por él. ¿Y si aceptaba? La vida regalada que le presentaría don Juan no tenía nada que ver con lo que él podía ofrecerle. La huerta, después de que ellos se fueran, no sería el mejor lugar para una muchacha sola. No tenía derecho a destrozar también la vida de Mencía.

En ese momento vio a su padre despedirse de la joven y se dijo que no tenía sentido seguir pensando en ella. Al cabo de unos días él se iría para siempre de la villa y a Mencía le esperaba una vida cómoda en el alcázar.

21

Madrugada del 13 de mayo del año de Nuestro Señor de 1611

Tristán no podía conciliar el sueño. A través de las paredes de su cuarto oía los apagados gemidos de su madre, que desde que supieron que tenían que abandonar su casa no había dejado de llorar ni un solo día ni una sola noche.

Ni las palabras de Bartolomé diciéndole que lo importante era que estarían todos juntos o qué más daba el lugar donde se viviera si una casa se podía levantar en una semana hacían que Catalina abandonara su pena. No encontraba consuelo en nada de lo que le decía su esposo y sólo abandonaba por unas horas el llanto cuando sus hijos pequeños la abrazaban y le suplicaban que tenía que ser fuerte, porque si enfermaba, ¿quién cuidaría de ellos? Entonces fijaba sus ojos llorosos en ellos y acariciaba sus rostros con ternura, como si fuesen ésas las últimas caricias que pudiera regalarles, como si allí adonde fueran la ternura estuviera prohibida o como si el tiempo pudiera impedir que su mano rozara sus mejillas.

El joven se levantó de la cama y salió al balcón. El aire tibio de la noche primaveral lo reconfortó. Aún no había amanecido y aunque el cielo aparecía sin estrellas, unos pequeños nubarrones se adivinaban en la inmensa oscuridad. Tristán deseó que el calor les diese una tregua. Él había viajado muchas veces hasta la ciudad del Guadalquivir por los caminos que se hacían intransitables cuando aparecían las lluvias, pero también cuando el sol abrasaba y los caballos sudorosos y agotados por la sed debían ir al paso haciendo interminables las jornadas. Dios no permitiría que se añadiera un sufrimiento más a los que ya padecían.

A la pena de abandonar su casa se unía la zozobra que lo afligía desde que hacía unos días supo por boca de su padre que don Juan de Hinestrosa pensaba casarse con Mencía. Desde entonces evitaba encontrarse con la joven por miedo a que ésta le dijera lo que no quería escuchar. Su padre no había vuelto a hablar del tema y él temía preguntarle sobre ello. ¿Qué más daba un dolor más si su vida se terminaba allí? Quizá fuera lo mejor, arrancarse del alma todos los recuerdos de una vida que por momentos sentía que se iba quedando atrás.

La aparición del lucero del alba le arrancó una triste sonrisa al pensar que era el último amanecer que veía en Magacela. Miró el huerto y en la oscuridad adivinó sus perfectas hileras de moreras y los granados en flor. ¿Quién recogería ese año las hojas de las moreras? Recordó a Ezequiel y se le formó un nudo en la garganta. Luego la imagen de Mencía apareció en su mente. ¿Qué sería de la muchacha? ¿Por qué se hacía esa pregunta? Sabía lo que pasaría. El alcaide se casaría con ella y tendría hijos. Había estado luchando toda la noche para evitar que su rostro se le apareciese, pero ahora sentía que todos sus esfuerzos eran inútiles. Notó cómo el nudo de la garganta lo apretaba hasta casi impedirle respirar al pensar en alejarse de ella. «Mencía casada con don Juan.» Sus ojos comenzaron a llenarse de lágrimas y sintió que la tenaza que le aprisionaba la garganta cedía y daba paso a una rabia contenida que le hacía apretar los dientes hasta que notó en las sienes un dolor agudo. «Mencía.» Su risa, su inocencia de niña, sus ojos de esmeralda, su hermoso cuerpo de mujer se le aparecían con dolorosa nitidez. ¿No era amor lo que sentía por la muchacha?

En Sevilla, donde pasó sus años de primera juventud, había conocido a jóvenes hermosas y gozado con ellas de los placeres del amor, incluso creyó alguna vez estar enamorado y sufrió por ello. Sin embargo, cuando en verano volvía a su casa se olvidaba de todos los amores, de las tabernas y de las parrandas con sus amigos estudiantes y se zambullía en otros placeres que le hacían sentirse inmensamente feliz: madrugar para ayudar a Mencía en la recolección de las hojas de morera y de los frutos; arreglar la noria con Ezequiel mientras la veía refrescar sus pies en el agua cristalina de las acequias; saborear los higos que ella le ofrecía después de haberlos probado, inocentemente, para ver si estaban maduros; bailar en la fiesta de las candelas en las que los jóvenes moriscos participaban a pesar de la oposición de los padres; en todos los recuerdos felices estaba Mencía. Ahora se daba cuenta por primera vez de que la alegría que lo embargaba cuando volvía a Magacela no era sólo por volver a casa con su familia, sino por estar con ella. ¡Qué ciego había estado todo ese tiempo! Era como si sus sentimientos hubieran estado envueltos en una nebulosa y ahora, unas horas antes de alejarse de ella para siempre, se fuera deshaciendo y mostrando entre jirones lo que realmente sentía. Amor. Eso era. Estaba enamorado de Mencía. Siempre lo había estado. Desde que era una niña, y él, ya mozo, se burlaba de ella llamándola Ojos de Mora, haciendo un juego entre las moras y las moreras: «A ver —le decía—, seguro que naciste con los ojos castaños y de tanto coger hojas de mora se te pusieron verdes». Y ella, haciendo un mohín en su bello rostro, abría los ojos verdes como esmeraldas y le preguntaba con inocencia a su padre: «¿Es verdad, padre? ¿Nací con los ojos castaños?».

Una luz proveniente de una de las ventanas de la casa de Ezequiel le sacó de sus cavilaciones. Quizá Mencía tampoco pudiera dormir pensando en él. El corazón comenzó a latirle tan fuerte que temió que lo pudiera oír su madre. Una sonrisa acudió a sus labios y comenzó a bajar corriendo las escaleras. Cruzó de la misma manera el huerto hasta llegar a la casa de Mencía.

Cuando llegó a la puerta se quedó parado pensando en la locura que había estado a punto de cometer. Se sintió avergonzado y se dio la vuelta. ¿Qué pensaría su madre si lo viera llamando a la puerta de una joven de madrugada? Además, ¿y si Mencía no sentía lo mismo por él? ¿Y si estaba decidida a casarse con don Juan? ¿Qué derecho tenía él a condenarla a una vida de prófugos sin saber lo que les iba a deparar el destino?

—¡Tristán! —oyó que lo llamaban.

Se dio la vuelta y allí estaba Mencía, en camisa, con el pelo cayéndole por la espalda, sonriéndole, como una diosa griega de esas que tantas veces contempló en los libros de sus años de estudiante en Sevilla. Un sentimiento de deseo invadió todo su cuerpo hasta casi paralizarlo.

Se acercó despacio hasta la puerta y cuando vio sus hermosos ojos verdes bañados en lágrimas sintió una ternura infinita por la muchacha que le hizo olvidarse de las diosas griegas y el placer y sólo deseó abrazarla, mecerla en sus brazos y acariciarla. Y como si ella hubiese adivinado sus deseos, acercó su rostro húmedo a su pecho y dejó que éste mojara la camisa de Tristán.

Entraron en la casa agarrados de la mano y Tristán cerró la puerta. Ya en el lecho el llanto se fundió con los besos, las caricias con sus palabras de promesas de amor eterno y de nuevo con las lágrimas en un inmenso torbellino de aguas revueltas, de risas iluminadas por los ojos verdes esmeralda y que, al cabo, se remansaron en un lago de placidez infinita, y Tristán pensó que eso era el amor y se dijo que ninguna ley ni bando haría que abandonase a Mencía, que no consentiría que nadie le apartara de ella, porque ya la vida no tenía sentido si no la vivía al lado de la muchacha que yacía junto a él.

22

13 de mayo del año de Nuestro Señor de 1611

Clareaba el día cuando los más madrugadores se dirigieron a las huertas a recoger sus carros. El día anterior los soldados, en su afán de llevar a cabo la salida lo más ordenada posible, ordenaron que todos los carros fueran llevados antes del anochecer a la salida del pueblo para contarlos y registrarlos; luego, por la mañana los trasladarían a las puertas de sus casas para cargarlos con el equipaje, trastos y alimentos. Una vez cargados, los llevarían de nuevo a las huertas, desde donde saldrían en fila por riguroso orden. El cielo se mostraba limpio de nubes y algunos hombres levantaron la vista preguntándose si sería ese mismo el que contemplarían allí hacia donde se dirigían.

La tarde antes, varios soldados entraron en el pueblo trayendo consigo a los treinta varones que habían sido detenidos como represalia por prender fuego a la Casa del Concejo.

Las mujeres, madres y esposas, se abalanzaron sobre ellos y les cubrieron de abrazos y besos. En su desesperación habían llegado a creer que no volverían a verlos nunca más, pues, aunque los actos de sabotaje no se habían vuelto a producir, las protestas por cómo se estaba llevando a cabo la venta de tierras y casas entre moriscos y cristianos viejos, algunos venidos de las villas vecinas, seguían siendo constantes.

Los hombres venían como reos, formando una caravana con las manos atadas por delante, sucios y desharrapados; algunos tenían heridas en los pies, pero la mayoría estaban ilesos.

El orden tan rigurosamente establecido por los soldados no parecía estar teniendo mucho éxito esa mañana, pues en algunas calles estrechas los carros cargados impedían el paso de los otros y las mulas, nerviosas por el trajín, se movían inquietas haciendo peligrar los bultos que tan afanosamente iban subiendo sus dueños: mantas, jergones enrollados, útiles de cocina, orzas con comida...

Poco a poco los moriscos fueron vaciando sus casas, todo lo que iban a trasladar lo tenían preparado desde hacía días; lo otro, lo que no les iba a servir o lo que les estaba prohibido que se llevaran, como las joyas, las tierras o los animales, lo habían malvendido a sus vecinos o a los vecinos de los pueblos de al lado, que acudieron raudos ante el suculento negocio que se les presentaba. Algunos habían tenido que vender el propio carro para comprar la comida necesaria del viaje y luego alquilárselo a sus nuevos dueños. Éstos les acompañarían para volverse después con carros y mulas.

Con la tristeza reflejada en el rostro, Bartolomé, ayudado por Tristán, acomodó los bultos en el carro que se había negado a vender. No quería llevar en él a nadie que no fuese su familia. Cuando llegase a Sevilla, si podía venderlo lo haría y si no, lo dejaría allí, donde seguro que más de uno se pelearía por él. Cuando terminó, ayudó a subir a su mujer y a sus hijos pequeños y él se colocó en el pescante.

Se habían despedido la noche antes de Mencía entre lágrimas suplicándole que no saliese a despedirlos por no hacer más penosa la partida.

Ni él ni Catalina se dijeron una sola palabra; se las habían dicho todas esa noche en la que no habían podido pegar ojo. Tampoco derramaron ninguna lágrima, pues también en la noche pasada sus ojos, faltos de sueño, habían convertido la pena en llanto silencioso. Tristán, el último en subir, se demoró un instante en la puerta abierta de par en par y Bartolomé sintió que el nudo que llevaba atenazando su garganta desde que comenzó a colocar bultos en el carro lo ahogaría.

—Sube, hijo, que vamos tarde —se vio obligado a decir.

De un salto Tristán se subió al pescante, tomó las riendas y tiró con fuerza de ellas. El pesado carro se movió y enfiló calle abajo.

Cuando llegaron a las primeras huertas, decenas de carros puestos en fila los esperaban. Los soldados indicaron a Tristán que, por ser el carro más grande y pesado, iría el último para no entorpecer la marcha.

Uno de los soldados sacó un papel donde estaban anotados cuidadosamente los nombres de todos los que debían emprender el camino del exilio y el lugar exacto que debía ocupar cada carro.

Puesto de pie en el pescante del carro de Bartolomé, el soldado se dispuso a nombrar a cada uno de los ochocientos dieciséis moriscos.

—¡En marcha! —tronó la voz de uno de los soldados cuando hubo comprobado que no faltaba nadie.

Primero fue el leve gemido de un niño el que rompió el extraño silencio. Luego, poco a poco, fueron uniéndose los ayes, hasta que, de pronto, un grito desgarrador atronó las huertas. Una mujer joven con su hijo de la mano salió corriendo de entre los carros gritando el nombre de los hijos a los que dejaba, quizá para siempre, en poder de los cristianos. Cientos de corazones encogidos por la pena despertaron de su doloroso letargo y acompañaron los gritos de la joven. Algunas mujeres siguieron a aquélla en su loca carrera hacia sus casas, pero los soldados, advertidos de lo que podría suceder, fueron al galope con los caballos y las trajeron a rastras. Ahora, todos los carros eran un clamor; los gritos angustiosos y los quejidos lastimeros de las mujeres y niños se unían a los insultos e improperios que los hombres lanzaban a los soldados. Cuando éstos por fin consiguieron restablecer el orden a base de disparos al aire de sus mosquetes, sólo el llanto de algún niño y el tenue sonido de los sollozos volvió a oírse en las huertas. La congoja y el dolor volvieron a adueñarse de las gargantas formando apretados nudos de contención, impidiendo que las lágrimas volvieran a los ojos, como el cauce de un arroyo se intenta detener poniendo piedras en medio.

23

El sol apuntaba ya en lo alto reflejándose en los tejados de las últimas casas de la villa y arrancándoles destellos rojizos, cuando, por fin, la larga fila de carros se puso en marcha.

Tenían por delante un largo camino de treinta leguas y por lo menos siete jornadas de viaje.

Los pocos vecinos que se quedaban se habían asomado a las puertas para ver partir a los moriscos. Algunos, contraviniendo las órdenes de los soldados de acercarse a la caravana, se llegaron hasta las huertas a despedir a sus vecinos o parientes lejanos y entregarles algún queso o dulces para el largo camino; otros, los menos, los veían irse con alivio, pues ahora eran dueños de sus casas o haciendas y temían que a última hora una contraorden real llegara y deshiciera tan provechosos y engañosos tratos.

Subidos en la terraza del alcázar, el alcaide y su madre contemplaban en la lejanía la caravana de carros que abandonaba la villa. Al contrario que su hijo, la hidalga no sentía lástima por ellos porque la compasión no era una de sus virtudes, además, se lo habían buscado. El rey les había tratado con indulgencia haciendo que se bautizasen y abrazaran la verdadera religión en Cristo, pero ya se sabía que la cabra tiraba al monte y ellos preferían seguir en la secta de Mahoma que ser unos buenos cristianos. Pues, ¡hala!, que se hartaran de rezar a Alá y toda su parentela en su tierra, de donde nunca deberían haber salido.

Lo único que sentía era tener que prescindir de un puñado de criados competentes y serviciales, además de renunciar a los jugosos impuestos que servían para pagar la mayoría de las reformas de la fortaleza. Pero, ¡qué se le iba a hacer!, por lo menos no debería soportar más su hipocresía de fingirse cristianos cuando ella sabía que seguían adorando a ese Alá de los demonios. Como decía el sacristán Jerónimo González, se iban a quedar cuatro gatos en la villa, pero cuatro gatos bautizados como Dios mandaba. Por fin, las raíces moras se habían arrancado de cuajo, un poco tarde, pero más valía tarde que nunca.

Ahora tocaba convertir a esos pequeños herejes en buenos cristianos y hacer que olvidaran cuanto antes a Alá, a Mahoma y cuanta herejía tenían enraizada en sus negras almas. Ellos, como buenos cristianos, se habían ofrecido para cuidar de un niño, el hijo del molinero, que al parecer era bueno y trabajador según le dijo el sacristán, quien conocía como nadie a los moriscos, pero al que habían tenido que encerrar en la cuadra porque había intentado escaparse para irse con su padre. «¡Ojalá no nos amargue la vida!», pensó.

La presencia de su hijo en la terraza interrumpió sus pensamientos.

—¡Por fin se van! —exclamó regocijada doña Rosalía.

—Sí, por fin se van. Pero mirad todas esas huertas y esos campos —dijo don Juan señalando con el mentón hacia la llanura—. ¿Quién los labrará ahora? ¿Quién trabajará en los molinos, en los hornos, en las tahonas?

—Pues sus nuevos dueños, está claro, para eso los han comprado.

Al alcaide se le dibujó una sonrisa amarga y miró a su madre.

—¿De verdad creéis que van a trabajar? ¿Y a quién van a vender la cal y los botijos y los panes? Nos hemos quedado apenas ochenta personas en la villa. Creedme, madre, esto no nos beneficiará en nada. Ahora todos piensan que han hecho un buen negocio porque se han quedado con los bienes de esos pobres desgraciados, pero pronto se darán cuenta de que trabajar las huertas, sacar la cal de las caleras o cuidar los ganados no tiene mucho sentido porque no habrá nadie que les compre lo que producen.

Doña Rosalía se lo quedó mirando con el ceño fruncido.

—Pero ¿qué estás diciendo? ¡Prefiero pasar calamidades que soportar la presencia de esos herejes que sólo...

La carcajada de Elvira, que acababa de subir, interrumpió sus palabras.

—¿Pasar calamidades, vos? No me hagáis reír, madre. Precisamente vinimos a esta villa morisca para dejar de pasar penurias y entonces poco os importó que estuviera llena de moriscos. Os habéis vuelto muy selectiva.

Su madre la miró con dureza.

—¡Ya está bien, Elvira! No me hagas recordarte por qué vinimos a esta maldita villa.

Elvira le sostuvo la mirada a su madre, dio media vuelta y comenzó a bajar las escaleras.

24

La larga caravana de gentes, carros, mulas de carga y soldados avanzaba despacio por el camino flanqueado de huertas y olivares. Los hombres, encaramados en los pescantes de los carros, no podían apartar los ojos de la mole sobre la que se levantaba la fortaleza. Intentaban dar muestras de entereza y por ello trataban una y otra vez de tragar el nudo de amargura que se les atascaba en la garganta. Las mujeres querían también parecer enteras y su dolor, su angustia y su miedo se convertían ahora en un llanto manso y silencioso que contrastaba con las risas y chanzas de los niños que, olvidados del susto de ver a sus madres gritando, saltaban y reían detrás de los carros, ajenos a lo que pudiera depararles aquel viaje. Sentadas en las traseras de los carros, cerraron los ojos para no ver los campos en los que habían nacido y crecido sus padres y abuelos. La abrupta montaña les impedía ver las casas arracimadas que se iban alejando poco a poco de sus vidas.

El azul de la sierra de las Cruces, al fondo, era el único espacio que sus ojos todavía podían reconocer. Pronto, la caravana giró a la izquierda y comenzó a rodar por la Senda del Rey, la antigua vía pecuaria que servía de camino principal.

Un nuevo amago de miedo y dolor brotó entre las mujeres, que sintieron que ya nada de lo que contemplaban pertenecía a sus vidas y que a partir de ese momento todo lo que vieran sus ojos sería extraño para ellas.

Bartolomé, que llevaba ahora las riendas del último carro de la caravana, se detuvo un instante y volvió la cabeza. Fijó los ojos en la fortaleza que, como un vigía, se negaba a abandonar a aquellos que durante siglos habían sido testigos de su gloria y de sus ruinas.

La caravana, como un gran gusano, se adentró en las grandes dehesas de pastoreo, señoras orgullosas de los campos de La Serena, que escoltaban a ambos lados la Senda del Rey. Bandadas de perdices salpicaban el limpio cielo primaveral mientras que algunos buitres leonados acechaban desde lo alto de las encinas a las ovejas parturientas para lanzarse sobre las placentas o los recién nacidos muertos. A medida que avanzaban, los canchales y pedregales iban adueñándose de los términos de las dehesas hasta que, por fin, el campo se llenaba de cantuesos y retamas donde los conejos campaban a sus anchas.

A primera hora de la tarde los soldados avistaron el pequeño campanario de la ermita de Santiago en la Dehesa de Candalija, perteneciente a la villa de Bienquerençia, y dieron el alto. Las voces de los hombres para detener a los animales y el sonido del crujir de las galgas inundaron el aire tibio de la tarde. Ordenaron aquellos que no se deshiciera la caravana, sino que soltaran a los animales para darles de comer y agua. Las bestias, liberadas de las gamellas, se aproximaron al arroyo y las mujeres comenzaron a sacar las cestas con la comida.

Las puertas de la ermita estaban abiertas y algunas mujeres se acercaron hasta allí para rezar. Tres frailes franciscanos estaban arrodillados en uno de los pocos bancos y miraron a las intrusas con desconfianza. Luego se levantaron y, ya en la salida, buscaron a los soldados para comunicarles que los acompañarían durante todo el camino hasta Sevilla. También en la salvación de sus almas había pensado el conde de Salazar.

María de Paredes buscó con la mirada el carro de Bartolomé, que por ser el más alto sobresalía entre todos, aunque era el último. Se alejó del camino para verlo mejor y entonces divisó al Sedero junto a Tristán, quienes parecían discutir porque Bartolomé gesticulaba y movía acaloradamente los brazos. Sorprendida, se preguntó qué podría haber pasado para que Bartolomé se comportara de aquella manera, pues tenía fama de ser un hombre templado y enemigo de las disputas. Se quedó observándolos intrigada hasta que oyó la voz de su madre.

—¿Se puede saber qué haces ahí parada como un pasmarote? Anda, toma el cántaro y vete a llenarlo al arroyo.

María cogió el cántaro de manos de su madre y se dirigió al arroyo, muy cerca de donde estaba situado el carro de Bartolomé. Intrigada aún por la conversación airada que había contemplado entre aquél y su hijo, dio un pequeño rodeo y pasó al lado de este último. No se oía nada, por lo que se acercó a la trasera y vio que las lonas estaban echadas.

—¿Querías algo, María? —oyó la voz de Catalina.

La muchacha pegó un brinco y a punto estuvo de dar en tierra con el cántaro. Se quedó mirándola un instante y formuló una excusa como pudo.

—Nada, señora Catalina —respondió azorada—, que para aprovechar el viaje le iba a pedir que me prestara otro cántaro. Enseguida se lo devuelvo.

—Claro, hija. Ahora te lo doy, que están dentro.

La esposa del Sedero se agarró a los palos del carro y subió con trabajo los tres escalones de madera.

María la oyó conversar en voz baja con su esposo y con su hijo y, cuando bajó con un pequeño cántaro, las muestras de nerviosismo eran visibles en su rostro y en sus manos, con las que apenas podía sostenerlo.

Ahora ya no le cabía ninguna duda: algo estaba sucediendo en ese carro y ella iba a averiguarlo. Así que antes de llegar al lugar donde estaba su familia tiró el agua del cántaro que le había dado Catalina y lo escondió tras unos matorrales, luego le entregó a su madre el suyo y se despidió de ella alegando que tenía que alejarse bastante pues tenía que aliviarse. En cuanto su madre volvió a la tarea de remover el caldero de la comida, ella se dirigió de nuevo al carro dispuesta a resolver el misterio. No encontró a nadie y tampoco llamó. Con la vasija en la mano, se dispuso a subir la pequeña escalerilla cuando la voz de Bartolomé la sobresaltó:

—¿Qué haces ahí?

María se volvió y se encontró con el rostro serio de Bartolomé, que la miraba con desconfianza.

La muchacha le explicó que como no vio a nadie iba a colocar el cántaro en su sitio. Con la misma frialdad con que la había mirado, el Sedero le quitó la vasija de las manos.

—Ya lo subo yo. ¿Quieres algo más?

María negó con la cabeza y se dio la vuelta para emprender el camino de regreso. No sabía qué estaba pasando, pero una cosa estaba clara: no querían que nadie entrara en el carro. Y ella suponía por qué. Su vecino era rico y seguramente no se había deshecho de todo el oro o las joyas que tenía y que habría querido llevarse con él escondidos en el carro. Ella sabía que el castigo por llevar mercadurías prohibidas podía ser la muerte, así que no le extrañaba que quisieran mantenerlo en secreto. ¿Era ésa la causa de que padre e hijo hubieran discutido? Bartolomé no querría exponer al peligro a su familia y preferiría cargar él con las consecuencias si se llegara a descubrir y seguramente se lo había ocultado a Catalina y a Tristán.

Tranquilizada por sus propias respuestas, se acercó a su madre para echarle una mano con la comida.

La caravana se puso en marcha de nuevo y el soldado volvió a pasar lista. Iba casi por la mitad cuando se detuvo. Nadie había respondido al nombre pronunciado.

—¡Domingo Tomás! —gritó de nuevo el soldado.

Todos los presentes comenzaron a mirar a su alrededor buscando a Tomás.

Con los corazones latiéndoles en las sienes, los hermanos y amigos de Domingo oyeron por tercera vez al soldado gritar el nombre del Molinero y por tercera vez sólo hubo silencio. Todos sabían cuál sería el castigo para el morisco que pretendiera huir. Si lo encontraban antes de que la caravana se pusiese en marcha sólo le darían unos azotes, pero si emprendían el viaje y luego los soldados daban con él, le aplicarían el castigo que podría llevarlo hasta la muerte.

Cuatro soldados salieron a galope en su busca, pero volvieron pronto. No encontraron ni rastro del fugitivo. Llegaron hasta la fortaleza donde el hijo del Molinero quedaba al cuidado de los criados cristianos del alcaide, pero allí tampoco sabían nada de Tomás. Dos soldados siguieron buscando toda la noche, pero sin descuidar el orden de los moriscos, pues temían que la fuga del Molinero incitara a una huida general. Así que se decidió reemprender a la mañana siguiente el camino y dar cuenta de lo sucedido en cuanto tuvieran oportunidad.

Un silencio sepulcral se fue extendiendo por la caravana durante el tiempo que duró la búsqueda de Domingo, como si los llantos de los niños o las palabras de los hombres y mujeres pudieran delatar de algún modo el lugar en el que se escondía el infortunado molinero.

25

No había amanecido aún cuando el sonido de la campana despertó a los durmientes.

Domingo Tomás estaba en boca de todos. En los carros, los hombres enaltecían la valentía del Molinero, hacían mil conjeturas de adónde podía haber ido, si ya lo tenía previsto o se le había ocurrido huir sobre la marcha. Nadie lo sabía. Ni siquiera sus hermanos. Las mujeres, por su parte, comentaban qué sería de Alonsillo si los soldados encontraban a Domingo y lo condenaban a muerte.

La vereda de la Senda del Rey desde Castuera hasta Esparragosa era una línea recta que atravesaba pedregales y trigales con la mies ya madura a punto de segarse. Luego, pasada la aldea, el paisaje cambiaba y la verdura de los olivares y los pequeños viñedos la hacía serpentear por las últimas tierras de La Serena.

Agazapado en el hoyo cubierto de retamas, Domingo Tomás oyó por fin el chirriar de las ruedas del último carro. Esperaría todavía un poco más para salir. Había pasado toda la noche engurruñado en el agujero cavado el mismo día que decidió que no se iría sin su hijo. Durante horas estuvo oyendo, temblando, las voces de los soldados y el revuelo que se estaba formando.

Estaba sólo a unos centenares de pasos de la caravana,

pues creyó, ahora comprobaba que con mucho acierto, que los soldados registrarían uno a uno los carros y luego creerían que habría huido corriendo campo a través o habría vuelto a la villa. Así que, mientras él soportaba el dolor de sus miembros encogidos, los soldados campeaban a lo lejos buscándolo con afán.

El Molinero era uno de los diez padres que habían tenido que dejar a sus hijos menores de siete años en la villa por no haber podido reunir el dinero suficiente para pagar el pasaje a Marsella, lugar al que los menores moriscos podían ir por ser un lugar cristiano. Domingo no pudo conseguir los maravedís suficientes, así que tenía que ir obligatoriamente a Berbería. Había dejado a su hijo Alonsillo con la familia del alcaide, para la que el niño trabajaría hasta cumplir los veinte años. Luego podría elegir su destino: reunirse con él en tierras de moros o quedarse. Tenía que esperar trece años hasta ver de nuevo a su hijo. Se conformó, era la voluntad de Dios y si Él quería, volverían a estar juntos algún día. Pero, a medida que pasaba el tiempo y se acercaba el momento de la partida, Domingo dejó de pensar en la misericordia de Dios y decidió que no abandonaría a su hijo por nada del mundo. Intentó reunir el dinero pidiéndoselo a sus hermanos, amigos y conocidos, pero nadie podía prestárselo; era una fortuna y los que habían podido juntar algo malvendiendo sus propiedades lo guardaban como un verdadero tesoro por lo que pudiese depararles el incierto destino. Las autoridades suponían que a esa edad los niños se olvidarían pronto de sus familiares e, instruidos en la doctrina cristiana, no desearían irse a tierras de infieles, por lo que aquéllas tranquilizarían sus conciencias al haber salvado del infierno a muchas almas cándidas a las que sus padres habrían condenado.

Las voces de los carreros azuzando a las bestias se habían perdido en la lejanía hacía horas, cuando el Molinero comenzó a mover con cuidado una de las retamas que cubrían el escondrijo; luego otra y, por fin, pudo mirar el sol en lo alto. Llevaba casi un día escondido en el agujero esperando que la caravana se alejase lo más posible y los soldados hubiesen renunciado a su búsqueda.

Iba a levantarse cuando un dolor agudo en sus piernas se lo impidió. Volvió a intentarlo y esta vez el dolor le llegó hasta la espina dorsal. Sintió que el miedo se apoderaba de él. ¿Y si se había quebrado algún hueso? Se palpó las piernas para cerciorarse de que el dolor no aumentaba con la presión, se aseguró de que no se había dislocado ningún miembro y se tranquilizó. Se frotó con fuerza los muslos y comenzó a sentir que la sangre volvía a circular por ellos. Con gran esfuerzo dobló una rodilla, luego otra e impulsando el cuerpo logró salir del hoyo. Se quedó allí tumbado boca arriba con el sol de la tarde dándole de lleno en la cara. Necesitó mucho tiempo para salir y le dolía todo el cuerpo, pero sonrió al sentirse libre y pensar que se encontraba sólo a unas cuantas leguas de su hijo.

La caravana atravesó las tierras circundantes de Peraleda del Zaucejo al encuentro con el río Zújar, que servía de linde natural a Andalucía y Extremadura.

El capitán que comandaba el grupo de soldados no se había dado por vencido en la búsqueda de Domingo Tomás. Sabía de las tretas que usaban los moriscos para impedir su expulsión y suponía que durante todo el día habría estado escondido en algún lugar que habría preparado con premeditación. Así que dejó pasar el día y ahora se disponía a continuar buscándolo.

—¡Aaaaaalto! —atronó su vozarrón.

Los soldados y carreros se extrañaron al oír la orden, pues aún faltaban, por lo menos, un par de horas para que el sol se ocultase por el horizonte.

Acompañado por dos soldados, el capitán abandonó la

caravana que empezaba a prepararse para pasar la segunda noche. Desanduvieron el camino al trote y, cuando pusieron los caballos al paso, la noche se les había echado encima. La luna llena clareaba el camino en el que los cascos de los tres caballos rompían el silencio de los campos. Por dos veces el capitán hizo parar a sus soldados para otear desde sus cabalgaduras, pero ninguna figura humana se distinguía en lontananza.

Llegaron, por fin, al lugar en el que habían acampado la noche antes. El capitán tenía la certeza de que el Molinero habría salido ya de su escondrijo amparado por las sombras de la noche. Desmontó y se subió a un risco. Una sonrisa de triunfo se dibujó en su rostro al descubrir a lo lejos la figura de un hombre en medio del campo iluminado por el tenue resplandor de la luna.

—¡Vamos, allí está!

Domingo Tomás, con el morral al hombro, caminaba despacio con el pensamiento puesto en su hijo. De vez en cuando se paraba y miraba la luna llena que brillaba en un cielo cuajado de estrellas. ¡Cuántas veces la había contemplado en el molino con su Alonsillo! Las lágrimas le nublaron los ojos al recordar a su hijo. Sabía que tendría que esperar un tiempo antes de intentar acercarse a él. Lo tenía todo pensado. Acecharía los caminos y, cuando se presentara la ocasión, abordaría a Francisco, con quien siempre había corrido bien. Él le ayudaría a reencontrarse con su hijo. Luego ya se iría viendo la forma de salir de Magacela. Había oído que algunos moriscos burlaban a la justicia y se iban a otros pueblos, lejos de los suyos, a comenzar una nueva vida. Así lo haría él con su Alonsillo, con su hijo.

—Date preso, ¡Domingo Tomás!

La voz del soldado a sus espaldas paralizó al Molinero. Miró hacia atrás y vio a tres hombres a caballo que se acercaban campo a través. Durante un momento las piernas se le paralizaron, pero la imagen de su hijo despidiéndose de él, abrazado a sus piernas llorando, se le apareció nítidamente y, entonces, echó a correr. Correr, correr todo lo que sus piernas le daban de sí, siguiendo la imagen de Alonsillo que le gritaba que no lo dejase allí con extraños, que se lo llevara con él lejos, a otro molino donde pudieran ver la luna y... Un golpe en la cabeza lo derribó. Se quedó tumbado en el suelo y lentamente sacó el machete que llevaba escondido en el jubón. El soldado que lo había golpeado con el mosquete echó pie a tierra y se acercó al molinero, pero, antes de que lo agarrara, Domingo Tomás se revolvió como un león herido y se lanzó contra el soldado clavándole el machete en una pierna. El soldado gritó de dolor en el momento en el que sus compañeros llegaban al galope y desde el caballo le disparaban a bocajarro. El cuerpo sin vida de Domingo cayó desmadejado entre las retamas y allí se quedó, con los ojos abiertos, mirando la luna llena como tantas veces la había contemplado con su hijo.

El capitán y un soldado dieron sepultura a Domingo a la vera del camino, pero no dejaron ninguna cruz que señalara que allí estaba enterrado un cristiano. Al fin y al cabo, era morisco, y a saber a quién adoraba.

Cuando horas después llegaron al campamento alboreaba el día.

26

Habían pasado dos días desde que los moriscos abandonaran sus casas y salieran para el destierro, y don Juan aún no había bajado a la villa. Sin embargo, esa mañana creyó que era llegado el momento de declararle a Mencía su amor y se preparó para ello.

Esa noche le costó conciliar el sueño. Al nerviosismo que sentía pensando en las palabras precisas que le diría a la joven, se unía el bochorno de la noche, que le hacía despertarse bañado en sudor y buscar con los pies la frescura de las losas del suelo. No quería pensar en lo que le diría a su madre cuando volviera con Mencía al alcázar si la muchacha accedía a ir con él. Lo que tenía claro es que si se tenía que enfrentar con ella, lo haría. Al fin y al cabo, era él el alcaide de la fortaleza.

Se levantó cuando el sol aún no había despuntado y sin esperar a que Miguela, que por lo temprano de la hora aún estaría durmiendo, le preparara la tina, bajó él mismo a la canaleta del aljibe y llenó varios cubos de agua. Cuando se sumergió en la tina la frescura del líquido le hizo en un principio estremecerse, pero luego notó cómo sus músculos se tensaban y el calor de su cuerpo desaparecía. Dejándose llevar por la molicie permaneció mucho tiempo en el agua. Al salir del baño contempló su cuerpo en el espejo y su reflejo no le disgustó. A sus cuarenta y tres años conservaba aún las carnes prietas y los músculos se adivinaban claramente en el abdomen. Se atusó el cabello y vio con alivio que éste seguía libre de canas; nunca le importó mucho, sin embargo, ahora prefería no tenerlas. ¿Le gustaría a Mencía? Era consciente de que era muy joven. ¿Cuántos años tendría? ¿Diecisiete, dieciocho? Ya era toda una mujer, y además bellísima, que seguramente tendría muchos admiradores. Sabía que Bartolomé habló con la muchacha antes de irse y que ella no le había dado ninguna respuesta. Sintió una punzada en el estómago... Claro que tampoco lo había rechazado. Él no sabía nada de su vida, sólo hacía unos meses que la conocía. ¿Tendría más familiares? En el funeral de su padre la estuvo observando y los únicos que la consolaban eran Bartolomé y sus hijos.

Intentó tranquilizarse y se tomó su tiempo para acicalarse, aunque optó por ponerse la ropa usada para no despertar las sospechas de su madre, que le constaba eran muchas.

Reconfortado por el baño, subió a la terraza y contempló cómo el sol aparecía entre la sierra de las Villuercas; luego su vista se recreó, como siempre hacía cuando estaba en lo más alto del alcázar, en los campos de cultivo y en las numerosas huertas que habían quedado abandonadas tras la salida de los moriscos. ¡Qué distinta sería la villa ahora! Recordó el día que llegó a ella. ¡Qué castigo le pareció entonces trasladarse a ese villorrio del que ya no quería salir! ¡Cuántos buenos cristianos y leales trabajadores habían sido injustamente echados de sus casas! Desechó los pensamientos. Aquél era un día feliz y no quería entristecerse por algo que no estuvo en sus manos solucionar.

Cuando el sol se alejó de la sierra bajó de la terraza y salió de la fortaleza a pie. Mientras bajaba la rampa notó aún el relente húmedo del amanecer y aspiró los olores a hinojo y a mastranzo que verdeaban en el hilillo de agua que rezumaba de algún aljibe.

Tomó el camino más largo para dilatar la sensación de euforia que empezaba a embargarle. Al llegar a las primeras casas de la calle del Castillo se detuvo de pronto extrañado por la quietud y el silencio que reinaba en ella. No se oían los gritos de niños, ni las voces de los hortelanos, ni siquiera ladridos o rebuznos, sólo el sonido de un serrucho cortando la madera de la carpintería rompía el silencio de la calle.

Las puertas de algunas casas, las más humildes y por tanto las que no encontraron compradores, permanecían aún abiertas mostrando la intimidad que tan celosamente guardaran sus moradores. Las otras, las que habían pertenecido a los moriscos ricos, estaban ya cerradas porque sus nuevos propietarios se precipitaron a tomar posesión de ellas, antes incluso de que sus dueños hubiesen dejado atrás la villa.

¿Cuántos vecinos quedaban? ¿Cincuenta, sesenta?

Al pasar por el taller saludó al carpintero, que aprovechó la ocasión para quejarse al alcaide de que, a pesar de que ahora era el único de su oficio que quedaba, con la marcha de los moriscos se había quedado casi sin clientela.

Bajó las gradas hasta la plaza del mercado y allí volvió a sentir la ausencia de vida. El sonido del agua al caer en el pilón retumbaba en la plaza vacía. Recordó la cola de mujeres que se formaba en la fuente al amanecer y cómo, una vez llenos los cántaros, se alejaban entre voces y risas sosteniéndolos en perfecto equilibrio sobre los rodetes de sus cabezas.

Enfiló entonces la calle Real. De pronto, un pensamiento lo asaltó. Era demasiado temprano para hacer visitas. Mencía aún dormiría y no estaría bien visto que se presentara a esas horas en la casa de una muchacha que vivía sola, aunque fuese el alcaide. El olor a pan recién hecho inundaba toda la calle recordándole que había salido de la fortaleza sin comer nada. Volvió sobre sus pasos, llegó de nuevo a la plaza y subiendo por la calle Tahona entró en el obrador a hacer un poco de tiempo.

Al igual que el carpintero, el panadero José le habló de lo que había supuesto para la tahona el que se hubieran ido los moriscos. La suya era la única que quedaba abierta, pero también se habían ido los tres molineros, dijo, con lo que tenía que ir a moler el trigo al molino, que ahora era de su propiedad pues se lo había comprado a un precio razonable a Benito, el del molino viejo.

Don Juan pensó qué entendería el panadero por un precio razonable, pues él sabía que los moriscos, acuciados por la premura de convertir sus propiedades en dinero, malvendieron sus casas y sus tierras y todos los cristianos de la villa, incluido él, y algunos de los pueblos vecinos se habían aprovechado de sus desgracias para comprarles sus propiedades a precios a veces irrisorios.

Una oleada de vergüenza le tiñó el rostro y lo apartó del horno, haciendo ver al panadero que el calor le quemaba la cara. Éste le ofreció un trozo de pan caliente y le dio a beber de una gran jarra de aloja, lo que el alcaide le agradeció.

Siguieron con la conversación de la ida de los moriscos, pues don Juan entendió que no habría otra en mucho tiempo. Cuando creyó que había pasado un buen rato se despidió y se dirigió a casa de Bartolomé, que ahora pertenecía a Mencía, según le había dicho aquel día.

Hizo sonar la aldaba, pero no contestó nadie. Volvió a levantar la bola de bronce dos, tres, cuatro veces, y de nuevo el silencio. Retrocedió unos pasos y golpeó fuertemente el portalón de entrada de los carros y obtuvo el mismo resultado.

Pensó que quizá fuera aún temprano, a pesar de que ya el sol estaba en lo alto y las pocas vecinas que vio en la calle Real se afanaban limpiando las puertas de sus casas.

Una de ellas, la más cercana, saludó al alcaide cortésmente y se extrañó de la visita a casa de Bartolomé. Todos en la villa suponían que la muchacha se habría ido a vivir a la fortaleza tras la marcha de la familia, pues los rumores de que el alcaide estaba enamorado de la hija de Ezequiel no habían dejado de correr desde la muerte de éste y sabían que era cuestión de tiempo que aquél se casara con ella.

Don Juan se volvió hacia la mujer y le preguntó por el paradero de Mencía. Ésta se extrañó aún más por la pregunta.

—Desde que se fue Bartolomé no hemos vuelto a verla. Pensamos que estaría con vuestra merced en la fortaleza.

El alcaide se quedó mirando a la mujer sin entender muy bien qué quería decir.

—¿Cómo que no la habéis vuelto a ver desde que se fueron los moriscos? —preguntó angustiado.

—No, señor, ya le he dicho que creíamos que estaba en la fortaleza. La puerta de Bartolomé no se ha vuelto a abrir desde que ellos se fueron. ¡Una pena, una casa tan grande y tan buena!

Mil pensamientos negros acudieron de pronto a la mente de don Juan. Se imaginaba a Mencía rota de dolor por la partida de sus amigos y protectores, encerrada en alguna habitación de la casa, y comenzó a culparse por haberla dejado sola esos dos días.

Comenzó a golpear el portalón con fuerza y a llamarla a voces, pero de nuevo el silencio fue lo único que oyó. La mujer entró en su casa y salió al momento con un martillo y un cortafrío.

—Tenga, don Juan, rompa la cerradura, a ver si va a estar ahí esa pobre niña muerta de hambre y de pena.

Al alcaide le bastaron dos martillazos en el cortafrío para que la vieja cerradura saltara por los aires. Cruzó el portalón y se adentró corriendo por el largo pasillo hasta los corrales y la cocina: el montón de cenizas acumuladas sin rastro de calor le confirmó que hacía días que allí no guisaba nadie.

Un terrible presentimiento se adueñó de su mente y el corazón comenzó a latirle fuertemente en el pecho.

Buscó por los dormitorios, por el doblado, el pajar, entró en el horno mientras un golpeteo le martilleaba en las sienes y el corazón amenazaba con salírsele del pecho, los corrales, las cuadras...

—¡La arquería! —gritó esperanzado—. ¿Cómo no se me ha ocurrido antes?

Y corrió hacia allí con la esperanza de ver a Mencía entre los gusanos de seda. Un olor nauseabundo le llegó nada más entrar en la nave. Sintió, ahora sí, que el corazón se le pararía o se le saldría por la boca.

—¡Mencía! —llamó con un hilo de voz acercándose a las bateas de donde procedía el olor.

Una vaharada de hedor hizo que se tapase la nariz y siguiese caminando despacio por la arquería hasta que lo vio. Montones de diminutos gusanos en descomposición llenaban las bateas y exhalaban un hedor insoportable.

—¡Mencía, Mencía! —siguió llamando, ahora más calmado.

Cuando no quedó ni una estancia por recorrer se paró y miró a la mujer que sin resuello había seguido al alcaide en su loco recorrido por la casa.

—¿Dónde puede haber ido? —le preguntó.

—No lo sé, don Juan, a ella le gustaba andar por el moreral.

—¡El moreral! ¡Su casa, allí está! —gritó sonriendo.

Salió a la arquería. La mujer jadeaba intentando seguir al alcaide, que como un loco atravesó el campo de moreras por el caminillo y entró en la casa de Ezequiel, que tenía las puertas abiertas. Pero allí tampoco estaba Mencía.

¿Adónde podría haber ido? ¿A la ermita, a los molinos,

a la iglesia de Santa Ana? En todos esos lugares no podía buscarla solo. Tendría que volver a la fortaleza, coger el caballo y pedir ayuda a los alcaldes.

A última hora de la tarde, el alcaide y los cinco hombres que le habían acompañado suspendieron la búsqueda de la muchacha. La habían buscado por los alrededores de la villa y por todos los lugares posibles donde pudiera haber ido, pero nada había dado resultado: a Mencía parecía habérsela tragado la tierra. En la mente de los hombres empezaba a asomar una idea que ninguno se atrevía a expresar: que Mencía se hubiera ido con los moriscos.

27

La caravana de moriscos avanzaba lentamente por el polvoriento camino bajo un sol de justicia. Después de dos días de viaje, la tristeza, el cansancio, la suciedad y el desconsuelo se iban asentado en sus cuerpos y en sus corazones.

Cuanto más se alejaban de la villa más difícil se les hacía pensar en que aquél era un camino sin retorno; nunca volverían a sus casas que con tanto sudor construyeron sus padres o sus abuelos. Pero si difícil se les hacía dejar su tierra para siempre, mucho peor parecía enfrentarse a un futuro incierto; el viaje a unas tierras desconocidas, con unas gentes que hablaban otra lengua y con unas costumbres y, sobre todo, una religión distinta se les antojaba una prueba demasiado ardua.

Habían salido al alba de los campos de Peraleda del Zaucejo y los soldados esperaban llegar ese día temprano a Alanís de la Sierra, ya en tierras sevillanas. El viaje estaba preparado al detalle y el itinerario, trazado minuciosamente por el propio conde de Salazar, era seguido de manera rigurosa por los soldados.

Tras hacer una parada en las cercanías de Azuaga para el descanso de personas y bestias, la comitiva tomó de nuevo el camino.

El sofocante calor parecía ahora mitigado por las extensas dehesas de encinas y alcornocales donde pequeñas piaras de cerdos hocicaban la tierra en busca de las últimas bellotas enterradas.

El sendero que les llevaba de Malcocinado a Alanís de la Sierra se estrechaba a medida que se internaban en él. Las ramas de los alcornoques y quejigos de ambos lados del camino se entrelazaban impidiendo el paso de los carros más grandes.

Faltaba poco más de una legua para llegar a Alanís de la Sierra cuando los soldados, siguiendo órdenes del conde de Salazar de evitar pasar por las villas, aunque se tuviera que dar un rodeo, dieron el alto.

El lugar invitaba al reposo y a la contemplación. Si los moriscos no hubieran arrastrado la pena y el desconsuelo, y el cansancio no se hubiera adueñado de sus cuerpos se hubieran recreado con la vista de las aguas cristalinas del arroyo de San Tristán, que corrían escoltadas por altísimos pinos y frondosos fresnos y chopos.

Las pandas y mansas aguas del arroyo hicieron que la chiquillería se abalanzase sobre ellas inundando de risas y voces el apacible lugar.

Cuando el sol se ocultó tras el horizonte, los soldados dieron la orden de apagar las hogueras y todos se dispusieron a pasar la tercera noche fuera de sus hogares.

El sonido de la campana que avisaba para levantarse se oyó antes de lo habitual y los moriscos se preguntaron cuál sería la causa. Los tres frailes franciscanos del convento de San Ildefonso de Hornachos que acompañaban a los moriscos corrieron la voz de que todos deberían acudir al improvisado altar que habían levantado en su propio carro para rezar el ángelus y escuchar la santa misa, pues era domingo y debían cumplir con el precepto dominical. Muchos de ellos, incluso cristianos fieles, se negaron a ir. No comprendían el sinsentido de todo aquello: los echaban de sus tierras porque no eran cristianos y ahora los obligaban a escuchar misa como si lo fueran.

Un pequeño grupo de jóvenes los insultó; uno de ellos lanzó una piedra a uno de los frailes con tan buena puntería que acertó a darle en toda la cabeza y le abrió una brecha por donde parecía que se le iba la vida de tan abundante como era la sangre que manaba de la herida. Los guardias acudieron raudos al oír los gritos del herido y con sus varas impusieron el orden en el pequeño motín. Luego quisieron castigar al culpable, pero nadie había visto nada y ante las torvas miradas de los presentes lo dejaron pasar y se limitaron a llevarse a rastras al fraile, que, al ver su propia sangre chorreándole por el hábito, se había desmayado.

Los más viejos y, sobre todo, las mujeres acudieron al carro de los frailes con un hilo de esperanza, el último que les quedaba, de que éstos, al ver su fe sincera, se apiadasen de ellos y hablaran a su favor.

Pero nada de eso sucedió y los tres hombres de Dios se limitaron a celebrar el oficio divino sin apenas dirigir la mirada a esos fieles a los que seguían considerando herejes.

28

El sol apuntaba ya cuando de nuevo la caravana se puso en marcha. Se enfrentaban al cuarto día de viaje. Algunas madres empezaron a preocuparse por sus hijos más pequeños, y los soldados sospecharon que muchos moriscos viejos y enfermos no llegarían a su destino. También en esto había pensado el previsor conde de Salazar. En ese caso deberían enterrarlos a un lado del camino según quisieran los familiares del difunto, es decir, según la costumbre mora mirando el cuerpo para La Meca o señalando la tumba con una cruz si deseaban ser enterrados como cristianos. No es que el conde quisiera complacer a los moriscos, sino que de esa manera demostraba que muchos de ellos, al elegir ser enterrados mirando a La Meca, demostraban que no habían renunciado a su herética religión.

La silueta del castillo de Alanís de la Sierra se dibujaba orgullosa en el horizonte, pero los moriscos no la miraban; pasaban como sombras por el polvoriento camino cercano a las últimas casas de la villa, arrastrando sus pies llenos de llagas. Algunos labriegos, afanados con la azada en las huertas, levantaron la cabeza para mirar la larga procesión de moriscos. Uno de ellos se agachó y cogiendo un terrón se lo lanzó a un morisco. El soldado se dio prisa en llegar a donde estaba el hortelano y le propinó un fuerte golpe con la culata de su mosquete. También seguía órdenes. Los moriscos no debían sufrir daño físico alguno y debían llegar en buenas condiciones a Sevilla. No porque el conde de Salazar se preocupase por la salud de aquellos a los que con tanto ahínco quería expulsar, sino porque si se presentaban enfermos a Sevilla algunos religiosos que se habían opuesto desde el principio a su expulsión podían exponer las míseras condiciones en las que llegaban los expulsados quejarse a los justicias y demorar el embarque.

Desde que salieron de la villa, María de Paredes seguía con la mirada a Tristán. Había hablado con él un par de veces haciéndose la remolona y simulando tener que apartarse del camino hasta quedar a la altura del último carro, que era el del hijo del Sedero. Estaba intrigada porque a veces aquél pasaba mucho tiempo en el interior del carro, reservado a las mujeres, viejos y niños de corta edad. Decidió que esa noche averiguaría lo que pasaba.

Hacía rato que el sol se había puesto y los moriscos fueron abandonando los corrillos que se formaban después de cenar. Pronto, un mar de jergones de paja y mantas, donde se apelotonaban las familias, cubrió el suelo ya húmedo por el relente de la noche.

Cuando todo se sumió en la oscuridad, Tristán se levantó de la manta y se dirigió a las traseras del carro colocado al final del improvisado campamento. Desató el cordón de las dos telas que a modo de cortinilla ocultaban su interior.

—¡Tristán! —oyó que lo llamaban en voz baja.

El joven pegó un brinco y se apresuró a atar de nuevo las telas.

—¡Vaya! ¿Tan fea soy que te asustas sólo de oír mi voz? —preguntó María de Paredes acercándose a él.

—¿Qué haces aquí? —fue su respuesta.

María ignoró su pregunta.

—No me has contestado —insistió ella.

Tristán se alejó del carro y la joven lo siguió.

—No, no me he asustado, es que no son horas para andar por el campamento. Tu carro está alejado, pueden haberte visto y eso no está bien en una joven sin casar y bonita.

—¿De verdad te parezco bonita? —inquirió sonriendo y acercándose a él.

Tristán sonrió a su vez.

—Claro, y tú lo sabes muy bien. Cualquier hombre se sentiría feliz de tenerte a su lado.

—Cualquier hombre menos tú, ¿verdad? —replicó muy seria y mirándole por primera vez a los ojos.

—¿Por qué dices eso? —replicó a su vez Tristán eludiendo así la pregunta.

En ese momento María se alzó sobre las puntas de sus pies y lo besó suavemente en los labios.

Él retrocedió unos pasos y se llevó la mano a la boca.

—¡¿Qué haces?! ¡¿Estás loca?! ¡No lo vuelvas a hacer, ¿me oyes?! —ordenó muy serio, y dándole la espalda se dirigió al carro.

María oyó las palabras de Tristán y una oleada de humillación y vergüenza le quemó la cara. La rabia que sentía impedía que las lágrimas acudieran a sus ojos. Se dejó caer en el suelo y lo miró alejarse y subir al carro.

Al cabo de un rato un ruido la sobresaltó: no sabía cuánto tiempo llevaba allí, el cansancio y la pena habían hecho que se adormilara.

Miró a su alrededor y sintió miedo. No se veía un alma y, en el cielo cuajado de estrellas, sólo la luna llena iluminaba el campamento.

Iba a incorporarse cuando el ruido de unas risas sofocadas hizo que se quedase inmóvil. Volvió a oírlas con más claridad y parecían venir del carro de Tristán. Se tendió de nuevo en el suelo intentando que no la descubriesen y miró hacia allí. Tristán había bajado del carro desde la parte de atrás y extendía sus manos para ayudar a alguien a que lo hiciera también.

Al principio no reconoció la silueta, pero unos instantes después la claridad de la luna le dio de lleno en la cara:

—¡Ah! —exclamó la muchacha tapándose con la mano la boca para sofocar un grito.

Tendida en el suelo, vio alejarse del campamento a las dos figuras cogidas de la mano.

—¿Qué has hecho, Tristán? —murmuró la muchacha, ahora con la rabia y el desconsuelo reflejados en el rostro.

Se levantó y rodeó el campamento para no ser vista. Cuando subió a su carro comprobó que su madre dormía. Se tendió y comenzó a pensar en lo que acababa de ver.

El soldado empezó a tocar la campana al alba y los moriscos despertaron de su agitado sueño y se prepararon para otra fatigosa jornada de viaje.

Francisca de Paredes vio a su hija hablando con uno de los frailes y se extrañó. Esperó a que volviera y, cogiéndola del brazo, la increpó:

—¿Qué hacías hablando con ese fraile, eh? ¿Qué tienes tú que hablar con nadie?

María se soltó del brazo de su madre y dio la respuesta que había estado cavilando durante toda la noche.

—Pues le he dicho que estoy enferma y le he preguntado que si podemos colocar el carro al principio porque el polvo me sienta mal.

A Francisca la convenció la respuesta de su hija. Todos deseaban ir en cabeza porque el polvo levantado por las decenas de carros se iba acumulando y, cuando llegaba al final de la caravana, el aire se hacía casi irrespirable.

—¿Y qué te ha dicho?

—Que no, que va por riguroso orden y él no puede hacer nada. Que me aguante.

—¡Esos frailuchos! Mucho Dios y mucha obra de misericordia, pero son peores que el diablo, a quien tanto temen. ¡Hala!, date prisa, que nos vamos.

María comenzó a recoger lo poco que quedaba para llevarlo al carro mientras una sonrisa de satisfacción comenzaba a dibujarse en su rostro.

Esa noche la caravana acampó en la orilla del río Huesna, cerca de la villa de Constantina, y la siguiente lo haría en la del Guadalquivir, rayano a Alcolea del Río, pero María no buscó a Tristán. Con el tormento y los celos corroyéndole las entrañas se dormía maldiciendo el día en el que se había casado con Diego Hondón.

29

Tres días después de que el alcaide hubiese bajado a la villa a buscar a Mencía recibió un mensaje de frey Nicolás Barrantes, que lo emplazaba a que acudiera sin demora a la casa prioral. Don Juan sospechaba que se trataría de algún asunto relacionado con los moriscos. Cuando llegó, el prior lo recibió con cordialidad; al fin y al cabo, eran las dos personas con más autoridad en la villa.

—Es un asunto delicado el que me ha llevado a mandarle recado —comentó después de que ambos se hubiesen sentado en el patio a la sombra de un parral.

Aunque se barruntaba que el día sería caluroso, a esas horas primeras de la mañana aún se podía disfrutar de la frescura de los árboles y plantas regados la noche antes.

—Tengo entendido que os ibais a casar con la joven hija de Ezequiel —dijo el prior tomando un sorbito de la copa de vino dulce que acababa de traer el sirviente.

—Ésa era mi intención, frey Nicolás —contestó don Juan haciendo un esfuerzo por que no se notara su nerviosismo.

—Bien, bien, pero por lo visto la muchacha desapareció hace unos días y nadie sabe de su paradero. Hasta hoy. ¿Vos sabéis dónde se encuentra, don Juan?

Al alcaide comenzaron a sudarle las manos y notó cómo su corazón se aceleraba.

—No, señor, no sé dónde puede haber ido, a no ser que le haya ocurrido alguna desgracia.

—¡Oh, no, os aseguro que está perfectamente! Bueno, por lo menos cuando me enviaron el mensaje así era.

Don Juan estaba comenzando a impacientarse y temía no poder aguantar la compostura. «Pero ¿por qué estos curas tenían que ser tan melifluos?»

—El caso es que vuestra prometida Mencía…, puedo llamarla así, ¿verdad? —habló mirando fijamente al alcaide.

El hidalgo asintió con la cabeza. ¿Qué trataba de hacer ese hombre? ¿Por qué no le decía de una maldita vez qué pasaba con Mencía?

—Decía que a vuestra prometida Mencía la han encontrado con los moriscos. Naturalmente ya se han dado los pasos pertinentes para devolverla con los suyos.

Las palabras del prior lo dejaron sin habla. Una cosa era suponer que Mencía hubiera huido con los moriscos y otra, conocer con certeza que eso había sucedido de veras.

—El asunto, como debéis de suponer, es delicado. Una muchacha que abandona su villa y su casa para irse con unos… —frey Nicolás dudó de la palabra que debía utilizar— expulsados demuestra, cuando menos, muy poca consideración con nuestra religión, que es la suya. Así que hemos creído que al ser un asunto de este carácter deberá ser la Santa Inquisición quien se encargue del asunto.

Don Juan sintió que un escalofrío le recorría la espalda al oír el nombre. Aunque estaba familiarizado con el Santo Oficio, pues su tío fray Jerónimo era prior del convento dominico de Llerena, no por ello dejó de estremecerse.

Frey Nicolás siguió hablando un buen rato, pero don Juan ya no lo escuchaba. Absorto en sus pensamientos, se preguntaba qué le sucedería a Mencía en manos de la Inquisición y, sobre todo, si él quería interceder por ella y ayudarla.

De camino a la fortaleza, don Juan no saludó a los pocos vecinos con los que se encontró. Las palabras que acababa de escuchar de boca del prior retumbaban en su cabeza y se mezclaban con lo que sentía en ese momento por ella. Decenas de preguntas, para las que no tenía respuesta, se agolpaban en su mente. ¿Por qué había huido Mencía? Sabía de la tristeza que arrastraba la muchacha desde que murió su padre, que consideraba a la familia de Bartolomé como si fuera la suya y que quizá no había podido soportar la separación. Pero ¿no lo tenía a él? ¿Acaso no le dijo Bartolomé que él quería hacerla su esposa porque la amaba y ella había respondido que necesitaba tiempo para dar una respuesta? ¿Por qué entonces no le dijo nada y huyó? ¿Hasta dónde podía llegar la Inquisición? Las preguntas siguieron martilleándolo hasta que llegó al alcázar.

Cuando entró en el salón, vio a su madre y a su hermana de pie y por sus sonrisas adivinó que ya conocían la noticia.

—¡Jamás creí que mis ojos verían arrastrados por el fango los ilustres apellidos de mi familia! ¡Los Ortiz de Tovar y Atienza se revolverían en sus tumbas al ver cómo uno de sus descendientes se deja mancillar y pisotear su honor por una mujerzuela que...! —gritaba con odio doña Rosalía.

—¡Madre, callaos, por Dios os lo pido! —rogó don Juan haciendo un esfuerzo por tragar el nudo que sentía en la garganta.

—¡No, no me callo! ¡Eres el hazmerreír de la villa! ¡Don Juan de Hinestrosa, el hidalgo y caballero de Alcántara, el alcaide de la encomienda de Magacela, burlado por una hereje, por una vulgar mujerzuela que se va detrás del hijo de un criador de gusanos morisco!

—¡Madre, no voy a tolerar que insultéis a...!

—¡¿A quién?! —bramó la hidalga fuera de sí—. ¿A tu

prometida? ¿A tu futura esposa? ¿Creíais que no me iba a enterar de lo que tramabais tú y el paniaguado de mi hermano? ¿Para esto me he sacrificado viniendo a este villorrio, para que te revuelques con la barragana de un morisco?

—¡Ya está bien, madre, no aguantaré ni un insulto más! —vociferó el alcalde dando un golpe en la mesa que tenía al lado—. He estado en silencio por respeto a vuestra persona, pero si me seguís insultando no me callaré.

Don Juan abandonó el salón y subió las escaleras mientras seguía oyendo las voces de su madre.

30

Alcolea del Río distaba de Sevilla casi diez leguas y era la última jornada de camino. El río Guadalquivir corría paralelo a aquél acercándose o alejándose caprichosamente entre ricas tierras de labrantío. Tocina, Brenes, San José de la Rinconada y, por fin, Sevilla.

Esa mañana, seis días después de que los moriscos hubieran salido de Magacela, había amanecido nublado y por el bochorno se barruntaba que podría haber tormenta. En el carro de Bartolomé, Mencía recordaba el momento en que Tristán le había contado a su padre que iba con ellos. En un principio aquél se había puesto furioso y pensó en dejarla en el primer pueblo por el que pasaran. Fue Catalina, más calmada, la que convenció a su marido de que no podían abandonarla. Por Mencía y por ellos, dijo. Los justicias podrían acusarles de raptar a una muchacha cristiana y sabe Dios de lo que serían capaces. Bartolomé y su mujer escucharon conmovidos las razones que les daba la joven, las lágrimas corriendo por sus mejillas. No tenía otra elección si quería ser feliz. Aquella noche, cuando Tristán le declaró su amor en el moreral, comprendió que su vida no tendría sentido si se quedaba en la villa. Desde que era niña había estado enamorada de él, ¿cómo podía dejar que se marchase para siempre? ¿Qué le quedaba en Magacela? Su padre había muerto y ella no tenía a nadie. Bartolomé, su mujer y sus hijos eran su familia.

Mencía sonrió tristemente al pensar cómo Tristán se las había ingeniado para esconderla en el carro la mañana de la partida y cómo durante todos los días ella viajaba acurrucada entre los jergones. Sabía que tanto Bartolomé y su familia como ella habían corrido un grave peligro, y cuando llegaran a Sevilla, éste sería aún mayor porque ella no aparecía en las listas de moriscos que tenían que embarcar. ¿Cómo hacerles creer a los soldados que había sido un error? Juntó las manos en señal de oración y suplicó a Dios que no permitiera que la separaran de Tristán.

Cuando la torre de la iglesia de Tocina se divisó a lo lejos, dos de los tres frailes franciscanos se desviaron de la ruta y tomaron el camino hacia la villa. Algunos soldados, sorprendidos, preguntaron al capitán el porqué del abandono de los frailes, pero éste se limitó a contestarles que los dos religiosos se les unirían más tarde. No les contó, sin embargo, la conversación que los hombres de Iglesia habían mantenido con él la noche anterior en la que le comunicaron el problema que había surgido, un asunto de importancia que necesitaba resolverse con premura. El capitán frunció el ceño y lo pensó durante unos segundos. Se trataba de un tema delicado, dijo por fin, que tenía que tratarse con suma discreción y era mejor que fueran las autoridades civiles o eclesiásticas las que se hicieran cargo de él.

Lo que el capitán en realidad temía era una rebelión de los moriscos si llevaba a cabo lo que los frailes le habían pedido. Sabía por otros compañeros que las revueltas o enfrentamientos entre los expulsados y los soldados eran constantes y que incluso se habían saldado con muertes. Y eso era lo último que deseaba, un motín cuando estaba a una jornada de acabar su misión.

Aquella mañana Bartolomé caminaba a pie para aliviar el hormigueo que le producía estar tantas horas subido en el pescante del carro. Los hombres que iban junto a él guardaron silencio cuando éste les puso al corriente de la nueva situación.

Los conocía bien, eran amigos y vecinos y nada tenía que temer de ellos. No delatarían a la muchacha. El mayor problema, les comentaba el Sedero, se presentaría al embarcar en Sevilla. En las listas que utilizaban los soldados aparecía detalladamente cada uno de los que viajaban, edad y parentesco y desde luego el nombre de Mencía no estaba.

Mientras hablaba con sus compadres vio a los dos frailes alejarse y se preguntó el motivo. Un presentimiento le vino a la mente, pero lo desechó pronto. Habían sido muy precavidos y cuando Mencía bajaba del carro era porque los soldados o los frailes estaban alejados; además, aunque alguno de los moriscos hubiera descubierto a la muchacha sería impensable que la denunciara. Se tranquilizó y prestó atención a lo que uno de sus vecinos estaba diciendo para solucionar el problema del embarque de Mencía.

La tarde caía cuando la comitiva avistaba la torre de la iglesia mayor de Sevilla. Después de siete días de viaje llegaban por fin a lo que los organizadores habían dado en llamar «el final del problema», aunque para los moriscos todavía quedaba otra travesía aún más penosa quizá que la que acababa de finalizar.

A medida que iban avanzando, el cielo se fue cubriendo de nubes oscuras que presagiaban tormenta. Una tibia brisa acariciaba los rostros ajados de los moriscos, que, agotados por el largo viaje, agradecieron las primeras gotas de lluvia que comenzaron a mojar el suelo.

Los soldados mandaron parar la caravana y ésta se detuvo a los pies de la muralla. Las órdenes eran entrar por la puerta de Carmona, atravesar la ciudad y salir al Arenal por la entrada del mismo nombre, la única que permanecía abierta durante toda la noche. Sin embargo, cuando el primer carro atravesó la puerta un grupo de campesinos que volvía a la ciudad después de la jornada de trabajo comenzó a insultarlos y a tirarles hortalizas. A este grupo se fueron uniendo más personas de dentro de la ciudad. Los moriscos, hartos de tanta humillación y cansados por el fatigoso viaje, respondieron desde el pescante del carro haciendo restallar los látigos y librándose de la multitud que se agolpaba en la puerta de entrada de la ciudad. Los soldados se dieron cuenta a tiempo del peligro e hicieron retroceder los carros, que lentamente dieron la vuelta alejándose de la puerta de Carmona. No podían atravesar la ciudad, la noche se les echaría encima y sabe Dios qué podría pasar por esas callejuelas mal iluminadas. No comprendían cómo los organizadores, que habían pensado hasta en el más nimio detalle, no habían previsto lo que sucedería si atravesaban Sevilla decenas de carros llenos de moriscos.

Decidieron entonces rodear la ciudad siguiendo la muralla e ir hasta el Arenal sin entrar en ella. Muchos de los moriscos no habían salido nunca de la villa de Magacela y olvidaron durante unas horas sus pesares para admirar los enormes muros de piedra y sus puertas monumentales, flanqueadas por elevadas torres fortificadas: la puerta de la Carne, la de Jerez, las puertas peatonales o postigos del Carbón y del Aceite. Los carros avanzaban lentamente. Cuando el carro de Bartolomé entró en el Arenal ya era noche cerrada y un relámpago iluminó el cielo. Alumbrados por antorchas, los soldados fueron conduciendo la caravana hasta el lugar asignado para los moriscos de Magacela.

Aquella noche, y a pesar del cansancio acumulado, fueron pocos los que pudieron conciliar el sueño.

Mencía no conseguía que el sueño la venciera. En su mente bullían palabras, imágenes y sucesos vividos durante los días que había durado el viaje. Pero también la imagen de su padre muerto bajo los naranjos se mezclaba con el rostro de Tristán. Pensó que en dos semanas había vivido más que en toda su vida. No se arrepentía de haber abandonado su casa porque nada la retenía allí. Ahora más que nunca sabía que no amaba a don Juan porque había conocido el amor. Miró a Tristán, dormido junto a ella, y sonrió.

Bartolomé tampoco podía conciliar el sueño. La poca lluvia caída durante las últimas horas de la tarde había asentado la tierra mitigando el polvo levantado por las cabalgaduras. Después de algunas horas de ajetreo se había hecho el silencio y oía ahora la respiración tranquila de su esposa y de sus hijos acurrucados junto a él en el jergón colocado en el suelo bajo el carro. Pensó en don Alfonso de Silva y las imágenes de una noche de mayo de hacía veinte años le vinieron a la mente. Bartolomé sonrió al recordar el pequeño cuerpo que su amigo le entregó, no podía sospechar entonces...

Un golpe sordo lo sobresaltó y descubrió a través de la apertura de la tela que rodeaba el carro las botas de su hijo. Se deslizó sigilosamente para no despertar a los durmientes y salió a la noche.

31

Sevilla, 20 de mayo del año de Nuestro Señor de 1611

El jinete dejó a un lado el templo en la calle Gradas y se adentró al galope en la del Mar hasta llegar a la puerta del Arenal cuando las campanas de la torre de la catedral de Santa María la Mayor de Sevilla acababan de anunciar la medianoche.

Un soldado le dio el alto y el jinete tensó las riendas de su caballo alazán y se paró. Iba a encararse con el recién llegado cuando alzó el farol y vio que, por su porte y vestido, se trataba de alguien importante, así que no quiso dejar pasar la oportunidad de ganarse algunos maravedís. Llevaba allí muchas horas soportando la humedad de la noche y aunque estaba terminantemente prohibido dejar pasar a nadie al puerto después de la medianoche, no sería la primera vez que un caballero infringiera la ley. Así que más valía sacar provecho.

—Buenas noches, señor. Mala noche ha escogido vuestra merced para pasear.

—Buenas noches —contestó el jinete con seriedad—. Necesito entrar en el Arenal.

—Siento decírselo, señor —respondió el joven soldado sin mucha convicción—, pero las órdenes son no dejar pasar a nadie después de la medianoche.

El caballero echó mano al cinto y descolgó una pequeña bolsa. El sonido de las monedas hizo que los ojos codiciosos del soldado brillaran en la oscuridad.

—Sí, lo sé —contestó el jinete a la vez que le entregaba la bolsa—, pero debo engañar a esos malditos moros y con la luz de un farol es más fácil.

El soldado lanzó una risotada.

—A ver si tiene suerte, porque ya les queda poco con lo que negociar. Las joyas y el oro, si no los han vendido, se lo han requisado al entrar en el Arenal. —Y se echó a un lado para que el jinete pasara.

El espectáculo que contemplaron sus ojos nada más traspasar la puerta lo sobrecogió. Tiró de las riendas y el caballo se detuvo bruscamente. Decenas de antorchas iluminaban los campamentos improvisados donde miles de hombres, mujeres, niños y animales se hacinaban intentando conciliar el sueño.

Cuando se hubo repuesto de la impresión dirigió al caballo hacia uno de los puestos que custodiaban a los moriscos.

—¿Dónde están acampados los moriscos de Magacela? —dijo sin mediar saludo y con el rostro adusto.

Al soldado no le gustó el modo en el que se había dirigido y ya le iba a contestar de malos modos cuando su compañero acercó el farol y ambos vieron las lujosas ropas y el espléndido alazán del caballero.

—Si busca a alguien en particular, yo puedo ayudarle, señor —se ofreció el del farol—. Conozco todos los campamentos y a muchas personas. Aunque si va a comprar joyas, ahórrese el viaje. Ya los hemos cacheado al entrar en el Arenal.

—Tú llévame a donde están acampados los de la villa de Magacela. —Y sacó unas monedas, que le entregó al soldado.

No muy lejos de allí, Bartolomé de la Peña hablaba en voz baja con su hijo mientras el resto de la familia dormía.

—No vendrá, padre. Ya oyó lo que dijo el soldado esta tarde. No dejan pasar a nadie. Ninguna persona de bien quiere exponerse por unos moriscos.

El Sedero lo miró y sonrió.

—Vendrá, Tristán, vendrá. A no ser que lo detengan, vendrá. —Y se levantó para que su hijo no viera la expresión de tristeza que le estaba nublando la mirada.

Quizá tuviera razón su hijo y un hombre importante no quisiera exponerse a que lo relacionaran con unos moriscos. Levantó la vista hacia el cielo cubierto de nubes negras y cuando bajó la cabeza vio la figura de un hombre a caballo guiado por un soldado. El corazón le dio un brinco.

—¡Vamos! —dijo ayudando a su hijo a levantarse.

En la distancia y a pesar de la poca luz, don Alfonso reconoció al Sedero de Magacela. Le entregó otras dos monedas al soldado que lo había guiado hasta allí y lo despidió.

—Vuelve a tu puesto, ya sigo solo.

Se apeó del caballo y llevando de la rienda al animal fue al encuentro de Bartolomé de la Peña. Cuando lo tuvo cerca, a don Alfonso se le encogió el corazón.

—¡Bartolomé de la Peña, amigo mío, ¿qué os han hecho?! —exclamó abriendo los brazos para abrazar al Sedero.

—No, don Alfonso, es mejor que no os vean abrazando a un morisco proscrito —respondió Bartolomé de la Peña separándose unos pasos de él.

—¡Cuánto siento no haber podido remediar esta situación! He hecho todo lo que ha estado en mi mano para ayudaros, amigo mío. He sobornado a jueces y a clérigos, he tratado de comprar una carta de hidalguía, pero la gente parece haberse vuelto loca, el odio hacia los moriscos ha sustituido a la razón. Los amigos se denuncian entre sí y la desconfianza impera por doquier.

—El odio y la codicia, don Alfonso —dijo Bartolomé de la Peña sonriendo amargamente.

—Sí, Bartolomé. Me he dado cuenta. Ya no sé si el delito de los moriscos es rezar a otro dios o el poseer tierras y riquezas.

—¡Cuánto lamento no haberos hecho caso, don Alfonso! Si hubiera seguido vuestros consejos ahora estaría en otras tierras con toda mi familia y con todos mis bienes.

Don Alfonso no contestó a su amigo, para qué hurgar en la herida. Sabía que a los moriscos que estaban ahora en el Arenal se les había prohibido llevar oro o joyas y sólo se les había permitido guardar el dinero para comprar el billete del embarque.

El magacelense se volvió y vio a su hijo y a Mencía, que se acercaban hasta donde él estaba. Tristán se fundió en un emocionado abrazo con el amigo de su padre. Cuando por fin se separaron, Tristán cogió la mano de Mencía.

—Don Alfonso, ésta es Mencía, mi prometida. Nos casaremos en cuanto podamos.

Cuando los dos jóvenes se hubieron marchado, don Alfonso escuchó lo que Bartolomé de la Peña le contó acerca de la muchacha y torció el gesto, porque suponía que su huida no pasaría desapercibida en el pueblo y eso podría acarrearles nuevos problemas. Sabía que era cuestión de tiempo que alguien de la villa se presentara buscando a la muchacha y ya se vería cómo podrían Bartolomé de la Peña y su familia salir de ese lío. Así se lo comentó al magacelense y le aconsejó que comprara el billete de embarque cuanto antes y salieran de Sevilla.

Don Alfonso sacó una bolsa de cuero y se la entregó a su amigo.

—Es todo lo que he podido conseguir. Guárdalo, amigo mío, espero que tengáis bastante para empezar una nueva vida. Estoy seguro de que volveremos a vernos. Las cosas cambiarán, Bartolomé, y entonces podréis volver a casa. No dudéis de que haré lo imposible para que eso suceda.

Bartolomé de la Peña tomó la bolsa y miró sonriendo a su amigo.

—Es mucho más de lo que podré devolveros en toda mi vida.

—Vos ya me pagasteis en su momento salvándome, si no la vida, sí mi matrimonio.

Cuando don Alfonso, subido ya en su alazán, pasó por delante del soldado le sonrió.

—Tenías razón, esos malditos moros no tienen nada más que miseria y ratas.

El soldado soltó una risotada. Don Alfonso espoleó su caballo, cruzó de nuevo la puerta del Arenal y se perdió en la noche.

32

21 de mayo del año de Nuestro Señor de 1611

Los débiles rayos de sol de la mañana mostraron a Bartolomé el horror del Arenal. Cientos de carros, mulas, caballos y personas se hacinaban en improvisados campamentos, en algunos de los cuales se veían los restos de las fogatas humeantes. El olor a excrementos de animales se mezclaba con el de la tierra mojada, haciéndolo aún más intenso. El silencio comenzaba a romperse con las voces de los soldados impartiendo órdenes y de los hombres intentando calmar a las bestias, que, nerviosas por la proximidad de otras, piafaban y se removían inquietas. Los carreros, todos cristianos viejos contratados para el viaje, se preparaban para volver, muchos con algún mulo de más que habían adquirido a buen precio a aquellos moriscos que habían preferido hacer el viaje en sus propios carros y que ahora debían deshacerse de ellos quedándose más aún a la intemperie. No era el caso de Bartolomé. Su amplio y recio carro de madera, al igual que sus cuatro mulas, se las llevaría don Alfonso cuando ellos embarcaran. Así se lo había hecho saber a su amigo. El sedero sevillano le contestó que guardaría el carro y alimentaría a las bestias hasta que él volviera. Esas palabras habían emocionado a Bartolomé.

Al fondo, las tranquilas aguas del Guadalquivir reverberaban con la primera luz del amanecer. La venida de don Alfonso, dando muestras una vez más de la amistad que los unía, lo había conmovido de tal manera que no pudo conciliar el sueño a pesar del cansancio acumulado.

Con la vista fija en el río, Bartolomé recordó una vez más a su amigo. Se habían conocido siendo los dos muy jóvenes, cuando el padre de Bartolomé de la Peña llevó a su hijo por primera vez a Sevilla y se lo presentó al padre de don Alfonso, el tendero de sedas más rico de la ciudad y al que surtía, desde hacía muchos años, de los capullos de seda. El joven Bartolomé de la Peña se había quedado pasmado cuando el hijo del comerciante sevillano, de su misma edad, le enseñó los telares, la tienda y su propia casa. No había visto nunca el magacelense tanto lujo, tanta exquisitez y tanta suntuosidad en su vida.

Ni la muerte del padre de Bartolomé de la Peña apagó la amistad surgida entre ambos jóvenes que, aunque se veían poco, siempre supieron de sus vidas por la constante correspondencia. Cuando don Alfonso se casó quiso que su amigo estuviera presente. Luego vino lo que don Alfonso llamaba «la deuda» y los unió definitivamente con lazos que ni la muerte podría separar. Cuando Tristán fue un mozalbete don Alfonso se empeñó en que fuera a estudiar a Sevilla y lo alojó en su propia casa.

Ahora, muchos años después y arriesgando su prestigio, y quizá su propia vida, su amigo le acababa de demostrar, una vez más, su amistad incondicional y su generosidad entregándole una bolsa repleta de monedas de oro.

Se acercó a donde Tristán dormía y lo sacudió suavemente.

Su hijo bajó del carro y se restregó los ojos. Cuando los abrió el espanto se reflejó en ellos y miró a Bartolomé, pero éste desvió la mirada.

—Padre... —comenzó a decir, pero Bartolomé lo cortó.

—Vamos, hijo —le dijo echando a andar—, tenemos que llegar pronto para negociar el flete, como nos ha recomendado don Alfonso. Ya sabes lo que dijo sobre que no había barcos para todos. Además, cuanto antes nos marchemos de aquí menos peligro correremos.

Además de demostrarle su amistad y de entregarle la bolsa con dinero, don Alfonso les había dado una información de vital importancia y era que no todos los moriscos de Magacela podrían embarcar en las naves del puerto de Sevilla y algunos tendrían que seguir viaje hasta Málaga, lo que significaba una semana más de trayecto en penosas condiciones.

Intentaron atravesar el Arenal, pero la cantidad de carros, animales de carga, ganado y personas dormitando les hacía imposible avanzar sin pisar algún cuerpo. Decidieron entonces ir hasta el barrio de Cestería pegados a la muralla, para luego atravesar el Arenal y llegar así hasta el puerto siguiendo la orilla del río. Cuando llegaron a las primeras casuchas de La Carretería, el olor de los muladares mezclado con el humo de las fritangas del cercano mercado impregnaba el ambiente haciendo el aire casi irrespirable.

Al cabo de una hora llegaron al muelle, pero el ajetreo allí no era menor.

Abarloadas en los fondeaderos del río se apelotonaban una docena de embarcaciones de distinto tamaño y tonelaje: carabelas, naos, navíos y filibotes esperaban pacientemente su carga humana en las fangosas aguas del río.

Sus capitanes intentaban concertar el precio del viaje con los muchos moriscos que se arremolinaban alrededor de las embarcaciones. Todas tenían sólo dos lugares de destino: Marsella o Berbería.

Bartolomé de la Peña fue leyendo los nombres que los barcos tenían pintados en sus costados: *Nuestra Señora del*

Rosario, *Santa Catalina*, *Nuestra Señora de la Guía*... Por fin leyó el nombre que iba buscando: *San Antonio*. «Es la carabela más ligera que hay ahora en el puerto. Tiene setenta toneladas, pero puede llevar hasta ciento cincuenta pasajeros, es la más apropiada para el viaje», le había dicho don Alfonso la noche antes.

Don Alfonso, como todos los sevillanos, sabía de lo que hablaba. Y es que las embarcaciones, antes de que salieran a mar abierta en Sanlúcar de Barrameda, tenían que pasar por una serie de dificultades que a veces daban al traste con el viaje y con el barco. Nada más abandonar el puerto, las naves debían sortear los bajos fondos arenosos del Guadalquivir, como el de las Bandurrias, a media legua de Sevilla, donde el agua no llegaba a los siete codos, y que obligaban a aquéllas a detenerse hasta que el viento y las mareas las empujaban de nuevo. A veces, las naves más pesadas se veían obligadas a alijar para poder continuar el viaje. La navegación entonces se hacía lenta, difícil y peligrosa, tanto que algunas naves tardaban una semana en recorrer las quince leguas que separaban Sevilla de Sanlúcar. Pero ésta no era la única dificultad que encontraban los barcos de gran tamaño y tonelaje. Atravesar la barra de Sanlúcar, en la desembocadura, presentaba un peligro aún mayor que el de los fondos arenosos del río. La arena erosionada de los cercanos acantilados, junto con el fango que arrastraba el Guadalquivir y los bajos fondos de rocas, conformaban un tapón con el que muchas naves chocaban y naufragaban.

A veces los pasajeros y las mercaderías con destino al otro lado del océano no tenían más remedio que llegar hasta Sanlúcar transportados en los que se conocían como «barcos de la vez». No eran éstos sino pequeñas barcas a remo y vela que por tener menor calado podían sortear mejor las dificultades con las que se encontraban los grandes navíos. Pero tampoco estas estaban exentas de peligro, pues los patrones, aprovechando el viaje, en ocasiones las sobrecargaban, haciendo muy difícil su maniobra y exponiéndolas a ser echadas a pique.

Cuando por fin Bartolomé de la Peña y su hijo lograron hablar con el capitán, éste les informó que zarparían al cabo de dos días, pero que su destino no era Berbería, como padre e hijo creían, sino Ceuta. Pero que si querían esperar a que regresara con mucho gusto llevaría hasta su destino a unas personas que venían recomendadas por don Alfonso de Silva, al que conocía desde hacía muchos años. Cuando el capitán escuchó que no podían esperar les dijo que fueran hasta el navío *Santa Catalina*, que partía a la mañana siguiente para Berbería, pero que quizá ya estuviera completo. Bartolomé de la Peña sacó una moneda de oro y se la entregó al capitán. Al cabo de un rato los tres hombres se encontraban ante dicha embarcación.

El navío *Santa Catalina*, de sesenta toneladas y con una capacidad para ciento veintiséis pasajeros, era el más pequeño de cuantos había en el puerto, pero también el más nuevo. Su capitán, Roque Perot, era un mallorquín de mediana edad, pelirrojo y corpulento que llevaba cinco años haciendo el mismo recorrido. Su experiencia y habilidad habían hecho de él un hombre experto en sortear los fondos de arena y la barra de Sanlúcar y se vanagloriaba de no haber perdido jamás un barco. Tenía fama de exigente y obligaba al piloto a no soltar la sonda durante días hasta que ésta indicaba que la pleamar era la adecuada para comenzar las maniobras.

Los recibió con afabilidad, como correspondía a su carácter, y cuando el capitán de la carabela le informó en un aparte de que los moriscos venían recomendados por don Alfonso de Silva y de lo generosamente que lo habían obsequiado, los invitó a subir al barco para hablar más tranquilamente.

En efecto, saldría al día siguiente por la tarde, después de comer y quedaba espacio para treinta personas y quince animales. El pasaje costaba setenta reales e incluía un sitio techado, el uso de un espacio en la cocina una vez al día y agua dulce durante toda la travesía; la manutención era por cuenta de los viajeros.

—Por diez reales más los puedo acomodar en uno de los cinco camarotes con que cuenta el barco. Están todos libres —expuso el capitán.

—Capitán —dijo Bartolomé mirándolo—, hay un problema que espero que vuestra merced pueda solventar.

El capitán Roque Perot se puso alerta. Ya sabía lo que le iba a pedir el morisco. No sería el primero que viniera a sobornarlo para que lo dejara bajar del barco una vez que éste hubiera abandonado el puerto de Sevilla. Sabía que otros capitanes, jugándose la cárcel, lo hacían por una bolsa de oro. Pequeñas barcas los recogían en mitad del río y los llevaban hasta la orilla, donde los moriscos desaparecían.

Cuando el marino oyó lo que Bartolomé le estaba pidiendo abrió mucho los ojos, pero no tuvo inconveniente en hacerlo. Tomó la bolsa que le tendía y se despidió de ellos.

Al día siguiente al amanecer tendrían que estar todos allí para comenzar el embarque.

33

Uno a uno, los ciento veintiséis moriscos cargados de jergones, cestas, baúles, toneles y odres fueron subiendo por la estrecha pasarela del *Santa Catalina*. Algunos llevaban consigo alguna oveja o cabra traída desde la villa o se habían hecho con ellas cambiándolas por la mula o el carro en el Arenal.

Bartolomé, su mujer, sus tres hijos, Mencía y las dos criadas avanzaban lentamente por la inestable pasarela. Era la primera vez que subían a un barco y todos sentían temor ante lo desconocido. Los niños no podían apartar sus ojos de las turbias aguas del río.

—No miréis abajo, adelante, mirad hacia delante —les decía Tristán intentando que sus palabras no delataran el miedo que él mismo sentía.

El soldado apostado en un extremo de la pasarela y con la lista de personas que debía embarcar en la mano gritó:

—¡Bartolomé de la Peña y acompañantes, total siete personas!

El capitán Roque Perot, situado en el extremo próximo a la nave, fue contando y cuando llegó a la última sus ojos se encontraron con los de Bartolomé. El Sedero y Tristán permanecieron con el alma en vilo y el corazón golpeándoles las sienes hasta que oyeron el vozarrón del capitán.

—¡Bartolomé de la Peña y acompañantes, total siete personas!

Sólo quedaban por subir las criadas y Tristán, que cerraba la comitiva. En ese momento un grito se oyó por todo el Arenal:

—¡¡¡Altooo!!! ¡¡¡Alto en nombre de la Santa Inquisición!!!

Sin saber qué ocurría, los pocos moriscos que habían subido al barco se quedaron mirando al ver acercarse a todo galope a tres hombres a caballo por el pasillo que la muchedumbre iba dejando libre.

Cuando los tres jinetes llegaron a la pasarela, dos de ellos, soldados, saltaron de sus caballos y se apresuraron a ascender mientras que el tercero, vestido con ropa de camino, permaneció montado en el suyo con los dientes apretados. Se colocaron delante del capitán y, sin mediar palabra, le arrebataron de un tirón la lista con los nombres de los moriscos que debían embarcar.

Uno de ellos pasó la vista por encima buscando un nombre que no aparecía.

—¡Aquí no hay ninguna Mencía Yanes! —vociferó dirigiéndose al hombre que se había quedado en el caballo.

El hombre, vestido de negro, escudriñaba con ojos enloquecidos a los moriscos que seguían parados en la pasarela, hasta que una sonrisa de triunfo se dibujó en su cara.

—¡¡¡Ésa, es esa muchacha, detened a esa hereje!!! —chilló con todas sus fuerzas.

Un silencio extraño se apoderó entonces del Arenal. Los paseantes no daban crédito al espectáculo añadido que los moriscos les estaban ofreciendo gratuitamente, por lo que las voces fueron silenciándose para no perderse detalle de lo que allí sucedía.

Los dos soldados se abalanzaron sobre Mencía y comenzaron a arrastrarla por la pasarela abajo mientras ella gritaba el nombre de Tristán y forcejeaba por liberarse de sus captores.

Tristán, sujetado por los fuertes brazos de su padre y del capitán, luchaba por zafarse.

—¡Es morisca, es morisca, dejadla en paz! —gritaba desgañitándose mientras veía cómo Mencía se alejaba de él—. ¡La shahada, la shahada, demuéstrales que eres morisca, Mencía! —insistía con denuedo.

—¡¿Estás loco?! —le gritaba a su vez su padre.

Los alaridos de Mencía se confundían con los de los dos hombres.

—¡La oración, di la oración! —oyó por fin Mencía que le decía Tristán.

—¡La condenarás, Tristán, la matarás! —volvía a gritar Bartolomé sabiendo que si la muchacha decía esas palabras y no lograba subir al barco la Inquisición no tendría piedad de ella.

De pronto, la joven comprendió lo que quería decir: quería que proclamase que el único Dios era Alá, para convencer a aquellos hombres de que era morisca. Pero ella, aunque la había escuchado miles de veces y se la sabía de corrido, nunca la había pronunciado porque no creía en esas palabras, ella creía en Jesús, en la Virgen y en los santos. No podía proclamar algo en lo que no creía, decir unas palabras que no tenían sentido en su vida, pues estaría cometiendo una herejía. Sin embargo, qué importaba decir una mentira si eso la llevaba junto a Tristán, ya tendría tiempo de pedir perdón a Dios.

Entonces oyó las voces del sacristán Jerónimo González:

—¡Coged de una vez a esa hereje y que responda ante la Inquisición!

La sola mención del Santo Oficio hizo estremecer a Mencía.

—¡No hay más dios que Alá y Mahoma es su profeta!

—recitó de corrido, tal como había oído rezar a alguno de los moriscos.

Estaba ya a dos pasos del familiar del Santo Oficio, que, con el rostro enrojecido por la ira, se volvió hacia la muchacha y la abofeteó.

—¡¡¡Hereje!!! —escupió con rabia.

Desde proa Tristán seguía pugnando por deshacerse de los brazos que lo sujetaban mientras veía cómo Mencía caía al suelo y los dos soldados se la llevaban a rastras.

—¡¡Mencía, Mencía!! —seguía gritando.

Su desesperación dio paso a un llanto manso cuando la muchacha, subida a uno de los caballos, desapareció entre el gentío.

—¡Dejadme ir, padre, no tiene a nadie más!

Bartolomé sentía que se le desgarraba el corazón. Tomó la cabeza de su hijo y la estrechó contra su pecho. En ese momento echó en falta no tener facilidad de palabra para consolar a su hijo.

Tristán se separó de él y, con las lágrimas cayéndole por las mejillas, se dirigió a su madre:

—¡Madre, tengo que ir a buscarla, no tiene a nadie! —dijo suplicándole con la mirada.

—Es la Inquisición, hijo mío, nosotros no podemos nada contra ella, nadie puede contra ella. Si vas en su busca, en vez de ayudarla, la condenarán a muerte. Ellos nos consideran moriscos y tú, al pedirle que recitara la oración, se lo has confirmado. Mencía es cristiana vieja, sola quizá tenga alguna posibilidad de salvarse, si tú estás cerca de ella certificarás la herejía. Es uno de los suyos, no le pasará nada; además, don Juan velará por ella.

—Sí, don Juan velará por ella y la hará su esposa —añadió Tristán con un hilo de voz.

Los últimos moriscos habían embarcado y el grito de un marino anunció que la nave levaba anclas.

Bartolomé vio a su hijo acurrucarse en un rincón y su desvalimiento le partió el alma. A su mente volvieron las imágenes de hacía veinte años. Entonces era un niño recién nacido, desvalido, y también lloraba porque lo apartaban de los pechos de su madre. ¡Con cuánta alegría lo recibió su esposa cuando lo bajó del carro! ¡Cuánto amor le entregaron y él les devolvió a lo largo de todos estos años! ¡Qué fácil resultó entonces consolarlo y qué difícil le parecía ahora!

El navío *Santa Catalina* navegaba despacio por las glaucas aguas del río Betis. El capitán Perot manejaba con mano firme el timón, atento a las corrientes del río y pendiente siempre de la sonda que sostenía el piloto y que marcaba la profundidad del agua. La salida del puerto se había retrasado, pues el acomodamiento de los pasajeros les llevó a los organizadores más tiempo del previsto.

Los casi ciento treinta moriscos —que habían pagado cincuenta reales por una travesía que los llevaría a Berbería— fueron acomodándose en la bodega junto a los animales vivos, sus equipajes, los víveres y las mercadurías que llevaba el barco.

Bartolomé de la Peña y su familia ocuparon un amplio camarote por el que pagaron otros diez reales más. Toda una fortuna que muy pocos podían permitirse. Las dos cabras que llevaban consigo, lo máximo que las autoridades permitían por familia, las habían tenido que dejar en la bodega junto con los demás animales a riesgo de que fueran ordeñadas por alguna de las más de cien personas que se hacinaban allí. El equipaje y los víveres comprados en los mercadillos del Arenal —bizcocho, vino, atún, aceite, habas, garbanzos, arroz y sal— los habían acomodado en el camarote.

Habían pasado ya los Pilares y el Valle, dos de los lugares peligrosos del río y, si no se presentaban contratiempos, al día siguiente llegarían al Naranjal, a cuatro leguas de Sevilla.

El sol radiante de la mañana sorprendió a Tristán acurrucado entre las maromas de cubierta. Había pasado parte de la noche dejando que el llanto empapara su jubón sin sentir el relente y la humedad del mar, hasta que el cansancio lo venció y se adormiló.

Las primeras luces del alba le volvieron a traer la tragedia del día anterior. Mencía... ¿qué sería de ella, sola, en manos de la Inquisición? ¿Cómo podía haberla abandonado, él que esa misma tarde le había jurado que cuidaría de ella toda su vida? Quizá si no la hubiera convencido de que lo acompañara, ahora estaría feliz en la villa. Pero ella no quería quedarse, se lo suplicó, ¿qué podía hacer él? Su padre tenía razón, no podía ir con ella, su sola presencia empeoraría las cosas. ¿Qué pena le impondrían por hacerse pasar por morisca? Ella era cristiana vieja, toda la villa de Magacela lo sabía, pero el familiar del Santo Oficio la había oído proclamar la oración de fe musulmana porque él se lo había pedido. Sería condenada a la hoguera por su culpa. No podía abandonar a Mencía a su suerte, no podía dejarla en manos de la Inquisición. Pero ¿qué podría hacer él, un morisco embarcado rumbo a Berbería? Tal vez cuando llegara y se establecieran, podría volver y llevarse a Mencía, aunque la prerrogativa del rey establecía pena de galeras, la esclavitud e incluso pena de muerte para los moriscos que retornaran. ¿Y si la perdonaban? Sabía que la Inquisición, a veces, proponía la reconciliación del penitente con la Iglesia a cambio de una cuantiosa multa o un sambenito. Necesitaría que alguien abogase por ella. La imagen de don Juan mirando con deseo a Mencía se le presentó tan dolorosa como la de su amada en una celda.

Sintió de nuevo el aguijón de los celos y se avergonzó por ello.

—¡Mencía —murmuró con la voz quebrada por el llanto—, no te abandonaré, mi vida estará dedicada a encontrarte! ¡Lo juro por Dios!

34

Aquella noche, tras visitar a Bartolomé, don Alfonso de Silva abandonó el Arenal sin mirar atrás. Sólo cuando cruzó la puerta y se adentró en la ciudad permitió que las lágrimas anegaran sus ojos. La imagen cansada y resignada de su amigo y sus ojos de perro apaleado se le habían clavado en el alma, y una rabia impotente le atenazaba la garganta hasta casi hacerle imposible respirar.

Ya en la cama, su esposa sintió que pasaba toda la noche dando vueltas en el lecho hasta que antes de clarear lo vio levantarse y salir del cuarto.

La casa de don Alfonso de Silva estaba situada en uno de los lugares más emblemáticos de la ciudad, la plaza de San Francisco, junto al convento del mismo nombre. Era un antiguo caserón de piedra de dos pisos que el padre de don Alfonso había adquirido y remodelado dotándolo de todas las comodidades. Anexo a éste tenía un gran portón que servía como salida de carruajes y que comunicaba la vivienda con las caballerizas y éstas con los patios de la propia vivienda. Sin ser propiamente un palacio, nada tenía que envidiar a éstos. Muebles, porcelanas y tapices hacían del caserón una de las casas más lujosas de Sevilla. Sólo una cosa faltaba en ella para merecer el nombre de palacio: un escudo de armas de la familia que adornara la fachada del edificio y que don Alfonso se negaba a poner, aunque su amigo el duque de Osuna se lo había aconsejado muchas veces. Sin embargo, él tenía sus razones y así se las exponía a su esposa, que no entendía la cabezonería de su marido.

—Que no, Mercedes, que no. Que yo sé lo que soy. Que prefiero que el duque me dé la tabarra con lo del escudo a que me tache de ser lo que no soy. Que yo sé cómo son estos nobles. Y yo soy lo que soy.

—Que soy, que no soy, que el duque es... ¡Cabezón!, eso es lo que tú eres, ¡cabezón! —le recriminaba su esposa resignándose a que en la fachada no luciera el tan ansiado blasón.

Mercedes Cortés, la esposa de don Alfonso, se había acostumbrado al desapego que su marido tenía a las cosas mundanas, como él decía, y no logró cambiarlo en los veintidós años que llevaban casados. Se conocieron en casa del duque de Osuna un día en que su prima Catalina Enríquez de Ribera, esposa de don Pedro, la había invitado a comer. Allí estaba también don Alfonso, tan bizarro y tan gallardo que la joven Mercedes no tardó en enamorarse de él. A don Alfonso le sucedió lo mismo, y a pesar de que la joven pertenecía a la rancia nobleza sevillana, pues era al igual que la esposa del duque, descendiente de Hernán Cortés, no tardó en pedir su mano a sus padres, que accedieron no muy gustosos por no contrariar a su única y hermosa hija.

No habían tenido hijos y, aunque en los primeros años de casados, doña Mercedes no concebía la vida sin descendientes, con el tiempo se fue resignando a la voluntad de Dios y dedicó su vida a la oración y a la diversión a partes iguales en casa de su prima doña Catalina. También se convirtió en la confidente de la esposa del duque de Osuna, que día sí y día no le confesaba entre lágrimas los escarceos y las aventuras amorosas de su marido.

Hasta que un día fue doña Mercedes la que lloró en el hombro de su prima y amiga. Su esposo don Alfonso, tan íntegro y tan cabal, le había confesado arrepentido y avergonzado que durante una temporada se vio arrollado por el apetito de la carne y que si ella lo perdonaba juraba ante el Altísimo que jamás volvería a caer en la tentación. Y aunque don Alfonso no se dejó ni un solo detalle por contar, doña Mercedes no se sinceró del todo con su prima. «Hay secretos de alcoba que deben quedarse entre esposos», pensó. No le contó que la amante de su marido lo había sido antes de don Pedro. Se trataba de una joven comedianta, gallarda y airosa que, despechada por el abandono del duque, amenazó con contarle todo a su esposa. Don Pedro pidió consejo a don Alfonso, quien le recomendó que le entregara una buena bolsa de dineros y se ofreció él mismo para arreglar el asunto. A esa visita le siguieron otras en las que don Alfonso se dejó llevar por la belleza y la sensualidad de la comedianta y se convirtió en el sustituto del aristócrata. Tampoco le contó, porque entonces no lo sabía, lo que aquella relación iba a cambiarles la vida.

Al día siguiente, el sedero envió a Rafael, su criado de confianza, al Arenal para averiguar cuándo partían los moriscos. Bartolomé de la Peña, junto con ochenta moriscos de Magacela, además de otros de Bienquerençia, embarcarían ese mismo día a primera hora de la tarde en el navío *Santa Catalina*, dijo el criado.

Don Alfonso cruzó de nuevo la puerta del Arenal y el espectáculo lo horrorizó. Cientos de personas se apiñaban en las arenas fangosas para ver partir a los moriscos en un ambiente festivo; los niños se arremolinaban alrededor de los carritos de los vendedores ambulantes que pregonaban las delicias de los piñonates y garrapiñas, los hombres vociferaban o proferían insultos contra los que consideraban sus enemigos de fe y las mujeres, sin perder de vista a sus hijos, estaban pendientes de los bajos de sus vestidos, donde las cascarrias amenazaban con quedarse para siempre.

Divisó a lo lejos al *Santa Catalina* y se abrió paso a empellones hasta situarse lo más cerca que pudo del navío.

Con los dientes apretados y la rabia nublándole los ojos contempló a Bartolomé y a su familia subir por la pasarela.

De pronto, comenzó a oír gritos e insultos y se volvió. Tres hombres a caballo avanzaban a todo galope abriéndose paso entre la muchedumbre que se había acercado hasta los embarcaderos para ver más de cerca el sufrimiento de los moriscos.

—¡¡¡Alto!!! ¡¡¡Alto en nombre de la Santa Inquisición!!! —iba gritando uno de ellos.

La sola mención de esas palabras hacía retroceder a las gentes con miedo, pero una vez que los tres caballos hubieron pasado, y seguros de que algo iba a ocurrir, los curiosos comenzaron a empujar con más brío.

Vio cómo los hombres subían la pasarela y arrastraban a una muchacha, pero hasta que oyó los gritos desgarrados de Tristán no se dio cuenta de que la joven a la que intentaban sacar del navío era Mencía, la prometida del hijo de Bartolomé.

Horrorizado, oyó cómo éste le gritaba que dijera la oración con la que se alababa a Alá. Cerró los ojos y, como si pudiera apoderarse del pensamiento de la muchacha, don Alfonso repitió para sí: «No lo hagas, Mencía, no digas la oración, no cometas herejía, no la digas, por Dios, muchacha, no la digas».

—¡No hay más dios que Alá y Mahoma es su profeta! —gritó la joven, y un rugido ensordecedor se oyó por todo el Arenal.

Don Alfonso siguió con los ojos cerrados. Cuando los abrió, uno de los hombres abofeteaba a Mencía y la arrastraba fuera del barco.

«¡Que Dios se apiade de ti, Mencía, y que Dios se apiade de todos vosotros, amigos!», se dijo en voz baja, y con el alma y el corazón encogidos abandonó el Arenal.

Cuando llegó a su casa entregó a su criado el caballo y subió de dos en dos los peldaños de las escaleras que llevaban hasta su cuarto. Allí rebuscó nerviosamente entre el amasijo de papeles que había sobre su bufete hasta encontrar el que buscaba. Se lo guardó en el bolsillo de su jubón y volvió a bajar las escaleras.

Al poco golpeaba fuertemente con el aldabón de bronce en la recia puerta del duque de Osuna.

—¿Quién va? —oyó don Alfonso que alguien gritaba al otro lado de la puerta.

—Abre, Julián, soy don Alfonso.

El sonido de los cerrojos al descorrerse desconcertó a don Alfonso, al percatarse de que era la primera vez que veía las puertas del palacio cerradas.

—Buenas tardes, don Alfonso —saludó el sorprendido criado—, si deseáis ver al duque, no está. Hace un buen rato que salió para la corte.

—¿Y don Luis?

—Sí, don Luis sí está, pero daos prisa porque también va a viajar a la corte.

Entró en el palacio y se precipitó escaleras arriba hasta llegar a la estancia del secretario. Llamó a la puerta y sin esperar respuesta entró.

—Este documento certificando que Bartolomé de la Peña no es hijo bastardo, que no pechó ni contribuyó y que pertenece a dos cofradías, ¿podría valer para hacer que se quedara? Podríamos alegar que la carta ejecutoria de hidalguía está en proceso. No podemos esperar más, están embarcando.

Don Luis negó con la cabeza.

—No, mostrar ese documento ahora sería una locura. No ganaríamos nada y los cientos de escudos que habéis entregado habrían sido en vano. A Bartolomé lo conoce mucha gente, todos los vecinos de la villa, entre ellos tendrá algún enemigo, alguien que lo quiera mal y que le contará a los justicias que lo conocen de toda la vida y que su familia nunca fue hidalga. Debemos tener paciencia.

—¡¡¿Paciencia?!!! Pero ¡si están embarcando!

El sedero soltó un exabrupto y sin despedirse del secretario desanduvo el camino hasta llegar a su casa.

—¡Sebastián! —gritó entrando por el portón de los carruajes—. Mi caballo, deprisa.

Aún faltaban unas horas para que el sol se pusiera cuando don Alfonso traspasó la puerta de la Macarena y salió a campo abierto. Recordó las palabras de Julián, el criado del duque, diciendo que sólo hacía un rato que su señor había salido, y él conocía la parsimonia de su amigo cuando viajaba; le gustaba llevar el caballo al paso, sin prisa, para ir charlando sobre los asuntos que le interesaban: «No hay mejor escenario para solucionar conflictos que el campo, ni mejor sitial que la montura de un buen caballo», le había oído decir muchas veces a don Pedro.

Unas gotas de suave lluvia comenzaron a caer y volvió a pensar en el lodazal del Arenal. Un nudo se le formó en la garganta y espoleó a su montura. ¿Por qué no le habría hecho caso Bartolomé de la Peña cuando le escribía informándole sobre las cartas de expulsión que se estaban firmando en Madrid? Él fue siguiendo todo el proceso, estaba al tanto de las cartas que el rey firmaba, su amigo el duque lo iba informando y, a su vez, él le escribía a Bartolomé de la Peña instándolo a que abandonara Magacela, a que se llevara a su familia y sus bienes a Francia o a Portugal, dado que lo peor estaba por llegar y que los requisitos de expulsión se endurecerían. Pero Bartolomé de la Peña siempre confió en que el rey y su valido, el duque de Lerma, recapacitarían cuando les llegaran las docenas de cartas que los señores y clérigos de otros tantos pueblos estaban enviándoles para evitar la salida masiva de moriscos, pues ello traería la despoblación de las ciudades y la ruina de los campos.

35

Don Pedro Téllez-Girón y Velasco Guzmán y Tovar, tercer duque de Osuna, marqués de Peñafiel y séptimo conde de Ureña, se dirigía a Madrid para asistir al Consejo que el rey Felipe III había reunido para nombrar al nuevo virrey de Sicilia. Llevaba el noble un discurso escrito que casi se sabía de memoria con la intención de, en un momento determinado, levantarse y exponerlo a los allí reunidos. Esperaba don Pedro que su voz potente y modulada, las muestras de conocimiento que pensaba dar sobre la isla y el enemigo turco, las posibles soluciones que expondría para acabar con el problema y las alabanzas que desgranaría sobre el monarca conquistarían no sólo el corazón del rey sino el de todos los miembros del Consejo.

Esa mañana se levantó el noble de muy buen humor y, después de dar buena cuenta de las suculentas viandas que sus criados le sirvieron, se había puesto en camino junto con un nutrido grupo de amigos y vasallos.

Iba don Pedro pensativo, recordando algunas de las palabras escritas la noche antes por ver si podía mejorarlas con algunos términos más precisos.

—«Bien sabe Dios la aflicción que me causa esta exposición, que debo a la responsabilidad del Consejo, y muy particularmente a un rey que funda su grandeza, como católico de título y de verdad, en la justicia» —dijo en voz baja el noble, aunque no tanto como para evitar que alguno de sus acompañantes lo oyera.

—Puede vuestra excelencia estar tranquilo, pues si todo el discurso es de esa índole, no cabe duda de que el rey habrá de nombrarlo virrey de Sicilia.

—Eso espero, amigo mío, eso espero —contestó el duque sonriendo.

En esta gustosa conversación estaban los dos amigos cuando un jinete se llegó hasta ellos y, tirando con fuerza de las riendas, detuvo al caballo, que, bufando y echando espuma por los belfos, agradeció que su dueño le diera un respiro después de haberlo espoleado y llevado al galope durante varias leguas.

—¡Don Alfonso! —exclamó el duque sonriente y extrañado de ver a su vecino y amigo—. ¿Qué os trae por estos caminos?

—Hablar con vos, excelencia —respondió sin resuello el sedero sevillano.

—¡Vaya, muy importante debe de ser lo que tenéis que decirme para aventuraros a cabalgar de esa forma! —vaticinó don Pedro poniéndose serio.

Con un gesto el duque indicó a sus acompañantes que se alejaran lo suficiente para que su amigo hablara con toda confianza.

Después de mucho rato de conversación don Pedro dio por concluida la charla.

—Hablad con él o concertadme una reunión. El duque de Lerma y vos estáis emparentados, os escuchará —rogó por último don Alfonso.

—No, amigo mío, don Francisco de Sandoval es el abuelo de la futura esposa de mi hijo, pero no es de mi familia. Además, ahora precisamente nuestra relación no está en su mejor momento. Sabéis que todo lo que he podido hacer por vuestros amigos ya lo he hecho. Y vos también.

—Pero, don Pedro, ¡si hubieseis visto el Arenal! Esas personas están como perros, desnutridos, harapientos... ¡No hay derecho!

El duque tiró de la rienda del caballo y éste se paró.

—¿Habéis estado en el Arenal? —preguntó mirándolo serio—. Os quiero bien, don Alfonso, por eso os recomiendo que os olvidéis del asunto de los moriscos. Dejad que vuestros amigos se instalen en Marsella o en Berbería. Más tarde, cuando las cosas se calmen y la Iglesia y el rey se hayan olvidado de ellos, podréis intentar ayudarlos. Ahora, alejaos de ellos si no queréis meteros en problemas. Si os cogen preso, de poco le podréis servir a vuestros amigos. —Y picando espuelas se alejó de su amigo y vecino.

Don Alfonso, entristecido, apretó la rienda a su caballo y se volvió para emprender la vuelta cuando el duque lo llamó:

—¡Don Alfonso! —gritó y esperó a que su amigo llegara de nuevo a su lado—. La amistad es una virtud que ennoblece al hombre. El querer ayudar a un amigo os honra. Sé de vuestra lealtad porque en un momento delicado me lo demostrasteis. Comprendo la preocupación por vuestros amigos, pero creo que hay algo más, ¿verdad?

Don Alfonso miró a los ojos al duque que, además de inteligencia, rezumaban bonhomía.

—Sí, don Pedro, hay algo más.

Don Alfonso acompañó al duque durante un buen trecho y conversó con él. La sonora carcajada del aristócrata sorprendió a sus acompañantes, que se preguntaron qué le habría contado el recién llegado a su señor que le había hecho tanta gracia.

—¡¿Con la comedianta?! Sois un pícaro, don Alfonso. Jamás lo habría creído de vos. Y decís que el muchacho es gallardo, valiente y generoso —dijo don Pedro con la sonrisa aún en la boca.

—No podría ser de otra forma, don Pedro, ¿no creéis?

—contestó sonriendo el sedero—. Ha sacado lo mejor de sus padres: la bizarría de la madre y la valentía y liberalidad de su padre.

El duque de Osuna soltó otra carcajada.

Cuando don Alfonso se despidió, la esperanza había vuelto a renacer en él. Ahora que el duque sabía de su secreto, estaba seguro de que haría lo que estuviera en su mano para ayudarlo.

36

El viaje de regreso a tierras extremeñas lo hizo Mencía sin derramar una lágrima. Su mente, vacía, no era capaz de asimilar todo lo sucedido. Se dejó subir a un coche de caballos y se abandonó después de haber luchado contra los pares de brazos que la empujaban. Luego comenzaron a llegarle palabras, voces, caras, imágenes del barco, de Tristán, de los frailes... Cuando horas después tomó consciencia de dónde se encontraba sintió miedo. ¿Qué sería de ella sola, sin nadie que hablara en su favor? Ni siquiera tenía dinero, pues lo poco que logró burlar a los soldados en el Arenal se había quedado con sus escasas pertenencias en el barco. ¿La buscaría Tristán? No era probable. Todos los moriscos conocían el bando y ella lo había leído tantas veces, expuesto en la puerta de la iglesia de Magacela, que se había llegado a aprender párrafos de memoria: «Cualquiera de los dichos moriscos que, publicado este bando, y cumplidos los tres días, fuese hallado fuera de su propio lugar, pueda cualquier persona, sin incurrir en pena alguna, prenderle y desvalijarle, entregándole al justicia del lugar más cercano, y si se defendiere lo pueda matar», recordó una vez más Mencía. No, no era probable que Tristán se aventurase a ser muerto, pero aunque se atreviera, su padre se lo impediría convenciéndolo de que un morisco nada podía contra la poderosa Inquisición y contra todos los cristianos del reino. Estaba sola. Nadie podría ayudarla. Ni siquiera esos negros pensamientos hicieron que las lágrimas acudieran a sus ojos.

Anochecía ya cuando la comitiva formada por los dos justicias, el familiar y Mencía se pararon en una posada del camino para descansar y pasar la noche. A pesar de estar exhausta, pues no había logrado comer nada, la joven no pudo conciliar el sueño y cuando éste lograba vencerla, se despertaba sobresaltada, asustada y cubierta de sudor.

Durante varias jornadas Mencía deshizo el camino que con tanta ilusión había recorrido hacía sólo unos días. Por fin, un atardecer en que el bochorno parecía querer asfixiar a personas y animales, llegaron a Llerena, al palacio de don Luis Zapata, donde la Inquisición tenía por entonces su sede.

Aunque Mencía no había estado nunca en aquel lugar sabía que se trataba de una de las celdas de la Inquisición. Durante el viaje sus captores no dejaron de hablarle y decirle lo que haría con ella el Santo Oficio cuando llegara a Llerena.

Cuando oyó el sonido del cerrojo en la celda se dejó caer en las frías losas y notó, por fin, que las lágrimas acudían a sus ojos. En la oscuridad no se molestó en limpiarlas, dejó que le corrieran por las mejillas y se alegró de que aún pudiera sentir, aunque fuera sola, el dolor y el frío de la celda.

En algún momento de la noche debió de quedarse dormida porque el sonido del cerrojo de la celda la despertó. Alguien había dejado una escudilla con caldo, en el que flotaba un trozo de pan, y una jarra de agua.

En su duermevela no sabía cuántas veces había oído correr y descorrer el cerrojo. La sacaban y la llevaban a una sala, le hacían preguntas, la volvían a llevar a la celda, oía el cerrojo, le dejaban el caldo...

—Da gracias a Dios por la merced que acabas de recibir —dijo esa mañana el fraile.

Mencía, acurrucada en el jergón y con la cara vuelta hacia la desconchada pared de la celda, no se movió.

—¿Es que acaso no has oído lo que acabo de decirte?

La muchacha seguía sin moverse. Sí, había oído las palabras, llevaba varios días oyéndolas, sintiéndolas como golpes de martillo en las sienes, preguntas y más preguntas, has renunciado a Jesús, has rezado a Alá, has tenido trato carnal con el morisco Tristán...

Habría querido levantarse de la silla y gritarles a todos los que la miraban como una apestada que seguía amando a Jesús y a la Virgen, pero al mismo tiempo amaba a Tristán, que su amor por él era limpio y puro y que no se arrepentía de nada. Pero, en lugar de aquello, su mirada vagaba por la sala y se posaba en cada uno de los pares de ojos que la miraban con recelo y sin poder evitarlo notaba cómo sus labios se contraían, no sabía si en una mueca de dolor o en una dolorosa sonrisa.

—¡Ya se lo he advertido a vuestras paternidades! —oía decir a uno de los presentes—. La acusada da muestras de haber perdido el juicio.

No, ella no estaba loca, ahora recordaba muy bien lo que había pasado y por qué estaba allí. Sin embargo, algo en su interior, más fuerte que su voluntad, le impedía hablar o defenderse. Lo único que quería era que la dejasen dormir, sumirse en un profundo sueño, como el que desde hacía unos días tenía, una dulce fantasía en la que aparecía Tristán en un barco y llegaba hasta ella y la abrazaba, y ella, acurrucada en un rincón de la celda sentía los invisibles brazos de su amado rodeándola y oía sus palabras de consuelo y esperanza.

—¡Vamos, levántate y adecéntate! El Señor, en su infinita misericordia, te ha enviado ayuda —dijo su guardián y le tiró una túnica.

Mencía metió las manos en el lebrillo de agua limpia que habían dejado esa mañana. Permaneció así unos instantes sintiendo el placer que le proporcionaba el contacto con el agua fresca. Luego se lavó la cara y los brazos y se vistió con la ropa que le había dejado el fraile.

Por primera vez en varios días Mencía pudo asearse y vestir ropa limpia. Se sintió aliviada y por un momento pensó si no sería mejor contestar a las preguntas de los frailes y convencerlos de que ella seguía amando a Jesús y a la Virgen María y que Tristán era tan cristiano como ella y que si había recitado esa herejía era porque no quería separarse de su prometido y su familia, que era lo único que ella tenía en el mundo. En ese instante recordó las palabras del fraile acerca de que Dios le enviaba ayuda y sus ojos se iluminaron. Debía ser verdad puesto que le habían dado ropa limpia... ¿Quién podía ser? ¿Alguien de la villa?

Cuando entró en la sala precedida del fraile sus ojos miraron en busca de alguna persona conocida, pero sólo vio a otro fraile con el mismo hábito de los inquisidores, la túnica blanca y la capa negra. Se quedó inmóvil mientras los dos hombres de Dios conversaban calladamente. Luego, el que había sido su guardián salió y ella se quedó a solas con el recién llegado.

—Siéntate, Mencía —le indicó fray Jerónimo—, tenemos que hablar.

La joven obedeció. Por primera vez en muchos días la voz de ese fraile desconocido le sonó sincera, casi dulce.

—Escucha, hija —siguió el desconocido fraile—. Te conozco desde que naciste. Conocí a tus padres. La prematura muerte de tu madre llenó de dolor a Ezequiel y a todos los que la conocíamos. Eran cristianos viejos y te criaron en el amor y temor de Dios.

Las palabras del desconocido la despertaron del sopor en el que había estado sumida durante todos los días que había permanecido en la celda y caían en su alma como un bálsamo capaz de restañar la herida por la que creía que se le estaba yendo la vida.

—El delito que has cometido es grave. El tribunal te acusa de apostasía mahometizante, por lo que pueden condenarte a muchos años de prisión e incluso a la muerte. En algunos casos tu delito se paga con la relajación al brazo secular. ¿Sabes lo que quiere decir?

Mencía negó con la cabeza.

—Se te acusa de que has renunciado a la fe de Cristo Nuestro Señor y has abrazado la secta de Mahoma. Ten en cuenta que podrían llegar a ejecutarte

—Pero ¡eso no es verdad! —gritó la muchacha—. Yo amo a Nuestro Señor, todos los días le imploro que me ayude y espero de su misericordia.

—Muy bien, eso es lo que quería oír. Escucha, hija. Tienes personas que te quieren y desean ayudarte. Mi nombre es fray Jerónimo y soy tío de don Juan de Hinestrosa, el alcaide de Magacela. Él apreciaba a tu padre y te tiene a ti en mucha estima. Me ha pedido mi intercesión y voy a ayudarte. Para ello es necesario que te sometas a compurgación, es decir, que debes someterte a un juicio en el que deberás jurar que no has renunciado a la fe católica. Mi sobrino y otras personas importantes de la villa quieren presentarse como compurgados y jurarán que todo lo que dices es verdad, poniendo como testigos su honor y su fe en Cristo. Deberás jurar también que fuiste obligada a ir con los moriscos en contra de tu voluntad y…

—Pero ¡eso sería mentira! Yo le rogué a Tristán que me llevara con él. No puedo jurar ante Dios algo que es falso, eso sería cometer perjurio. Prefiero condenarme antes que jurar en falso.

El fraile se quedó pensando unos instantes las palabras que había dicho la joven.

—Bien, bien. Olvidemos lo de irte por la fuerza. Como te decía, mi sobrino don Juan te hace una gran merced en consentir jurar por ti. Es un buen cristiano y te quiere bien.

Una semana después de que fray Jerónimo tuviera esta conversación con Mencía se celebró el juicio.

37

Julio del año de Nuestro Señor de 1611

Desde el día en que el prior le informó de que Mencía había huido con los moriscos, pero sobre todo desde que recibió el recado de su tío en el que le comunicaba que Mencía estaba presa en Llerena, don Juan de Hinestrosa luchó con todas sus fuerzas para que la razón prevaleciera sobre sus sentimientos. Su honor, se repetía una y otra vez en las largas noches de insomnio, había sido ultrajado y por mucho que quisiera a la muchacha no podía exponerse a las burlas de su madre y de los vecinos de Magacela, enterados ya de que la muchacha se había ido con los moriscos. Resistió pues los embates que su corazón le lanzaba y se decía que encontraría a otra mujer que le hiciera olvidarla. Pero los días pasaban y la certeza de que la joven se hallaba en una cárcel de la Inquisición lo llenaba de zozobra y remordimientos.

Cuando una mañana recibió un segundo recado de su tío diciéndole que Mencía podía enfrentarse a la pena de muerte, tomó la pluma y contestó con las lágrimas nublando sus ojos que debían hacer lo que estuviera en su mano para salvarla y que si ello pasaba por casarse con ella, así lo haría.

La mañana que entró en el palacio de Zapata para asistir al juicio que se iba a celebrar en una de las salas que la Inquisición tenía allí y vio el estado en el que se encontraba Mencía su corazón se encogió de dolor y tuvo que esforzarse para no llegar hasta ella y tomarla entre sus brazos. Durante el juicio la oyó jurar con la voz debilitada que creía en Dios Todopoderoso, en su Madre Santísima, en los ángeles y en los santos; que conocía la oración mahometana por habérsela oído decir a sus vecinos de Magacela, que eran casi todos moriscos; que si dijo la oración en el barco fue porque le aconsejaron que era la única manera de irse con Bartolomé y su familia, aunque ellos eran cristianos de corazón; y que si se había marchado con ellos era porque se había quedado sola en el mundo y la única familia que tenía era la de Bartolomé.

Cuando terminó el juramento Mencía tuvo que sentarse porque las piernas le flaqueaban y la congoja le oprimía el pecho hasta casi impedirle respirar.

Luego, don Juan y los alcaldes mayores, Diego Adagya y Sebastián Hidalgo, juraron que todo lo que había dicho la joven era cierto y el juez dictó la sentencia. Declaró a Mencía libre de toda culpa y encargó al alcaide de la encomienda de Magacela que velase por su cuerpo y por su alma haciéndola su esposa.

Doña Rosalía contempló el coche subiendo la cuesta del alcázar y se dio prisa en bajar a recibirlo. Quería saber el resultado de ese maldito juicio del que su hijo no había querido darle detalles, pero del que se temía lo peor. Lo había visto furioso aquel día que regresó de la villa en la creencia de que Mencía se había marchado con los moriscos, y enloquecer días después cuando volvió de la casa prioral.

Aquéllos fueron días de discusión con él intentando hacerle comprender que su honor estaba a los pies de los caballos, pero que aún se podía restablecer, pero si volvía con ella, si se humillaba ante una mujerzuela que prefería irse con los moriscos en vez de quedarse con los suyos, sería el hazmerreír no sólo de la villa —al fin y al cabo, sus gentes le importaban un higo—, sino de sus parientes y conocidos de Llerena, enterados sin duda del escándalo. Luego llegó el mensaje de su hermano de que la muchacha estaba presa de la Inquisición y entonces ya no quiso escuchar más a su madre. Aquella mañana, cuando le comunicó que iba a Llerena a actuar de testigo en el juicio de Mencía, supo que había perdido la batalla en la lucha contra la hereje, aunque aún tenía la esperanza de que imperara el buen juicio de su hermano, pues el de su hijo ya lo daba por perdido.

El carruaje se paró en la plaza del Apartado y doña Rosalía respiró aliviada cuando vio bajar a su hijo solo. El alcaide se dirigió a su madre y, sin mediar saludo, la miró a los ojos.

—Mencía ha venido conmigo y se quedará en el alcázar —sentenció con el rostro serio.

Y dándole la espalda rodeó el coche para ayudar a bajar a la muchacha.

—¡Mencía! —El grito de Alonsillo corriendo hacia el carruaje hizo sonreír a la joven, que se fundió con el niño en un cálido abrazo cuando llegó junto a ella.

Doña Rosalía notó cómo su corazón comenzaba a latir de tal manera que temió que le atravesara el pecho. Sintió un pinchazo en el brazo y tuvo que tomar aire por la boca para calmar la angustia que le provocaba el dolor.

Ayudada por Francisco, que había salido a hacerse cargo de las mulas, la hidalga llegó a su cuarto y no volvió a salir hasta la mañana siguiente. Ya por la noche no pudo conciliar el sueño pensando en las palabras de su hijo. Si ése era su deseo, ella lo cumpliría, al fin y al cabo el alcaide de la fortaleza era él, pero que no pensara que la ingrata iba a ser tratada como su invitada. Le mostraría su desprecio cada vez que tuviera ocasión, hasta tal punto que sería ella la que le pediría a su hijo que la sacara del alcázar. Por mucho que se hubiera encaprichado Juan con esa hereje, ella le haría ver lo erróneo de su elección, pues por nada del mundo consentiría que él se casara con una mujerzuela que a saber si se había ya revolcado con el morisco ese. Bastante trabajo le había costado espantarle a todos los moscardones que se acercaban a él con la única intención de ser la señora de la fortaleza, para que ahora viniera una mosquita muerta y la desbancara del lugar al que con tanto sacrificio había llegado. No, todavía no había nacido ninguna mujer capaz de echarla de allí. Cuando llegó a la encomienda la fortaleza no era nada más que un montón de ruinas donde pastaban las ovejas, ella la convirtió en lo que era en esos momentos y no estaba dispuesta a que nadie se la arrebatara.

También Elvira vio llegar el coche y bajar a Mencía de él. No obstante, al contrario que a su madre, su llegada sólo le provocaba indiferencia. No conocía a la muchacha y desde su ventana no apreció en ella ninguno de los atributos por los que pensaba que los hombres perdían la cabeza como lo había hecho su hermano. Sólo vio a una muchacha muy joven y muy delgada que apenas se sostenía en pie.

«Y, sin embargo, esa débil muchacha ha sido capaz de enfrentarse al Santo Oficio por irse con un morisco y vivir junto al hombre que ama», se dijo con un deje de amargura.

A la mañana siguiente, sentada junto a su madre a la mesa, Elvira escuchaba hastiada los comentarios hirientes que aquélla hacía sobre Mencía.

—... tendremos que volver a Llerena como unas pobretonas mientras esa hereje nos usurpa lo que es nuestro, con el trabajo que me ha costado levantar esta fortaleza...

Las últimas palabras de su madre le hicieron salir de su

ensimismamiento y, dejando la cuchara sobre el plato, la miró fijamente.

—¿Por qué decís que tendremos que irnos de aquí? —preguntó extrañada.

—¿Es que acaso no me has estado escuchando? —repuso doña Rosalía airada—. En cuanto esa hereje salga de su mutismo, tu hermano se casará con ella y no nos necesitará. Ella será la dueña y señora de todo y nosotras pasaremos a estorbarla. ¿Qué crees que hará, eh? Pues ponernos de patitas en la calle.

—¿Y por qué ha de querer Mencía casarse con un hombre al que no ama? Según tengo entendido se escapó con los moriscos porque estaba enamorada del hijo de Bartolomé.

La hidalga miró a su hija con displicencia.

—Hija mía, no me extraña que no puedas encontrar marido. ¿Te crees que todas las mujeres son tan tontas como tú? La pasión del amor se agota al cabo de un año, mientras que los sacrificios de la pobreza duran toda la vida. Esa muchacha está siendo tratada como una señora y se estará dando cuenta de que aquí será la reina, mientras que si se hubiera quedado con ese morisco sólo le esperarían calamidades.

Elvira no escuchaba ya a su madre. Estaba preguntándose qué sabría ella del amor y qué diría si en ese momento le confesara que ella seguía amando al hombre del que se enamoró hacía casi veinte años. No pudo evitar que se le escapara una sonrisa de satisfacción al imaginar la cara de su madre.

—Ríete, si quieres —dijo doña Rosalía—, pero si no atajamos este mal nos arrepentiremos.

Don Juan estaba satisfecho con el trato que su madre y su hermana daban a Mencía. Por una vez en su vida había logrado imponer su voluntad sobre la de doña Rosalía. Sin embargo, sospechaba que cuando él se hallaba ausente el comportamiento de las dos mujeres para con la joven variaba. Notaba las miradas de desprecio y odio que le dirigían a la joven, aun en su presencia, aunque se guardaban de expresar lo que sentían. A pesar de todo, el alcaide pensaba que esa situación sería transitoria, pues esperaba la pronta recuperación de Mencía para hacerla su esposa. Cuando eso sucediese tendrían que aceptar que la señora del alcázar era su mujer y ellas deberían respetarla, pues de no ser así no le quedaría más remedio que enviarlas de vuelta a Llerena. No obstante, esperaba que no se tuviera que llegar a esa situación: su madre era orgullosa y tozuda, lo sabía, pero por encima de todo le gustaba vivir rodeada de criados y eso en Llerena no lo tendría.

Dos semanas después de su llegada al alcázar Mencía continuaba arrastrando la tristeza que se había instalado en su alma en la cárcel inquisitorial en Llerena y que ahora parecía formar parte de su ser. Apenas comía y por la noche vagaba por el patio de la fortaleza como un alma en pena. Su único consuelo parecía ser Alonsillo, que, convertido en su sombra y agarrado de su mano, caminaba junto a ella hablándole del día en que su padre y Bartolomé regresarían a por ellos. Mencía sonreía y le acariciaba el pelo. No había vuelto a decir palabra y las horas transcurrían con la mirada perdida en la nada. Lo único que no le había pasado desapercibido a la joven era el desdén con que doña Rosalía y Elvira la trataban cuando el alcaide se encontraba ausente y las palabras hirientes que le decían cuando se hallaba a solas con alguna de las dos mujeres.

38

Mediaba la mañana cuando Sebastián, el mozo de don Alfonso de Silva, llegó a Magacela. Ese día de principios de septiembre se conmemoraba en la villa el día de la Natividad de la Virgen María, que por las tierras de Extremadura se celebraba bajo la advocación de la Virgen de Guadalupe.

Por ser día festivo, todos los vecinos se hallaban en la fortaleza asistiendo a la santa misa, por lo que cuando el mozo se internó en las callejuelas del pueblo no encontró ni un alma a quien preguntar. Se asombró y pensó que don Alfonso se había quedado corto al decirle que en la villa habrían quedado pocos vecinos después de la salida de los moriscos, pero una cosa era que hubiera pocos habitantes y otra cosa era que estuviese despoblada.

El repique de las campanas tocando a misa y que parecía provenir de la fortaleza lo sobresaltó. Pensó entonces que los habitantes quizá estuvieran arriba, en alguna iglesia. Subió con el caballo por la empinada calle Real hasta la plaza del Mercado y, sentado en el borde del pilón, se refrescó y sació la sed en el caño de la fuente. Luego desató de la grupa un pequeño cangilón y se dispuso a dar de beber al caballo.

—¡Eh, oiga! —oyó que lo llamaban.

Volvió a sobresaltarse. «Eso tiene llegar a un pueblo vacío, que cualquier señal de vida te pone el cuerpo en vilo», pensó el mozo. Miró hacia donde provenía la voz y vio a un viejo sentado a la puerta de una casa.

No había podido subir a la iglesia porque no tenía piernas, le dijo, y se apartó la manta que le cubría las rodillas para que el joven viese que era cierto lo que decía. Tenía ganas de hablar y le contó todo lo que Sebastián quería saber. Que Mencía había estado presa de la Inquisición en Llerena porque quiso irse con los moriscos o se la llevaron, que eso no estaba muy claro y que ahora se encontraba en la fortaleza tratada como una reina por el alcaide, que bebía los vientos por ella.

—Aunque la pobrecita salió de la cárcel mal de la mollera. —Dicho esto, se llevó el dedo índice a la sien moviéndolo a derecha y a izquierda.

—¿Se ha vuelto loca? —preguntó Sebastián incrédulo.

—Sí, señor. Dicen que anda por el alcázar como un alma en busca de su cuerpo y que doña Rosalía, que es una bicha, la quiere sacar de allí a escobazos, jejeje —se rio mostrando unas encías desdentadas.

Cuando el viejo comenzó a repetir lo mismo que ya le había contado, el mozo se despidió y se encaminó a la fortaleza. Con suerte, hasta podría ver a la muchacha.

Llegó a la explanada de la iglesia y se quedó extasiado por la vista que se le presentó ante sus ojos. No sabía cuánto tiempo se había quedado contemplando los campos y los montes cuando de nuevo el tañido de las campanas volvió a sobresaltarlo. Estaba visto que ese día no ganaba para sustos.

Se dio la vuelta y vio que los fieles ya salían de la iglesia, a cuya sombra formaron corrillos y se pusieron a hablar animadamente. Calculó que serían unos cincuenta y que seguramente allí estarían todos los habitantes del pueblo. Todas las miradas se volvieron hacia el recién llegado, así que se acercó al grupo que por las ropas creyó que sería el del alcaide o el regidor. Y acertó, pues don Juan de Hinestrosa y su familia se encontraba departiendo junto a los alcaldes. Se presentó como un sedero sevillano que venía buscando criadores de gusanos de seda, pues con la salida de los moriscos la producción de éstos había caído considerablemente, dijo. El alcaide lamentó que hubiese hecho tan largo viaje en balde, pues en la villa ya no quedaba nadie que se dedicara a tal menester. Pero a Sebastián poco le importaba lo que el alcaide tuviera que decirle, su mente la ocupaba la muchacha de rostro angelical y hermosos ojos verdes que estaba a su lado y a la que dirigía disimuladas miradas. Don Alfonso se había quedado corto en ponderar la belleza de la joven y, por desgracia, el viejo tenía razón, pues la mirada ausente de la joven, que no atendía a nada de lo que allí ocurría, le confirmó que efectivamente daba señales de estar loca.

—¿Y tiene vuestra merced telares en Sevilla? —preguntó don Juan en un momento de la conversación.

La pregunta sacó al mozo de sus cavilaciones.

—¡Oh, no, señor! —contestó sonriendo—. Yo trabajo para mi señor, que es el más importante sedero de Sevilla, don Alfonso de Silva es su nombre.

Nadie pareció darse cuenta de la reacción de Mencía, sólo Sebastián, que, cuando pronunció el nombre, había mirado a la muchacha esperando precisamente lo que acababa de ver: que la joven había reconocido ese nombre y que, por tanto, muy loca no debía de estar.

En efecto, Mencía, que hasta entonces había permanecido con la mirada ausente, fijó sus ojos en los del mozo hasta que éste volvió la cabeza hacia sus oyentes y continuó con la conversación.

—Con el permiso de vuestras mercedes he de irme, me queda un largo viaje hasta Sevilla. Y ya saben, si retoman la producción de gusanos de seda, mi señor don Alfonso de

Silva estará encantado de recibirles. —Al decir estas últimas palabras volvió a mirar en dirección a Mencía.

Y se despidió con una ligera inclinación de cabeza.

Una semana más tarde don Alfonso y su esposa escuchaban abatidos el relato pormenorizado que Sebastián les hacía de su viaje a Magacela. Las lágrimas de doña Mercedes rodándole por las mejillas le dolían al sedero tanto como las penalidades y la locura de Mencía, y él mismo hacía verdaderos esfuerzos para no dar rienda suelta a su pena.

—Tenemos que sacar a esa muchacha de allí —le dijo su esposa sonándose la nariz.

—No es tan fácil, Mercedes; la Inquisición está en medio de este asunto y en estos tiempos que corren todo lo que tenga que ver con los moriscos es peligroso. Ya has oído a Sebastián, Mencía está bien cuidada. Lo más prudente será esperar a que pase el tiempo y se olviden del asunto. Entonces pensaremos en algo y la sacaremos de allí.

39

Aquella tarde, como llevaba haciendo desde que llegó a la fortaleza, Mencía se dirigió al jardín con un libro. Nunca podría agradecerle lo suficiente a Bartolomé que le hubiera enseñado a leer. Allí, sentada en un banco a la sombra de una higuera, sumergida en la lectura, la joven parecía olvidar por unas horas las desgracias que asediaban su vida.

Sin embargo, no podía concentrarse, pues unas voces procedentes de la ventana abierta del salón turbaban su tranquilidad. Se levantó para marcharse cuando oyó la voz alterada de don Juan y decidió quedarse.

—¡No me lo podéis impedir, tío! Mencía dio su consentimiento antes de enfermar, vuestra paternidad lo oyó.

—Sí, lo oí, lo oí, tienes razón, pero es en el preciso momento del santo matrimonio cuando ella debe aceptar. Si la fuerzas a ir al altar, el matrimonio será nulo. La Iglesia lo recoge en su *Corpus Iuris Canonici*, según el cual ese matrimonio no sería válido por dos motivos: primero porque Mencía no puede dar su consentimiento ya que se halla perturbada, es decir, carente del uso de razón, y segundo, porque dada su perturbación no podría llevar a cabo sus obligaciones en el matrimonio, entre las que se encuentran tener hijos. ¿Te imaginas que Mencía se quedara embarazada en estas circunstancias? ¡Sabe Dios lo que podría llegar a hacer!

Ahora era la voz de fray Jerónimo la que llegaba nítida a sus oídos. La muchacha se quedó inmóvil sin saber qué hacer.

El religioso se había persignado mientras elevaba los ojos al cielo en un gesto que a don Juan le pareció un poco teatral.

—Entonces ¿qué debo hacer? —preguntó resignado.

—Esperar. Mencía se recuperará. Está mejorando, sólo hay que ver su aspecto. La mejoría ha comenzado; primero ha sido el cuerpo y, cuando éste sane, comenzará a mejorar el alma. Ya verás cómo pronto estarás casado.

—Tenéis razón, tío. Mencía está mejorando, sale a leer al jardín y ayer se acercó a las caballerizas a ver a los animales, aunque Elvira me cuenta que no aprecia ninguna mejoría. A pesar de ello, todavía no ha dicho ni una palabra.

—Las dirá, hijo mío, las dirá. Y cuando hable, las primeras palabras serán de agradecimiento por lo que has hecho por ella.

El hidalgo guardó silencio unos instantes y miró fijamente a su tío.

—¿Y si no mejora? ¿Y si se queda loca para siempre? —inquirió con el miedo reflejado en los ojos.

—Mejorará, Juan, mejorará y será tu esposa. Confía en Dios. Pero si el Altísimo, que todo lo hace por nuestro bien, no lo permitiera, habría que resignarse y llevar a Mencía al convento de Santa Clara de Llerena.

Don Juan dio un brinco.

—¿A un convento? —preguntó con la sorpresa reflejada en sus ojos.

—Sí, allí las hermanas la cuidarían como se merece. ¿No querrás llevarla a la Casa de la Misericordia? Pero, bueno, nos estamos adelantando a los designios de Dios. Confiemos en Él. Por cierto, ¿le has dicho a tu madre que piensas casarte con ella?

—No, he esperado porque creía que con el tiempo le

cogería cariño, pero está sucediendo todo lo contrario, cada día que pasa la aborrece más. Ella no me lo dice, pero lo noto en sus ojos. Estaba esperando a que vuestra paternidad me allanase el camino. Y hablando del rey de Roma... —comentó don Juan viendo a su madre aparecer en ese momento.

Mencía abandonó el jardín y subió deprisa a su cuarto.

Doña Rosalía saludó a su hermano y le dijo que tenía un asunto importante que tratar con él y quería que Juan también estuviera delante.

Desde que Mencía había llegado al alcázar doña Rosalía no había dejado de observar cómo su hijo la miraba y, alarmada, se decía día tras día que tenía que poner coto a aquel despropósito. Si aquél había perdido de nuevo el juicio esperaba que, por lo menos, su hermano aún lo conservara.

—Se trata de Mencía —expuso doña Rosalía cuando los tres hubieron tomado asiento.

—¡Vaya! Precisamente yo también quería hablarte de ella, ¿verdad, sobrino?

La hidalga miró primero a su hijo y luego a su hermano y pensó que sus sospechas no sólo eran fundadas, sino que, además, su hermano estaba de acuerdo en cualquiera que fuese la locura. El corazón comenzó a latirle deprisa. La verdad era que desde hacía un tiempo cualquier contradicción que sucediera en la fortaleza hacía que su corazón se desbocase.

—Empezaré yo —determinó doña Rosalía, para cortar de raíz cualquier atisbo de proposición.

Y comenzó hablando de lo necesaria que era la caridad en estos tiempos que corrían, que su familia siempre se mostró caritativa y que las puertas de su casa siempre estaban abiertas para todo aquel que lo necesitaba. Que la muestra estaba en la generosidad con que habían acogido a Alonsillo, el hijo de un morisco. Que su salud se había deteriorado de un tiempo a esa parte y su corazón estaba alterado con el comportamiento de una extraña a quien a saber a qué podría conducirle su locura.

—Pero, como todo tiene un límite en esta vida, creo, hermano, que el tiempo de permanencia de Mencía en esta casa ha llegado a su fin. No digo que la vayamos a echar a la calle. Ya he pensado en todo. Y creo que lo mejor es mandar a Mencía a un sitio lejos de Magacela, pues estar continuamente viendo el lugar de esos moriscos no le hace ningún bien, así que cuanto antes se aleje de esta villa, mejor.

Fray Jerónimo se quedó unos instantes pensando en lo que iba a decir; estaba claro que debía escoger las palabras con cuidado porque conocía a su hermana y sabía que ya había tomado una decisión. Ahora le tocaba a él no sólo convencerla de lo contrario, sino de que aceptara a Mencía como la esposa de don Juan.

—Cuando prometí al Santo Oficio que me haría cargo de Mencía, asumí una responsabilidad que no puedo ni debo delegar en nadie. Pensé, con el mejor criterio, que el mejor sitio adonde podía llevarla, después de todo lo que había sufrido, era a la villa donde nació y donde ha sido feliz.

Su voz era pausada y suave, pero con la firmeza suficiente para que doña Rosalía no se atreviese a intervenir.

—Sabéis que mi gratitud hacia vosotros por lo que habéis hecho por ella es infinita, y Dios os lo recompensará. Sin embargo, no creo que la muchacha esté aún preparada para salir de aquí e irse a un lugar extraño donde no conoce a nadie.

—Bueno, cuando la trajisteis aquí tampoco nos conocía a nosotros. Además, no sabemos lo que pasa por su cabeza. Lo mismo ni nos reconoce. Así que, perdonad, hermano, pero ese argumento no sirve. Creo que Mencía debe salir de esta casa.

—Madre —dijo don Juan, que hasta ese momento no se

había atrevido a decir nada— no creo que debáis hablar así. Esta casa…

—¡Cállate, Juan! Yo sé lo que debo o no debo hablar. Mencía tiene que salir de esta casa mañana antes que pasado. Y asunto zanjado. Y ahora disculpadme, voy a comunicarle nuestra decisión.

Doña Rosalía se levantó y se dirigió a la puerta del salón.

Don Juan apretó los dientes y miró a su tío, que parecía decirle que debía enfrentarse a su madre, ahora o nunca.

—Vuestra decisión, madre, no la mía, y que esta vez no va a ser la que prevalezca: Mencía no va a salir de esta casa.

La hidalga se quedó parada con la mano en la manilla de la puerta sin creer lo que había oído. Se volvió y miró con dureza al alcaide.

—¿Qué has dicho? —preguntó incrédula.

Era la primera vez que su hijo se atrevía a hablarle con tanta dureza.

—Que Mencía se queda en esta casa —repitió pasmosamente.

Ya no cabía duda. Su hijo estaba preso en las redes de esa medio morisca, y ella intentaba poner coto cuando quizá era demasiado tarde.

Se acercó a donde estaban su hijo y su hermano y se encaró con este último:

—Y vuestra paternidad, ¿no va a decir nada?

—Bueno, creo que esto debemos hablarlo con tranquilidad. En su estado no creo que Mencía…

—¡Mencía saldrá de esta casa mañana mismo, con tu consentimiento o sin él! —sentenció mirando desafiante a su hijo.

—Rosalía, cálmate, tu corazón…

—Mañana, a más tardar —siguió la hidalga sin escuchar el consejo de su hermano—, subes a Mencía al coche y Francisco la lleva a donde dispongamos. ¡Y no se hable más del asunto!

El alcaide volvió a apretar los dientes y sintió que una náusea le subía al estómago. Por mucho que su madre lo intentara, esta vez no estaba dispuesto a dejarse avasallar, esta vez lucharía por su felicidad.

—Os equivocáis, madre. Yo soy el alcaide de esta fortaleza y el que decide quién se queda en ella o quién se va —dijo alzando por primera vez la voz.

Doña Rosalía estaba atónita. Aquellas palabras no podían salir de los labios de su hijo.

—¿Prefieres que sea yo la que salga de aquí? ¿Vas a consentir que tu madre salga de esta casa para que se quede una mujerzuela que prefirió seguir a esa chusma a permanecer en el pueblo con los suyos? ¿Qué clase de mujer...?

—¡Callaos, madre! ¡No voy a consentir...

—¡Por Dios, Rosalía, sosiégate!

—Y vuestra paternidad, ¿qué hace? —escupió la hidalga—, defender a una hereje, a una condenada por la Inquisición. ¿Qué clase de fraile es?

—¡Madre, por Dios, que es un hombre de Iglesia!

—¡Cállate, desagradecido! ¡Tienes esta alcaidía por mí, por mis influencias, sin mí serías un hidalgo sin un pedazo de tierra, como tu padre!

Con los ojos encendidos por la rabia y fuera de sí, doña Rosalía se acercó a su hijo.

—Pero escúchame bien, malnacido. Antes de que la sangre de esa morisca se mezcle con la mía, la denuncio de nuevo a la Inquisición.

—¡Por Dios Bendito, Rosalía! —intentaba terciar fray Jerónimo.

—¡Vuestra reverencia es el culpable! La trajo aquí y como una serpiente ha mordido la mano que le da de comer. ¡Una arrastrada! ¡Mi hijo quiere a una arrastrada! ¿Crees que no me he dado cuenta de para qué quieres que ella se quede? ¡Su sangre no se juntará jamás con la mía, jamás!

Con el rostro rojo por la ira y las manos temblándole, fray Jerónimo se levantó de pronto y se acercó a ella:

—¡Cállate, por Dios, Rosalía, cállate!

El dominico siguió hablándole a gritos y cuando la hidalga oyó las últimas palabras de su hermano un sudor frío comenzó a correrle por la frente mientras se llevaba una mano al pecho. Una opresión, como si alguien la estuviese pisando, le impedía respirar.

Don Juan se había quedado atónito mirando a su tío y éste, temblando y con el rostro demudado, se dejó caer en el sillón.

40

Doña Rosalía llevaba tres días debatiéndose entre la vida y la muerte. Las palabras que su hermano le había dicho aquella tarde martilleaban en su cabeza en la semiinconsciencia en la que estaba sumida.

A veces abría los ojos y su mirada se quedaba fija en sus hijos o en su hermano, que no se habían movido de la cabecera de la cama.

Esa mañana el médico les comunicó que se fueran preparando para lo peor, pues el corazón cada vez latía más débil.

Fray Jerónimo, abatido, salió de la alcoba y fue a buscar los santos óleos. Se sentía culpable de lo sucedido aquella tarde y los remordimientos por haber revelado el secreto que tan celosamente había guardado durante tantos años le carcomían el alma. Sin embargo, lo que más le dolía era no haber podido reconciliar el alma de Rosalía con Dios. Sabía, como confesor, que su hermana albergaba en su corazón el odio por los moriscos y el desprecio por los humildes; que había gozado humillando a su hija y castigándola por el pecado cometido cuando sólo era una muchacha; que la soberbia le había llevado a no pedir jamás perdón a nadie... ¡Cuántas misas y súplicas a Dios iba a necesitar su alma para alcanzar la salvación!

Se acercó al lecho y tomando un poco de óleo sagrado comenzó a signar sus sentidos.

—*Per istam sanctam unctionem et suam piissimam misericordiam, indulgeat tibi Dominus quidquid per visum, audtiotum, odoratum, gustum et locutionem, tactum, gressum deliquisti.*

Reconfortada quizá por los santos óleos, doña Rosalía pareció sentir una repentina mejoría y abrió los ojos para pronunciar el nombre de su hija. Fray Jerónimo pensó durante unos segundos que quizá debería aprovechar esos momentos de lucidez para tomarle confesión, pero su hermana seguía repitiendo el nombre de Elvira. Sabía lo que eso significaba: Dios, en su infinita misericordia, le prolongaba unos instantes la vida para que pudiese pedir perdón a quien más daño había hecho en este mundo, su propia hija, y para que su alma, al fin, pudiese descansar en paz.

Le pidió a su sobrina que se acercase al lecho y salieron todos de la habitación. Elvira se quedó mirando el rostro de su madre, que parecía haber envejecido en los últimos tres días. Con los ojos cerrados y la respiración entrecortada, aquella mujer que contemplaba no parecía ser la misma que tanto sufrimiento le había infligido. ¡Cuántas veces deseó su muerte! Y ahora, viendo su cuerpo desvalido, sintió lástima por ella. Recordó el día en que descubrió su pecado y sin compasión la abofeteó hasta hacerle sangrar. ¡Cuánta humillación, cuánta ofensa tuvo que soportar por aquello! Oyó la voz débil de su madre llamándola e interrumpió sus recuerdos. Sintió una opresión en el pecho cuando la oyó suplicar que la perdonase, que le diera su bendición, que no podía presentarse ante el Altísimo con ese pecado ennegreciendo su alma.

«Qué tarde, madre, qué tarde me pides perdón, cuando ya no hay tiempo para la reconciliación, cuando ya lo único que te espera es dar cuenta a Dios por todo el mal que me has hecho, y que espero que en su infinita misericordia te perdone. Yo sólo espero poder hacerlo algún día», pensaba Elvira mientras tomaba la mano de su madre entre las suyas.

Doña Rosalía se incorporó, apretó la mano de su hija y se quedó unos instantes mirándola a los ojos.

—Mencía... —dijo con el último aliento que le quedaba.

Y su voz y su vida se apagaron para siempre.

«Hasta el postrero hálito lo ha dedicado al odio que siente por la muchacha», se dijo Elvira. Se quedó mirando la mano de su madre unida a la suya. Cómo le habría gustado que se la hubiese tendido cuando más la necesitó; cuántas veces le pidió perdón y suplicó una caricia de esas manos que ahora se negaban a desasirse de las suyas; cuántas veces deseó y pidió a Dios que su madre le tendiese esas manos, ahora yertas, para sacarle del pozo de negrura en el que había caído en aquellos meses.

Suavemente, se desasió de la fría mano y con las suyas le cerró los ojos, abiertos y fijos en ella, como si fueran lo último que quedaba vivo de su cuerpo, como si ellos fuesen capaces de seguir pidiendo perdón cuando su voz se había callado para siempre.

Se levantó del lecho y miró el rostro de su madre, que por momentos se iba poniendo del color de los cirios que alumbraban el cuarto. A fray Jerónimo le bastó con mirar a su sobrina cuando ésta salió para saber que su hermana había entregado su alma a Dios.

Elvira cerró tras de sí la puerta de su cuarto y comenzó a quitarse el velo negro que escondía su rostro. Se colocó frente al espejo y la imagen que contempló seguía siendo la misma que en días anteriores. El remordimiento volvió a aguijonearle el alma. Llevaba dos días con ese dolor, desde que su madre había expirado a su lado y ella no pudo sentir lástima. Ni siquiera en el velatorio, cuando toda la gente de la villa había subido al alcázar para presentar a los hermanos sus condolencias, las lágrimas habían acudido a sus ojos. Entonces había intentado traer a su mente los momentos de agonía de aquélla con el rostro transido de dolor, con la muerte reflejada en los ojos, pero el llanto tan ansiado se negaba a aparecer.

Por el contrario, los únicos pensamientos que acudían a su mente eran que por primera vez podía vivir sin la sombra de su madre acechándola para que no volviera a cometer de nuevo el pecado capital que había destrozado su juventud. No creía que aquellas ideas fueran propias de una buena cristiana. Una hija tenía que llorar la muerte de su madre, no sentir consuelo ante la pérdida de la persona que le había dado el ser.

Terminó de quitarse la ropa intentando pensar en algún recuerdo en el que su madre la hubiera hecho feliz. Tal vez así llegara el tan ansiado llanto. No consiguió traer ninguno. No obstante, la imagen de su padre apareció nítida y Elvira sonrió.

Se tumbó en la cama y dejó que los recuerdos fluyeran libremente en su mente. Vio a su padre enseñándole a montar a caballo en los Chaparrales, la finca de sus parientes de Llerena, jugando al escondite con ella y su hermano por toda la casa, contemplando extasiada los fuegos artificiales subida en sus hombros, escuchándolo contar historias que le habían sucedido, aunque ella siempre creyó que se las inventaba... Notó que se le formaba un nudo en la garganta y que sus ojos se empañaban. La imagen de su padre muerto cuando ella era todavía una niña se coló por entre los recuerdos felices. Y entonces aparecieron las imágenes de su madre: vestida de riguroso luto y velando el cadáver de su padre sin derramar una lágrima, obligándola a ir de negro durante cinco años, censurando sus risas y su alegría aludiendo y reprochándole que no se acordase de su padre muerto. Y entre todos, el recuerdo de su madre insultándola y vejándola cuando su tío le contó lo que le pasaba.

Sintió, ahora sí, que las lágrimas comenzaban a caer de sus ojos, pero no eran las que ella habría deseado, de dolor por la muerte de su madre, sino de rabia y de rencor. Un sentimiento que había ido acumulando durante años en los que cada vez que su madre le recordaba el pecado nefando, ella soñaba con el día en que dejara de verla para ser libre. Ahora ese día había llegado, pero algo en su interior le negaba esa libertad tan ansiada. El llanto le sobrevino de pronto y una impotencia infinita se adueñó de todo su ser. No podría ser libre; su madre, una vez más, había ganado.

Elvira lloró aquella noche como nunca lo había hecho, ni siquiera en los aciagos días que sobrevinieron a su desgracia. Lo hizo por su juventud destruida y perdida; por su padre; por su cobardía, que la llevó a no enfrentarse a su madre como había hecho su hermano, y, sobre todo, lloró por que el único sueño que había tenido durante tantos años jamás podría hacerse realidad.

De madrugada, con las mejillas aún húmedas, se dijo que no podía volver a perder los últimos jirones que le quedaban de esa felicidad perdida. Y ello pasaba por no volver a Llerena. Si para conseguirlo tenía que echar a Mencía de allí, lo haría.

41

Mediados de septiembre del año de Nuestro Señor de 1611

La muerte de doña Rosalía apenó a Mencía, primero porque como buena cristiana sentía la muerte de un semejante y segundo porque la hidalga era la que más se oponía a su matrimonio con don Juan.

Desde el día en que oyó la conversación entre el alcaide y su tío, Mencía había ideado un plan. Creía y estaba segura de que la única enfermedad que sufría era la tristeza, pero, por lo visto, los demás pensaban que era locura. Y ésa era la razón por la que no se había llevado a cabo el matrimonio: la locura. Entonces cada día estaría más loca si con ello evitaba casarse con don Juan. Su cuerpo mejoraría, pero su mente cada vez estaría más débil. Hasta que llegara un día en que el hidalgo se cansara de ella y la llevara al convento de Santa Clara en Llerena. Cualquier cosa era mejor que casarse con un hombre al que no amaba, aunque le estuviera agradecida de por vida por haberla sacado de las garras de la Inquisición.

Lo único que sentía era no poder hablar con Alonsillo, consolarlo en su orfandad, decirle que no se preocupara, que no estaba loca, que ella cuidaría de él.

A partir de ese día Mencía comenzó a dar muestras de

locura verdadera: se levantaba de madrugada y paseaba por el patio en camisa de dormir; se deshacía el peinado y vagaba por la casa con el pelo suelto y alborotado; sonreía bobaliconamente cuando alguien le hablaba o comía de manera compulsiva y sin modales en la mesa. En su deambular por el alcázar, Mencía llegaba algunas noches hasta el patio de las caballerizas y allí, escondida entre las pilas, oía el trajín y las conversaciones de los mozos, que le traían el recuerdo de un pasado no muy lejano. Extrañada, contemplaba también cómo el visillo de la ventana de doña Elvira se descorría y la silueta de ésta se dibujaba en los cristales.

Sin embargo, ahora, con la muerte de doña Rosalía, todo su esfuerzo en demostrar su locura podía haber sido inútil. Don Juan, sin la oposición de su madre, podría desposarla argumentando que quizá la vida matrimonial mejorase su salud mental. Tenía que llevar al límite su locura fingida.

Un día Elvira fue requerida por la doncella. Venía ésta muy alterada porque Mencía, decía, quería saltar por la ventana de su cuarto. La hidalga subió corriendo seguida por la criada y cuando entró en el cuarto se encontró a la joven semidesnuda sentada en el alféizar de la ventana con los pies colgándole hacia el patio. Entre ama y criada lograron apartarla del peligro y llevarla a la cama. Elvira le ordenó a la sirvienta que no se apartase del lado de Mencía, mientras ella, con el susto en el cuerpo, iba a hablar con su hermano.

Lo encontró en las caballerizas junto a Francisco, mirando las herraduras a un caballo.

—¡Esto no puede seguir así! —exigió nada más entrar y sin saludar siquiera.

Los dos hombres pegaron un brinco y miraron hacia la puerta.

—¡Elvira, qué susto me has dado! ¿Pasa algo?

La hidalga fijó la mirada en el caballerizo sólo un instante y luego la desvió para dirigirse a su hermano.

—Pues sí pasa, y muy grave —contestó ya más calmada y bajando la voz—. ¿Puedes dejarnos a solas, Francisco?

—Luego acabamos de herrarlo, no te vayas muy lejos —le indicó don Juan al criado, que salió haciendo una inclinación de cabeza a modo de saludo.

Ella tomó aire.

—Mencía no puede seguir en esta casa. Cada vez está peor. Ahora mismo Miguela y yo hemos impedido que se tirase por la ventana. ¿Tú sabes qué desgracia podía haber ocurrido? Nosotros somos los responsables de esa loca y cualquier día nos mete en un lío con sus actos. O lo que es peor, intenta hacernos daño.

Hablaba tan deprisa que su hermano no tenía tiempo de asimilar aquel torrente de palabras.

—¡Para, Elvira, por Dios! ¿Mencía ha intentado tirarse por la ventana? —preguntó con el miedo y la sorpresa reflejados en el rostro.

—Eso es, y no ha ocurrido así gracias a que Miguela entró en ese momento y la vio sentada en la ventana... Entonces vino a llamarme y salimos corriendo. Gracias a Dios no ha sucedido una desgracia, pero eso no quiere decir que no vaya a producirse mañana. ¿Te das cuenta de que es un peligro que siga viviendo en nuestra casa?

—Voy a hablar con ella —determinó de pronto.

Se encaminó hacia el cuarto de la muchacha sin saber muy bien qué iba a decirle.

Cuando entró en la habitación la encontró tendida en la cama, boca arriba y con los ojos fijos en el techo. Le pareció más hermosa que nunca. Se acercó a ella y se sentó en el borde de la cama. La contempló en silencio y le cogió las manos.

—Mencía, amor mío, ¿qué tienes? —preguntó el alcaide con voz triste—. No te preocupes, yo te cuidaré. No dejaré que te pase nada malo.

Se incorporó y le puso un almohadón debajo de la cabeza. Mencía lo miró fijamente. Él siguió hablando.

—Así está mejor. Así puedo ver tus hermosos ojos.

Volvió a tomarle las manos.

—Esperaré a que te cures para hacerte mi esposa. ¿Lo deseas, Mencía? Dime algo, por Dios. Un gesto que me indique que entiendes lo que digo.

Mencía escuchaba en silencio las palabras del alcaide y la congoja que sentía casi le impedía respirar. Doña Rosalía tenía razón, era una ingrata, una desagradecida. Don Juan la amaba, la había salvado de una condena segura, la cuidaba y ella se lo pagaba burlándose de él, haciéndose la loca y haciéndole sufrir por ello. No se lo merecía, ese hombre no merecía lo que ella estaba haciendo. No sabía qué clase de pecado era el que estaba cometiendo, lo único de lo que estaba segura era de que Dios no aprobaría su comportamiento. Sintió que tenía que levantarse y pedirle perdón. Él la amaba; si le había perdonado su huida con los moriscos, también le disculparía el haberse burlado de todos. Movió los labios para decir algo, pero las palabras se negaron a salir de su boca.

Don Juan la miró con ternura y en sus ojos verdes y hermosos creyó leer la petición de ayuda de la joven. Sonrió y le acarició las mejillas.

—No te preocupes, Mencía. Nunca te abandonaré, nunca. Siempre cuidaré de ti, no importa a quién tenga que enfrentarme.

42

Mediados de septiembre del año de Nuestro Señor de 1611

Habían pasado unos días desde que Mencía fingiera tirarse por la ventana y todo parecía haber vuelto a la normalidad en la alcazaba.

Los remordimientos que la joven había sentido al escuchar las palabras de don Juan habían desaparecido y se dedicó con más ahínco a sus locuras. Se sentía esperanzada y creía que pronto la enviarían al convento de Santa Clara de Llerena, pues tanto doña Elvira como don Juan no se cohibían ya ante su presencia y hablaban a menudo delante de ella sobre su locura y la manera de proceder. Ella fingía no oírlos y se sumía en un silencio dejando vagar su mirada por toda la estancia. Por eso sabía de la alegría que le suponía a doña Elvira su partida y de la tristeza que ésta le provocaba a don Juan.

Aquel día era domingo y a pesar de que una espesa calima cubría toda la fortaleza y el calor era sofocante, doña Elvira se preparaba para asistir a misa. Desde que Mencía vivía con ellos, hacía ya dos meses, la hidalga insistía en que la joven la acompañara y ésta se dejaba llevar. El deseo de salir del alcázar y sobre todo de orar ante Jesús hacía que Mencía estuviera siempre vestida y peinada mucho antes de la hora, cosa que agradaba a los hermanos, que veían en la actitud de la muchacha un signo de mejoría, ya que entendían que en su locura por lo menos no había olvidado su educación cristiana y su amor a Dios.

Sin embargo, esa mañana, cuando la criada subió a buscarla a su habitación, la encontró en camisa y despeinada mirando a través de la ventana, agarrada a los barrotes que habían hecho colocar a raíz del suceso.

Mencía, muy a su pesar, había decidido no acompañar a los hermanos ese día a misa. Con esa actitud creía que afianzaría la creencia de su locura en el alcázar.

Así que cuando la criada les comunicó la noticia a sus señores, que esperaban en la puerta, doña Elvira se alegró pensando que si la muchacha se negaba a ir a la iglesia su salida de la fortaleza sería inminente, pues su hermano no iba a consentir por mucho tiempo tener bajo su techo a una persona que en su locura ya no reconocía a Dios. Por su parte, don Juan acogió la noticia con pesar, pues sentía que Mencía, por quien tanto estaba luchando, se alejaba cada día más de él y que no podría llevar a cabo su sueño de hacerla su esposa.

Llegaron pronto a la iglesia como era su costumbre para departir antes con el sacerdote. Éste los vio entrar en la sacristía y les sonrió. Se sorprendió al no ver a Mencía y cuando supo el motivo se asombró aún más. El religioso les hizo comprender que no habían actuado correctamente dejando a la muchacha en casa, pues pudiera ser que con sólo sentir la presencia de Dios tan cerca, la mente de Mencía recordara otros momentos como aquél y que, aunque así no fuera, Dios gustaba de que los inocentes compartieran su mesa con él.

Fue don Juan el que se ofreció a ir a buscar a Mencía, ya que aún faltaba tiempo para que comenzase la misa, pero Elvira se le adelantó temiendo que su hermano la convenciese y la muchacha acabase yendo a la iglesia. Ya se encargaría ella de que eso no sucediese.

Mencía sentía no haber podido ir a escuchar la palabra de Dios. La reconfortaba el silencio del templo y el olor a cirios e incienso inundaban su alma de una paz interior. No obstante, creía haber obrado con prudencia.

De rodillas en el suelo y con los codos apoyados en la cama y las manos entrecruzadas en señal de oración, la joven rezaba en voz alta pidiendo perdón a Dios por faltar a uno de los mandamientos:

—Señor, tú ves en el fondo de mi corazón y sabes que no te he visitado hoy porque tengo que seguir fingiendo mi locura. En tu divina misericordia, Señor, me has hecho ver el camino que tengo que seguir, que no es otro que servirte en un convento, pues prefiero hacer esto mil veces, privada de libertad, que casarme con don Juan. No soy desagradecida, Señor, tú lo sabes, a don Juan le debo quizá la vida, pero nadie puede mandar en el corazón. Si tu voluntad es que ingrese en el convento, hágase, Señor, pero si crees que merezco seguir alimentando la llama del amor porque algún día volveré a ver a Tristán, no permitas que me olvide de él.

Mencía sintió en la espalda una ráfaga de aire y volvió la cabeza.

Doña Elvira, con los ojos muy abiertos y con una mano en la boca como queriendo impedir un grito, la miraba desde la puerta como si estuviera viendo un fantasma.

Mencía notó un escalofrío recorriendo su espalda y sintió que un abismo se abría bajo sus pies.

Las dos mujeres se miraron sin decir nada hasta que Mencía se levantó y fue hacia ella.

—¿Quién sois? —dijo sonriendo.

Una sonrisa de triunfo apareció en la cara de doña Elvira.

—Ya no hace falta que sigas fingiendo que estás loca. Te he oído. ¡Te has estado burlando de nosotros! —gritó—.

Nosotros, que te hemos salvado la vida, que te acogimos en nuestra casa como si fueras de la familia, ¡y tú nos tratas así!, riéndote en nuestra propia cara, mordiendo como la serpiente la mano que te da de comer. ¡Cuando se entere mi hermano...! ¡Le va a faltar tiempo para entregarte de nuevo a la Inquisición! Has mancillado su honor, lo más preciado de su vida, él que no ha dudado en ser la comidilla del pueblo con tal de salvarte y, ¡mira cómo se lo pagas!, poniéndole a los pies de los caballos. ¡Se morirá de dolor, de dolor y de vergüenza!

Mencía estaba aterrorizada por las palabras de Elvira, no podía dar crédito a lo que estaba sucediendo, ella no quería causar daño a nadie. Notaba cómo la angustia se iba apoderando de ella.

—Doña Elvira, yo, no...

—¡¡Cállate, hereje!! —chilló la hidalga, escupiendo con odio las palabras—. Y levántate, que estás ofendiendo a Nuestro Señor.

Se incorporó y se sentó en la cama mientras doña Elvira paseaba por la habitación como una fiera enjaulada.

—¡Verás cuando se lo cuente a mi hermano! ¡Ya me lo estoy imaginando! Mañana, a no más tardar, estará aquí la Inquisición para llevarte de nuevo a la cárcel de donde no tenías que haber salido y donde, desde luego, te pudrirás.

Por segunda vez oía Mencía la terrible palabra que le hacía estremecerse de miedo.

—¡Verás cuando se entere el Santo Oficio de que les has hecho creer que estabas loca para salir de la cárcel! No te lo perdonarán jamás, ¿me oyes? ¡Jamás!

Mencía no podía seguir oyendo a Elvira. Una náusea comenzó a subirle hasta la boca y la vista comenzó a nublársele. Cerró los ojos por un instante para olvidarse de todo. La imagen de Tristán en la proa del barco se le apareció nítida y en sus labios se formó una tenue sonrisa.

De pronto, como impulsada por una catapulta, se levantó de la cama y se acercó a donde estaba la hidalga.

—Pues sí, doña Elvira, no estoy loca, ni lo he estado nunca. ¡Corred, corred a decírselo a vuestro hermano, decidle que Mencía prefiere volver a la cárcel de la Inquisición antes que seguir en esta casa donde la hipocresía tiene su asiento! —gritó fuera de sí.

—¡Te prohíbo que hables así en mi casa! ¡Desagradecida! ¡Ingrata! ¡Mira quién habla de hipocresía, la que se ha fingido loca durante meses!

Mencía sujetó el brazo de Elvira, que había intentado abofetearla.

—¡No os atreváis a pegarme!

Estaba sorprendida de sí misma, no sabía de dónde estaba sacando las fuerzas para enfrentarse con una mujer poderosa que tenía en sus manos su destino. Pero una fuerza interior le decía que no parara, que se defendiera, que luchara porque ya no tenía nada que perder.

—Sí, doña Elvira, hipócritas, eso es lo que sois. ¿Creéis que no he visto cómo Ana acude todas las noches al cuarto de don Juan? ¿O que el rostro de Luisito, el hijo de Feliciana, es la viva estampa de su hermano? Y su madre os lo consentía, no, mejor aún, obligaba a Miguela a yacer con don Juan, ¿y creéis que no sé por qué? Porque no quería que su hijo echara en falta los brazos de una mujer, porque tenía celos de todas las que se acercaban a él. Por eso me odiaba.

—¡Cállate, hereje, y respeta por lo menos a los muertos! —ordenó.

—Que vuestra madre me odiara lo entiendo, lo que no llego a alcanzar es por qué me detestáis vos.

Los ojos de Elvira parecían querer salírsele del rostro rojo por la ira contenida.

—¡Eres como todas! ¡Ya has olvidado lo que hemos hecho por ti, deberíamos haberte dejado que te pudrieras en la celda de la Inquisición! Pero ¡todavía no es tarde, lamentarás cada una de las palabras que ha dicho tu lengua venenosa!

Cuando Mencía volvió a oír la palabra «Inquisición», un temblor incontrolado se apoderó de sus manos sin que pudiera hacer nada por evitarlo.

—¡Ese tembleque no será nada comparado con lo que te espera! El Santo Oficio sabe cómo tratar a las herejes.

—¡Denunciadme! ¡Sí, hacedlo! —gritó Mencía.

El grito cogió desprevenida a Elvira, que creía tener dominada a la muchacha.

—Denunciadme —la retó ya más calmada—. Yo también os denunciaré, si no a la Inquisición, sí al pueblo entero; que sepa todo Magacela que una dama como doña Elvira de Hinestrosa, hermana del hidalgo don Juan, espía a su caballerizo de noche, sin que nadie la vea, cuando éste se baña en el corral junto a las pilas, y cómo tiembla como un junco al verlo desnudo.

Elvira se quedó inmóvil mirando a Mencía como si nunca la hubiese visto y se dejó caer en un sillón. Con las manos en el rostro cabizbajo, la hidalga parecía haber encogido. Su cuerpo alto y orgulloso acababa de caer desplomado como el de un muñeco de paja.

Mencía la miró y sintió lástima de ella. Quizá había ido demasiado lejos con sus hirientes palabras, pero ya estaban dichas y no podía hacer nada para retirarlas.

—Doña Elvira —dijo con una voz dulce, poniendo una mano en su hombro.

—¡No me toques, hereje! —bramó levantándose con los ojos encendidos de ira—. ¡Eres el demonio!

Y salió de la habitación dejando la puerta abierta.

Mencía oyó la voz de don Juan y supuso que ya habían vuelto de la iglesia. Estaba preocupada por doña Elvira, aunque no se arrepentía de sus palabras, pues, se decía, no tenía más remedio que actuar así si quería abandonar aquella casa. Así que al cabo de un rato salió de su cuarto y se dirigió al de la hidalga. Encontró la puerta abierta y a ésta quitándose el manto negro.

—Doña Elvira, ¿os encontráis bien? He estado pensando en algo que nos es provechoso para...

No pudo terminar la frase. La hidalga se volvió como impulsada por una fuerza antinatural y se enfrentó a Mencía.

—¿Cómo te atreves? ¡Desvergonzada! ¡Sal inmediatamente de mi cuarto! —le gritó con los ojos comidos por la rabia.

—¿Qué está pasando aquí? —La voz potente de don Juan al entrar en la estancia sorprendió a las dos mujeres, que no sabían cómo reaccionar.

Sus ojos se fijaron en Mencía, en su camisa de dormir, en sus cabellos enmarañados y en la actitud sumisa que la joven tenía.

—¿Qué está pasando aquí, Elvira? —volvió a preguntar.

—No pasa nada, Juan. Es que a veces Mencía me exaspera. Ha venido a decirme que no iría más a la iglesia y yo le estaba afeando su decisión. Eso es todo. ¿No es así, Mencía?

Don Juan se acercó a la muchacha y cogiéndola del brazo la sacó del cuarto de su hermana.

43

Después del enfrentamiento entre Mencía y Elvira la vida en la fortaleza seguía su curso sin nada que alterase su monótona rutina. Habían pasado ya algunas semanas desde que la hidalga había descubierto el secreto de la fingida enfermedad de Mencía y de que ésta, a su vez, le hubiera revelado que conocía el suyo. Sin embargo, nada entre las dos mujeres hacía sospechar lo que había sucedido. El trato que Elvira le daba a Mencía seguía siendo frío y distante cuando estaban a solas y amable en presencia de su hermano. Más de una vez estuvo tentada la joven de hablar a la hidalga sobre lo que había pasado aquel domingo y sobre todo del plan que había ido ideando, pero luego miraba sus ojos cargados de odio y desprecio y se decía que doña Elvira jamás le perdonaría sus palabras. Pero no sólo esa preocupación le turbaba el ánimo a la joven. Durante las últimas semanas no había oído la puerta de don Juan abrirse para ir en busca de Miguela. Y eso podía significar que su boda podía estar cerca y había decidido guardarse para ella.

La joven estaba en lo cierto: Elvira recordaba a diario las palabras de Mencía y se juraba que se las haría pagar. Haría que su hermano la echara de la fortaleza. Pero ¿cómo? La muchacha había dado muestras suficientes de su fingida locura y, a pesar de ello, él no se decidía a enviarla al convento de Llerena. ¿Qué nueva locura tendría que hacer para que su hermano no dudara ya de que la enfermedad de Mencía no tenía solución?

Una idea fue tomando forma en su mente: no la descubriría; al contrario, la animaría para que cometiese nuevas locuras.

Un día, sentados los tres a la mesa, Elvira sacó la conversación de la locura de Mencía.

—Elvira, por Dios, te ruego que seas más discreta.

—Pero si Mencía no sabe ni dónde está, yo creo que ya no reconoce ni a las personas. Mírala —repuso señalando a la muchacha, que se afanaba en dar vueltas a la sopa sin probarla.

—¡Pues claro que sabe quiénes somos! Es más, creo que en los últimos días he notado cierta mejoría.

—¿Cierta mejoría? Eso es lo que tú quieres ver. Su vida aquí es un peligro para nosotros y para ella. Nuestro tío tiene razón, deberíamos llevarla al convento de las clarisas.

Don Juan dejó de comer y miró fijamente a su hermana.

—No quiero volver a oír más lo del convento, Elvira. Mencía mejorará y, si Dios no lo permite, la cuidaré en su enfermedad.

Mencía levantó los ojos del plato y cruzó una mirada fugaz con la hidalga.

Terminada la comida, don Juan abandonó la estancia y las dos mujeres se quedaron a solas.

—Ya ves el poco éxito que has tenido al fingirte loca. Mi hermano no te dejará irte de aquí jamás —dijo en voz baja y observando con desdén a la joven.

Ésta le sostuvo la mirada.

—Pues entonces ayudadme a salir de aquí.

—¿Yo? ¿Cómo?

La joven esperó a que Miguela acabara de recoger la

mesa para seguir hablando. Cuando la criada hubo salido del comedor continuó:

—Lo tengo pensado todo. Sólo necesito un poco de dinero y un caballo.

La hidalga se la quedó mirando y sonrió con ironía.

—¿Sólo? ¿Y de dónde se supone que voy a sacar yo todo eso, si puede saberse?

—No lo sé, pero si tenéis tantas ganas de verme fuera de esta casa, sabréis cómo conseguirlo.

Ya en su cuarto Elvira no dejó de darle vueltas a las palabras de la muchacha: tenía razón, la única manera de verla fuera de su vida era ayudándola a huir. ¿Qué importaba que no lo consiguiera? Su hermano se daría cuenta de que no podían estar vigilándola a todas horas del día y de la noche y que en su locura Mencía era capaz de cometer algún desatino. Entonces no tendría otra opción que llevarla al convento. Sí, eso era: la ayudaría a huir. No sabía de dónde iba a sacar el dinero y el caballo, pero ya se le ocurriría algo.

Con la idea de ver a Mencía fuera de su casa se durmió esa noche.

44

Desde la ventana de su cuarto Elvira contemplaba con desasosiego las nubes grises que amenazaban lluvia. No había podido conciliar el sueño en toda la noche, atenta a cualquiera ruido que proviniese de la habitación de al lado, donde Mencía, suponía, se estaría preparando para salir de sus vidas para siempre.

Oyó el suave chasquido de una puerta al abrirse y tuvo que aguzar mucho el oído para escuchar unos pasos apagados bajando las escaleras.

El tiempo se le hizo eterno hasta que vio una sombra cruzar el patio del pozo y entrar en las caballerizas. Se quedó inmóvil contemplando la oscuridad de la noche y un fugaz pensamiento cruzó su mente. Todavía estaba a tiempo de despertar a su hermano y decirle que Mencía intentaba huir llevándose su honor con ella. Sin duda se volvería loco y en su venganza devolvería a la joven de nuevo a la Inquisición, pues si ésta había accedido a ponerla en libertad, aparte de la cuantiosa multa pagada por él, era porque su hermano había prometido casarse con ella devolviéndola así al redil del cristianismo. Pero ¿y Mencía? Desde luego no se quedaría quieta, había demostrado ser muy inteligente.

Recordó sus palabras amenazándola cuando le dijo que podría traicionarla el mismo día de su huida.

—Entonces, doña Elvira —le expuso—, yo podría acusaros de cómplice. ¿Por qué no? Contarle a don Juan que me marchaba porque vos me habíais echado de casa. ¿A quién pensáis que creería? ¿A una joven desamparada y enferma que sólo desea curarse para casarse con él o a una hermana envidiosa y retorcida? O podría fingir que mi enfermedad se había recrudecido y no sabía lo que hacía. Creedme, señora, os conviene ayudarme.

La hidalga se había quedado mirándola con los labios apretados sopesando las palabras de la joven.

—Podría decir que me has robado el dinero que sin duda llevarás encima. Acusarte de ladrona. Mi hermano no los soporta, por muy enfermos que éstos estén.

Mencía notó que el miedo se apoderaba de ella, pero enseguida se recompuso.

—Tenéis razón, don Juan no perdonaría nunca a un ladrón. Pero sin duda ignoráis lo que una mujer puede conseguir de un hombre —replicó eligiendo las palabras que más podían dolerle y sonriendo con picardía.

A Elvira se le borró la sonrisa maliciosa que tenía en los labios.

La lluvia que había comenzado a caer la sacó de sus cavilaciones y entonces vio a Mencía, que llevaba de la rienda a Volador. Sería la última vez que viera a la hereje. Un rayo rasgó el cielo oscuro de la noche.

El caballo, asustado por el trueno que acababa de sonar, relinchó y, soltándose de la rienda que llevaba cogida Mencía, salió en estampida por la puerta del corral que ésta mantenía abierta. La muchacha, sin saber qué hacer, volvió corriendo a su cuarto mientras Elvira, que acababa de contemplar la escena, se quedó paralizada. De pronto se le ocurrió una idea. Salió de su habitación y golpeó con fuerza la puerta de la de su hermano.

—El viento ha debido de abrir el portón del corral y

Volador se ha escapado. Llama a Francisco, que corra a buscarlo.

El caballerizo se levantó alertado por los golpes de la puerta. Cuando supo lo que pasaba, despertó al muchacho, que dormía a su lado, y le ordenó que salieran a buscar al animal. Lo encontraron a la salida del pueblo, asustado y empapado.

Ya de vuelta en la cuadra, Francisco mandó al mozo que lo cepillara para sacudirle el agua de la lluvia. Fue entonces cuando éste se percató de un detalle.

—Francisco, ¿por qué Volador lleva puesta la montura?

El caballerizo, que se estaba quitando el capote embreado, se acercó a Volador y vio que, en efecto, estaba ensillado y que, además, junto a la montura había un pequeño hatillo. Decidió no hacer partícipe al criado de su hallazgo. No había duda de que alguien tenía preparado el caballo para un viaje y ese alguien no quería que los demás se enterasen, así que contestó con evasivas. Finalmente, volvieron a la cama a dormir las pocas horas que faltaban para que amaneciese, aunque al caballerizo le costó conciliar el sueño, intrigado como estaba por el misterioso viajero.

Nada más levantarse, Elvira se dirigió a la cocina, donde sabía que a esas horas estaría Francisco desayunando con las criadas. Había estado toda la noche dándole vueltas a lo que le diría acerca de por qué Volador estaba ensillado y con un atado de ropa, ya que era indudable que el caballerizo había tenido que verlo. Sabía de su discreción y estaba segura de que tendría guardado ese atado hasta que alguien preguntara por él.

Como suponía, allí estaba junto con las demás sirvientas y por lo que parecía las estaba divirtiendo con algún chascarrillo, pues todas reían a carcajadas. Cuando vieron entrar a la señora se detuvieron las risas.

—¿Puedes venir un momento, Francisco?

El hombre se levantó y la siguió hasta el comedor.

—No sé por dónde empezar —dijo nerviosa cuando hubo cerrado la puerta tras de sí—. Anoche cuando encontraste a Volador verías que estaba ensillado, ¿no?

El hombre asintió con un leve movimiento de cabeza y esperó a que su señora siguiera hablando.

—También verías un hatillo de ropa. Bien, espero que no le hayas dicho a nadie nada. Habrás pensado que el caballo se encontraba preparado para salir de viaje. Y, en efecto, lo estaba. Era para Mencía.

—¿Para Mencía? —preguntó con la sorpresa reflejada en la cara.

—Sí, para esa intrusa. No sé cómo, pero se ha enterado de que estoy —rectificó—, de que estuve... bueno, me hace chantaje. Es una malnacida y desagradecida que merece que la devolvamos a la Inquisición, pero mi hermano se ha empeñado en casarse con ella. Si lo hace me enviará de nuevo a Llerena y antes de que eso ocurra soy capaz de todo.

Francisco sonrió.

—Pero ¿Mencía no estaba loca? —inquirió el mozo, que no salía de su asombro con lo que le estaba exponiendo Elvira.

Entonces le contó cómo había descubierto que la muchacha estaba fingiendo su enfermedad para no casarse con don Juan y cómo había decidido ayudarla a escapar para reunirse con ese morisco de Tristán, del que, por lo visto, estaba locamente enamorada.

—Ahora que lo sabes todo, tienes que ayudarme a preparar de nuevo su huida y que salga para siempre de esta casa.

En ese momento Elvira se dio cuenta de que el ventanal que daba al patio estaba abierto. Se acercó y miró a ambos lados por si alguna criada hubiera oído la conversación. No vio a nadie, así que cerró el ventanal y se volvió para despedir al criado.

—Espero que esto quede entre los dos y nadie más se entere.

Y salieron ambos del salón.

Lo que Elvira no sabía es que alguien ajeno a ellos, y por casualidad, había oído toda la conversación y que lo que más le había interesado de todo lo que oyó era que Mencía no estaba loca y que iba a escaparse para reunirse con Tristán.

Durante la noche, de vuelta en su cuarto, la muchacha había estado atenta a cualquier ruido que le indicase que habían encontrado a Volador o que Francisco subía a contarle a don Juan que el caballo estaba ensillado y que llevaba un hatillo con ropas y dinero. Pero nada de eso ocurrió. Vio por la ventana aparecer al criado llevando de la rienda al animal; luego oyó la puerta de doña Elvira abrirse y supuso que iría a informar a su hermano de que ya lo habían encontrado. Por fin, todo se sumió en el silencio y sólo las lágrimas y la lluvia, que caía ahora con fuerza, impedían a la muchacha conciliar el sueño.

—Buenos días, Mencía. Ya sé que no estás loca, pero que te lo haces —dijo Alonsillo en voz baja.

La muchacha no había oído la puerta abrirse y pegó un brinco. Salió al pasillo y miró a ambos lados por si alguien había oído las palabras del niño y, tras cerrar la puerta, le indicó con gestos que bajara la voz.

—No te preocupes, no lo sabe nadie y yo tampoco se lo voy a decir... ¡Faltaría más! —continuó susurrando el niño ante los ojos desorbitados de Mencía, que no acababa de creerse lo que estaba oyendo.

Alonsillo siguió contando cómo se había enterado de todo y cómo había oído decir a doña Elvira que iba a ayudarla a escapar de nuevo.

—¡Llévame contigo, Mencía! ¡Llévame a Berbería contigo! Ya no soy un niño, puedo ayudarte. ¡Llévame, Mencía! —suplicó de pronto.

Mencía se quedó mirando los ojos entristecidos de Alonsillo.

—Tengo miedo, tengo miedo de levantarme un día y no ser capaz de recordar el rostro de mi padre, ya casi no me acuerdo del de mi madre. Por las noches sueño con él. Sólo tengo siete años y dicen que tengo que estar aquí hasta los veinte. Pero cuando tenga esos años ya no me acordaré de él y él también se habrá olvidado de mí. ¡Llévame contigo, Mencía!

La muchacha estaba sintiendo cada una de las palabras que decía el niño y notaba cómo se le iba formando un nudo en la garganta. Alonsillo siguió hablándole de lo útil que le sería en el camino: sabía montar y tratar a los animales, encender fuego y, además, sabría defenderla si algún malhechor les salía al encuentro por esos caminos. Mencía sonrió y lo envolvió en un tierno abrazo.

45

El jinete había salido de Llerena a uña de caballo para poder entregar el recado antes de que se hiciera de noche. Cuando llegó a la fortaleza de Magacela, los dos soldados que montaban guardia le dieron el alto y él pidió ver al alcaide de inmediato.

Los hidalgos emprendieron el viaje esa misma noche con la esperanza de llegar a tiempo para despedirse de su tío. El mensajero les había dicho que estaba agonizando y que era cuestión de horas. Llegaron al convento con las primeras luces del alba y fray Tomás, el portero, los informó de que su tío quería hablar con Elvira a solas.

La noticia de la inminente muerte de fray Jerónimo llenó de tristeza a Mencía, que rezó por su alma durante los tres días en que los hermanos estuvieron ausentes al recordar todo lo que el fraile había hecho por ella. Cuando los hidalgos regresaron trayendo la buena nueva del milagroso restablecimiento del dominico, la joven se regocijó sinceramente, aunque pronto notó que la alegría de la recuperación de fray Jerónimo no la sentían sus sobrinos, pues si don Juan regresó con el rostro adusto, Elvira era la misma estampa de la tristeza.

Los hermanos habían pasado tres días en Llerena esperando el fatal desenlace, pero contra todo pronóstico el religioso comenzó a mejorar de tal suerte que cuando al tercer día el médico les informó de que el peligro había pasado aquéllos volvieron a Magacela. Se habían despedido de él y Elvira no hizo alusión alguna a la conversación mantenida con su tío la noche en que llegó, cuando su vida, al parecer, estaba a punto de expirar.

Durante el viaje de regreso a la fortaleza no dijo ni una palabra. Su silencio le pesaba a don Juan porque en su fuero interno sospechaba que su tío le habría contado el secreto que llevaba tantos años ocultándole.

—¿Desde cuándo lo sabías? —preguntó rompiendo su silencio con la ira nublándole los ojos.

Las respuestas que le había dado su hermano no la convencieron y volvió a encerrarse en su mutismo hasta que llegaron a la villa.

Durante muchos días la tristeza se adueñó de su alma y su cuerpo comenzó a debilitarse, hasta tal punto que don Juan temió por su salud. Lo que más sentía éste era la negativa de Elvira a hablar con él. De nada servían las palabras de perdón que pronunciaba desde el otro lado de la puerta de su cuarto. Nada de lo que le argumentaba servía para que su hermana le abriera la puerta. Cuando al cabo lo hizo, parecía no haber pasado nada en su vida; sin embargo, siguió negándole la palabra a su hermano. Él fingía no darse cuenta y le hablaba y comentaba las cosas que habían sucedido o trataba el tema de la locura de Mencía, pero los labios de Elvira no se despegaban y sus ojos no se dignaban a mirarlo. Por el contrario, cuando se sentaban a la mesa su vista se quedaba fija en la muchacha hasta hacerla sentir incómoda, pues por entonces no sabía interpretar esa nueva mirada de doña Elvira.

Un día de finales de septiembre don Juan cruzó como un loco la plaza del Apartado.

—¡Mencía se ha ahogado en el río! — gritó entrando en la sala.

—¿Cómo lo sabes? —preguntó Elvira con el corazón golpeándole el pecho.

El alcaide se quedó un momento parado mirando a su hermana, que había pronunciado las primeras palabras desde aquella fatídica conversación.

—Volador volvió esta mañana sin montura y con las patas embarradas. Buscamos a Mencía y al niño por los alrededores. Cuando llegamos al río encontramos algunos jirones de ropas en el azud. Los hombres lo dragaron, pero dijeron que la corriente debió de haberlos arrastrado hasta la poza. ¡Dios mío! ¿Cómo ha podido suceder? —se lamentó dejándose caer abatido en el diván y tapándose el rostro con las manos.

Hacía horas que Elvira había oído desde su cuarto las voces de los criados buscando por todo el alcázar y las de los caballerizos tratando de encontrar a Mencía en la fortaleza. Ahora su hermano le decía que ella y el niño se habían ahogado. Una sonrisa de triunfo iluminó su cara y se volvió para que su hermano no pudiera verla.

Unas horas antes Mencía y Alonsillo cabalgaban al galope por el camino del río. La noche era clara y la luna iluminaba el paso del caballo. Estaban ya al borde del azud cuando su montura se sobresaltó.

—¡Cuidado, Mencía! —gritó de pronto el niño señalando un pequeño zorro.

Pero la advertencia llegó tarde. La joven sujetó fuerte las riendas de Volador, que, asustado, se alzó sobre los cuartos traseros y tiró a los dos jinetes.

SEGUNDA PARTE

46

Reino de Marruecos,
año de Nuestro Señor de 1611 y 1020 de la Hégira

Recostado en mullidos cojines de seda, mimado y servido por sus dos fieles eunucos Abdel Alí y Abdel Had, el sultán de Marruecos Muley Zaidan esperaba impaciente en su hermoso palacio de Marrakech las noticias sobre su hermano Muley Abu Faris. Éste se había refugiado en España y el sultán temía que hiciese algún trato con el rey Felipe III a cambio de que lo ayudara a conseguir de nuevo su reino.

Las cortinas de seda roja del fondo del salón se descorrieron para dejar paso al mensajero. El sultán, en un acto inusual que demostraba su impaciencia, se levantó del trono y salió a su encuentro. A los eunucos les bastó con ver reflejado el miedo en la cara del emisario para comprender que las noticias serían adversas.

En efecto, Muley Abu Faris había pactado con el rey de España la entrega del puerto de Larache a cambio de que le ayudasen a reconquistar el trono. A esas horas los españoles estaban ocupando la ciudad portuaria, informó temblando el mensajero.

Primero fueron los ojos del sultán encendidos de ira, luego la mueca grotesca que formaron sus labios y, por último, sus manos acercándose a su cuello lo que acabó de confirmar al atemorizado emisario que el final de su vida había llegado. Se sintió sin aire para respirar, sus piernas se aflojaron hasta caer de rodillas y comenzó a rezar a Alá, el Compasivo. De pronto, notó cómo la opresión cedía y el aire llenaba de nuevo sus pulmones. Iba a dar gracias al Misericordioso por volverle a la vida cuando oyó gritar al sultán:

—¡¡¡Que le corten la cabeza y se la arrojen a los perros!!! Y vosotros —dijo dirigiéndose a los dos asustados eunucos—, mandad recado a los embajadores de Francia y de Inglaterra para que se personen de inmediato mismo aquí.

Abdel Alí y Abdel Had se apresuraron a cumplir las órdenes de su señor y desaparecieron aliviados de la vista del sultán.

Muley Zaidan había heredado el trono de su padre Ahmad Al-Mansur, que había sido coronado como sultán de Marruecos en 1578 (986 de la Hégira) al morir su hermano en la batalla de Alcazalquivir.

Durante varios años Al-Mansur había gobernado con mano firme sus territorios, enfrentados en luchas internas entre clanes familiares y religiosos. Meses antes de su muerte, quiso repartir sus posesiones entre sus hijos, precisamente para evitar que éstos se enfrentaran entre sí dando facilidades a sus enemigos y por considerar que un gran territorio como Marruecos era más fácil de mantener entre tres reyes.

A Muley Xeque, el hijo mayor, le entregó Fez y Garb; el siguiente en edad, Muley Abu Faris, heredó Marrakech y su provincia, y al pequeño Muley Zaidan le correspondió Tadla y su provincia.

No había muerto aún Ahmad Al-Mansur cuando su hijo mayor, joven temperamental y ambicioso, se hizo proclamar sultán de Fez. Enterado aquel de lo que consideró una gran traición, lo desheredó y lo mandó encarcelar dividiendo de nuevo sus territorios entre los dos hijos pequeños. Así pues, en el nuevo reparto a Muley Abu Faris le correspondió el reino de Fez, mientras que el reino de Marrakech sería para Muley Zaidan.

En 1603 murió Ahmad Al-Mansur y aún no habían finalizado sus funerales cuando los notables de Fez proclamaban a Muley Zaidan sultán de todo Marruecos. A su vez, en Marrakech los súbditos de Muley Abu Faris hacían lo propio.

Muley Zaidan declaró entonces la guerra a su hermano, quien, ayudado por Muley Xeque, al que había liberado de la cárcel, no sólo opuso resistencia sino que logró derrotarlo y, unos meses después, se proclamaba sultán del reino de Fez. Derrotado y humillado, Muley Zaidan huyó a Tremecén y pidió ayuda a los turcos.

Dio comienzo entonces una serie de guerras que enfrentaron durante años no sólo a los tres hermanos, sobrinos y nietos de Ahmad Al-Mansur, sino a grupos religiosos como los morabitos.

A finales del invierno de 1610 Muley Zaidan, apoyado por los turcos, lograba de nuevo ser proclamado sultán de Marruecos. Había firmado, además, un tratado de alianza con los Países Bajos, pero seguía sin estar tranquilo. No se fiaba de los naturales de Fez que meses antes habían jurado lealtad a su hermano, y de los que temía que le traicionaran en cualquier momento. Además, la intranquilidad le venía también por otro flanco: los moriscos granadinos y hornacheros que habían luchado junto a sus ejércitos con la promesa de que si ganaba aquella contienda comenzaría otra para devolverles los reinos de Granada, Valencia y Murcia, empresa con la que había soñado su padre Amhad Al-Mansur, comenzaron a abandonarlo desilusionados al ver que sus sueños de volver a su tierra se desvanecían. Por si todo esto fuera poco, acababa de tener noticias de que el loco morabito El Ayachi se negaba a reconocer su autoridad en El Salé y le disputaba sin ningún pudor sus tierras conquistadas a base de grandes derramamientos de sangre.

Y ahora, el emisario le informaba de que su hermano le acababa de entregar el puerto de Larache a esos perros cristianos. No sabía por qué Alá, el Misericordioso, lo había abandonado.

47

A varias jornadas de camino de Marrakech, el morabito Sidi el Ayachi, desde la orilla derecha del caudaloso río Bu Regreg, contemplaba con curiosidad el desembarco de decenas de personas que por los vestidos parecían ser nuevos cristianos. Sentado en la puerta de su choza, pasó toda la mañana preguntándose por qué la guarnición del caíd Abdelazis el Zaruri no estaba allí para controlar aquella nueva invasión de extranjeros. Hacía un año que habían comenzado a llegar gentes de los reinos de Castilla y ya se contaban por miles. Llegaría un momento en que los echarían de sus propias tierras.

Ya al atardecer tuvo la certeza de que ningún soldado o autoridad acudiría. Entonces se subió a su barca y, acompañado de cinco sacerdotes, desembarcó en la otra orilla para enterarse de lo que allí estaba sucediendo y si aquellos extranjeros acudían, como los hornacheros, a luchar al lado del cabeza hueca del sultán.

Cuando los sacerdotes los oyeron hablar y vieron que vestían al estilo cristiano no tuvieron dudas de que eran gentes expulsadas de los reinos de Castilla. Y como las anteriores veces, torcieron el gesto al ver que las mujeres no llevaban cubierta la cabeza. Los magacelenses les pidieron ayuda y ellos estuvieron a punto de volverse por donde habían venido, pero El Ayachi recordó en voz alta uno de los preceptos religiosos: «Has de querer y desear para tu prójimo y hermano *muçilim* todo aquello de bien y honra que tú deseas para ti mismo». Así que los llevaron hasta la vieja fortaleza, donde los moriscos de Hornachos, llegados hacía ya un año, estaban establecidos y organizados y reconstruían la vieja muralla.

Los hornacheros los recibieron con recelo, pues sabían que la mayoría de los moriscos de Magacela hacía mucho tiempo que habían abandonado su religión, así que los consideraban renegados y desconfiaban en un principio de ellos. Sin embargo, pronto les ofrecieron sus modestas casas de adobe, que ellos mismos habían construido. Algunos porque tenían parientes o conocidos entre los de Magacela y los más, porque se dieron cuenta de que esos cristianos nuevos, llegados como ellos de tierras extremeñas, se las habían arreglado para traer dinero.

Hacía un año que los casi tres mil hornacheros habían llegado al Salé y formado una comunidad cerrada. A las pocas semanas ya tenían formada una recta organización, nombrado un alcaide y establecidas unas rigurosas reglas que debían cumplir. Muchos de ellos, sobre todo jóvenes, se rebelaron contra las que consideraban unas leyes absurdas y, dejándose llevar por el entusiasmo de los valencianos y castellanos, se unieron a la milicia de Muley Zaidan, en lucha con sus hermanos desde hacía años. Cuando los sueños que les prometió el sultán de volver a sus reinos se fueron desvaneciendo, regresaron a la comunidad, que los recibió con los brazos abiertos, pues muchos eran hijos o nietos de los que se habían quedado en la fortaleza.

Los moriscos de Magacela, como antes hicieran sus paisanos de Hornachos, tomaron conciencia de la situación a los pocos días de haber llegado al Salé. Acogidos por éstos en sus modestas casas, pronto comenzaron a contactar con aquellos que podían ayudarlos a construir las suyas propias en la zona que los hornacheros señalaron para ellos.

Para Bartolomé y su familia, igual que para todos los recién llegados, los primeros meses en tierras de Berbería fueron muy duros. A la pena de haber dejado su casa y sus familiares y de vivir en una tierra de infieles, se unía el dolor que el Sedero y su esposa sentían cada día al ver la tristeza que arrastraba su hijo. Desde el momento en que Mencía fue arrancada de los brazos de Tristán en el puerto de Sevilla, éste no volvió a ser el mismo. El resto de la travesía lo había hecho con los ojos puestos en el río y luego en el mar que lo separaba para siempre de su amada. Cuando desembarcó apenas era una sombra del joven de ánimo fuerte que abandonó la villa, que insuflaba fuerzas a su madre cuando éstas la abandonaban, que ofrecía su hombro para que su padre se apoyara en los días del largo viaje.

—Sólo será una temporada, madre, no se aflija. Volveremos pronto a nuestra casa, ya lo verá —solía repetir cuando ésta, abatida por el dolor y el llanto, no conseguía conciliar el sueño en los campamentos improvisados durante el largo y penoso viaje que los llevó a Sevilla.

Entonces se sentía fuerte, optimista, seguro de las palabras que decía porque pensaba en Mencía, en sus ojos, en sus besos... y se decía que todo lo que estaban sufriendo valía la pena por tener junto a él para siempre a la mujer con la que tanto había soñado en los últimos meses. La haría su mujer, trabajarían de sol a sol, escribirían a don Alfonso, comprarían documentos —tenían dinero, mucho dinero, gracias a la generosidad de éste—, se pondrían en contacto con los frailes mercedarios, o podrían viajar hasta Marsella y desde allí volver con nombres falsos a alguna ciudad del norte, a Asturias quizá, donde no los conociera nadie y así vivir todos felices de nuevo en tierras cristianas. De todo era capaz Tristán si tenía a su lado a Mencía, y sonreían felices abrazados, ella recostada en su regazo, escondida en el carro, besándose bajo la luna, jurándose amor eterno en el campamento del Arenal. Pero toda la felicidad soñada durante tantos días desapareció como se desvanecen las nubes después de una tormenta, sólo que esta vez el cielo luminoso y azul le seguía pareciendo a Tristán borrascoso.

Su madre, haciendo de tripas corazón, lo animaba a seguir esperanzado, a continuar creyendo en el destino que Dios había elegido para ellos, y ahora era ella la que trazaba y dibujaba mil planes para el mañana, a sabiendas de que ese día feliz quizá no llegara nunca.

Una mañana al poco de llegar, Tristán se levantó de la mesa que compartían con la familia de moriscos de Hornachos.

—Me voy —dijo mirando con seriedad a su padre—. Vuelvo a la villa. Y no intentéis detenerme porque estoy dispuesto a todo.

—Si te cogen, te llevarán preso y tal vez te maten. ¿Es eso lo que quieres, hijo mío?

Había hablado la madre porque Bartolomé no encontraba las palabras para detener a su hijo. Desde que Mencía desapareció de sus vidas había estado esperando y temiendo ese momento. Su hijo era demasiado noble y bueno, y amaba demasiado a la joven para renunciar a ella.

Se levantó con un nudo en la garganta pensando en las palabras que debía decir:

—Tristán, Dios...

—¡Dios nos ha abandonado, padre! ¿Es que no lo ves? Nos ha abandonado como hizo con su propio pueblo. No quiere saber nada de nuestras vidas, nos ha desterrado a una tierra ajena, con una lengua que no hablamos, un dios al que no adoramos y unas gentes que nos odian. ¿Hacen falta más desgracias para darse cuenta de que estamos solos, de que nadie nos ayudará? ¿Tenemos que penar cuarenta años para volver a ser libres? ¿Es esto lo que Dios nos regala? ¿Es éste el bien que quiere para sus hijos? Pues no acepto sus regalos.

Catalina había comenzado a llorar, un llanto manso que le caía sobre las manos que tapaban su boca. Tendría que decirle a su hijo que esas palabras eran sacrílegas, que ellos creían en Dios sobre todas las cosas, que ése era el principal mandamiento, que, si Él en su infinita misericordia había elegido ese destino, ellos como cristianos tenían que bendecirle por ello. Pero nada de esto lograba salir de sus labios porque muchas noches a solas en el cuartucho de la casa que compartían con los moriscos de Hornachos esas mismas palabras que había pronunciado su hijo, y que Dios la perdonase, le taladraban los sentidos y ella se aferraba al rosario y rezaba una y otra vez el avemaría y el padrenuestro sin sentir nada de lo que decía, y cuando llegaba al «Hágase tu voluntad en la tierra como en el cielo» se callaba porque si el deseo de Dios era que vivieran como infieles en una tierra de herejes, ella no podía acatarlo. Y luego, se adormilaba arrepentida de esos pensamientos, con las lágrimas mojando la almohada, mirando a su esposo, que simulaba dormir.

—¡¿Qué somos?! —seguía gritando Tristán—. Dímelo, padre, ¿qué somos? ¿Cristianos, renegados, moriscos, infieles? Dímelo, pues parece que eres el único que mantiene la fe en esta casa. ¡Qué ironía, padre! Tus antepasados alabando a Alá y tú eres el único que mantiene la fe viva en Cristo.

La risa sarcástica de Tristán hizo que sus dos hermanos pequeños comenzasen a llorar.

—¡Ya está bien, Tristán! El dolor que sientes no te da derecho a humillar a tu padre. Si quieres marcharte, vete, pero no nos hagas más amarga tu partida clavándonos puñales donde más nos duele.

Bartolomé había sentido cada una de las palabras de su hijo como dardos en el pecho, pero sabía que no ganaría nada reprendiéndole porque en el fondo de su corazón él pensaba lo mismo. Sin embargo, sabía que ahora no podía sucumbir, el hilo que unía a su familia se estaba haciendo demasiado delgado y, si lo tensaba más, acabaría por romperse. Así que miró a su hijo con dulzura y sus palabras sonaron tranquilizadoras.

—Seremos lo que Dios quiera que seamos. Muchos de los que salieron de Magacela murieron por el camino, llegaron enfermos y están enterrados en ésta tierra de infieles. Nosotros estamos juntos y sanos, ¿no es éste un regalo de Dios?

—¿Juntos? —gritó Tristán—. ¿Te olvidas de Mencía? ¿Ella no es de nuestra familia? Te recuerdo, padre, que iba a ser mi esposa.

El golpe que la puerta dio después de que Tristán hubo salido retumbó en el pecho de Catalina.

48

7 de julio del año de Nuestro Señor de 1611 y 1020 de la Hégira

El eunuco Alí Maliq temblaba. Hacía una hora que debería haberse presentado ante su señor para comunicarle la gran tragedia que acababa de conocer por boca de un emisario. Aunque sabía del amor que aquél le tenía, conocía también la impaciencia que mostraba cuando esperaba conocer las nuevas, pero sobre todo sabía, ¡ay, por desgracia!, la gran ira que lo embargaba cuando las noticias eran adversas. Y la que temía comunicarle era una de las peores que había tenido que darle desde que estaba al servicio de los sultanes, hacía ahora catorce años, desde que siendo un niño fue elegido por su belleza e inteligencia para formar parte del selecto y reducido grupo de eunucos que cuidaban del sultán y del harén de éste. Todavía ahora, después de muchos años, se despertaba algunas noches empapado en sudor gritando de dolor mientras los médicos de la corte le amputaban sus atributos de varón.

Cuando el anciano sultán murió hacía seis años, Maliq entró a formar parte de la servidumbre de su hijo Muley Zaidan. Durante todos estos años lo había servido con diligencia y esmero, anticipándose a satisfacer cualquier capricho que su señor deseara, pero, sobre todo, buscándole las doncellas más bonitas y hermosas de todo el reino, que pasaban inmediatamente a formar parte del nutrido harén del joven sultán. Agradecido, Muley Zaidan le había nombrado chambelán con licencia para entrar y salir de todas las estancias de palacio, incluidas las privadas, a las que sólo tres personas tenían acceso.

Alí Maliq se puso de rodillas y bajó la cabeza hasta tocar el suelo. Oró mirando a La Meca y rogó a Alá, el Misericordioso, que le diera paciencia a su señor para llevar con resignación la tragedia que acababa de ocurrir. Y si esto no podía concedérselo, por lo menos que le diera a él fuerzas para soportar el castigo que le impondría. Un escalofrío le recorrió la espalda al recordar cómo su señor mandó decapitar al emisario que le informó de que su hermano Muley Abu Faris había entregado el puerto de Larache al rey de España a cambio de ayuda para devolverle el trono.

Con la pena en el alma y el rostro entristecido abandonó la habitación. El gran corredor de blanco y pulido mármol apareció ante sus ojos como si fuera el camino hacia la muerte. Arrastró sus pasos y llegó hasta el patio de naranjos que flanqueaba las estancias privadas del sultán. Allí, ante sus puertas, hacían guardia día y noche dos corpulentos soldados.

El eunuco se demoró aspirando el olor a azahar de los naranjos y se recreó contemplando los cuidados setos de arrayán. Quizá fuera la última vez que los viera. Se acercó al pequeño surtidor situado en el centro del patio y pasó delicadamente su mano por las macetas de albahaca que lo rodeaban: siempre le había gustado el olor que exhalaban esas plantas.

Las grandes puertas de madera tachonadas de relucientes clavos se abrieron para dejar entrar al chambelán.

Alí se encontró entonces en la gran sala de audiencias, la

estancia más grande y suntuosa de todo el palacio. Sus pasos quedaban ahora amortiguados por las mullidas alfombras traídas de la lejana Persia que cubrían totalmente el suelo de mármol rosa. Se paró unos segundos y alzó los ojos para contemplar una vez más los altos techos artesonados realizados con multitud de piezas que encajaban a la perfección, al estilo de los mocárabes que tanto abundaban en Al Ándalus.

Admiró los preciosos estucados de las paredes, la perfección de los dibujos geométricos y del follaje; todo valía con tal de retardar el momento del encuentro con su amo.

Por último, miró en derredor, como para despedirse de toda esa suntuosidad, y su mirada se posó en cada uno de los escasos pero ricos muebles que adornaban la sala: arcones realizados con sólidas y exóticas maderas, mesas de taracea con incrustaciones de nácar y vitrinas altas y elegantes que guardaban ricas porcelanas. Todo lo fue mirando el eunuco como si quisiese grabar en su retina cada uno de los objetos con los que había convivido durante los últimos catorce años.

Por fin llegó al final de la gran sala, la cabecera, donde en un nivel superior flanqueado por esbeltas columnas coronadas por arcos polilobulados se alzaba el trono del sultán, un sitial de seda rojo, delante del cual estaba colocado un ataifor con una bandeja de plata. Decenas de cojines y almohadones de sedas multicolores aparecían perfectamente alineados a derecha e izquierda del majestuoso sitial.

Alí Maliq abrió una de las dos puertecillas que estaban situadas a los lados del trono y accedió a las habitaciones privadas del sultán.

Constituían estas tres amplias estancias dedicadas a dormitorio, comedor privado y biblioteca. Aunque el sol había salido hacía horas, su señor aún estaría durmiendo, pues todos en palacio sabían de la gran afición del sultán a la lectura, que lo hacía quedarse en la biblioteca hasta altas horas de la madrugada cuando ésta, ¡ay!, se preciaba de contener toda la sabiduría del mundo. Iba a entrar en el dormitorio cuando inconscientemente se volvió y fijó su mirada en las puertas doradas que había enfrente. Sus ojos se llenaron de lágrimas. Entonces se dirigió a ellas y las abrió. La estancia apareció completamente vacía. Un estremecimiento recorrió su cuerpo. Aunque ya la había contemplado así varias veces, no se acostumbraba a que la suntuosa estancia que fuera diseñada para albergar libros hasta en su último rincón no contuviese ahora ninguno. El eunuco se estremeció otra vez y se dejó caer de rodillas en la gruesa alfombra sollozando y con las manos ocultando su rostro.

—Perdóname, *sahib*, perdóname, yo soy el culpable de todo, merezco que tu alfanje cercene mi cuello —dijo para sí en voz alta, y sus palabras resonaron en la sala vacía.

Los sollozos hacían que sus hombros y su cabeza se agitasen hasta casi tocar con la frente el suelo alfombrado.

Por fin, ya más sereno, levantó la vista y recorrió las labradas estanterías vacías. Una tímida sonrisa de nostalgia apareció en su bello rostro al recordar el primer día que entró en aquella estancia.

Al poco tiempo de ser nombrado chambelán de palacio, el eunuco Alí Maliq recibió el mejor regalo que el sultán pudiera hacer a uno de sus siervos: invitarlo a visitar la biblioteca. Nadie podía entrar en el lugar más sagrado del sultán sin su permiso; ni siquiera los gemelos eunucos, que podían entrar y salir del harén, osaban poner los pies en aquella estancia.

Dos guardianes custodiaban entonces las puertas del que era considerado por el sultán el mayor tesoro de cuantos poseía y cuando aquéllos las abrieron, el eunuco no podía creer lo que veían sus ojos. Decenas de arcos adosados a la pared rodeaban la estancia circular y cobijaban hasta la imposta cientos de libros colocados en perfecto orden. El suelo ajedrezado de mármol apenas se intuía por estar recubierto por una gruesa alfombra. La luz cenital se colaba por la vidriera circular que a modo de linterna se abría en la soberbia bóveda decorada con vistosos dibujos geométricos e iluminaba una mesa de alabastro. Sobre ella, el atril de oro ricamente labrado refulgía por la luz de la vidriera. El intenso color del lapislázuli y la plata, junto con los miles de líneas quebradas, nublaron la vista del eunuco, que cerró los ojos un instante mientras aspiraba el suave olor del sándalo y la mirra de los pebeteros. Cuando sus ojos aún no se habían acostumbrado a la belleza de la sala, su señor, parado delante del arco central, le dijo que se acercase para que contemplara lo que muy pocos en palacio podían tener la dicha de gozar. Alí Maliq recorrió la nave despacio recreándose en los lomos dorados de los libros hasta que llegó a donde estaba su señor. Muley Zaidan sonrió con satisfacción a su eunuco favorito, sabía del amor que Alí tenía por los libros y se sentía orgulloso de que compartieran la afición a la lectura, pues él había sido el propiciador de ella desde el momento en que el eunuco, siendo un niño, llegó a palacio.

El sultán abrió entonces unas pequeñas puertas doradas en las que las letras «*Allah akbar*» refulgían por estar grabadas en plata. Del interior sacó el libro más hermoso que Alí había visto en su vida. Las cubiertas parecían ser de oro repujado formando vistosas flores, y varias piedras preciosas se hallaban incrustadas en ellas. Con el libro en la mano el sultán se dirigió al centro de la estancia y lo colocó en el atril sobre la mesa de alabastro.

—Es la palabra del profeta. El padre del padre de mi padre lo mandó copiar y no creo que haya en el mundo un libro más hermoso que éste que ven tus ojos, Alí —declaró abriendo el libro—. Lo llamo el Quram de Oro. Ha vencido al fuego dos veces y otras tantas al hurto de ladrones, pero siempre ha vuelto a sus dueños. Creo que es el deseo de Alá, el Todopoderoso.

Entonces Alí se quedó mudo de admiración al contemplar el trazo ligerísimo en tinta roja con el que estaban escritos las aleyas y las suras y los perfectos dibujos con intensos colores formando cenefas con motivos geométricos, imitando guirnaldas de hojas y flores entrelazadas.

Luego Muley Zaidan enseñó a su eunuco otros muchos libros de poesía, de medicina y de filosofía; algunos tenían también piedras preciosas en sus cubiertas, pero ninguno era tan bello como el Quram de Oro.

Ahora, años después, el eunuco lloraba desconsolado en la vacía estancia abrazado a los pies de la mesa de alabastro.

49

Julio del año de Nuestro Señor de 1611

Tres días antes de que el eunuco Alí Maliq temiera por su vida, el almirante del Mar Océano Luis Fajardo se afanaba con el catalejo desde el castillo de proa del galeón *Sancti Spiritu* en avistar alguna de las naves tunecinas que merodeaban por las aguas del Mediterráneo. Últimamente los corsarios solían arriesgarse demasiado y en tiempos recientes algunos habían llegado hasta las costas de Torrox y se habían adentrado en las poblaciones cercanas, sembrando el terror en sus pacíficos moradores y haciendo cautivos a docenas de ellos.

Hacía una semana que el almirante había salido del puerto de Cádiz con una flota formada por siete naos, tres pataches y tres carabelas latinas y durante todo ese tiempo no habían avistado ninguna embarcación, por lo que la tripulación, relajada, se dedicaba a las tareas propias de la marinería, como embrear las tablas o achicar agua de las bodegas. Sólo el turno de los oficiales de guardia se cumplía a rajatabla y eran éstos los encargados de romper el silencio de la noche al contestar al paje que anunciaba la hora al dar la vuelta a la ampolleta de arena.

Aquella mañana, la mar estaba serena y un amanecer lechoso presagiaba una jornada de julio demasiado calurosa.

Don Luis Fajardo bajó a su camarote y vio su frugal desayuno sobre la pequeña mesa de pino: un pedazo de bizcocho con un tazón de vino endulzado con miel y especias. Mientras lo tomaba, comenzó a revisar los mapas y se preparó a pasar otro día tranquilo y monótono.

En cubierta, el joven vigía trepó por los cabos del palo mayor hasta la cofa y se aplicó a la tarea de escudriñar cualquier signo extraño que perturbara las tranquilas aguas del Mediterráneo.

Primero fue sólo un punto en la lejanía. Ante los nerviosos ojos del grumete fueron apareciendo otros, que se hicieron cada vez más grandes.

—¡Barco a la vista! —gritó desgañitándose desde lo alto—. ¡Barco a la vista por estribor!

De pronto, se hizo el movimiento en la nave y muchos marineros corrieron hacia estribor para confirmar lo que decía el vigía. Pero en lontananza nada se veía y se quedaron parados esperando órdenes de su superior. El almirante Fajardo agarró el catalejo y subió la pequeña escalera hasta cubierta. Se situó en el castillo de estribor y se aplicó a divisar en el horizonte cinco puntos que parecían avanzar a toda velocidad.

—¡Cinco naves a estribor! —volvió a gritar el vigía.

—¿Distingues qué clase de barcos son? —gritó a su vez el almirante.

—Están demasiado lejos, señor. Pero parecen naos, creo distinguir velas latinas en la mesana.

—¡Todo el mundo a sus puestos! —se oyó de nuevo el vozarrón del almirante.

Pronto, la algarabía se adueñó del barco y los marineros y soldados acudieron raudos a sus posiciones de ataque.

—¡Vira noventa grados a estribor! —ordenó de nuevo el superior al timonel y se apresuró a mirar por la borda para ver si las otras naves que componían la flotilla obraban de la misma manera. Sonrió satisfecho y volvió a su puesto en el castillo de proa.

Como capitán general de la Armada del Mar Océano había navegado por casi todos los mares conocidos y cañoneado con éxito a barcos corsarios ingleses, franceses y holandeses, y aunque se culpaba de haber perdido tres barcos en su dilatada vida marítima, jamás lo habían derrotado en una batalla. Se enorgullecía de ser considerado exigente con su tripulación e implacable con el enemigo.

Miró de nuevo con el catalejo y avistó las cinco naves: tomó dos por naos y las otras tres, más pequeñas, parecían servir de escolta.

—¡¡Soltad todas las velas!! ¡¡Preparad los cañones!! ¡¡Encended los botafuegos!!

Paseó su mirada por la cubierta y asintió satisfecho. Sus hombres eran merecedores de formar parte de su tripulación: vio a los artilleros junto a los cañones o con los botafuegos preparados y a la patulea de pajes con la emoción reflejada en el rostro, listos para salir corriendo y bajar de dos saltos a la santabárbara en cuanto oyeran la orden del artillero de subir pólvora. Luego alzó la vista y contempló a los marineros encaramados en los palos, jarcias y vergas, listos también para arriar o izar las velas si cambiaba el viento.

De momento, navegaban hacia sotavento, por lo que no tardarían más de media hora en tener a tiro a lo que parecía ser una flotilla tunecina.

Hinchadas las velas por el viento, las naos navegaron a buen ritmo hasta casi dar alcance a los barcos del poderoso sultán.

—¡Fuego a discreción! —ordenó vociferando el almirante.

—¡Señor! —gritó entonces el vigía—. ¡La nao mayor lleva un pendón francés!

Pero la primera andanada de fuego había salido del *Sancti Spiritu* rugiendo como una bestia herida. Le siguieron sendas salvas de otras dos naos.

—¡Alto el fuego! ¡Parad los cañones! —dijo a voz en grito el superior.

Sin embargo, en ese momento un estruendo sacudió al *Sancti Spiritu* y uno de los palos cayó hecho trizas en la proa.

—¡Nos atacan, señor! —anunció un joven marinero.

El almirante Fajardo se quedó un momento pensando por qué una nave con un pendón francés los atacaba. Oyó un nuevo estruendo y entonces se olvidó del pendón.

—¡Fuego a discreción! ¡Abarload la nave! ¡Abarload la nave! —indicó entonces con denuedo el almirante Fajardo.

Las voces de la marinería y los soldados se mezclaban con el ruido del fuego cruzado. Los vítores y albórbolas de los soldados y marineros al ver caer varios palos de las naves enemigas llegó hasta los oídos del almirante.

La *Sancti Spiritu* viró hasta ponerse de costado con la nao principal del sultán. El almirante sonrió cuando vio que los capitanes de las otras dos naves de su flotilla hacían lo propio y rodeaban a las dos naos enemigas mientras los marineros de las tres faluchas tunecinas, que ahora ardían por los cuatro costados, se lanzaban al agua en un intento desesperado por salvar sus vidas.

—¡Al abordaje! ¡Al abordaje antes de que se hunda! —se oyeron las voces que ordenaban a los hombres asaltar las naos del sultán.

Un instante después un centenar de hombres saltaban a las proas de las dos naves y, enredándose en las jaretas, mástiles y velas, iniciaban una lucha cuerpo a cuerpo en las naves tunecinas.

El número de hombres del *Sancti Spiritu* superaba en mucho al de las naves enemigas, por lo que pronto fueron hechos prisioneros los pocos hombres que quedaron con vida.

El almirante fue el último en saltar a la proa cuando la nave mayor comenzaba a escorarse. Ordenó a tres hombres que lo siguieran y bajaron a las bodegas a inspeccionar el cargamento. Sabía que las naos, barcos mercantes, transportaban en sus grandes bodegas mercancías de todo tipo, por lo que esperaba hacerse con un gran botín.

En sus numerosas travesías y batallas el almirante Fajardo había encontrado y requisado para las arcas reales multitud de tesoros; por tanto, sus ojos estaban acostumbrados al valioso oro y joyas que hacían que sus hombres se quedaran mudos de espanto. Ni siquiera se inmutaba ante el brillo de los metales y valiosos documentos que en ocasiones había tenido en sus manos.

Bajó las escaleras con contenida alegría sabiendo que si esas dos naos estaban escoltadas por tres embarcaciones el botín sería cuantioso. Ya en la bodega mandó a sus hombres que abrieran las decenas de baúles de recia madera que formaban el botín.

—¡Estos moros guardan bien sus tesoros, señor —gritó un marinero que se afanaba por abrir uno de aquellos baúles con una palanca—, pero a fe mía que no les servirá de nada tanto herrojo!

Por fin, una a una fueron levantándose las tapas de los arcones para dejar al descubierto su interior. La alegría de los rostros de los marineros que se agolpaban para contemplar el contenido del botín se mudó en frustración al ver que los arcones de madera contenían otros de metal, cerrados con pesados candados.

—¡Por Cristo resucitado! —exclamó el almirante contrariado, pues temía que se hundiese la nave antes de poner a salvo el botín.

De nuevo los marineros se pusieron a descerrajar aquellos arcones de metal que se resistían a mostrar el tesoro que contenían.

—¡Debe de ser algo muy valioso para el sultán cuando lo protege de esa manera!

Por fin, la primera tapa se abrió y pudo mostrarse su contenido.

—¡Son papeles, señor! —anunció el marinero que la había abierto.

El almirante se acercó en dos trancos.

—¡¿Papeles?! —exclamó con el asombro reflejado en el rostro.

Cogió el legajo que le tendía el marinero y miró la cara de decepción de sus hombres.

—¡Aquí hay libros, señor! —gritó en ese momento otro marinero que acababa de soltar los candados de un nuevo arcón—. ¡Por los clavos de Cristo!

El superior se volvió hacia el hombre que había hablado y vio que sonreía con una cara triunfante mientras levantaba en alto uno de los libros. El almirante se acercó a él y tomó el volumen en sus manos.

—¡Son piedras preciosas, señor! —exclamó el marinero con el rostro iluminado por la emoción.

El comandante Fajardo no daba crédito a lo que veían sus ojos. Era un libro con la portada dorada e incrustada en ella relucían pequeñas esmeraldas que formaban un dibujo geométrico. Abrió el cierre dorado y contempló admirado las páginas escritas con una perfecta caligrafía en tinta roja y dorada. Pasó las hojas y se detuvo en las miniaturas bellamente dibujadas con tinta de diversos colores. Le sobresaltaron varias voces a la vez.

—¡Venga aquí, señor, hay decenas de libros con piedras y cubiertas de plata! —comentaba emocionado un marinero.

—¡Santa Rosalía! —exclamaba otro—. No he visto en mi vida nada igual.

El comandante iba de un arcón a otro con el rostro radiante de alegría y la emoción contenida ante el espectáculo que mostraba la bodega: decenas de arcones abiertos rebosantes de bellos y costosísimos libros.

De pronto, el suelo de la bodega se movió bajo sus pies.

—¡Deprisa, cargad los baúles antes de que se hunda la nave!

50

Alí Maliq no sabía cuánto tiempo había estado postrado en el suelo. Se incorporó nervioso y, limpiándose las lágrimas del rostro, se apresuró a salir de la biblioteca.

No podía retardar más la amarga noticia que debía dar a su señor. Así que se encaminó hacia las estancias privadas del sultán.

—¿Dónde andabas? ¡Te han estado buscando por todo el palacio! —dijo su señor con la cara desencajada yendo hacia él.

El eunuco se encogió atemorizado.

—*Amir al Muninim...* —balbució inclinando su cuerpo ante el sultán.

—Has de saber que ha ocurrido una desgracia, la mayor que podía haber sucedido. Alá, el Clemente, ha querido castigarme y no encuentro la razón. ¡Los cristianos españoles tienen ahora mi biblioteca! Ese perro de Castelane se ha dejado robar. ¡Nunca, nunca confíes en cristianos! Yo le entregué mi mayor tesoro, mis libros. ¿Y cómo me lo paga él? Traicionándome. Intentándome robar y luego dejándosela arrebatar por esos perros castellanos. Si no fuera porque estoy muerto de pena, me reiría, sí, me reiría de ese Castelane, de ese cónsul puesto por esa reina asesina. Ella es la culpable, ella y ese perro de Felipe de España —vociferaba Muley Zaidan paseándose por la estancia como un león enjaulado.

Alí Maliq se llevó las manos al rostro y sus ojos se humedecieron. Intentó articular alguna palabra que sirviera de consuelo a su señor, pero el alivio que sentía al no tener que darle la noticia le impedía hablar. El sultán interpretó su llanto de otra manera.

—¡Oh, mi fiel Alí! —dijo suavizando su voz y dejándose caer en un diván—. ¡Juntos lloraremos por mis adorados libros! ¡Todo el saber conocido, mi mayor tesoro, en las manos de esos infieles cristianos! ¿Te das cuenta, Alí? ¿De qué le sirve a un hombre la vida si ha perdido el poder de la sabiduría? No se puede retener todo el saber en la mente, por eso se inventaron los libros, para almacenar esos conocimientos. Para que acudiéramos a ellos cuando necesitáramos ser sabios. ¿A quién voy a dirigirme yo ahora? ¿Con qué leyes gobernaré mi reino? Mi padre, cuya sabiduría aprendió de los libros y quien me enseñó el amor por ellos, solía decir que no hay soledad donde hay saber, ni tedio donde hay libros. ¿En qué emplearé yo ahora mis horas de esparcimiento? ¡Qué grande es un hombre cuando es sabio, Alí! ¿Adónde iré yo a buscar ahora la sabiduría? ¡Tantos gramáticos, tantos médicos, tantos filósofos, tantos matemáticos y tantos y tantos años recorriendo todos los lugares del mundo! ¡Ay, Alí, habría preferido que me hubieran robado alguno de mis hijos antes que la sabiduría de mis libros!

El eunuco seguía sin poder hablar, mudo ahora por la emoción y la aflicción de ver a su señor sollozando desconsolado como un niño. Era la primera vez que lo veía llorar, ni siquiera lo había visto derramar lágrimas cuando murió la más joven de sus esposas o alguno de sus hijos. Siempre había sabido acatar la voluntad de Alá, el Clemente.

Se arrodilló delante del diván y recostó la cabeza en

su regazo, como siempre hacía cuando su señor estaba triste.

—*Sahib* —dijo levantando el bello rostro de hermosos ojos zarcos—, durante años os he visto regir e impartir justicia al pueblo con sabiduría. Os he visto leer y estudiar libros de leyes, de medicina, de poesía... Siempre que lo necesitabais recurríais a los libros porque estaban allí, tan hermosos que sólo con tocarlos y abrirlos la sabiduría brotaba como si fuera una fuente de vida. Pero ahora, *sahib,* todo el saber está en vuestra mente y hasta que los recuperemos, ésta será el faro que guíe al pueblo. El profeta dice que Alá, el Clemente, nos probará con algo de miedo, de hambre, de pérdida de nuestra hacienda, de nuestra vida, de nuestros frutos, pero anuncia buenas nuevas a los que tienen paciencia. Debemos tener paciencia, mi señor, ante la voluntad de Alá, el Misericordioso.

—*Insha'Allah*, mi buen Alí, *Insha'Allah* —respondió Muley Zaidan acariciando el rubio cabello del eunuco—. Debo tener paciencia. Recuperaremos los libros si ésa es la voluntad de Alá, el Misericordioso.

—*Sahib* —añadió ahora el eunuco sonriendo—, recordad el proverbio: «Todos los males tienen remedio, menos la insensatez, que es incurable».

—Sí, mi querido Alí, pero recuerda tú también otro que dice «Cuando el sabio pierde la memoria, el enemigo lo vence en la batalla» y es entonces cuando recurre a la consulta de los libros —replicó el sultán sonriendo a su vez—. ¿Recuerdas cuando me leías con tu dulce voz los poemas de Abū Nuwās? Era un bello volumen con una esmeralda en el centro. Sus poemas eran aún más hermosos que la piedra. Más aún que el cielo de tus ojos.

El eunuco levantó la cabeza para mirar a su señor y tomándole la mano comenzó a recitar:

—*¿Me amas?*
Cuando vi a aquel hermoso joven, él reía con godeos
estábamos los dos solos, en fin,
solos con Dios. Y, sin embargo,
él puso su mano en la mía
y me habló vasto tiempo;
después me dijo:
—*¿Me amas?*

—«Sí, más allá del amor» —terminó Muley Zaidan la composición del poeta iraní.

—*Sahib*, puedo recitaros todos los poemas de Abū Nuwās y Al-Mutannabbi o puedo copiarlos y componer el libro completo:

Cada una de las mujeres cimbreadas más suaves que el [vino
tiene un corazón más duro que las rocas,
trenzas como perfumadas de ámbar con agua de rosas y [aloe.

—¡Qué belleza encierra la poesía de Al-Mutannabbi! Sí, mi amado Alí, escribe esas composiciones para mí.

La débil luz del ocaso se colaba por entre los ventanales cuando el sultán Muley Zaidan comenzó a notar los efectos de las hierbas que Alí le daba para poder conciliar el sueño. Se tumbó en el diván y con las manos del eunuco entre las suyas se quedó dormido.

Cuando sintió que la respiración de su señor era acompasada se desasió de las manos, se levantó lentamente y, tras depositar un suave beso en la frente del sultán, salió de la estancia.

51

Diciembre del año de Nuestro Señor de 1611

Los peores temores, los que tantas veces había sospechado Alonso de Paredes, acababan de confirmarse: Diego Hondón, el esposo de su hija, y su familia no tuvieron intención nunca de ir a Berbería.

Se sentía engañado y traicionado por los que creía que eran su familia. Les había entregado la mitad de la dote, un buen puñado de maravedís, que no volvería a ver nunca más. Se le revolvían las entrañas sólo de pensar que la boda de Fátima —desde que llegó a Berbería usaba siempre el nombre árabe de su hija— había sido una farsa para sacarle sus dineros. Y eso no era lo peor. Su hija era ahora una mujer casada y sin marido. Una mujer deshonrada y burlada. Claro que eso sólo lo sabía su familia.

Desde el mismo día en que pusieron el pie en tierras de Berbería tanto él como su esposa e hija preguntaron a todos los de Bienquerençia y ninguno les supo dar razón de su paradero, limitándose a afirmar que Francisco Hondón no había embarcado en Sevilla. Lástima que su hermano hubiese muerto, pues sin duda él le habría contado toda la verdad. Su esposa sostenía que seguramente habrían embarcado en algún viejo barco y que éste debía haber variado el rumbo, pero que tarde o temprano llegarían a Tetuán. Sin embargo, desde hacía una hora la verdad se había abierto paso y le había explotado en toda la cara. Un joven de Bienquerençia apoyado en dos muletas había entrado en su casa y había ofrecido contarle la verdad a cambio de unas monedas. El Hortelano accedió sin preguntarle a éste los motivos por los que hacía aquello. Entonces el joven le había contado que Francisco Hondón, su mujer y sus hijos no embarcaron en Sevilla porque se habían escapado del Arenal por un boquete de la muralla la noche antes de la partida. Todos lo sabían, pero habían prometido no decir nada para evitarse problemas. Ninguno más quiso acompañarlos porque tenían miedo: si les capturaban se enfrentaban a la pena de muerte.

—Pero ellos no tenían miedo. Diego dijo que prefería morir en su hogar que venir a tierra de moros.

Alonso de Paredes apretó los dientes al oír las últimas palabras del tullido. Les habían hecho creer que seguían las costumbres de sus antepasados y que, en el fondo, como ellos, se alegraban de ir a una tierra que los recibiría con los brazos abiertos como hermanos de fe que eran. Nada de lo que pensaban resultó ser cierto y los habitantes de esa tierra extraña los habían recibido con recelo y desconfianza. Gracias a los hornacheros no terminaron apaleados. Pero Francisco Hondón presintió que no iba a ser tal como lo pintaban y escapó llevándose sus dineros y abandonando a su hija a su suerte.

Pagó al muchacho lo convenido y salió de la casucha con el rostro encendido por la ira. Cruzó las calles en las que se asentaban sus vecinos de Magacela y se internó en una de las callejuelas de los de Bienquerençia. Cuando llegó a una construcción de adobe de una sola planta, empujó las maderas que servían de puerta y entró.

El anciano cadí estaba sentado junto a la lumbre. En los meses que llevaban allí parecía haber envejecido diez años; apenas podía caminar y su vista se había nublado. Pasaba las horas al lado de la lumbre trenzando sogas de esparto o juncos con los que hacía asientos que luego su hija vendía entre los conocidos. Al trasluz de la puerta reconoció a Alonso y no le hizo falta preguntarle a qué venía.

—¿Cuándo pensabas decírmelo? —preguntó mirándolo con rabia.

El anciano se volvió y atizó la lumbre.

—Tenía la esperanza de que un día llegarían —respondió cansadamente.

—¿Llegar? ¿Ha pasado casi un año y todavía creías que se iban a exponer a venir a esta tierra?

Se quedó mirando la espalda encorvada del viejo cadí y recordó el tiempo en el que era un hombre joven y él sólo un niño que escuchaba entusiasmado las historias que le contaba. Entonces vivía en Bienquerençia junto con sus padres. Acercó uno de los asientos de juncia a la lumbre y se quedó mirando el chisporroteo de los troncos.

—Mi hija está casada, pero no tiene marido. Nunca podrá volver a contraer matrimonio y yo no disfrutaré de las risas de los nietos. Si es la voluntad de Alá, el Misericordioso, la acato.

—Disolveré el matrimonio, Ibrahim —afirmó el anciano sin dejar el atizador con el que empujaba hacia el fuego unas ascuas que amenazaban con prender el esparto que había en el suelo.

—¿Puedes hacer eso? —preguntó Alonso de Paredes cogiéndole el brazo.

El cadí dejó el atizador recostado en la pared y se volvió hacia Alonso.

—Sí, para ello es necesario que Fátima repudie a su esposo. Hay causas suficientes para admitirlo. Tu hija ha sido abandonada sin ningún motivo y eso es suficiente para anular el matrimonio. Debemos buscar a dos testigos que afirmen haber oído a Diego decir que no pensaba venir a Berbería.

Al Hortelano se le iluminaron los ojos. Ya se encargaría él de buscar a los testigos y de que jurasen que habían oído esas palabras. Para eso le quedaban todavía algunas monedas y qué mejor empleo iba a darles que devolver la honra a la familia.

Fátima estaba haciendo verdaderos esfuerzos por no gritar de alegría. La palabra que su padre acababa de pronunciar volvía a sus oídos una y otra vez.

—Fátima, ¿me has oído?

Claro que sí. Era la palabra más esperanzadora que oía desde hacía mucho tiempo. «Repudio», ésa era la palabra mágica, que había entrado por sus oídos, había atravesado su mente y llegado hasta su corazón, que latía ahora amenazando con salírsele del pecho... «Repudio», esa palabra que le haría sentirse libre, libre para amar a Tristán, libre para entregarle su cuerpo y su alma.

—Hija, contesta a tu padre —intervino su madre.

Tuvo que reprimirse para no gritarle lo que su corazón sentía, sí, sí, sí, quería librarse de ese matrimonio para siempre, no volver a ver nunca más a Diego Hondón, no sentir sus besos ni sus ásperas caricias. Quería gritarles que en ese momento lo único que quería era correr hasta la muralla donde estaba su amor arrastrando esa tristeza que le destrozaba el alma y consolarle con sus besos y decirle que ella haría que olvidase a Mencía. Pero en lugar de todo eso bajó la cabeza y musitó que obedecería a su padre en todo lo que él dispusiera.

52

Fontainebleau,
diciembre del año de Nuestro Señor de 1611

Nevaba copiosamente sobre los jardines del palacio de Fontainebleau, al sudeste de París. María de Médicis contemplaba absorta cómo los grandes copos de nieve caían sobre los parterres tapizándolos de un blanco inmaculado, mientras que alrededor de la fuente éstos desaparecían fundiéndose en la hierba húmeda salpicada por los surtidores. Aunque sus ojos estaban fijos en la nevada, su mente pensaba con rapidez y calculaba la estrategia para salir airosa del dilema en el que se hallaba. No le había gustado nada la embajada que el sultán de Marruecos Muley Zaidan le había enviado, cuyo emisario se hallaba ahora a la espera de que la reina lo recibiera.

Sabía muy bien cuál era el motivo de la presencia del embajador. A decir verdad, media Europa conocía que desde hacía meses el sultán estaba desplegando toda su diplomacia con el objeto de que los países aliados hiciesen entrar en razón al terco rey español, que se negaba a devolverle su amada y rica biblioteca. Ésta había sido interceptada precisamente en una fragata francesa cuyo capitán, Jean Philippe Castelane, era, para más inri, el cónsul francés en Marruecos. La reina sospechaba que el sultán culpaba por ello a Francia.

Y no se equivocaba. Inmediatamente después de que el embajador del sultán abandonara el palacio mandó llamar a su favorito y consejero Concino Concini para exponerle el problema que se le había planteado con la llegada del emisario del sultán.

—El sultán Muley Zaidan nos acusa veladamente de ser los responsables de la pérdida de su rica biblioteca. Y todo por la avaricia del imbécil de Castelane. Por lo visto, desconfiaba de que el sultán le pagara lo estipulado por llevar sus libros a Agadir y no se le ocurrió otra cosa que robarlos y dirigirse a Marsella con el valioso cargamento. ¿Qué creía? ¿Que el sultán se iba a quedar de brazos cruzados mientras le robaba su preciada biblioteca? Nos ha metido en una auténtica encrucijada de la que no sé si vamos a poder salir. El sultán quiere que intercedamos ante el rey Felipe de España y que lo convenzamos para que le devuelva la dichosa biblioteca. Pero, según he podido saber, el rey no está dispuesto a retornarle ni uno solo de esos libros.

El conde de la Penna escuchó todo lo que la reina le dijo con suma atención. No se le escapaba que el problema era delicado, pues por una parte eran muchas las relaciones comerciales y políticas que Francia mantenía con Marruecos y les convenía agradar al sultán; pero, por otra, estaban los matrimonios concertados con los hijos del rey de España, al que desde luego no tenían intención de ofender.

El consejero tranquilizó a la reina, como siempre hacía cuando había problemas en la corte, y le prometió pensar en una solución que satisficiese a ambas partes.

María de Médicis, esposa del rey Enrique IV de Francia, había sido nombrada regente de su hijo Luis, a la sazón menor de edad, un día antes de que su esposo fuera asesinado. Inició entonces una política de acercamiento hacia España no sólo por intereses políticos, sino por hacer lo contrario de lo que el rey, a quien había odiado durante todo su matrimonio, había llevado a cabo hasta entonces.

Para ello concertó los matrimonios de sus hijos Luis, heredero al trono, e Isabel de Francia con Ana de Austria y Felipe, príncipe de Asturias, hijos del monarca español. Así, ese mismo año se había firmado el acuerdo matrimonial entre el que reinaría como Luis XIII y Ana de Austria. Los niños tenían diez años. El segundo matrimonio estaba aún por cerrar. Las relaciones entre ambos países eran en esos momentos más amistosas que nunca y, por nada del mundo, quería ella que ese acuerdo se truncase.

Días después, la reina firmaba la carta que se envió al rey de España, en la que se exponía el problema y la posible solución que se daba a éste y que seguramente aceptaría Felipe III.

Muley Zaidan recibió la propuesta del rey español para que le fuera devuelta su biblioteca unas semanas después. Felipe III, como le había recomendado María de Médicis, le retornaría sus libros sólo si liberaba a todos los cautivos españoles que se encontraban en Marruecos. El sultán se negó en redondo a las exigencias del rey español y le propuso a cambio un rescate por la biblioteca de ciento treinta mil escudos de oro, que éste rechazó.

La reina de Francia respiró tranquila, pues creyó haber cumplido con su deber: interceder ante el rey de España. Luego le hizo saber al sultán en una amable misiva que ella había hecho todo lo que estaba en su mano, insinuándole que ahora la devolución de la biblioteca sólo dependía de él.

Cuando el sultán recibió la embajada del rey de España en la que le exponía su negativa a aceptar el dinero, montó en cólera y mandó que expulsaran a todos los castellanos y andaluces asentados en la desembocadura del río. Sus consejeros, atemorizados, no osaban contradecirle, a sabiendas que esa orden caprichosa tendría fatales consecuencias, pues los andaluces, y sobre todo los hornacheros, habían conseguido, sin que en palacio supieran cómo, reconstruir la muralla y colocar cañones en ella convirtiendo lo que antes eran unas ruinas en un fuerte defensivo y todo sin costarle al rey ni una pieza de oro. Fue entonces, como muchas otras veces antes, cuando Alí Maliq lo convenció con escogidas y serenas palabras de que debía revocar la orden de expulsión de los andaluces.

La ira de Muley Zaidan de los primeros días dio paso a una melancolía que hizo temer a los suyos por su vida. Había días en que no se levantaba del lecho y otros que se los pasaba maquinando mil planes y propuestas para recuperar sus amados libros, que, luego, el eunuco Alí le hacía ver sutilmente con palabras dulces lo disparatados que eran. A veces se pasaba el día en la vacía biblioteca recorriendo con sus manos las desnudas estanterías y llorando como un niño ante las miradas de impotencia de sus fieles eunucos, que trataban de consolarle por todos los medios posibles. Sus catorce hijos, junto con sus cinco esposas, lo visitaban todos los días sin atreverse a decir palabra y él se limitaba a mirar a éstas y a acariciar los cabellos de los más pequeños.

—¿Dónde buscaréis ahora el saber? —preguntaba con la mirada perdida.

Ni siquiera el goce del harén lograba hacerle abandonar el estado de postración en el que lo mantenía sumido la ausencia de sus libros. Los consejeros intentaban convencerlo de que debía volver a los asuntos políticos, pues su hermano estaba aprovechando su debilidad para armar de nuevo un ejército.

Un día se encontraba en la biblioteca del palacio con la mirada puesta en los estantes vacíos cuando el fiel Alí Maliq, que se había convertido en su sombra, se atrevió a romper el silencio que reinaba en palacio desde hacía ya casi un mes.

—*Sahib* —dijo con suave voz el eunuco—, ¿por qué no mandáis que copien todos los títulos de los libros de la biblioteca? Así, esta estancia recobraría vida. Sin duda recordaréis muchos y yo también me acuerdo de centenares de ellos.

Muley Zaidan se volvió hacia el eunuco y su mirada ausente se clavó en los ojos de su servidor. Por primera vez en muchos días el sultán pareció dar muestras de que oía lo que le decían. Animado por la chispa que vio en los ojos de su señor, el eunuco siguió hablando:

—O mejor, podríamos enviar a alguien a tierras de España para que, de alguna manera, averiguase en qué lugar están los libros. Podría hacerse pasar por librero o por mercader y así acceder a ellos.

Ahora era la tímida sonrisa que apareció en los labios del sultán la que lo animó a continuar:

—Sí, ¿por qué no? Que llegase hasta ellos y copiara él todos los títulos. ¿Quién sabe? O mejor...

Cuando el eunuco acabó de hablar, las lágrimas inundaban los ojos del sultán. Tomó la cara de Alí entre sus manos y depositó un cálido beso en sus labios.

53

Palacio de Marrakech,
febrero del año de Nuestro Señor de 1612

Alí Maliq escuchó la llamada del almuédano para la oración del *Maghrib* y después de cumplir el precepto tomó el sendero de los naranjales para dirigirse al pabellón donde estaba la habitación del primer secretario de Muley Zaidan. Era la hora del crepúsculo y el frío comenzaba a notarse. Los árboles del jardín mostraban los frutos en sazón, y el eunuco se paró y saboreó gustoso una naranja. Luego se acercó al gran estanque flanqueado por una docena de surtidores en medio del cual y partiéndolo en dos estaba la suntuosa fuente de mármol. El sonido suave del agua al caer rompía el silencio de la tarde. Acercó sus manos a uno de los chorros y se estremeció al sentir el frío líquido. Vio a lo lejos a algunos criados y se apresuró a volver al sendero. Aunque a él le estaban permitidas ciertas licencias siempre procuraba dar ejemplo a los sirvientes. Le llevó un buen rato cruzar el inmenso patio; siempre que lo hacía se preguntaba qué se le había pasado por la cabeza a Al-Mansur para desear ese espacio tan inmenso que, en vez de proporcionarte frescura en el estío, te hacía sudar o empaparte por la lluvia cuando tenías que atravesarlo para llegar a alguna de las estancias al otro lado de los estanques.

Por fin, cruzó el gran arco de los siete que conformaban la entrada a las dependencias de los secretarios y ministros del sultán y llamó a una de las puertas. Oyó la voz dentro invitándolo a pasar.

Ahmad Qāsim se encontraba sentado a una mesa atiborrada de papeles y al ver a Alí se levantó y lo saludó afectuosamente en perfecta lengua árabe.

—*Assalamu alaikum*, Alí —dijo el secretario al ver al eunuco asomar la cabeza.

—*Wa alaikum assalam* —contestó Alí.

Nacido en el pequeño pueblo de Hornachos, en tierras españolas de Extremadura, por esos azares de la vida había llegado a la corte diez años antes de que sus paisanos hornacheros arribaran a aquel país.

Cuando supo de la llegada de los suyos se presentó ante ellos y les brindó su ayuda e intercesión ante el sultán. Pasado un tiempo, la ayuda les llegó en forma de ofrecimiento para que se uniesen a los andaluces que integraban y luchaban en el ejército de Muley Zaidan, que por aquel entonces se hallaba inmerso en una de las contiendas contra su hermano. Muchos hornacheros se apresuraron a tomar las armas, imbuidos por las soflamas de los hombres del sultán que afirmaban que una vez que Muley Xeque hubiese sido derrotado, el gran ejército de Muley Zaidan se dirigiría a reconquistar las tierras españolas de las que habían sido expulsados.

Los meses fueron pasando y las calamidades, el frío y las enfermedades comenzaron a hacer mella en los andaluces y hornacheros, que veían con desánimo y amargura que el día de la reconquista no llegaba. Entonces abandonaron la lucha y volvieron al poblado con sus familias y vecinos y se unieron a ellos para levantar las murallas y construir pequeñas casas de adobe.

El secretario no había vuelto al poblado y sólo tenía contacto con alguno de sus paisanos, que le había advertido que lo mejor sería dejar pasar el tiempo porque estos se sentían engañados por el que creían que iba a ser su salvador.

Él había respetado su decisión, pero siguió intercediendo ante el sultán para que éste les dejara establecerse libremente en la vieja fortaleza en la desembocadura del río Bu Regreg.

Acababa de cumplir treinta años y era un hombre vigoroso, con un rostro anguloso y unos profundos ojos negros. Su imagen hubiera encajado mejor en el campo de batalla que entre legajos y libros. Se había trasladado a Sevilla desde su pueblo natal cuando tenía quince años a estudiar leyes y enseguida entró a formar parte de los grupos de moriscos que, adeptos a la fe del profeta, comenzaban a rebelarse por los tributos y las leyes abusivas impuestos por los reyes cristianos a aquéllos. Cuando comenzaron a oírse las primeras noticias sobre la expulsión y alertado por buenos contactos de que ésta se haría efectiva tarde o temprano, convenció a su familia, que seguía en Hornachos, de que debían irse a Berbería. Vendieron los bienes raíces y se llevaron consigo dinero y joyas sin que nadie les pusiera ningún impedimento. Pronto, el joven dio muestras de su despierta inteligencia aprendiendo las lenguas árabe y turquesca. Un día fue llamado a palacio para demostrar sus aptitudes. Poco después fue nombrado secretario del sultán y entre sus funciones estaba la de viajar por el mundo buscando ejemplares raros y curiosos para la gran biblioteca de Muley Zaidan.

A Alí le gustaba hablar con el secretario. Le tenía estima y respeto y ardía en ansias de hacerle partícipe de los planes que esa misma tarde había trazado con su señor. Sabía del amor que éste tenía por los libros y aquel aciago día en que se supo la noticia de que los cristianos de Castilla habían robado la biblioteca del sultán, lo vio entristecerse y unirse al dolor de su señor.

El eunuco le contó entusiasmado el plan y al secretario se le empezaron a iluminar los ojos a medida que Alí hablaba. Tendrían que encontrar un hombre que hablara perfectamente tanto el castellano como el árabe, que fuera culto y que estuviera dispuesto a viajar al reino de España, primero haciéndose pasar por mercader árabe y, una vez en tierras de Castilla, se disfrazara de cristiano. La idea era indagar el paradero de los libros de Muley Zaidan y, una vez lo hubieran averiguado, intentar entrar en contacto con las personas que los custodiaban, ganarse su confianza y llegar hasta ellos; luego, y una vez estuvieran dentro del lugar, se las arreglarían para copiar cinco de los libros más preciados del sultán. Alí había previsto que no tardarían menos de un año en llevar a cabo el trabajo.

A Ahmad Qāsim le pareció un plan magnífico. Su espíritu soñador, junto con el verdadero afán por saber dónde estaba la amada biblioteca del sultán, le insuflaron las ansias de partir cuanto antes. Así se lo dijo al eunuco.

—Calmaos, Ahmad, el plan debe prepararse minuciosamente, pues si fracasase, la salud de nuestro señor se resentiría. Ya sabéis lo abatido que está, sólo ha recobrado la sonrisa y las ganas de vivir cuando hemos ideado el plan. Si el agua no se le da al sediento, ¿qué placer encontrará mirando el mar? —replicó el eunuco sonriendo—. Además, ésa es sólo una parte del proyecto.

Los dos hombres siguieron hablando hasta que el secretario tuvo que prender las lámparas. Cuando por fin pareció que el plan estaba perfilado, Alí preguntó:

—¿Conocéis entre vuestros antiguos vecinos de Hornachos a algún hombre que cumpla con los requisitos que hemos hablado?

El secretario se quedó pensando un momento.

—Hay muy pocos que sepan siquiera leer y escribir. He oído que el hijo del Sedero de Magacela estudió en Sevilla y conoce la lengua árabe. Es muy joven, pero dicen que es de corazón generoso y noble.

—Entonces ¿podemos hablar con él? —preguntó el eunuco con el rostro iluminado.

—No creo que haya inconveniente, aunque yo no podré ir hasta el poblado. Ya conocéis la animadversión que me tienen los andaluces y hornacheros. Si me vieran aparecer por la fortaleza me apalearían. Además, es un viaje largo. Deberíais mandar a alguno de los criados o soldados.

El eunuco negó con la cabeza.

—No, significa mucho para mi señor y quiero encargarme personalmente. Si algo sale mal, no me lo perdonaría. Además, quiero conocer en persona a ese joven. Me haré acompañar por algunos guardias para más seguridad. ¿Qué creéis que puedo ofrecerle a cambio si acepta el plan? ¿Dinero?

El secretario se quedó pensando y al cabo contestó:

—Creo que logró traerse oro, pero siempre viene bien el dinero. Aunque lo mejor sería que le ofrecieseis un trabajo, un oficio real o la autorización para que fabricase ladrillos o armas. Los moriscos de la fortaleza tienen que comprar todo lo necesario para vivir. Sí, eso es —afirmó el secretario sonriendo por la idea que se le acababa de ocurrir—: licencia para que fabriquen armas que luego podrían vender al propio sultán.

Alí Maliq se quedó pensando unos segundos y luego sonrió.

—Y hablando de oro. —El eunuco se abrió la túnica, desató la jambia que traía atada a la cintura y la colocó sobre la mesa de taracea—. Cógela. Tendréis que acostumbraros a llevarla y la protegeréis con vuestra vida, pues de ella depende la misión.

Ahmad sacó el arma de la sencilla funda de cuero que cubría la hoja y parte de la empuñadura. Lo hizo suavemente, como si temiera profanarla. Cuando hubo sacado la hoja curva sus ojos se quedaron clavados en la parte de la empuñadura que quedaba oculta por el cuero. Se volvió hacia el eunuco y le interrogó con la mirada.

—Sí, es de oro y las siete piedras que la adornan son esmeraldas. Se ha forjado expresamente para vos y para la misión que el *sahib* os ha encomendado.

Alí la tomó en sus manos y la acarició suavemente.

—Es magnífica, lástima que deba desaparecer. Pero la palabra de Alá, el Misericordioso, bien vale cualquier sacrificio. Espero, Ahmad, que vuestros paisanos moriscos os agradezcan algún día todo lo que hacéis por ellos. Y espero que en el corazón de ese joven no se halle albergada la codicia o el odio.

El eunuco se levantó dando por terminada la charla.

—*Barak Allahu feekum* —dijo haciendo una reverencia.

—*Fi Amani Allah* —correspondió el secretario.

Cuando el eunuco ya había traspasado la puerta oyó la voz del secretario.

—Ese muchacho morisco, Tristán, ¿deberá estar al tanto de todo el plan?

Alí se volvió.

—No, Ahmad. Si es tal y como dicen, se negaría. Deberá creer que va allí sólo a copiar los cinco libros.

54

Marzo del año de Nuestro Señor de 1612

La pena de Tristán contrastaba con la alegría desbordante que sentía María de Paredes, que, incapaz de contener la risa o el llanto, se aislaba en cualquier rincón de la casa para dar rienda suelta al goce que le producía saberse libre. No podía creer el vuelco que había dado su vida en apenas unos días: ella libre y Tristán también. Ahora sólo era cuestión de tiempo que el joven olvidara a Mencía. Había tenido que demostrar mucha paciencia simulando su dolor por la separación de los amantes, fingiendo que se le encogía el corazón cuando él le hablaba de la culpa que sentía por haber dejado sola a la muchacha. Pero ahora le llegaba su recompensa. Sólo tenía que esperar un poco más y él sería suyo para siempre.

Mientras María soñaba e ideaba mil planes para acercarse a Tristán y entregarle su amor, éste se martirizaba culpándose del abandono de Mencía. A veces renegaba de la Iglesia y de la Inquisición, de quienes juraba vengarse algún día. Otras, ante la escandalizada mirada de su madre, ofendía a Dios culpándolo también de su desgracia. No importaba que ésta le dijera una y mil veces que él no tenía culpa de nada, que en ocasiones Dios nos ponía a prueba y que en su infinita misericordia trazaba nuestro destino para nuestro bien. Él no atendía a razones y salía de la casa con el corazón hecho pedazos y arrastrando el alma hecha jirones. Se dirigía entonces a las murallas y allí, en una torre semiderruida, a la que todavía no habían llegado los trabajos de los hornacheros, se sentaba contemplando el mar infinito que lo había separado de Mencía para toda la vida. Luego, sus ojos se posaban en las palmeras que, como soldados alineados en la playa, parecían vigilar los barcos que arribaban hasta el pequeño puerto; le recordaban las de la huerta de Ezequiel. A veces los pensamientos más negros cruzaban su mente y pensaba en hacerse a la mar y llegar hasta la villa y arrancar a Mencía de las garras de la Inquisición. Luego, más calmado, pensaba en el sufrimiento de su madre desde que llegaron a aquella tierra extraña y de lo que supondría para ella no volverlo a ver nunca más. Había desistido de emprender la vuelta a tierras españolas; el llanto de su madre en las noches en que no podía dormir le mortificaba el alma. Pero entonces se le aparecía Mencía y le parecía que aquellos ojos tan hermosos le echaban en cara la cobardía de no ir a buscarla.

Una fría mañana de marzo, arropado en su grueso manto de lana y sentado en la vieja muralla sobre la desembocadura del río Bu Regreg, los ojos fijos en la línea blanquiazul que separaba el mar del cielo, Tristán dejaba pasar las horas con una sola imagen en su mente, la de su amada Mencía.

Era viernes y por tanto día de descanso para los moriscos, que habían tomado la costumbre de no trabajar ese día para no ofender al morabito que los espiaba desde la otra orilla. Se quedó mirando un pequeño barco que, abandonando el mar abierto, entraba en la desembocadura del Bu Regreg. Lo siguió con la vista mientras bogaba río arriba. No parecía ser un pequeño cárabo de los que se utilizaban allí en la pesca, además era viernes y ningún habitante de la medina habría salido a faenar.

Cuando la embarcación arribó a la orilla descubrió con curiosidad que se trataba de una falúa con toldilla y que bajo ésta se adivinaba una sola persona.

Se cambió de lugar para observar mejor. Dos hombres fornidos bajaban de la embarcación lo que parecía ser un palanquín y lo dejaban sobre la arena. Luego ayudaron a descender a una persona que rápidamente se introdujo en el palanquín; los criados lo levantaron y se pusieron en marcha.

Los porteadores subieron la empinada cuesta con la silla de manos hasta llegar a las murallas. De pronto, el criado que iba delante lanzó un grito y cayó al suelo sujetándose la cabeza con ambas manos y haciendo que las andas se inclinaran hacia delante.

Tristán dio un respingo y miró alrededor para averiguar el lugar desde el que habían lanzado la piedra.

En ese momento se abrió la portezuela y Alí Maliq se asomó intrigado. Sintió un impacto en su frente que lo hizo caer dentro del palanquín gritando de dolor. Una lluvia de piedras comenzó a caer desde lo alto de la muralla mientras los dos guardias corrían a cobijarse entre los escombros de las derruidas paredes.

Tristán no daba crédito a sus ojos cuando descubrió que los atacantes no eran otros que hornacheros y andaluces, y que un grupo corría ahora hasta el palanquín y lo volteaba. Tristán echó a correr también dando voces para que se detuvieran, pero ellos seguían lanzando piedras.

Cuando el hijo de Bartolomé llegó al lugar comenzó a empujarlos.

—¿Os habéis vuelto locos? ¿No veis que es algún pariente del sultán que vendrá con alguna embajada? —bramó Tristán.

Los jóvenes no se arredraron ante los empujones de Tristán.

—Tú mismo lo dices, es un pariente del sultán, el que nos engañó con el cuento de que volveríamos a nuestra tierra —gritó uno de ellos.

—¿Qué pensaréis que hará el sultán cuando se entere de que un enviado suyo o un pariente cercano ha sido apedreado, eh? ¿Sois tan necios de pensar que nos hará la vida más sencilla? Sois unos locos.

—¡No es nada más que un despreciable eunuco! —replicó el mismo joven.

—Peor para nosotros. Los eunucos son respetados y queridos por sus señores. Sin duda éste será del sultán. Más vale que desaparezcáis de aquí antes de que lleguen sus criados.

El grupo de muchachos miró hacia donde indicaba Tristán y vieron a los dos fornidos criados correr hacia allí. Cuando éstos llegaron, los asaltantes habían desaparecido.

Los criados se abalanzaron sobre Tristán y, aunque él trató de explicarles en árabe lo que había sucedido, seguían sujetándole fuertemente.

Alí Maliq se asomó a la portezuela. Su rostro estaba cubierto de sangre y su blanca mano con una gran sortija en un dedo presionaba con un trozo de su lujosa túnica una gran herida en la frente de la que no dejaba de manar sangre.

—Dejadle, me ha salvado la vida —ordenó el eunuco con voz débil.

Sobre el poblado de la fortaleza caía la tarde. Alí Maliq descansaba tumbado en una cama con la cabeza vendada con un lienzo blanco. Apenas una gota de sangre traspasaba la tela. Sus ojos se abrieron y miró desconcertado a su alrededor.

—¿Cómo os encontráis?

El eunuco se tocó la frente y palpó el vendaje. Recordó lo que había pasado.

—Estáis en mi casa. El médico os dio zumo de amapolas para que os durmierais y poder coser la herida. Era muy profunda. Vuestros criados han ido a avisar al barco de lo que ha sucedido. El médico ha dicho que es mejor que permanezcáis esta noche aquí. Mañana volverá a mirar la herida y si está bien os podréis marchar. ¿Os parece bien?

Tristán le hablaba en un perfecto árabe, lo que sorprendió al eunuco.

—Gracias por todo. Soy Alí Maliq y mi señor es el sultán Muley Zaidan. Busco al hijo de Bartolomé, el Sedero de Magacela.

Tristán miró al eunuco y luego volvió los ojos hacia su padre, que estaba atento a la conversación, aunque no entendía nada. Se volvió de nuevo hacia el hombre tumbado.

—¿Y para qué lo buscáis? —preguntó serio.

Los hermosos ojos del enviado del sultán se lo quedaron mirando fijamente, luego sonrió.

—Sois vos, ¿verdad?

Era noche cerrada cuando Tristán y Alí Maliq dieron por finalizada la larga conversación.

Cuando al eunuco le rindió el sueño, Tristán fue al encuentro de su padre, que ardía en deseos de conocer lo que habían estado tratando los dos jóvenes durante horas.

—¡Santísima Virgen! —exclamó su madre al conocer los detalles—. Es el regalo de Dios, hijo mío. Él no nos ha abandonado, vela por nosotros. ¡Alabado sea su nombre!

—Eso tienes que decidirlo sólo tú, hijo —fue la contestación de Bartolomé a la pregunta de su hijo.

—Tener la licencia de forjar armas y vendérselas al sultán sería una forma de comenzar una nueva vida aquí, padre. Y sin poner en peligro mi vida. Además, tendré que pasar por Sevilla. Buscaré a don Alfonso, seguro que no nos ha olvidado y sigue buscando ayuda.

Su madre lo miró con tristeza.

—Sí, hijo mío, ve a verlo. Dile que estamos bien, pero que no nos olvide. —Luego miró a los ojos a su hijo—. Irás a buscarla, ¿verdad?

Tristán tardó en responder: sabía que dijera lo que dijese su madre sufriría.

—Si tengo la mínima oportunidad, lo haré, madre.

Siguieron hablando durante largo rato hasta que el sueño comenzó a cerrar sus párpados y la vela se consumió por completo.

A Tristán le costó coger el sueño esa noche. Pidió perdón a Dios por haber dudado del camino que había trazado para ellos. Haría ese viaje, volvería a Magacela y traería con él a Mencía. Quizá ella ya no estuviera en poder de la Inquisición. Quizá pudiera llegar hasta la villa disfrazado. Haciendo mil planes y reconciliándose de nuevo con Dios pudo por fin dormirse con una sonrisa en los labios.

55

La tarde languidecía en el moreral cuando Tristán vio a Mencía sentada en el banco de piedra que había en la puerta de su casa. Fue hasta allí y ella se abalanzó a sus brazos y lo besó apasionadamente en los labios.

—¡Mencía, mi pequeña Mencía! —exclamó levantándola en brazos y haciéndola girar en el aire.

La joven gritó de alegría y Tristán se sintió feliz al oír la risa de su amada.

—Tristán —dijo ella una vez que él la hubo dejado en el suelo—. He soñado que nos casábamos y que teníamos cinco hijos, todos con los ojos negros como los tuyos.

El joven se quedó mirando sus profundos y hermosos ojos verdes.

—¡Ni hablar! —replicó simulando enfado.

—¿No? ¿No quieres casarte conmigo o no quieres tener cinco hijos? —preguntó ella entristecida.

Él sonrió y la besó suavemente en los labios.

—Estoy de acuerdo en todo, mi pequeña Mencía, menos en lo de los ojos de nuestros cinco hijos. Deberán ser verdes y hermosos como los tuyos.

Tristán alargó el brazo para acariciar su rostro, pero su mano traspasó su cara sin ni siquiera rozarla.

—¿Qué haces? Estate quieta, quiero acariciar tu rostro.

Volvió a acercar su mano a la mejilla, pero esta vez el cuerpo de la muchacha se desvaneció como la niebla cuando calienta el sol.

—¡Mencía, Mencía! ¡¿Dónde estás, Mencía?! —gritó desesperado.

Se despertó sobresaltado y empapado en sudor. Pasaron unos instantes antes de que se diera cuenta de que todo había sido un sueño, una verdadera fantasía fruto de la pócima de Alí.

Recordó entonces todo lo sucedido en el barco la tarde antes cuando fue requerido por el eunuco para hablar sobre los detalles del viaje a tierras españolas.

Alí Maliq volvió, como había prometido, un mes después. Sentado debajo de la toldilla en la lujosa embarcación, esperaba a Tristán con impaciencia. Sonrió al ver aparecer al joven con expresión alegre.

—Mi querido Alí —le saludó y se fundió con el eunuco en un abrazo—. ¡Qué largo se me ha hecho este tiempo! Estoy deseando embarcar, amigo mío. Cada día que pasa sin ir a buscarla aumenta mi pena.

Alí lo miró a los ojos. Se daba cuenta del sufrimiento que albergaba su alma y de que mientras esa culpa que sentía siguiera agarrada a su corazón, el dolor no se iría, ni lo abandonaría hasta que encontrara a la muchacha.

—¡Cuántas veces gritó en la pasarela mi nombre! ¡Cuántas me habrá pedido auxilio si, como sospecho, la tienen en una celda de la Inquisición!

El eunuco vio cómo las lágrimas arrasaban los ojos de Tristán, quien se dio prisa en limpiárselas con la mano.

—¡Déjalas que salgan, Tristán! ¡Déjalas que acudan a tus ojos y luego broten! Tienen el poder de atenuar el dolor, de limpiarlo, de aclararlo, como el agua de lluvia deja el cielo sin nubes tras la tormenta. Cuantas más salgan de tus ojos, más limpio quedará tu corazón. La herida que tienes se puede sanar, Tristán. Yo, sin embargo, aprendí a vivir con mis heridas y volví a ser feliz. Algunas noches, cuando no puedo dormir, me toco las cicatrices y mis ojos se nublan, pero luego el sueño me rinde y por la mañana veo que el sol vuelve a brillar y yo regreso a la vida. Tú volverás a la vida, amigo mío, volverás a sentir el sol y la lluvia, volverás a notar que tu corazón late y que quieres seguir viviendo cuando la encuentres.

—Mi herida, Alí, es el remordimiento y, aunque vuelva a ser feliz con Mencía, éste me atormentará mientras viva.

—Sé de lo que hablo, Tristán. Hubo un tiempo en que el dolor se apoderó de mi cuerpo y de mi alma. No comía, no dormía y vagaba como un espíritu por el palacio. Entonces mi señor me salvó. Me hizo ver que tenía que encontrar mi camino y lo hallé en los libros y en las plantas. El tuyo está en ese viaje a tierras de España. Eres joven y tienes la vida por delante. Mi señor te necesita y será muy generoso con tu familia. El tiempo es el mejor de los bálsamos, lento pero eficaz, el único capaz de cicatrizar las peores heridas, que son las del alma y las del corazón. Encontrarás a Mencía. Si quieres puedes verte con ella esta noche.

—¿Qué dices, mi buen Alí? ¿Es que acaso zarpamos ahora mismo?

El eunuco se lo quedó mirando y le tomó la mano.

—Yo puedo hacer que la veas, pero sólo una vez —respondió bajando la voz.

—¿Acaso vas a ayudarme a morir? —preguntó Tristán sonriendo con tristeza—. No es una mala idea, pero hasta para eso soy un cobarde.

—¡No, no, no! ¿Cómo puedes pensar en la muerte? Alá, el Misericordioso, me dio el don de conocer las hierbas para curar el cuerpo y el alma. Sólo Él puede disponer de nuestra vida.

Alí se levantó y cogió una cajita de madera bellamente

decorada. Estaban sentados bajo la toldilla y el balanceo de las aguas hizo que el eunuco casi perdiera el equilibrio. Abrió la cajita y tomó un frasquito que entregó a Tristán.

—Y recuerda —le dijo—: cuando sientas que el sueño llega a tus párpados, trae a tu mente las imágenes de los momentos más hermosos que hayáis pasado juntos.

Ahora, sentado en la cama, Tristán se decía cuán verdadero había sido el sueño, cómo había podido verla, sentirla y besarla como si realmente estuviera viva.

—¡Oh, Alí! —le dijo al eunuco a la mañana siguiente—. Fue tan real, estaba allí, besándome, riéndose... ¿Te das cuenta? Ella quería tener cinco hijos con los ojos negros y yo le decía que debían ser verdes y hermosos como los suyos. ¡Oh, amigo mío, debes darme más de esos brebajes! Necesito estar con ella todas las noches hasta que llegue el momento en que nos reunamos para siempre.

El eunuco lo miró con tristeza.

—No, Tristán, te dije que sólo te lo daría una vez. Es peligroso para tu salud y para mí. Podrían acusarme de brujería.

—Pero necesito verla de nuevo, necesito estar con ella... ¿No lo entiendes, Alí?

—Claro que sí, pero también entiendo que debes tener paciencia. Eres joven y fuerte. Y ahora dime: ¿tienes todo preparado para el viaje?

Tristán asintió con la cabeza.

—Desde el día en que me hiciste partícipe de la aventura, no ha pasado ni una sola noche en la que no me haya dormido pensando en el reencuentro. Mi madre tiene razón, Alí, Dios no nos ha abandonado, como yo creía en mi desesperación, sino que te ha enviado para que me lleves con Mencía.

—Todo a su tiempo, Tristán. Ya sabes que mi señor no se opone a que busques a Mencía, es más, los documentos que te entregaré serán muy valiosos y te permitirán recorrer todos los caminos sin que nadie sospeche que son falsos. Pero lo primero es averiguar el paradero de los libros y copiarlos. Después serás libre para quedarte el tiempo que necesites.

Cuando el sol ya se ponía en el horizonte, el joven, con renovada alegría, abandonó el barco y regresó a su casa.

56

Después de muchos meses de negarse, Catalina, acompañada de su esposo y sus hijos pequeños, se dirigió hacia el poblado de los hornacheros, donde una vez por semana tenía lugar una especie de mercado. Allí, las mujeres y los hombres de la villa de Hornachos exponían sus mercadurías hechas por ellos mismos: cestos, mesas de madera, cacharros hechos de barro amasado con las manos...

Tristán no pudo acompañarlos porque todavía estaba bajo los efectos del brebaje que Alí, después de habérselo suplicado la tarde antes, le había dado. Su madre no quiso despertarlo, pues durante toda la noche lo había oído dar vueltas en la cama y ahora, pensó, parecía haber cogido el sueño. Sin embargo, poco le duró la tranquilidad. La pócima no parecía estar surtiendo el mismo efecto que la vez anterior y el joven volvía a tener un sueño agitado.

María de Paredes también tenía decidido esa mañana pasarse por el mercado, no tenía nada que comprar, pero albergaba la esperanza de ver allí a Tristán. Aunque la casa del joven no estaba en el camino del mercado dio un rodeo para pasar por ella. Estaba entrando en la calle cuando vio a Bartolomé y su familia salir de su casa. ¿Dónde estaría Tristán?, se preguntó la joven. Quizá en vez del mercado debería ir a la muralla, seguro que lo encontraría allí como otras veces.

Al pasar por la puerta sintió deseos de entrar. Su madre le había dicho que la casa de Bartolomé era, como en Magacela, la mejor del poblado y que incluso tenía dormitorios. Empujó la puerta y entró. Las casas del poblado no tenían cerrojos, sólo un travesaño de madera que se ponía por dentro cuando sus moradores dormían. Comenzó a curiosear por la casa. Vio la estancia amplia y con una gran chimenea sin apenas adornos, pero con una bonita mesa de madera y seis sillas de las que se vendían en el mercado de los hornacheros. Alrededor de esa estancia estaban los dormitorios, dos de los cuales mostraban el interior: uno más grande, que supuso que sería de Bartolomé con un crucifico en la cabecera de la cama que Catalina se habría traído con ella, y otro más pequeño. La tercera estancia tenía la cortina echada. El corazón le dio un brinco. ¿Y si Tristán estaba allí? Se acercó temblando y sin hacer ruido descorrió la cortina.

Tristán se revolvía en el lecho preso de un mal sueño. María se acercó y miró su rostro perlado por gotas de sudor. Sacó un pañuelo y comenzó a pasarlo por su frente.

En su ensoñación Tristán creyó sentir la suave caricia de unas manos que se deslizaban delicadamente por su rostro y sonrió. Cuando sintió que las manos pasaban por debajo de su túnica abrió los ojos y creyó ver un hermoso cuerpo desnudo tendido junto a él. Intentó hablar, pero unos labios ardientes le ahogaron las palabras. Luego, unos brazos morenos y esbeltos le rodearon la cintura y tiraron con suavidad haciendo que su cuerpo se acoplara con el de una mujer. Sintió que el deseo lo inundaba y se levantó la túnica. Oleadas de placer lo invadían mientras luchaba por abrir los ojos. Consiguió entreabrir los párpados y en el sopor en que lo tenía sumido el brebaje distinguió los contornos de un hermoso rostro de mujer que le sonreía. Volvió a cerrarlos y se abrazó al cuerpo con el que tantas veces había soñado.

—Mencía, no...

Su voz volvió a quedar ahogada de nuevo por los besos. Aquellos labios ardientes se le ofrecían más reales que nunca; acarició la piel morena de un cuerpo que se estremecía de gozo y cuando por fin se abandonaron, un rayo de cordura se abrió en su mente para mostrarle que no era Mencía la que acababa de entregarse a él.

Se incorporó de un salto y miró horrorizado el cuerpo desnudo junto a él.

—¡María!

La muchacha lo miró sonriendo con los ojos llenos de alegría y el cuerpo henchido de gozo y de placer.

—¡¿Qué haces aquí?! ¡¿Cómo has entrado?! —preguntó ya recuperada por completo la conciencia y con la incredulidad reflejada en el rostro, a la vez que le cubría el cuerpo desnudo con una manta para que su visión no le recordara el nefando acto que acababa de cometer.

María sonrió satisfecha y le tranquilizó con palabras dulces, pero a medida que ella hablaba él iba siendo cada vez más consciente de la vileza que acababa de cometer y sobre todo de la traición que suponía a la memoria de su amada Mencía. Se vistió precipitadamente y le pidió a la muchacha que por favor se marchara antes de que alguien de la casa la descubriera.

María de Paredes se sentó en la cama y comenzó a llorar silenciosamente.

Tristán la miró y se avergonzó de su comportamiento. Se sentó junto a ella en el borde de la cama y le tomó la mano.

—Eres muy hermosa, María, cualquier hombre sería dichoso de tenerte siempre a su lado. Te mereces a alguien mejor que yo.

La muchacha bajó la cabeza y dejó que las lágrimas corrieran por sus mejillas.

—Me matará —dijo con voz apenas audible.

—¿Quién? —preguntó Tristán tomándole la barbilla y haciendo que lo mirara a los ojos.

—Mi padre. Si se entera de lo que ha sucedido, me matará. Y si no lo hace me repudiará como hija porque he deshonrado a la familia.

Tristán se quedó mirándola y un pensamiento cruzó su mente.

—¿Acaso eras...?

El asentimiento de María impidió a Tristán acabar la pregunta.

Abatido, se levantó de la cama y fue hacia la ventana. No había amanecido aún, pero a través de los cristales se adivinaba el frío viento de marzo. ¿Qué debía hacer ahora? Había deshonrado a una muchacha y, aunque bien era cierto que todo se debía a una terrible confusión, eso no era excusa para no aceptar su responsabilidad. Pensó en Mencía y se le hizo un nudo en la garganta. Seguramente ella no aprobaría que no asumiera lo que acababa de suceder.

—¡Jamás! ¿Me oyes? Jamás consentiré que una mi sangre a la de esos renegados.

Francisca tranquilizó a su esposo. Bartolomé era un hombre rico, todo el poblado sabía que logró llevarse consigo monedas de oro, que se había construido una casa grande porque podía comprar los materiales y pagar a canteros y carpinteros andaluces y hornacheros. Ellos no tenían nada. Tristán era el hijo mayor. Además, desde hacía unos días corría el rumor de que el sultán le iba a conceder el permiso de fabricar armas sólo porque había salvado de la muerte a un eunuco al que, según las malas lenguas, Muley Zaidan amaba más que a ninguno. Así que pronto esa familia sería aún más rica.

Alonso escuchó en silencio las razones que le estaba dando su mujer. Pensó que sin duda se había vuelto loca. Sabía de su sufrimiento desde que habían llegado, pues nada había resultado como pensaron. Los morabitos les consideraban cristianos y en la tierra de las que los habían expulsado los tenían por moros.

—¿Y la religión ya no significa nada para ti, mujer? —preguntó con cautela.

—Tristán es un hombre bueno, hará lo que le diga su esposa. Ya no estamos en Magacela, ahora los que se tienen que esconder son ellos y con el tiempo abandonarán su religión porque no hay curas que los guíen. Hazme caso, marido, ya sabes que siempre tengo razón. Será una buena boda. Todos saldremos ganando.

—¿Y los hijos? La sangre se transmite por los hombres y ese renegado es cristiano como su madre.

—No, ese renegado, como tú lo llamas, lleva la sangre de su padre, que es mora por mucho que se esconda entre rosarios y cruces.

María escuchaba detrás de la puerta la conversación que mantenían sus padres con el alma en vilo. De ello dependía su felicidad. Hacía una semana que había sucedido el encuentro con Tristán, pero hasta esa misma mañana no se lo había dicho a su madre, no por miedo a cómo pudiese reaccionar, ya que estaba dispuesta a enfrentarse a quien fuera menester por su felicidad, sino porque debía pensar muy bien en la historia que iba a contarles de cómo había yacido con Tristán en su propia casa. No podía culpar al joven de seducirla hasta conducirla al lecho, pues su padre era capaz de matarlo y, aunque así no fuera, Tristán no le perdonaría nunca la mentira, y eso era lo último que quería. Primero debía inventar una historia creíble que no comprometiera a su amor, a la vez que convencer a su madre de que casarse con Tristán era la mejor solución para la honra de la familia. Durante dos noches estuvo dándole vueltas al asunto sin poder conciliar el sueño hasta que, por fin, comenzaron a aparecer en su mente las primeras líneas de un plan. Una sonrisa de triunfo se dibujó en sus labios y con ella se quedó dormida.

A la mañana siguiente permaneció en la cama hasta que su madre, extrañada, fue al cuarto y encontró a su hija agarrándose el vientre, transida de dolor y casi sin poder hablar. Alarmada, fue a buscar al médico, Benito Pinto, que palpó con pericia a la joven ante la mirada de angustia de la madre y luego tranquilizó a ambas diciéndoles que era dolor de riñón porque seguramente tendría piedras o arenillas. Era, junto con el del parto, explicó, el dolor más fuerte que se podía sufrir, pero sólo le duraría dos o tres días y luego se iría tan repentinamente como había aparecido. Así que le dijo que tomara infusiones de altramuces e hinojo para ayudar a expulsar las arenillas. Después sacó de una bolsita de tela una botellita con zumo de amapolas y le indicó que sólo tomara una cucharada si el dolor se hacía insoportable. Al día siguiente, Fátima siguió quejándose y le contó a su madre que había tenido que tomar el preparado del médico. Durante los días siguientes, cuando creyó que ya había dado suficientes muestras de que el zumo de amapolas le turbaba el conocimiento, le contó a su madre lo sucedido con Tristán. Había salido de casa al atardecer y lo único que recordaba era haberse despertado en casa de Bartolomé junto a su hijo. Sólo en una cosa dijo Fátima la verdad: el hijo de Bartolomé estaba bajo los efectos de una droga.

—¡Jamás! —exclamó Alonso después de haber escuchado las palabras de su mujer—. Prefiero seguir viviendo en mi pobreza que revolverme con esos perros cristianos. ¿Ya has olvidado, mujer, con cuánto desprecio nos trataban en los últimos meses? Yo no. Por sus curas, por sus malditos curas estamos aquí. ¿Y ahora quieres que trate como pariente a Bartolomé, que renegó del profeta? Nunca, ¿me has oído bien? Nunca. Antes prefiero ver a mi hija muerta.

A medida que su esposo hablaba, a Francisca se le iba subiendo la congoja a la garganta hasta casi impedirle respirar. ¿Cómo decirle que no tenían más remedio que casar a Fátima? ¿Que su hija había yacido con Tristán y que si Alá, el Misericordioso, no lo remediaba a estas horas llevaba ya la semilla del cristiano en su vientre! «¡Qué falta me haces, Anisa!», pensó recordando a la Qabila.

—Alonso —comenzó a hablar tímidamente—. Fátima y el hijo de Bartolomé han de casarse.

Los ojos del Hortelano se clavaron en los de su esposa como puñales y por primera vez Francisca sintió miedo de él.

—¿Tengo que saber algo más? —preguntó arrastrando las palabras.

Francisca tragó el nudo que volvía a atenazarle la garganta.

—No, no hay nada. Lo decía porque nuestra hija va a sufrir mucho. Son jóvenes y se aman.

—Ya encontrará a otro a quien querer. Uno de los nuestros, que siga las enseñanzas del profeta. Y se acabó la conversación.

Las fatídicas palabras de su padre llegaron a Fátima como un eco lejano a través de la puerta y sintió que su mundo se desmoronaba, que la vida feliz que había soñado un momento antes acababa de deshacerse como la escarcha con el sol de febrero.

57

Tristán no se lo contó a su madre. Llevaban casi un año viviendo en Berbería y ella todavía no se acostumbraba al calor de esas tierras y a la humedad de la cercanía del mar. Se negaba a comprar ropas y enseres y a aprender alguna palabra de la lengua de sus huéspedes por temor a olvidarse de quienes eran.

—Tenemos una patria, una lengua y una religión y jamás renunciaremos a ellas —les hacía repetir a su familia cada noche antes de irse a dormir y después de haber rezado todos juntos las oraciones que aprendió de niña.

Pero los meses fueron pasando y, aunque Catalina aún lloraba alguna noche acurrucada en el pecho de su marido, la serenidad se iba adueñando poco a poco de su alma y, a veces, Bartolomé la sorprendía canturreando alguna canción de la villa mientras encendía la chimenea o aviaba la comida. Él sabía que había sufrido mucho y que seguía sintiendo la ausencia de sus parientes y la lejanía de la villa como una losa que le oprimía el corazón. Por eso cuando la oía entonar esas canciones se le humedecían los ojos y daba gracias al cielo.

A la mayor conformidad de Catalina contribuyó el paso del tiempo, pero también la casa en la que ahora vivían. Durante casi tres meses habían compartido un cuarto con una pareja joven de moriscos andaluces y con sus cinco hijos. El llanto de los niños, los jadeos que el fogoso matrimonio dejaba escapar por las noches, el sueño agitado de sus hijos y la pena que sentía habían estado a punto de hacerle perder el juicio. Pero luego Bartolomé, Tristán y algunos moriscos andaluces comenzaron a construir la casa en la que ahora empezaba a vérsela feliz. No tenía nada que ver con la de Magacela, pero el Sedero no reparó en gastos e hizo traer de los pueblos vecinos todos los materiales necesarios, contrató a alarifes andaluces que levantaron los muros de tapial en pocas semanas, encalaron las paredes y tabicaron los espacios hasta hacer de la construcción un lugar habitable y cómodo. Por eso el joven tenía miedo de que la noticia volviera a hundir a su madre en la negrura del pozo en el que había estado sumida durante meses. Además, su madre se aferraba a la religión para soportar el destierro y todas las tardes rezaba el rosario con mucha más devoción a cómo lo hacían en la villa. Saber que su hijo se casaría con una mahometana le partiría el corazón.

Por eso fue su padre el que lo escuchó aquella mañana en la que su madre había ido a por agua a la fuente. Allí se encontraba con otras mujeres de Magacela, de otras partes de Andalucía o del reino de Valencia y que, como ella, eran cristianas viejas que habían seguido a sus maridos moriscos hasta aquellas tierras de infieles.

Cuando Bartolomé escuchó lo que su hijo le contó, lo primero en lo que pensó fue en su esposa. No le recriminó su conducta, ni siquiera le dijo una palabra ofensiva. Sabía lo que Tristán estaba sufriendo por Mencía, pues se creía culpable de todo lo sucedido a la muchacha.

—Dígame algo, padre —le rogó Tristán.

Bartolomé sintió una pena infinita por su hijo. Era el que más había padecido desde que salieron de Magacela y todavía lo veía arrastrar su dolor hacia la muralla, que se había convertido en su propio valle de lágrimas.

—Dios sabrá por qué ha permitido esto, hijo —habló por fin —. Ahora vamos a pensar en cómo se lo vamos a decir a tu madre.

Pero los días fueron pasando y ni el padre ni el hijo encontraron el momento oportuno para decírselo.

Una semana más tarde de lo sucedido entre María de Paredes y Tristán, Alonso, o Ibrahim, como se hacía llamar desde que llegaron a Berbería, llamó a la tosca puerta de la casa de Bartolomé. Catalina se sorprendió al ver al Hortelano. Aunque todos los moriscos de Magacela habían construido sus casas en la muralla norte pegadas a un reconstruido lienzo, pronto las familias comenzaron a agruparse según fueran cristianos o siguieran las enseñanzas de Mahoma. Según los primeros, la culpa era de «los otros», nombre que usaban para referirse a los que no seguían su religión, que en cuanto llegaron a las tierras de sus antepasados se quitaron la careta y se mostraron como siempre habían sido, mahometanos fieles a Alá.

Alonso de Paredes creía a Catalina enterada de lo que había entre sus hijos y, aunque en un primer momento estuvo tentado de tratar el asunto con ella, preguntó por Bartolomé. Además, no quería hablar demasiado con esa mujer orgullosa, que todavía los miraba por encima del hombro porque era cristiana vieja. La esposa del Sedero le dio a entender que todos los asuntos los trataba su esposo con ella y entonces le soltó a bocajarro:

—Si vuelvo a ver a Tristán cerca de mi hija, lo mato. ¿Lo has oído bien, mujer? Díselo, lo mato. ¿Qué pensabais, que porque tuvierais dinero podrías revolver vuestra sangre con la nuestra?

En un primer momento Catalina no sabía de qué le estaba hablando, qué tenía Tristán que ver con su hija; pero a medida que Alonso hablaba se iba formando en su mente una idea atroz: que Tristán, su hijo del alma, se había enamorado de María. Tuvo que apoyarse en el quicio de la puerta porque una náusea le subía del estómago y estuvo a punto de desmayarse.

Cuando más tarde Bartolomé y sus hijos volvieron y la encontraron tumbada en la cama se asustaron, hasta que ella, con la voz rota por el dolor, se dirigió a Tristán:

—¿Por qué no me lo contaste, hijo? ¿Por qué he tenido que saber lo que pasa en mi casa por bocas de extraños?

En la oscuridad de su alcoba, sin poder dormir, Catalina meditaba sobre las palabras del Hortelano y las de su hijo. Tristán le había confesado que no la amaba, que su corazón seguía siendo de Mencía, a la que muy pronto vería. Estaba claro que el comportamiento de su hijo era reprochable, aunque estuviera bajo el efecto de la droga de Alí. Un escalofrío le recorrió el cuerpo al recordar la amenaza. Ahora comprendía más que nunca que el viaje que Tristán estaba a punto de emprender y que le llevaría lejos de María era un regalo enviado por Dios.

58

Finales de marzo del año de Nuestro Señor de 1612

La idea de hacer el viaje que le había propuesto Alí insufló nuevas energías a Tristán, que no veía el momento de partir, sobre todo después de la amenaza del Hortelano. Esa noche, como todas desde que conoció a Alí, planeaba cómo llegaría a Magacela. Se alojaría en Campanario o en Villanueva de los Freires, los pueblos cercanos, haciéndose pasar por un comerciante rico de Sevilla, pues así constaría en las cédulas que le entregaría Alí. Desde allí enviaría recado a Francisco, el único morisco que se había quedado en el pueblo.

La falúa de Alí volvió por tercera vez al pequeño puerto en la desembocadura del río Bu Regreg. Esta vez el eunuco venía acompañando de Ahmad Qāsim, el secretario del sultán. Tenía que darle a Tristán las últimas instrucciones para la gran empresa que debía acometer junto con el secretario, pero sobre todo quería abrazar a su amigo y desearle paz en su viaje.

Tristán se despidió de sus padres y sus hermanos pequeños con la alegría reflejada en el rostro.

—Que Dios te bendiga, hijo mío. Vuelve pronto con Mencía —le dijo enjugándose las lágrimas con un lienzo.

Tristán y Ahmad congeniaron rápidamente. El hijo de Bartolomé se sentía feliz por poder emprender el viaje que le llevaría junto a Mencía; sin embargo, nada más poner pie en el filibote *Santiago el Mayor* recordó los gritos de Mencía pidiendo su ayuda y cómo su padre le gritaba, a su vez, que si iba en pos de la muchacha la condenaría a muerte. Mencía..., ¿y si la tenía la Inquisición? Su padre le había dicho muchas veces que se procurara la ayuda de don Alfonso y que no intentara hacer nada por su cuenta porque todo lo relacionado con el Santo Oficio era peligroso. También le entristecía el recuerdo de María, que, burlando la vigilancia de su padre, corrió hasta el pequeño puerto y le suplicó llorando que la llevara con él, que por su amor se haría cristiana, pero que no la abandonara. Ahmad notó que su compañero empezaba a dejarse llevar por la tristeza, así que se puso manos a la obra y sus chanzas y burlas hicieron más llevadera la travesía.

Al tercer día de viaje arribaron al puerto de Sevilla. Cuando Tristán contempló desde cubierta el Arenal no le pareció el mismo lugar en el que hacía algo más de un año había pasado los momentos más dolorosos de su existencia; un muladar en el que miles de personas exhaustas se hacinaban en espera del barco que las llevaría lejos de las tierras cristianas; el mismo lugar en el que había visto a Mencía por última vez. La voz de Ahmad Qāsim conminándolo a abandonar el barco le sacó de sus cavilaciones. Bajaron por la bamboleante pasarela vestidos con costosas ropas de caballero y se dirigieron seguidos de los portadores de sus equipajes a las atarazanas para contratar un coche que pudiera llevarlos a alguna posada decente. A aquella hora de la tarde, el fondeadero y el Arenal estaban casi desiertos y, aunque era marzo, el sol calentaba y los pocos cargadores que se veían se habían refugiado a la sombra de las barcas varadas en espera de algún buque para descargar.

—La mejor posada a la que los puedo llevar es la del Laurel, es cara, pero si vuestras mercedes lo pueden pagar no hay otra como ésa. Limpia como los chorros del oro y la comida es buena y abundante. Además, con estos calores, en el patio emparrado se está de maravilla —les informó el cochero cuando los dos jóvenes se hubieron acomodado en el vehículo.

—Sea —contestó Ahmad Qāsim.

—No, llévanos a otra que sea también buena.

El secretario se quedó mirando a su compañero de viaje, pero éste se limitó a entrar en el coche. Tristán estuvo a punto de contarle que conocía muy bien la posada del Laurel, a Malolila, su dueña, y a su hija, y que el cochero tenía razón porque no había posada más limpia y decente y que sus empanadas de carne no había quien las igualase en Sevilla y que si iban allí ésta los reconocería y se pondría a dar gritos de alegría y... Pero la sola mención de la posada le había sumido de nuevo en la tristeza y no dijo ni una sola palabra. Ya se lo contaría en otro momento. Ahmad Qāsim respetó su silencio.

TERCERA PARTE

59

Camino de Sevilla,
finales de septiembre del año de Nuestro Señor de 1611

El joven jinete presintió el peligro antes de que sucediese nada. Vio las sombras escabullirse entre unos arbustos a la vera del camino y temió lo peor. Miró hacia atrás por si aparecía algún caminante o arriero, pero nada se veía en lontananza. Dudó entre dar la vuelta o seguir hacia delante.

—¡Agárrate fuerte! —gritó al niño que lo acompañaba a la grupa a la vez que azuzaba al caballo, que se lanzó al galope.

Apenas habían recorrido un trecho cuando de pronto el animal se hincó de patas y tiró su carga por los aires.

Sangrando por una rodilla y paralizado por el miedo, el jinete oyó las risotadas de los dos hombres que se acercaban por sendos lados del camino. Mientras, el niño se había arrastrado hasta enderezarse y en un acto de valentía había sacado su honda y había comenzado a lanzarles piedras.

El joven seguía tumbado en el camino y, de pronto, vio el bonete en el suelo, reaccionó a tiempo y se lo colocó impidiendo que su melena se desparramase por sus hombros cuando el hombre ya casi estaba a su lado.

El más fuerte se acercó a él y lo cogió de un brazo.

—¡Tú, estate quietecito y no te pasará nada! —dijo mostrando sus dientes podridos.

El olor fétido de su aliento casi hizo vomitar a Mencía. Temblando de miedo se levantó y empujó al hombre, que, sorprendido por el movimiento del que creía un muchacho, trastabilló y cayó al suelo. Hizo amago de correr hacia el niño, que en ese momento acababa de lanzar una piedra acertando en la frente al otro salteador. El hombre gritó de dolor y se lanzó en persecución del niño que ya corría campo a través.

—¡Corre, Alonsillo, corre, huye y pide ayuda! —chillaba Mencía antes de que su voz fuese silenciada por un bofetón que le propinó el salteador.

—¡Si no te estás quieto, te mato! —lo amenazó el hombre, que comenzaba a perder los nervios.

Mencía miró hacia donde Alonsillo corría acosado por su perseguidor. De pronto, el niño se paró, recogió una piedra, la puso en su honda y la lanzó. El impacto de la pedrada detuvo al hombre en seco, que se llevó la mano a la cabeza y la retiró llena de sangre. Enfurecido como un animal herido, se lanzó con nuevos bríos hasta que logró darle alcance. Lo cogió de un brazo, lo zarandeó y le dio un puñetazo que hizo que el niño empezara a sangrar por la nariz.

—¡Te mataré, pequeño demonio! —gritaba fuera de sí sintiendo la sangre correr por su cara.

Alonsillo intentó zafarse de las manos que lo sujetaban fuertemente, pero el salteador le propinó tal puñetazo que el niño cayó hacia atrás y su cabeza chocó contra una piedra. El hombre se quedó quieto, espantado al ver el gran charco de sangre que se estaba formando alrededor del cuerpo.

Asustado, echó a correr hacia donde había dejado a su compañero, que ya había maniatado a Mencía y se disponía a registrar sus ropas en busca de la bolsa con los dineros.

—¡Vámonos, deprisa, antes de que venga la Santa Hermandad!

El otro lo miró perplejo.

—¿Qué ha pasado con el niño?

—Está muerto, ¡vámonos, te digo!

Y echaron a correr, desapareciendo entre los arbustos.

Mencía, sentada en el suelo con las manos atadas a la espalda, permaneció inmóvil unos instantes. Cuando pudo reaccionar, se incorporó y echó a correr por donde había visto desaparecer a Alonsillo. Empezó a gritar su nombre cada vez más fuerte, mientras que las palabras del hombre («Está muerto») se iban abriendo camino en su mente embotada.

Lo divisó tendido al lado de una gran piedra y corrió hacia él. Se arrodilló junto al cuerpo inerte del niño y miró sus ojos abiertos y sin vida. La angustia y el dolor le nublaron la vista haciendo que la carita del niño se le apareciera desdibujada. Restregó sus muñecas en una piedra hasta lograr que las ligaduras se rompiesen. Comenzó a notar como la sangre caliente y espesa corría por sus manos. Cogió a Alonsillo en brazos y lo meció como si fuera un niño de cuna, abrazándolo y cubriendo de besos mezclados con lágrimas su cara pálida.

Cuando por fin pudo hablar lanzó un grito desgarrador que retumbó en todo el camino:

—¡Asesinos, asesinos! ¡Ayudadme, socorro, asesinos!

Depositó el cuerpo de Alonsillo en el suelo, le cerró los ojos y lo tapó con la propia capa del niño. Un llanto silencioso y doloroso le brotaba desde lo más hondo de su ser, mientras que la acedia le atenazaba la garganta impidiéndole respirar.

No supo cuánto tiempo había permanecido así, pero cuando se levantó y volvió al camino por si veía a alguien, el sol se estaba ya ocultando.

Se sentó al borde del camino y pidió a Dios que alguien la socorriera; no podía irse, dejando el cuerpecito solo en poder de las alimañas. Sintió que el miedo la paralizaba y volvió a llorar desconsoladamente. ¿Qué le diría a Domingo Tomás, el padre de Alonsillo, si alguna vez volvía a verlo? Ella y sólo ella era la culpable de lo que le había sucedido; no debía haber dejado que la acompañara y exponerlo a todos los peligros de un camino tan largo. Se sobresaltó cuando notó un golpe en la espalda. Alarmada, se volvió y vio a la yegua, que la saludaba con un relincho. En su pena, Mencía sonrió.

—¡Manchas, qué alegría, por lo menos tú no me has abandonado!

Tomó a la yegua de las riendas y volvió a sentarse a la vera del camino. No tardó en divisar a dos frailes que cabalgaban tranquilamente en sendas mulas. Al reconocer el hábito, Mencía comenzó a temblar. No era fácil olvidar el tiempo que había pasado en la cárcel inquisitorial de Llerena. El alba blanca y la capilla y esclavina negras no dejaban lugar a dudas de quiénes eran: dominicos, frailes de la Inquisición. Mencía pensó en huir, correr todo lo que pudiera y escapar, pero luego recordó que a unos pasos de allí yacía Alonsillo muerto y se avergonzó de su cobardía y egoísmo. Al fin y al cabo, eran unos hombres de Dios que la ayudarían a darle cristiana sepultura y rezarían por él. Era lo menos que le debía al niño. Así que se levantó y fue hasta ellos.

60

3 de octubre del año de Nuestro Señor de 1611

El veranillo de San Miguel parecía durar más de lo habitual y, aunque ya estaban a principios de octubre, el día había amanecido caluroso.

Mencía se levantó antes del amanecer y no esperó a ningún arriero como venía haciendo desde que dejó a los frailes y a los vendimiadores. Se despidió de la posadera y se preparó para el viaje. Sólo faltaban tres leguas para llegar a Sevilla y quería recorrerlas antes de que el sol calentase demasiado. Sabía, porque lo había oído en las posadas, que las últimas leguas hasta llegar a las ciudades eran las más seguras porque eran las más concurridas: arrieros, comerciantes, gentes de los pueblos vecinos que se acercaban a vender sus mercadurías llenaban el último tramo de los caminos. Por eso no le importó hacerlo sin compañía. A pesar de la tristeza que arrastraba por la muerte del niño, se sentía feliz por finalizar una parte de su viaje.

Cuando ya con el sol en lo alto divisó la torre de la Giralda, dio gracias a Dios y se quedó contemplando unos instantes aquel monumento que parecía llegar hasta el cielo. Con el corazón golpeándole el pecho azuzó la yegua y llegó a la puerta de Carmona. Tuvo que hacer cola ante unos cuantos hortelanos rezagados que, con sus carros atiborrados de hortalizas, esperaban pacientemente para pagar el tributo que les permitiera llegar a tiempo al mercado del Salvador para vender allí sus productos.

Un gran número de menesterosos, pordioseros y vagabundos se apretujaba junto a la muralla gritando sus desgracias para conmover a los corazones generosos.

Cuando logró entrar, se dejó llevar por la riada de gentes, bestias y carros y a punto estuvo de perder la yegua, que llevaba del ronzal. El sonido de las campanas de las iglesias tocando a difuntos la distrajo.

—¡Mira por dónde andas, muchacho! —le gritó un hombre con un cesto lleno de gallinas.

Apretó la rienda de Manchas y se internó en la concurrida calle de San Esteban para buscar la posada de la que le había hablado Francisco, pero cuando llegó se encontró con dos tablas en aspa clavadas en la puerta. Mencía se quedó mirando la casa sin saber qué hacer.

—Hace más de un año que murió el viejo Simón, pero si buscas posada, un poco más adelante, en la calle de los Tintes encontrarás una buena y barata.

La información que le había dado el hombre resultó ser cierta y la joven, después de negociar un precio razonable por un cuarto y un sitio en la cuadra y cebada para la yegua, pudo por fin descansar tranquila.

A primera hora de la tarde y con el cielo amenazando tormenta se dirigió a la plaza de San Francisco, donde, según le había informado el posadero, vivía don Alfonso de Silva.

—Por cierto, señor Eustaquio —preguntó la muchacha cuando salía—, ¿siempre tocan tanto las campanas en Sevilla?

—Debes de ser el único en toda la ciudad que no lo sepa, muchacho. Ha muerto la reina Margarita.

Mencía se quedó parada en el quicio de la puerta.

—¡Que Dios la tenga en su gloria! —acertó a decir, por fin.

—Seguro que la tendrá, porque era una reina muy piadosa y muy generosa con los pobres.

—¿Y esa desgracia tiene mucho que ver con Sevilla? —inquirió, temiendo que sus planes sufrieran alguna modificación.

—¿Que si tiene que ver? Todos los nobles andan como locos preparándose para viajar a la corte a presentar sus condolencias al rey.

—¡Ay, madre mía! —exclamó Mencía y salió corriendo de la posada.

Después de preguntar varias veces y de perderse por entre las callejuelas otras tantas, por fin enfiló la calle Sierpes, que la llevó a la misma plaza de San Francisco. Se quedó mirando la gran plaza empedrada y rodeada de soportales y comenzó a andar fijándose en los talleres de plateros, sombrereros y otros pequeños artesanos que trabajaban allí, algunos en las puertas de sus talleres. A esa hora de la tarde los cambistas que solían pulular por la plaza ya habían vuelto a sus casas y pocas personas transitaban por allí. Sin embargo, la plaza estaba llena de aljameles y arrieros que llevaban a sus animales de carga para que bebiesen en la gran fuente de la plaza, así como de aguadores llenando sus cántaros de agua para venderlos a la mañana siguiente.

Buscó la casa de don Alfonso y se quedó mirando las recias puertas de madera tachonadas con relucientes clavos de latón. Se tuvo que empinar para alcanzar la gran aldaba de bronce pulido que representaba una esbelta mano sosteniendo una bola.

Al cabo de unos instantes, que a la muchacha se le hicieron eternos, se abrió una ventana en el primer piso y apareció una mujer.

—¿Qué quieres? Aquí no damos limosnas, ve a la Cofradía de la Caridad.

—Perdone, señora, ¿vive aquí don Alfonso de Silva?

A la mujer, que no era otra que una de las criadas de la casa, le gustó lo de «señora» y suavizó el tono.

—No está. ¿Quién pregunta por él?

Mencía repasó durante unos segundos lo que había ensayado docenas de veces:

—Me llamo Juan de la Peña y vengo de Magacela, en tierras de la Extremadura. Me envía mi padre Bartolomé para hablar con don Alfonso sobre sedas.

La criada pareció entenderlo.

—Como te he dicho, don Alfonso no está. Él y su esposa salieron esta mañana acompañando al duque de Osuna hacia la corte para asistir al funeral de la reina, que Dios tenga en su santa gloria.

Mencía se quedó mirando a la mujer como si no hubiera entendido lo que aquélla acababa de decir.

—¿Me has oído, muchacho?

Sí, lo había oído. Don Alfonso, la única persona que podía ayudarla, no estaba en la ciudad y ella estaba sola en un sitio extraño, sin conocer a nadie y temiendo que en cualquier momento alguien descubriera su identidad y la denunciara a la Inquisición.

Al ver la consternación que sus palabras habían producido en el joven, la criada sintió lástima y siguió hablando:

—Pero no te preocupes, volverá dentro de dos semanas y entonces podrás hablar con él.

¡Dos semanas! ¿Y qué iba a hacer ella en Sevilla durante todo ese tiempo? Se le acabaría el dinero y entonces ¿qué haría?

Sacó fuerzas para despedirse de la criada y se marchó con la tristeza metida en el corazón y la angustia oprimiéndole la garganta.

No quería volver en ese estado de abatimiento a la posada, así que, dejándose llevar por sus pasos, erró por las callejuelas hasta que, dándose cuenta de que anochecía, preguntó por la calle de los Tintes y se dio prisa en volver.

61

A pesar del disgusto que había supuesto conocer la ausencia de don Alfonso, Mencía durmió de un tirón las primeras horas de la noche. Se despertó sobresaltada por las escenas de una pesadilla en la que veía a Alonsillo en el fondo del arroyo suplicando que la ayudara. Ella estaba sentada en la orilla mirando cómo se hundía sin hacer nada por salvarlo. Se levantó empapada de sudor y se acercó a la ventana. La torre de una iglesia lejana se dibujaba recortada por la luna, que brillaba en un cielo cuajado de estrellas. ¿Dónde estaría viendo ahora Tristán la misma luna?

Notó que le faltaba el aire y abrió los postigos. ¡Cuántas cosas habían ocurrido en tan pocos meses! ¡Y cuántas más en tan pocas horas!

El rostro ensangrentado de Alonsillo se le representó cómo si lo estuviera viendo y la pena y el desconsuelo volvieron a adueñarse de su corazón. ¡Cuánto deseaba el niño reencontrarse con su padre!

Su mente volvió a la fortaleza y a los días previos a su huida.

Pensó una vez más en el cambio experimentado por doña Elvira a raíz de la vuelta de su viaje a Llerena. La hidalga comenzó a interesarse por sus lecturas o por su salud cuando se encontraban a solas. Al principio la muchacha creía que era una nueva táctica y esperaba la humillación, pero ésta no llegaba. Luego se fue acostumbrando a sus saludos amables y sus tímidas sonrisas hasta que una tarde en la terraza le preguntó si aún deseaba reunirse con los suyos y le brindó su ayuda.

Mencía no pudo responderle porque doña Elvira se dio la vuelta y bajó las escaleras precipitadamente, pero notó que sus palabras eran sinceras y que no contenían ni un ápice del rencor que encerraba antes su voz cuando le hablaba. No sabía qué había pasado en Llerena, pero cada vez estaba más segura de que en aquel viaje tuvo que suceder algo que cambió la forma en que la trataba.

Dos días después de la conversación en la terraza, doña Elvira llamó a la puerta del cuarto de Mencía.

—Necesito hablar contigo sobre tu partida. Mi hermano pasará la mañana fuera y podemos hablar tranquilas.

Entonces comenzó a contarle su plan. No podía huir así, sin más ni más, porque don Juan removería cielo y tierra hasta encontrarla. Tenía que desaparecer. Y la única manera era hacer ver que había muerto.

Mencía la escuchaba sin poder dar crédito a sus palabras.

—Pero mi muerte..., bueno, mi supuesta muerte quizá haga sufrir a don Juan, y yo no querría por nada del mundo añadir más dolor al que está soportando al verme loca y no poder casarse conmigo.

—Mencía, a veces la vida sólo te muestra dos caminos: tu propia felicidad y la de los demás. Hay que ser muy valientes para tomar el primero de los senderos.

La joven se fijó en la tristeza con la que había hablado.

—Y vos elegisteis el segundo, ¿verdad? —se atrevió a afirmar.

La dama se la quedó mirando y sonrió tristemente.

—Sí, yo elegí el segundo porque no fui capaz de enfrentarme a los que se oponían a mi felicidad. Me costó mucho tiempo darme cuenta de que opté por el camino equivocado. Pero ya no hubo remedio.

—Pero Dios o el destino nos puede regalar otra oportunidad y vos estáis a tiempo de...

—No —la interrumpió la hidalga—. Cada historia tiene su momento y remover el pasado sólo puede traernos más dolor. Pero, bueno, vamos a centrarnos en el plan.

Lo tenía todo previsto. Saldría antes del amanecer con Volador hacia el camino del río. En el molino de Domingo Tomás, que estaba abandonado, encontraría atada una yegua joven y veloz, Manchas. En las alforjas dispondría de ropas de varón y dinero. Debería cambiarse y tirar sus vestimentas al río para simular que se había ahogado. Tenía también un plano para llegar hasta Sevilla y las ventas en las que debería pernoctar.

—Es un largo camino, Mencía, e incluso para un muchacho joven, que es lo que parecerás, no estará exento de peligros. En las ventas siempre hay arrieros, frailes o personas que viajan en grupo para ir más seguros. Únete a ellos. Si alguien te pregunta, eres el hijo de un hidalgo que se dirige a Sevilla para embarcar hacia las Indias a reunirse con su padre porque acabas de enterrar a tu madre. Las penas conmueven a la gente y te ofrecerán su ayuda.

Mencía escuchaba con atención a doña Elvira. Su ánimo variaba según las palabras que ésta le decía. Así, del temor que le producía viajar sola por esos caminos de Dios pasaba a la tranquilidad de saber que podía unirse a gentes que la protegerían si los asaltaban.

La imagen de doña Elvira con los ojos anegados en lágrimas despidiéndola y preguntándole si podía abrazarla la conmovieron tanto como la extrañaron.

Mencía seguía mirando la noche estrellada y rememorando aquel día. Sus párpados comenzaron a cerrarse y volvió al lecho. Sería mejor que durmiera el resto de la noche. Al día siguiente debía estar bien despierta para andar por las calles de una ciudad desconocida.

62

Un estruendo de campanas comenzó a sonar al unísono con un doble lastimero de difuntos haciendo que las bandadas de estorninos cubrieran el cielo con sus plumajes oscuros y sus trinos estridentes.

Mencía se despertó sobresaltada y durante unos instantes no supo dónde se hallaba hasta que fue tomando consciencia de que estaba en la posada.

Después de asearse y de comer algo de pan y queso que aún le quedaba, se puso a pensar en lo que haría hasta la vuelta de don Alfonso. Decidió ir al puerto para averiguar cuánto le costaría el viaje a Berbería y cuándo podría embarcarse.

La sola idea de poder encontrarse pronto con Tristán le devolvió por un instante la alegría.

Cuando ya estaba en la calle, un pensamiento la sobresaltó. Había estado a punto de cometer una locura. Si iba al puerto diciendo que quería ir a Berbería pensarían que era un morisco huido de la justicia y que, arrepentido, quería marcharse con los suyos. La considerarían una prófuga y, como tal, la condenarían a la pena de muerte. Sintió un estremecimiento sólo de pensarlo. Además, el puerto únicamente le traería el doloroso recuerdo de Tristán gritándole desde la proa del barco mientras la arrastraban los guardias.

Logró sobreponerse y entonces recordó lo que le había dicho el posadero sobre la muerte de la reina Margarita y entró en una iglesia cercana. El templo estaba abarrotado y el olor dulzón del sudor mezclado con el de la cera y el incienso hacían el aire irrespirable. Preguntó a una anciana si se rezaba por la reina y ésta le informó de que, a esa hora, la del ángelus, se estaban diciendo misas en todo el reino por el eterno descanso de Su Majestad. Mencía miró sorprendida cómo hombres y mujeres con lágrimas en los ojos oraban con devoción por una reina a la que no habían visto jamás. Se dejó llevar por la emoción y se arrodilló para unirse a los rezos.

Al finalizar el acto religioso, contagiada por una multitud de mujeres que daban rienda suelta a sus llantos, Mencía lloró por la reina muerta.

Los sevillanos, al igual que todos los habitantes del reino, estaban consternados por la repentina muerte de la joven y culta esposa de Felipe III.

Margarita de Austria-Estiria se había casado por poderes con su primo, el entonces príncipe Felipe, y en contra de todos los pronósticos fue una reina amada y deseada por su esposo, al que había dado siete hijos. Desgraciadamente, tres días después del alumbramiento del octavo y, como resultas de unas calenturas, le sobrevino la muerte. En los diez años que duró su matrimonio se hizo respetar por sus súbditos, que veían en la joven reina extranjera a una inteligente y firme opositora a los desmanes del duque de Lerma y de su familia, que, ante los ojos de todos, dirigían el reino a su antojo y se habían ido enriqueciendo hasta atesorar una fortuna comparable con la del propio rey.

No obstante, esta oposición le granjeó a la reina la enemistad del todopoderoso valido, que intentó una y otra vez, sin conseguirlo, enfrentar a los esposos.

La repentina y temprana muerte a los veintiséis años y la

sospecha de que pudiera haber sido envenenada por alguien cercano al círculo del valido convirtieron el suceso en un trágico acontecimiento que no sólo había paralizado y llenado de tristeza a la corte, sino a todo el reino.

Dejándose arrastrar por el gentío, Mencía fue a parar a las gradas de la catedral de Santa María. Allí, se quedó mirando el conglomerado de gentes de distintas clases sociales y por primera vez desde que llegó a Sevilla sintió miedo: caballeros, mercaderes, esportilleros, hampones, pícaros, bravucones y busconas, además de un buen número de lisiados, pululaban por los aledaños de la catedral de Santa María y se adentraban por la calle del Mar, que daba a la puerta del Arenal, y por la calle de la Mancebía. Las voces de los comerciantes, corredores y cambistas que hacían pasar la mercancía de unas manos a otras, cambiaban monedas extranjeras por maravedís, doblones o escudos o subastaban casas o joyas asustó a la joven. Incapaz de reaccionar, se quedó mirando anonadada a un grupo de hombres negros que, vestidos sólo con unas calzas y con unos grilletes en las manos, permanecían inmóviles mientras los mercaderes les abrían la boca o les tocaban el pecho con la fusta.

—Eh, mozo, deja de mirar a los esclavos. ¿Quieres ver algo bonito? —le preguntó una mujer vestida con colores chillones mostrándole un pecho.

Mencía dio un respingo y echó a andar. Comenzó a rodear la fachada de la catedral, que parecía no tener fin. «Es casi tan grande como la fortaleza de Magacela», pensó la muchacha. ¿Qué mano de hombre pudo construir tanta belleza? Puertas labradas primorosamente, arcos, terrazas, balaustradas y una inmensa torre con arcos moros que parecía tocar el cielo. ¡Madre de Dios! ¿Cómo podría llevarse un pedacito de aquello a su pobre iglesia de Santa Ana? Sus pasos la llevaron de nuevo al punto de partida y sus ojos se quedaron clavados en la maravillosa fachada. Miró hacia el cielo, hasta donde había una magnífica ventana circular con cristales de diversos colores y más arriba aún, casi rozando las nubes, vio unas terrazas con sólidas balaustradas de piedra tallada. Frunció el ceño cuando descubrió unas horribles cabezas de leones, serpientes o murciélagos y pensó que esos monstruos no deberían estar allí, afeando una fachada tan magnífica. Luego se fijó en las más de veinte imágenes que creyó ser de santos, obispos y apóstoles subidos a los pedestales más hermosos que nunca había visto. Miró una por una las figuras y sonrió al reconocer a Santiago Apóstol por la concha en el sombrero y en la capa. Algunas de las figuras tenían a sus pies animales u horribles fieras: un león con alas o dormido, un buey, un águila o un perro e intentó recordar el libro de vidas de santos que le leía su padre cuando niña, pero no le vino a la memoria a ninguno que tuviera aquellos animales.

—¿Lo has pensado mejor, buen mozo?

La voz de la mujer del vestido de colores la sobresaltó. La miró un instante y se apresuró a subir las gradas para entrar en el templo mientras oía detrás sus risotadas.

La inmensidad de aquella iglesia la sobrecogió y se quedó parada sin saber hacia dónde ir. A esa hora se hallaba casi vacía, sólo unas cuantas mujeres rezaban arrodilladas en una de las múltiples capillas. Estaba sofocada, pero la frescura y el silencio que se respiraban en el interior la reconfortaron. A medida que sus ojos se acostumbraban a la penumbra, la joven iba descubriendo las maravillas que contenía el templo. Se sentía insignificante comparada con tanta belleza: los mármoles del suelo, las enormes y a la vez esbeltas pilastras, las vidrieras multicolores que dejaban pasar la luz tamizada e iluminaban el pulcro y encerado suelo, los sitiales ricamente labrados en maderas nobles, las lámparas que pendían inverosímilmente de largas cadenas, rejas labradas de hierro dorado...

Los ojos verdes de la muchacha no daban abasto para

contemplar todo lo que aparecía ante ella. ¿Quién había sido capaz de hacer todo aquello? ¡Y ella que pensaba que la iglesia de Magacela era preciosa!

Cuando llegó al final de su recorrido se paró y emocionada exclamó:

—¡Dios mío, si esto está en la Tierra, ¿qué habrá en el cielo?!

—Dices bien, hijo mío —dijo una suave y débil voz a su espalda.

Se volvió sorprendida y vio a un anciano sacerdote que se apoyaba en un bastón.

—¿No verías mejor todas estas maravillas si te quitaras el bonete? —le preguntó con una sonrisa.

Mencía lo miró sin comprender y el anciano sacerdote se llevó la mano a la cabeza.

—El bonete, hijo mío; para entrar en la casa de Dios hay que descubrirse.

Entonces recordó que iba vestida de hombre y con el rubor coloreándole las mejillas pergeñó una mentira, igual que venía haciendo desde que salió de Magacela: se le había caído el pelo, había hecho una promesa a la Virgen...

Se admiró y se entristeció de ver lo fácilmente que le salían las mentiras.

—¿No has entrado nunca en Santa María de la Sede?

Entonces Mencía se sintió mejor cuando no tuvo que mentir y le contó que era la primera vez que estaba en Sevilla y que en su corta vida no había visto nunca nada tan hermoso.

—Setenta y cinco años tardaron en hacer esta hermosura. El retablo mayor, ese que contemplan tus ojos —explicaba el anciano sacerdote—, tiene más de doscientas figuras de santos: santa Justa, santa Rufina, san Isidoro, san Leandro y muchos más. Además, toda la vida de Jesús está representada: la Anunciación, el Nacimiento de Dios, la Adoración de los Magos, la Presentación del Niño Jesús en el Templo y, desde luego, la Pasión de Cristo.

Al ver la atención con la que el joven seguía sus explicaciones, el anciano cura continuó hablándole de las esculturas que componían el grandioso retablo de madera policromado.

—Padre —lo interrumpió Mencía—, ¿dice vuestra paternidad misa aquí?

—¡Huy, que más quisiera yo! No, hijo, mi iglesia es la del Divino Salvador del Mundo, mucho más sencilla, aunque también tenemos grandes tesoros. Si te pasas por allí un día te la mostraré. Pregunta por don Celedonio, que soy yo. Y ahora tengo que irme. Queda con Dios, hijo.

Cuando se quedó sola, se dejó caer en un banco exhausta y pensó en todo lo que le había sucedido ese día. Sonrió al recordar a don Celedonio y se dijo que por lo menos ya conocía a una persona en Sevilla a la que podía acudir si necesitaba ayuda.

Se puso de rodillas y pidió perdón a Dios por haberle engañado a un hombre de Iglesia y por las mentiras que seguramente tendría que seguir diciendo. Luego le rogó que don Alfonso volviera pronto, que no la descubriesen, que no le pasase nada y que le ayudara a encontrarse con Tristán, pero, sobre todo, suplicó al Señor para que el alma de su padre, de Alonsillo y de doña Rosalía estuviesen gozando de la gloria.

El sonido de su estómago le recordó que sólo había comido un poco de pan y queso. Se persignó y, reconfortada por la oración, salió de la iglesia.

Mencía pasó el tiempo que faltaba hasta que volviera don Alfonso conociendo la ciudad. Apenas había salido de Magacela y todo lo que veía le causaba sensación. En su recorrido por las calles de Sevilla admiró torres, entró en iglesias, contempló embobada a las damas de la alta nobleza en sus carruajes, asistió perpleja a la venta de esclavos negros en las gradas de la catedral de Santa María, huyó de peleas y rechazó proposiciones que le hacían mujeres de dudosa reputación.

Volvió varias veces a la catedral de Santa María, pero sobre todo el tiempo se le pasaba volando cuando se acercaba a las plazas en las que estaban los mercados: la plaza del Pan, donde vendían toda clase de panes y ricos dulces que Mencía no había probado jamás; la de Arriba, donde los hortelanos exponían sus verduras y hortalizas o la escandalosa plaza de la Alfalfa, en la que los animales vivos esperaban en jaulas o atados por las patas a que los compradores los adquiriesen. Todo ello le recordaba la plaza del mercado de Magacela y, aunque la nostalgia le hacía entristecerse, volvía a visitarlas una y otra vez.

Procuraba estar el menor tiempo posible en la posada, pues se había percatado de que Marina, la sobrina del posadero, una muchacha pelirroja y chatunga con unos pechos rebosantes que a duras penas lograba tapar el ajustado corpiño, le sonreía maliciosamente y cada vez que le servía la comida hacía que su generosa delantera rozase sus hombros. Los primeros días la joven no le dio importancia, hasta que oyó las chanzas de los huéspedes y cayó en la cuenta de que, vestida de hombre, lo más normal era que gustara a las mujeres. Así que se despertaba temprano y se recogía antes de que se encendieran los faroles, pues sabía que Marina se levantaba tarde, ya que se acostaba después de recoger y limpiar la posada.

63

Finales de octubre del año de Nuestro Señor de 1611

Don Alfonso de Silva volvió de la corte, a la que había acompañado a su amigo el duque de Osuna para asistir a los funerales de la malograda reina Margarita. Había estado ausente demasiado tiempo, según él, por lo que al día siguiente y en contra de los consejos de su esposa, que le instaba a descansar aduciendo que ya no era tan joven, se levantó al alba y se dirigió a la tienda de sedas a ponerse al día en su negocio.

Cuando regresó a mediodía, ésta le salió al encuentro para decirle lo preocupada que estaba por un recado que le había dado Asunción.

—Será mejor que te lo cuente ella —le dijo, y tiró del cordón de seda para hacer sonar la campanilla.

La criada entró en la salita limpiándose las manos en el delantal.

—¡Asunción, hija! —le recriminó la señora—. ¿Qué maneras son ésas de presentarse ante el señor?

Asunción era una mujer de mediana edad, rolliza y dispuesta, que había entrado a servir en la casa de los padres de doña Mercedes cuando tenía doce años; cuando ésta se casó se la llevó con ella. A pesar de todos los años que llevaba rodeada de señores era incapaz de adquirir las normas básicas de la educación y por más que la esposa de don Alfonso intentó que aprendiera las mínimas costumbres de cortesía, ella seguía haciendo y diciendo lo que le venía en gana.

—¡Con lo lista que es para la cocina y la casa...! —se quejaba doña Mercedes a sus amigas cuando éstas la visitaban.

Y era verdad, porque Asunción lo mismo preparaba una exquisita empanada de carne que arreglaba un candelabro roto.

—Perdone la señora, pero es que...

—Bueno, bueno, deja las disculpas para otro momento y dale a don Alfonso el recado.

La criada le contó lo mismo que le había dicho a la señora por la mañana, sin cambiar un detalle.

—¿Estás segura de que dijo Bartolomé y de que era su padre?

—Bartolomé de Magacela, sí, señor —contestó la criada asintiendo con la cabeza afirmativamente para dar más fuerza a sus palabras.

A pesar de que Asunción siguió hablando, don Alfonso ya no la escuchaba. A su mente volvieron las imágenes de su amigo Bartolomé de la Peña en el Arenal y sintió un nudo en la garganta.

Doña Mercedes se dio cuenta de lo que le sucedía a su esposo y salió en su ayuda.

—Me has dicho que vino dos veces más y que se pasaría de nuevo hoy.

—Sí, señora, dijo que volvería a primera hora de la tarde.

—Muy bien, Asunción, regresa a tus quehaceres. ¡Ah! Y en cuanto vuelva el muchacho lo haces pasar enseguida y avisas a don Alfonso.

La sirvienta se dio cuenta de que el recado que había transmitido era importante por lo nervioso que se puso su señor, y se arrepintió de no haberle preguntado más cosas al joven, pero sobre todo de no haber sido más amable con él. ¡A saber lo que le contaría a don Alfonso cuando lo viera!

Como había anunciado Asunción, a primera hora de la tarde sonó la aldaba de la puerta y ésta corrió a abrir. Luego subió las escaleras todo lo deprisa que pudo e informó a su señor de que el joven esperaba fuera.

—Que suba inmediatamente —ordenó don Alfonso, visiblemente nervioso.

Durante las horas trascurridas desde que Asunción le diera el recado, don Alfonso había hecho mil conjeturas acerca de quién podría ser ese joven. ¿Tristán, el hijo de su amigo Bartolomé de la Peña? El amor hacía que los jóvenes perdieran la cabeza. ¿Habría sido Tristán capaz de regresar de Bertería en buscar de Mencía exponiendo su vida? ¿Se habría unido a un grupo de gandules? ¿Era alguien que conocía su amistad con Bartolomé y venía a chantajearlo? Sabía de muchas personas que por miedo renegaban de sus antiguas amistades con moriscos y negaban haberlos conocido. Aunque los dos supuestos eran peligrosos, prefería el del chantaje.

Respiró más tranquilo cuando vio aparecer al joven y comprobar que no se trataba del hijo de su amigo. Sin embargo, esa cara y, sobre todo, esos ojos verdes le resultaban conocidos, aunque no recordaba dónde podía haberlos visto antes.

El sedero lo invitó a sentarse y en ese momento apareció doña Mercedes. Miró al joven y, al igual que su esposo, se tranquilizó al comprobar que no se trataba de Tristán.

—¿Qué quieres? ¿Y por qué has dicho que tu padre es Bartolomé de Magacela? —preguntó don Alfonso con el gesto serio.

El muchacho se quitó el bonete y una cascada de hermosos cabellos castaños se desparramaron por sus hombros.

Antes de que los esposos tuvieran tiempo de reaccionar,

Mencía comenzó su relato tal como lo había ensayado tantas veces en las dos semanas que llevaba en Sevilla: su viaje de vuelta a manos de la Inquisición, sus días en una celda en Llerena, los meses que pasó en casa de los hidalgos fingiéndose loca, su huida de la casa, la muerte de Alonsillo a manos de unos bandidos y su estancia en Sevilla haciéndose pasar por hombre para que no la descubrieran.

Don Alfonso y su esposa no daban crédito a lo que la joven les contaba y durante todo el tiempo que Mencía estuvo hablando no pudieron articular palabra. Cuando ésta dio por concluido su relato se arrodilló delante de los esposos:

—¡Por Dios se lo pido, ayúdenme! —rogó con los ojos anegados en lágrimas.

Doña Mercedes, que había tenido que sacar varias veces el lienzo mientras escuchaba a Mencía, contestó:

—¡Naturalmente que lo haremos, criatura! ¡Pues no faltaba más! —Y se levantó para ayudar a incorporarse a la muchacha.

Cuando ya el sol se había puesto, Mencía se bajó del coche de don Alfonso en la puerta de la posada. Subió las escaleras con el corazón rebosante de alegría y saludó alegremente a Marina, la sobrina del posadero. Ésta se lo quedó mirando y se preguntó por qué Andrés, el misterioso joven que llevaba casi tres semanas en la posada, bajaba de un coche tan elegante. Quizá fuera rico, pues mejor que mejor, porque ya era hora de darle una alegría a su cuerpo con ese apuesto y tímido joven de hermosos ojos verdes.

Así que esperó un tiempo prudencial hasta que supuso que el muchacho ya estaría metido en la cama y subió los escalones cuidándose de que éstos no crujiesen y despertasen a media posada. Hacía días que esperaba la oportunidad de estar a solas con él, por eso tenía engrasados los goznes de la puerta para que éstos no chirriasen. Sin embargo, todo su contento se vino abajo cuando al poner la mano sobre el pomo e intentar abrir la puerta algún mueble desde detrás se lo impidió. Pero no se iba a dar por vencida: era esa noche o nunca. Andrés se había mostrado serio todos los días y ella sabía por experiencia que la seriedad y el amor placentero no se llevaban bien, como el agua y el aceite, por eso no lo había intentado ninguna otra vez. No obstante, esa noche la cosa era distinta, Andrés la había saludado con alegría, quizá era la manera de decirle que subiera. Pero, entonces, ¿por qué había colocado alguna silla o la mesa para que ella no pudiera entrar?

Golpeó suavemente con los nudillos una, dos, hasta que al tercer golpe oyó la voz del joven preguntando qué se ofrecía. La muchacha contestó que traía un recado y Mencía, confiada al oír la voz de Marina, se ajustó las calzas y abrió. La sobrina del posadero no traía ninguna lámpara, por lo que no podría ver que quien ella creía joven caballero llevaba una larga melena y que debajo de la sencilla camisa se apreciaban sus senos. En cuanto la puerta se abrió, Marina se abalanzó al cuello de Mencía y comenzó a besarla con tal pasión que ésta estuvo a punto de ahogarse. Cuando por fin los labios de la posadera se separaron de los de ella, comenzó a gritar con todas sus fuerzas pidiendo ayuda y auxilio.

—¡Chis, cállate, Andrés, que soy yo, Marina! —se afanaba inútilmente la sobrina del posadero para que cesasen los gritos.

Pero Mencía pedía ahora socorro y chillaba a grito pelado que la auxiliaran. Viendo que sus palabras no surtían efecto y temiendo que se despertara su tío, Marina salió corriendo del cuarto maldiciendo la poca hombría del gallardo Andrés.

A la mañana siguiente Mencía se levantó al alba, recogió sus pocas pertenencias y se despidió del posadero pagándole lo que le debía. Por suerte para la muchacha, la ardiente sobrina no se había despertado aún, pues no habría podido sostenerle la mirada y menos aún explicarle por qué un joven necesita auxilio cuando tiene a una mujer entre sus brazos. Siempre podía haberle dicho que iba de paso para entrar de novicio en un convento. Sin embargo, la ausencia de Marina la tranquilizó. Cuantas menos mentiras dijese, mejor.

Al cabo de una hora se encontraba en el salón de la casa de don Alfonso explicando ante los sonrientes esposos lo ocurrido. Doña Mercedes determinó que se quedase allí haciéndose pasar por un criado hasta que pensasen en lo que más convenía hacer.

—Pero ten cuidado con las jóvenes criadas, no me las vayas a enamorar a todas —le advirtió soltando una carcajada don Alfonso.

64

La posada del Laurel estaba situada a un tiro de piedra de la casa de don Alfonso de Silva, en la plaza del Salvador. Al igual que la de San Francisco, estaba empedrada y rodeada de soportales, aunque no tenía ni la envergadura ni el tránsito de la primera. Era famosa por sus empanadas de carne, por la limpieza de sus cuartos y por la blancura de sus manteles. Doña Malolila, la dueña y regente, se enorgullecía de que, a su casa, como ella llamaba a la posada, acudía a degustar sus manjares lo más granado de la nobleza sevillana. Según contaba a sus egregios comensales, había tenido una vida de libro y, a pesar de todos los avatares, la Virgen de Piedraescrita la iluminaba para seguir por el buen camino.

Aquella mañana era 1 de noviembre y Malolila se levantó con los ojos hinchados de llorar. Las campanas de la iglesia del Salvador habían comenzado a doblar al alba y tocarían durante todo el día recordando a las gentes que los muertos también reclamaban su día. Se había pasado toda la noche trayendo a la memoria a su amado José Moreno, muerto hacía trece años, pero que fue el amor de su vida, aunque sólo hubiese gozado del matrimonio tres meses.

Llovía a cantaros cuando oyó sonar la campanilla y ella misma salió a abrir. Era Asunción, la criada de don Alfonso, que venía, empapada, a darle un recado. Tenía que personarse cuanto antes en la casona. «No, no le habían dicho para qué, sólo que fuera y antes mejor que después», dijo la mujer con cierto misterio, dando a entender que estaba enterada del asunto, aunque en realidad no supiera de qué iba la cosa... Claro que ella no era tonta y atando cabos se suponía que todo estaba relacionado con el joven que llegó la tarde anterior a visitar a sus señores, que fue recibido como un extraño y despedido como alguien de la familia. De todo esto no dijo nada a Malolila, porque si ella había llegado a donde estaba, es decir sirviendo en una de las casas si no de más abolengo, sí de las más ricas de Sevilla, era desde luego por haber aprendido a tener la boca cerrada.

Malolila se lavó los ojos con manzanilla, se arregló el moño y se echó la toca por la cabeza, aunque cuando salió a la plaza ya había escampado. A sus treinta y tres años, la viuda mantenía toda la frescura y muchos de los rasgos de la belleza de su juventud. Sus ojos verdosos, la sonrisa franca y su arrolladora simpatía hacían que muchos hombres suspiraran por su amor. Viuda por segunda vez desde hacía un año, seguía recibiendo proposiciones honestas, pero ella siempre respondía que Dios le había hecho conocer un amor apasionado y otro relajado, y que ya su cupo de amor había sido cubierto. Lo de «doña» se lo puso don Celedonio, el cura, cuando se quedó viuda de nuevo, aduciendo que ese tratamiento espantaba a los moscones. Así que, a los treinta y tres años, cuando muchas mujeres sueñan todavía con encontrar el amor, Malolila había renunciado voluntariamente a él, tenía tratamiento de doña, una hija mozuela de quince años y una posada que le daba unos cuantos miles de maravedís al año.

Si don Alfonso, su antiguo señor, le había dicho que fuera deprisa ella iría corriendo si fuere menester, pues todo lo que hiciera por él y por doña Mercedes no sería nada comparado con lo que los señores hicieron por ella, y eso nunca lo olvidaba. Su posición actual como una respetada viuda, dueña de una limpia y famosa posada, se lo debía a sus antiguos señores, que le abrieron las puertas de su casa cuando más lo necesitaba y que no pararon hasta encontrarle un buen marido.

Malolila tenía diecisiete años cuando descubrió el amor en los brazos de un joven sevillano. Lo conocía desde niña, vivían puerta con puerta en el barrio de Triana y cuando una tórrida noche de San Juan, a la luz de las candelas, José Moreno la tomó de la cintura y la besó, ella pensó que nunca podría querer a nadie más que no fuera aquel muchacho de piel trigueña y ojos negros, y que sólo la mar la podría separar de aquellos brazos.

Se casaron nueve meses después porque José Moreno debía enrolarse en un navío que hacía el trayecto Sevilla-Sanlúcar-Marsella y tenía que permanecer tres meses por esos mares de Dios y la muchacha, perdida ya por sus besos, no quería dejarlo marchar sin que antes le prometiera amor eterno delante de su Virgen de Triana, en la capilla de los Marineros, y de don Celedonio.

Tres días pudo Malolila gozar de las mieles de su amor, al cabo de los cuales José Moreno se embarcó en la *Santísima Trinidad* con rumbo a Marsella.

Malolila pasó los tres meses soñando con los besos y caricias de su amado, hasta que una mañana de junio en que las gentes marineras acarreaban leña en la playa para encender la fogata de San Juan, oyó el sonar de la sirena de la *Santísima Trinidad.*

A Malolila sólo le bastó con mirar la tristeza en los ojos del hombre para saber que algo le había pasado al amor de su vida. Se agarró el vientre donde la incipiente semilla del amor había crecido durante ese tiempo, al igual que su amor por José, y taladró con sus ojos los del rudo y curtido capitán.

Se agarró a la pasarela porque sintió que sus piernas se doblaban, notó los brazos poderosos del capitán que la sostenían y entonces se hundió en un abismo del que tardó en salir mucho tiempo.

Volvió a la vida el mismo día en que la partera le puso a su hija en los brazos y ella, deshecha en llanto, abrazó su diminuto cuerpo y colmó de besos su piel de terciopelo.

A la pena de la pérdida de su gran amor se unió a los dos meses el fallecimiento de su padre, dueño de la posada del Laurel, en el mismo barrio de Triana, que a la muerte de su yerno se había hecho cargo de ésta y de su nieta. Así que la joven Malolila se vio sin familia y con una hija a la que criar.

Cuando terminó el funeral de su padre, don Celedonio, el cura extremeño que llevaba treinta años intentando salvar las almas de los feligreses en su iglesia del Salvador, se quedó a solas con la joven.

Al sacerdote le unía una estrecha amistad con la familia de la joven y siempre había estado presente en todos los actos relacionados con la Iglesia; había casado a su madre, Manuela, bautizado y casado a Malolila y ahora acababa de enterrar a su padre.

—Mira, Malolila, hija —le dijo con cariño—, yo creo que una posada no es el sitio más adecuado para una joven viuda y una niña pequeña. Además, tu padre dejó deudas, hija mía. No quería preocuparte y nunca te lo dijo. Voy a hablar con don Alfonso de Silva, es un hombre rico y bueno, muy generoso con mi iglesia, para que entres a trabajar como doncella. ¿Qué te parece?

La muchacha asintió y miró al párroco con los ojos llenos de lágrimas.

El día en que se dirigían a la casa de don Alfonso para que éste y su esposa conocieran a Malolila, don Celedonio, alarmado, se dio cuenta de que con tanta desgracia se habían olvidado de bautizar a la niña y le propuso que como su iglesia estaba al lado de la casa de don Alfonso se pararan un momento para cristianar a la criatura, pues no estaba bien andar de un sitio para otro con ese angelito sin que hubiese tomado las aguas bautismales y la nombraran hija de Dios.

Era mediodía y en la iglesia sólo rezaban algunas mujeres en la capilla del Altísimo. Entraron en el templo y se dirigieron al baptisterio. Allí Malolila respondió a todas las preguntas de don Celedonio.

En el momento en que el cura le preguntó qué nombre iba a poner a la recién nacida, Malolila respondió que el de su madre, que era el mismo de ella, Malolila.

—¿Malolila? Pero, hija, ¡qué perra te ha dado con el nombre de Jesús, que Dios me perdone! —Se santiguó—. Yo no digo que el nombre de Manuel no sea hermoso, que para eso se lo pusieron a Jesús, pero tu madre Manuela, tú Manuela y tu hija Manuela son ya muchas Manuelas, ¿no te parece, hija mía?

—Pero, don Celedonio, que ya llevo dos meses llamándole Malolila a la niña, y no le voy a cambiar el nombre ahora, así, de buenas a primeras.

—Pues yo creo que con una Manuela y una Malolila en la familia ya habéis cumplido con el santoral. ¡Qué tirria con Malolila! Además, que eso, ya te lo he dicho muchas veces, no es un nombre que digamos. Es una degeneración de Manuela. Esta niña se llamará como la Virgen de mi pueblo, María de Piedraescrita.

—¿María de qué? —dijo abriendo los ojos y mirando a don Celedonio como si hubiese visto a un fantasma.

—De Piedraescrita, Malolila, de Piedraescrita. Un nombre, alto, sonoro y significativo. Y no se hable más.

Luego, mirando con ternura a la criatura que dormía plácidamente en los brazos de su madre, añadió:

—¡Y Dios quiera que no le abrevien el nombre y la llamen Piedra!

—¡Jesús! —exclamó la madre.

Y tomando con una concha un poco del agua bendita de la pila de piedra la derramó sobre la cabeza de la niña. Malolila no pudo por menos que quedarse mirando la pila y pensar que quizá algún día su hija del alma podría llegarse a llamar como el material del que estaba hecha. Suspiró y comenzó a responder a lo que le preguntaba don Celedonio.

Malolila se quedó trabajando en la casa de don Alfonso diez años, en los cuales nunca les faltó de nada ni a ella ni a su hija. Doña Mercedes colmaba de atenciones a la niña y en cada cumpleaños le regalaba un vestido hecho de la mejor tela de la sedería de su esposo. Ella, a cambio, se desvivía por sus señores cocinándoles los mejores platos para ellos y sus invitados, pues muy pronto la joven viuda dio muestras de tener una habilidad extraordinaria en la cocina, por lo que hacía quedar a don Alfonso y doña Mercedes como unos magníficos anfitriones. Durante todos esos años tuvo ofertas de otras familias importantes, incluso de algún palacio, pero ella, que era agradecida, no quiso nunca dejar a quien un día la acogió en su casa. La joven también rezó mucho durante esos años, sobre todo a la Virgen cuyo nombre llevaba su hija y de la que se había hecho devota porque don Celedonio le hablaba de la pequeña y humilde ermita en la que tenía su sede, de los montes y barrancos que la circundaban y, sobre todo, de que nunca nadie que se hubiera encomendado a ella había quedado sin su amparo.

El día que Malolila cumplió veintiocho años conoció al que sería su segundo marido, Gonzalo, el dueño de la posada El Rincón.

A los seis meses los dos viudos se casaron y Malolila volvió a ser feliz con ese hombre alto y fuerte, que le demostraba su amor todos los días y que quería a su hija como si fuera propia. No era el amor apasionado y arrollador que sintió por José Moreno, eso no podría ya repetirse jamás, pero el tiempo que estuvieron casados, que por desgracia sólo fueron cuatro años, vivió feliz y tranquila, devolviéndole cada día y cada noche a Gonzalo todo lo que su hija y ella recibían. Al día siguiente de la boda cogió las riendas del negocio, le cambió el nombre por el de la posada del Laurel en homenaje a su padre, tiró el menaje y lo compró todo nuevo: platos de peltre —aunque también de cerámica fina—, picheles, jarros, escudillas y forchinas para los huéspedes más refinados; hizo manteles y servilletas de tela; por último, se erigió en dueña y señora de la cocina preparando las riquísimas empanadas de carne que convirtieron la posada del Laurel en la más afamada de Sevilla. Lo único que empañó la alegría de la joven fue haber tenido que dejar la casa de quienes ella consideraba su familia. Doña Mercedes, a pesar de que perdía la mejor cocinera que había tenido nunca, se alegró sinceramente y le regaló el traje de la boda, un precioso vestido negro de brocado.

Ahora su señora, como seguía llamando a doña Mercedes, necesitaba su ayuda y allí estaba ella para lo que se le ofreciese.

Malolila entró en la casa acompañada de Asunción y, cuando doña Mercedes apareció, la criada las dejó a solas. La esposa del sedero le contó a la posadera parte de la historia de Mencía, aquella que no comprometía a la joven, y le rogó que la acogiera en su casa por un tiempo hasta que pensaran la industria adecuada para que Mencía fuera a vivir con ellos.

—Es honrada, buena, cristiana y muy desgraciada. Don Alfonso y yo le hemos propuesto que se quede con nosotros, pero ella no quiere comprometernos. No puedo contarte nada más, Malolila —resumió doña Mercedes cuando acabó de hablar.

—Doña Mercedes, no tenéis por qué decirme nada sobre

ella, sólo por venir recomendada por vos ya es suficiente. Mi casa será la suya, y no será criada, no faltaba más, me ayudará a llevar la posada. Dicho lo cual, sonrió a Mencía, que estaba radiante con el sencillo vestido de una de las doncellas de doña Mercedes que ésta había hecho arreglar.

65

Finales de diciembre del año de Nuestro Señor de 1611

Durante los dos meses que Mencía llevaba viviendo en la posada de doña Malolila, se había sentido tranquila y por primera vez en mucho tiempo podía reír con las gracias de María de Piedraescrita, la hija de ésta, una muchacha alegre y muy religiosa de la que se había hecho muy amiga y a la que, para desgracia de su madre, todo el mundo llamaba Piedra.

Don Alfonso la convenció de que debía esperar el resultado de las gestiones que estaba haciendo tanto con el duque de Osuna como por otros conductos. La situación con el asunto de los moriscos se calmaría y entonces quizá pudieran comunicarse con Bartolomé y su familia. Mientras tanto en Sevilla estaba a salvo, le decía dulcemente doña Mercedes. Por otra parte, si quería ya podía irse a vivir con ellos. Dirían que era una sobrina huérfana de don Alfonso. Mencía les agradeció su generosidad, pero prefería quedarse en la posada, pues allí se sentía útil y podía pagar con su trabajo lo que hacían por ella.

Sin embargo, aquel día la tristeza y la nostalgia invadieron su alma. Era la primera Nochebuena que pasaba fuera del que había sido su hogar durante toda su vida y la imagen de su padre, de Tristán, de Bartolomé y los niños cantando villancicos en el moreral no la abandonó ni un solo instante.

Prepararon la cena antes de asistir a la misa del gallo en la iglesia del Salvador. Allí se encontraron con don Alfonso y su esposa, que agradecieron las empanadas y dulces que Malolila les había hecho llegar como cada Nochebuena e invitaron a Mencía a cenar con ellos. No obstante, la joven declinó la invitación porque a doña Malolila le hacía mucha ilusión que la pasara en la posada. Eso sí, iría encantada a almorzar al día siguiente. Después, la posadera invitó, como venía haciendo desde que regentaba el establecimiento, a don Celedonio a que compartiera su cena.

Doña Malolila sirvió un pollo relleno de nueces, pasas y manzanas acompañado de puré de castañas y su famosa empanada de carne, además de diversos dulces hechos de almendras y miel. Don Celedonio bendijo la mesa y Mencía se esforzó en sonreír, aunque sólo fuera por mostrar su agradecimiento a quien la había acogido y la trataba como si fuera su hija.

Don Celedonio era un hombre casi anciano, enjuto de carnes, que se hacía ayudar de un bastón para caminar, bueno, terco como una mula y glotón. Pero su débil apariencia no tenía nada que ver con lo que en realidad era: un hombre con una prodigiosa memoria que nunca olvidaba ni una cara ni una palabra.

Durante toda la cena estuvo observando de reojo a la joven Mencía y preguntándose dónde había visto él aquellos ojos del color de las esmeraldas, pero por más que intentaba situar a la joven en otro contexto que no fuera la posada no lo lograba. Doña Malolila sólo le había contado que ella había llegado al establecimiento recomendada por doña Mercedes y nada más.

—Don Celedonio, algún año tiene vuestra paternidad que oficiar la misa del gallo en la catedral de Santa María, porque mira que tengo ganas de oírla allí. Pero, claro, si usted no la dice, pues seguiremos yendo al Salvador. ¡Qué le vamos a hacer! —suspiró Malolila.

—¡Ay, ya me gustaría a mí! ¡Si eso está en la Tierra, ¿qué habrá en el cielo?! —exclamó emocionada Mencía.

El cura estaba saboreando un alfajor cuando se quedó mirando fijamente a Mencía. Esas palabras las había oído antes y en su mente se fue abriendo paso la imagen de un muchacho con bonete con esos mismos ojos verdes que ahora lo miraban. Sí, eran los mismos ojos, pero en un varón, no en una mujer. Sin embargo, los rasgos eran los mismos. ¿Qué le había contado Malolila acerca de Mencía? Nada, se dijo, no sabía nada de nada de ella. Mencía y aquel joven eran la misma persona, ahora estaba seguro. Pero si Malolila no le había contado nada tendría sus razones. Y si Mencía, que le había demostrado en estos dos meses que era una buena cristiana, trabajadora y servicial, tampoco le había dicho nada, ni siquiera en el confesonario, también tendría sus razones.

—¡Don Celedonio, que se ha quedado traspuesto! —dijo sonriendo María de Piedraescrita.

Al otro lado del mar, en la fortaleza del Salé, no había campanas que tocaran para anunciar la venida del Niño Dios, pero todos los moriscos celebraron la fiesta con música y comida. Los cristianos rezaron y dieron gracias a Dios por estar todos juntos y los «otros», porque fueron muchos los años que simularon celebrarla en Magacela, y por una noche se dejaron a un lado las diferencias y, aunque la nostalgia estaba presente en los corazones, la algarabía de los niños y el sonido de los panderos hicieron olvidar por unas horas la tierra lejana y perdida.

66

Encomienda de Magacela,
Fiesta de la Natividad del Señor
del año de Nuestro Señor de 1611

A muchas leguas de Sevilla el sonido de las campanas de la iglesia de Santa Ana llegaba con un eco lejano a las solitarias y fantasmales calles de la encomienda de Magacela. Como cada Nochebuena tocaban para convocar a los fieles a la misa del gallo, sólo que este año no habría carreras ni empujones para ocupar los bancos, ni el sacristán Jerónimo González tendría que poner mala cara a los feligreses, porque los sesenta vecinos que asistirían a la misa eran todos cristianos viejos.

Lentamente los habitantes de la villa fueron ocupando los bancos de la pequeña iglesia. En la mente de todos estaban las imágenes de otros años, con la nave de la iglesia atestada de gentes moriscas: parientes, amigos y vecinos ausentes cuyo recuerdo pesaba más de lo que habían imaginado. Pero también algunos que ya no estaban en este mundo dejaban sentir su ausencia: Ezequiel, su hija Mencía, Alonsillo, el hijo del molinero, Domingo Tomás o doña Rosalía.

Don Juan de Hinestrosa, con el rostro entristecido, no atendía al oficiante. Sus pensamientos estaban en la misa de hacía dos años, cuando descubrió unos ojos que le traspasaron el alma. El recuerdo de Mencía se le apareció más nítido que nunca y tuvo que hacer un gran esfuerzo para tragar el nudo que se le había formado en la garganta. A su lado, Elvira, con el rostro cubierto por un velo negro, dejaba volar también sus pensamientos, pero al contrario que su hermano, las lágrimas le corrían por las mejillas sin que ella hiciese nada por contenerlas. Ese año no hubo convite en la fortaleza y los dos hermanos se apresuraron a salir de la iglesia y a volver al alcázar.

Sentado en un diván con una copa de vidrio tallado en la mano, don Juan no podía saborear el licor servido por la criada. Sus pensamientos volaban de nuevo a Mencía. Habían pasado casi tres meses desde que la muchacha desapareció en el río y aún se dormía con su recuerdo taladrándole el alma. Recordaba cada noche cómo los pocos hombres que vivían ahora en la villa habían rastreado cada palmo del río, removido las piedras y buscado en cada molino o calera algún indicio que les llevara a saber dónde estaban Mencía y el niño. Todo fue en vano. Al tercer día, los hombres comenzaron a sospechar que podrían haberse ahogado en el azud y que los cuerpos habrían sido arrastrados hasta la poza. Volador había vuelto con las patas manchadas de barro y sin montura, lo que hacía pensar que ésta se había roto y los dos jinetes habían caído al agua. Pero ¿para qué había salido Mencía de la casa de noche? ¿Fue su locura la que la llevó a huir en medio de la oscuridad y llevarse con ella al niño?

Se levantó con la copa en la mano y fue hacia la ventana. El viento parecía haber amainado y una fina lluvia comenzaba a caer. La sombra de la sospecha que desde hacía unos días rondaba su mente volvió de nuevo: Mencía podía estar viva. Comenzó a revivir los sucesos acaecidos en los últimos días.

Recordaba que aquella mañana amaneció con una niebla baja, aunque el tímido sol luchaba por abrirse camino entre la bruma. Se había levantado temprano y dirigido a las caballerizas, donde ya Francisco le tenía aparejado el caballo. Le gustaba sentir el aire frío de la mañana en el rostro, cabalgar entre encinares y alcornocales. El olor de la tierra humedecida por la niebla, de los cantuesos y del tomillo le extasiaban los sentidos haciendo que por unas horas el recuerdo de Mencía se diluyese.

Tomó el camino de Campanario y llegó hasta el molino abandonado de Domingo Tomás. La vista del río le trajo por unos segundos el recuerdo de la joven e, instintivamente, dirigió el caballo hacia él. Desde aquellos días aciagos en que toda la villa pateó los alrededores del río buscando el cuerpo de Mencía no había vuelto hasta allí. Descabalgó, le quitó la montura al caballo y lo dejó libremente para que paciera a gusto mientras sus pasos lo llevaban al antiguo molino de Domingo Tomás.

Las aguas corrían raudas por las últimas lluvias y a punto estuvo de resbalar en las piedras antes de llegar hasta allí. Se sentó en el poyo de piedra que había en la puerta y comenzó a remover la tierra húmeda con una vara.

Una vez más le atormentó el recuerdo de Mencía. Se quedó absorto en los remolinos que formaban las aguas del río. Por un momento, su vista distinguió algo en la orilla, algo que no parecía pertenecer al mismo paisaje que se grababa en su mente. Se levantó del poyo y fue hasta allí. De nuevo resbaló, pero logró asirse de unas ramas de olmo que llegaban hasta la orilla y se libró de caer a las revueltas aguas. Lo que sus ojos habían descubierto se mostraba ahora a la vista. Se agachó a recogerlo y, aun a riesgo de volver a resbalar, acercó el objeto al agua y lo lavó. Su corazón comenzó a golpearle el pecho con tal fuerza que temió que se le saliese: eran los chapines que le había regalado a Mencía, no cabía ninguna duda, él mismo eligió el dibujo que aparecía ahora lamido por las aguas. Volvió sobre sus pasos y se sentó de nuevo en el poyo. ¿Qué hacían esos zapatos de Mencía en las aguas del molino? Si se ahogó en el puentecillo, lo normal era que la corriente los hubiera arrastrado río abajo. Pero el lugar en el que los había encontrado estaba situado más arriba. ¿Sería allí donde se habría ahogado Mencía y por eso el cadáver no había aparecido, pues estaban buscando en el sitio equivocado? Con el corazón golpeándole las sienes volvió a la orilla y, agarrándose a la rama del olmo, metió los pies en el río esperando ver algo y, a la vez, temiendo encontrar algún indicio de la muerte de Mencía. Las mismas dudas que lo asaltaban durante las noches en que no podía dormir lo invadieron ahora. Quizá Mencía no se ahogó y andaba perdida por los campos sin saber cómo regresar, pero ¿y Alonsillo? El niño conocía cada rincón del pueblo y de la comarca, había transitado por los caminos acompañando a su padre a comprar trigo a las villas vecinas.

Un golpe seco le sobresaltó y volvió la cabeza hacia el interior del molino. La puerta estaba abierta, como todas las de las casas que los moriscos abandonaron. Les habían obligado a dejarlas de par en par, como si alguno pudiera esconderse entre las paredes que les habían visto nacer. Se levantó y se asomó.

—¡¿Hay alguien ahí?! —gritó a sabiendas de que no podía ser nadie, pues los pocos habitantes de la villa estaban inmersos en sus quehaceres, ahora más atareados que nunca, dado que muchos de ellos se habían hecho por unos cuantos cientos o miles de maravedís con huertas y olivares que debían atender ellos mismos u hombres de las villas cercanas. Sonrió al ver a un conejo salir del molino.

Su voz retumbó en la sala de molienda iluminada por dos ventanucos y por las saetinas que dejaban correr el agua sin mover la muela porque no tenían nada que moler.

Se quedó mirando la quietud que reinaba en el lugar y el recuerdo de Alonsillo ayudando a su padre con los sacos de trigo lo entristeció aún más.

—¿Sabe vuestra merced cómo muele el molino? —le preguntó el niño una de las veces que se había pasado por allí para preguntar sobre alguna molienda.

—No, Alonsillo, no lo sé, pero supongo que tú sí. ¿Quieres explicármelo?

Su padre, Domingo Tomás, miró al alcaide y sonrió. Luego, dirigiéndose a su hijo, lo amonestó:

—¡Anda, hijo, no importunes a don Juan!

—Déjalo, Domingo. La verdad es que me gustaría saber cómo funciona esto.

—Pues verá —comenzó el niño—. El agua entra por las saetinas...

Ahora, con la copa en la mano celebrando más solo que nunca el Nacimiento de Jesús, el alcaide se preguntaba una y otra vez si Mencía podría estar viva y, si era así, ¿dónde estaba?

67

La idea de que Mencía no se hubiera ahogado en el arroyo y que en su locura anduviese perdida por los caminos, vagando como un alma en pena, impidió aquella noche al alcaide conciliar el sueño. En su duermevela se veía recorriendo los peligrosos caminos y encontraba a la muchacha acurrucada junto a un árbol, muerta de miedo o empapada por la lluvia; otras veces era su voz la que lo llamaba entre alcornocales o encinares.

Mil preguntas para las que no encontraba respuesta atormentaban su mente: ¿por qué estaban tan lejos del puentecillo los chapines? ¿Era una casualidad que Alonsillo hubiera desaparecido también el mismo día? Si no se ahogó y seguía viva, ¿cómo había podido caminar descalza? Y, sobre todo, ¿adónde habría podido ir si no conocía a nadie fuera de la villa?

Una vez más se culpó de su desaparición y el remordimiento lo atormentó de nuevo.

Se levantó y miró por la ventana. El viento había apagado las antorchas de la fortaleza sumiendo el recinto en la negrura de la noche. Abrió los postigos y dejó que las gotas de lluvia empaparan su rostro. Otros años, esa misma noche, le habrían llegado lejanos los sonidos de las zambombas y panderetas, pero ahora sólo el repiqueteo de la lluvia rompía el silencio nocturno.

—¿Dónde estás, Mencía? Algo me dice en mi corazón que estás viva.

Cuando amaneció, ensilló el caballo y se dirigió a Llerena: tenía que poner en conocimiento de su tío lo que había descubierto y las dudas que tenía sobre la muerte de la joven.

Llegó al convento entrada la tarde y tuvo que aguardar un largo rato porque los frailes estaban congregados en el rezo de vísperas, así que se sentó en un banco de madera en la portería a esperar. No sabía cuánto tiempo había transcurrido cuando una voz cantarina lo sacó de su adormecimiento:

—Don Juan, podéis pasar. Vuestro tío está en la sacristía —le indicó un fraile saliendo a la calle y abriendo las puertas de la iglesia.

El alcaide cruzó la amplia nave central y entró en la sacristía. Fray Jerónimo se sorprendió al ver a su sobrino y se asustó, pero éste lo tranquilizó diciéndole que nada malo sucedía. Acto seguido salieron al patinillo para hablar tranquilamente. Don Juan sonrió al entrar en él. Desde niño le había gustado ese pequeño patio con el surtidor y sus bancos de madera flanqueados por altos y viejos cipreses.

El dominico escuchó en silencio todo lo que su sobrino le contó sin dar ninguna muestra de extrañeza. Cuando éste acabó de exponer sus dudas acerca de la muerte de Mencía, se quedó mirando un momento a su tío.

—Vuestra paternidad también lo había pensado, ¿verdad?

El fraile asintió con la cabeza.

—Sí, Juan. No quise comentarte nada para que no albergaras falsas esperanzas, pero sí, tengo muchas dudas. Verás, hace una semana volvieron de Sevilla fray Ángel y un novicio, han estado allí tres meses. Pues bien, fray Ángel me contó el otro día que, cuando iban de camino, un joven les salió al encuentro gritando que unos bandidos los habían atacado. Se bajaron de las mulas y lo acompañaron hasta el lugar en el que un niño de unos siete años estaba tendido en el suelo. El joven no dejaba de llorar y ellos se dieron cuenta de que el pequeño estaba muerto. Les contó que era su hermano y que iban a Sevilla a reunirse con su padre. Fray Ángel, a cuyos ojos no escapa nada, se fijó en que el joven iba bien vestido y llevaba un buen caballo, pero el niño llevaba vestidos de criado. Enterraron a la criatura y dijeron al desconsolado joven que viajase con ellos, ya que iban a unirse a una caravana de arrieros en la venta del Viento, a unas dos leguas de allí. Cabalgaron juntos, pero hablaron poco porque el muchacho iba sumido en la pena. Cuando llegaron a la venta, el joven, sin descansar, se unió a un grupo de comerciantes que salía para Sevilla. Se despidió de ellos y ya no le volvieron a ver. Fray Ángel me dijo que no creyó nada de lo que el joven le había contado y que pensaba que se trataba de dos moriscos fugitivos de la justicia.

—¡Dios mío! ¿Creéis que pueden ser Mencía y Alonsillo? —preguntó nervioso don Juan.

—Las fechas coinciden, pero hay algo más. Fray Ángel es muy astuto y tiene una memoria prodigiosa y me dijo que la cara del muchacho le recordaba a alguien, sobre todo los ojos verdes, pero que no había logrado acordarse de dónde lo había visto antes. No sé si sabes que, en el proceso de Mencía, aunque no estuvo presente en el juicio, intervino fray Ángel y que nunca se le olvida una cara.

—Tío, no hay duda, son ellos. ¡Dios mío, son ellos! —gritó levantándose del banco en el que estaba sentado.

—Bueno, bueno, no grites. Tengo que irme, que va a comenzar la misa.

—Sí, ya me voy, pero decidme una cosa: ¿vuestra paternidad también cree que puede tratarse de ellos?

—No lo sé, Juan, es verdad que son muchas coincidencias, pero podría tratarse sólo de eso, de meras coincidencias. Y ahora vete y sé prudente. No comentes con nadie todo lo que te he contado. Si está viva y la Inquisición se entera, la declararán como fugitiva y no pararán hasta dar con ella y traerla de nuevo a la celda. Y sobre todo no le comentes nada a Elvira.

Don Juan de Hinestrosa tardó el doble de tiempo en el camino de vuelta a Magacela. Llevaba al caballo al paso mientras su mente concebía mil conjeturas. Una última idea, esta vez atroz, se abrió paso. Si se trataba de Mencía, había mentido a unos frailes y quizá no estaba tan loca como ellos habían creído. Si era ella, habría preparado su huida detenidamente, habría tenido que hacerse con ropa de hombre, con un caballo, con dineros para el camino, con... No, eso era una locura. A no ser que hubiera contado con ayuda. Pero ¿quién de la villa la iba a ayudar? Si era así...

—¡Preferiría que estuvieras muerta! —gritó y espoleó por primera vez al caballo desde que salió de Llerena.

Una semana después de que fray Jerónimo hubiera tenido la conversación con su sobrino, fray Ángel se acercó a él después de capítulo.

—Padre Jerónimo —dijo llamando su atención—, ¿se acuerda vuestra paternidad de lo que le conté acerca de un joven que nos encontramos de camino a Sevilla?

Fray Jerónimo asintió con la cabeza y sus sentidos se pusieron alerta.

—Pues he recordado algo que me resulta sumamente extraño. Tenía los mismos ojos que Mencía Yanes, la desgraciada joven a la que procesamos por intentar huir con los moriscos y de la cual su paternidad se hizo cargo. Tengo entendido que acabó sus días ahogada en un río, ¿no?

—Así es, fray Ángel, la pobre muchacha, de cuya alma Dios tenga misericordia, murió ahogada —contestó fray Jerónimo intentando que no se le notara el nerviosismo.

—Es todo muy extraño, ¿verdad? Que los ojos de ese muchacho me recuerden a los de la joven Mencía, sí, esos ojos verdes no son fáciles de olvidar. En fin, cosas de un viejo como yo, que ya no sabe ni lo que ve ni lo que oye.

Fray Ángel hizo un gesto con la mano como quitándole importancia a todo lo que le había contado a su hermano y se dio la vuelta con una sonrisa inocente. Fray Jerónimo se volvió en dirección contraria y su mente comenzó a procesar los datos que le había dado su hermano de orden. Fray Ángel era muy astuto y su memoria privilegiada comenzaría a recordar más cosas y a atar cabos. A pesar de que en un principio la posibilidad de que Mencía estuviera viva lo llenó de alegría, ahora deseó con todas sus fuerzas que la muchacha se hubiese ahogado de verdad.

—Fray Jerónimo —oyó la voz del hermano Ángel cuando ya se había alejado unos pasos—, el cuerpo de esa desdichada muchacha no se llegó a encontrar nunca, ¿no?

Fray Jerónimo trató de parecer tranquilo y se dio la vuelta para contestar.

—No, hermano, nunca lo hallaron.

68

Sevilla,
finales del año de Nuestro Señor de 1612

La primavera había estallado en la ciudad del Guadalquivir y sus plazas y alamedas se llenaron del perfume de los naranjos. Mencía, acompañada de la hija de Malolila, que según decía había sentido la llamada de Dios, asistía todos los días a misa en la cercana iglesia del Salvador.

Aquella mañana las dos jóvenes escuchaban con sentida devoción la palabra de Dios de boca de don Celedonio. Volvían al banco después de recibir la comunión cuando Mencía sintió que unos ojos se clavaban en ella. No le hizo falta levantar mucho la mirada para saber de quién se trataba. De pronto, la alarma y el miedo se encendieron en su alma como prende la paja cuando se acerca el fuego. Dejó el banco atrás y apretó el paso. Sin mirar a su espalda y seguida de María de Piedraescrita salió de la iglesia. Ya en la calle, echó a correr sin atender a las voces de su amiga y no paró hasta que entró en el zaguán de la casa de don Alfonso.

Al poco rato, Asunción, la criada del sedero, salió precipitadamente de la casa de su señor con un recado para Malolila; al mismo tiempo, don Alfonso enviaba a su fiel Sebastián, en su coche, a la calle Armas, donde se encontraba el palacio de su amigo el duque de Osuna. Le llevaba una carta que esperaba respuesta.

A primera hora de la tarde, el portalón de carruajes de la gran casa de piedra de don Alfonso de Silva se abrió para dar paso al coche. El cielo estaba encapotado, amenazando tormenta. Los dos viajeros rogaron para que no les lloviera, pues el largo viaje que tenían por delante ya era duro, cuanto más con los caminos llenos de charcos.

Cuando el coche llegó hasta la plaza del Salvador, la portezuela se abrió para que entrara el tercer viajero. Luego el cochero fustigó a los caballos y abandonaron la plaza para alejarse de allí. Al entrar en la calle Joyería estuvo a punto de arrollar a dos jóvenes caballeros que, entretenidos en la conversación, no advirtieron la presencia del coche hasta que lo tuvieron casi encima de ellos.

—¡A ver si miramos por dónde andamos! —gritó el cochero.

Alarmado por la voz, uno de los jóvenes volvió la cabeza y miró fijamente hacia una de las ventanillas. Su corazón sintió un pálpito al encontrarse con un rostro embozado en el que resaltaban unos hermosos ojos verdes que se clavaron en los suyos. Se quedó mirando el carruaje con el corazón golpeándole en el pecho.

—¡Vamos, Manrique! Así es como debo llamarte, ¿no? Como sigas mirando todos los coches no vamos a hacer otra cosa en Sevilla. Y lo único que debemos hacer es descansar para proseguir mañana nuestro viaje.

El joven continuaba con los ojos fijos en la calle por donde había desaparecido el carruaje.

—¡Eh, amigo, ¿pasa algo?! —preguntó su compañero poniéndole una mano en el hombro

—No, nada, creí ver... nada, figuraciones mías, es el cansancio que me hace tener visiones. Venga, vamos a entrar en la posada, me muero por comer un buen cabrito asado. Luego me gustaría visitar a alguien que es como mi segundo padre. Le alegrará saber de mí y de mi familia —dijo Tristán entrando en la posada.

—Sea —contestó el secretario.

El coche llegó a la puerta de Córdoba para tomar el Camino Real de la Plata. Los viajeros tenían por delante un largo trayecto de casi noventa y cinco leguas que pensaban cubrir en quince jornadas, parando lo justo en las abundantes ventas que jalonaban el Camino.

Cuando María de Piedraescrita se acomodó en el coche al lado de Mencía sus ojos estaban empañados de lágrimas. Le había costado mucho despedirse de su madre y, aunque prometió que le escribiría todos los días, no por ello doña Malolila se quedaba muy conforme con ese viaje que la separaba de su hija no sabía por cuánto tiempo. Claro que, siendo don Alfonso el que lo había preparado todo y viniendo de él, no se esperaban nada más que cosas buenas. No quiso preguntar más acerca del motivo por el que Mencía salía tan deprisa de la ciudad: si su antiguo señor le había dicho que la muchacha huía de un hombre que quería hacerla su esposa, ella no tenía por qué dudarlo.

—Sólo serán unos meses, madre, hágalo por mí. Acompañaré a Mencía y además podré saber si realmente quiero dedicar mi vida a Dios —había rogado esa mañana la joven a su madre después de que ésta acudiera a la casa de don Alfonso.

Llegó asustada pensando que a las muchachas les había sucedido algún percance y cuando las vio sanas y salvas las abrazó llorando.

Don Alfonso le contó a la posadera lo imprescindible para que entendiera el peligro que corría Mencía si don Juan de Hinestrosa la encontraba. Se arriesgaba a que la llevaran ante la Inquisición, dijo. Cuando Malolila oyó la palabra se persignó asustada y contestó a su antiguo señor que haría lo que fuese por ayudar a la joven. También le expuso el plan que su esposa había ideado para sacarla y alejarla de Sevilla. Con lo que no contaba la posadera era con que su hija quisiera acompañar a Mencía.

—Le estoy muy agradecida, don Alfonso, de que haya permitido que acompañe a Mencía. Dios ha escuchado mis plegarias, aunque no pensaba que sería de esta forma.

Don Alfonso y Mencía le agradecieron a su vez su bondad y disposición y ésta le prometió que cuidaría de ella como una hermana.

Viajaban deprisa descansando en las posadas o ventas que tenían correo de postas, como la venta del Alcalde ya en tierras de Ciudad Real, donde las dos muchachas se olvidaron del viaje durante unas horas y disfrutaron de los bailes y entremeses de una bojiganga.

Llevaban muchos días de camino cuando avistaron el castillo de la villa de Arévalo. Don Alfonso se quedó contemplando la imponente fortaleza y un halo de tristeza nubló su mirada. Allí estuvo preso su buen amigo el duque de Osuna y de allí había salido para otro castillo en la villa a la que ahora se dirigían. Una sonrisa apareció en sus labios al imaginar a don Pedro saltando de los recios muros del castillo para huir a Flandes. ¡Qué fortaleza de espíritu demostraba tener su amigo en los momentos más difíciles! Dios, sin duda, encomendaba las misiones más delicadas a sus mejores soldados. ¡Qué fuerza de voluntad y tesón demostró tener cuando al serle amputado el dedo pulgar de la mano derecha y creerlo derrotado sus enemigos, él aprendió a manejar la espada con la mano izquierda y siguió repartiendo mandobles a diestro y siniestro! «La caída es sólo para ver cuán alto puedes llegar cuando te levantes», le había oído decir al duque en numerosas ocasiones.

—Don Alfonso, ¿sucede algo? —preguntó Mencía al verlo sonreír mirando el castillo.

—¡Oh, no, no os preocupéis! Sólo recordaba las glorias de un viejo amigo.

Por fin llegaba la última etapa del viaje, que los llevaría a Peñafiel, a unas veinte leguas de Valladolid. Cuando apenas quedaban dos leguas avistaron el imponente castillo situado en una loma, dominando el valle del Duero como una nave embarrancada en la inmensa estepa castellana. Era la propiedad de la que el duque se sentía más orgulloso. Le había sido cedido por el rey Enrique IV de Castilla en 1456 a su antepasado don Pedro Girón, maestre de Calatrava, para que constituyese el señorío de Peñafiel y lo había hecho reconstruir desde los cimientos convirtiéndolo en la soberbia fortaleza que ahora veían los ojos de los tres viajeros.

Con las primeras luces del alba, el cochero sujetó los caballos delante de un sencillo edificio conformado por tres casas unidas. Era el convento de las hermanas clarisas. Había sido fundado por doña Isabel de la Cueva, la segunda esposa del abuelo de don Pedro, en la villa de la que ostentaba el marquesado. La duquesa viuda lo había hecho siguiendo una moda entre los nobles: fundar su propio convento para acoger a familiares que manifestaban el deseo de seguir a Dios en clausura. Así, en 1607 y uniendo varias casas que su hijastro, el padre del duque, le había donado antes de morir, fundó en Peñafiel un modesto convento de franciscanas clarisas entre las que se encontraban una tía y una hermana de don Pedro. Luego, el convento había sido remodelado por dentro y lo habían dotado de un claustro y diversas dependencias gracias a las donaciones que aquél hacía asiduamente.

—Creo que hemos llegado —comentó Mencía cogiendo la mano de su amiga.

69

Don Alfonso se apeó del carruaje, tocó la campanilla y esperó pacientemente. Mucho rato después el postigo se abrió y el rostro de una novicia joven asomó por él. El caballero saludó respetuosamente y tras conversar unos instantes con ella le entregó una carta. El postigo volvió a cerrarse. Estaba claro que para las monjas de clausura la palabra «urgente» no tenía el mismo sentido que para el resto de los mortales, pues esperaron un buen rato y no había indicios de que la puerta se volviera a abrir. Por fin, oyó el sonido de los cerrojos.

La novicia lo invitó a entrar, pero antes se volvió al coche, abrió la portezuela y ayudó a bajar a Mencía y María de Piedraescrita.

La madre Beatriz de los Ángeles recibió a los tres visitantes con amabilidad y se disculpó por haberlos hecho esperar, pues estaban en la capilla con los rezos de prima, dijo. Luego rogó a don Alfonso que lo acompañara a otra celda para hablar a solas. Después de leer la carta que el sedero le había entregado, los ojos azules de la superiora se le quedaron mirando fijamente.

—Mi sobrino don Pedro debe teneros en mucha estima para solicitarme un favor así —dijo la superiora doblando la carta y guardándola en un cajón de la mesa.

—El duque me honra con su amistad, madre —contestó humildemente don Alfonso.

—Bien, todo se hará como dice el duque. Es nuestro benefactor y se lo debemos todo. Además, confío en él y estoy segura de que su petición no nos acarreará problemas. Sin embargo, es tan poco lo que me cuenta en su carta que si no os incomoda desearía hacerle algunas preguntas. Por supuesto, no tenéis por qué contestarlas. Las niñas se quedarán de todas formas.

—Preguntad lo que queráis, madre. Intentaré responderos hasta donde pueda.

Los inteligentes ojos de la superiora volvieron a mirar escrutadores a su interlocutor intentando descifrar lo que había querido decir con «hasta donde pueda».

—Sólo querría saber si las muchachas son cristianas y si han cometido algún acto por el que la justicia las busque.

Don Alfonso sonrió.

—Puede estar tranquila, madre. Son hijas de cristianos viejos. Han sido bautizadas y educadas en la fe de Cristo. Son dos buenas muchachas que no le crearán ningún problema. Y no han cometido delito alguno.

—Pero está claro que huyen de algo o de alguien, si no, mi sobrino no me pediría que las escondiera ¿verdad?

El sedero se quedó pensando un momento antes de responder:

—Madre, la vida ahí fuera no es fácil para unas muchachas huérfanas y honradas. Son muchos los peligros que las acechan y muy pocos los recursos que se tienen para huir de ellos. Os aseguro que no tendrá ningún problema.

—Eso espero, por el bien del convento y por el de las niñas. Decidle a mi sobrino que no debe preocuparse. Las muchachas pueden quedarse todo el tiempo que sea necesario.

Don Alfonso sacó una pesada bolsa de dineros.

—Tomad, madre, empleadlo donde sea menester. Sé de la necesidad que tienen los conventos.

La superiora asintió, tomó la bolsa y se levantó dando por concluida la visita.

Las primeras semanas que las dos jóvenes pasaron en el convento fueron objeto de un discreto seguimiento por parte de la superiora. Aunque el caballero le había asegurado que no tenía nada que temer pues las muchachas eran cristianas y buenas, la madre Beatriz de los Ángeles necesitaba comprobarlo por ella misma. Escuchó atenta sus oraciones, observó su trabajo en la cocina, pues las dos habían sido destinadas a ayudar a la hermana Eduvigis la cocinera, habló con ellas paseando por el huerto en el tiempo de recreo, analizó su comportamiento en la capilla y, cuando ya no tuvo ningún reparo que poner, les permitió vestir el hábito, aunque sin toca ni velo.

Las dos jóvenes demostraban día a día su educación y su amor a Dios por igual, pero los ojos escrutadores y la mente privilegiada de la superiora le llevaron a sacar dos conclusiones: que María de Piedraescrita sentía una mayor inclinación hacia las cosas del convento y que Mencía era la que estaba huyendo de algo o de alguien.

Un día, cuando las muchachas llevaban en el convento varios meses, la madre paseaba con María de Piedraescrita y abordó directamente la cuestión de la profesión.

—¿Has pensado alguna vez en dedicar tu vida al Señor, hija mía?

A la joven se le iluminó el rostro y contestó con una amplia sonrisa:

—¡Oh, sí, madre, muchas veces! Desde que era una niña he soñado con ese momento. Don Celedonio, el cura del Salvador, me hablaba de los muchos conventos que había en

Sevilla y me decía que en ninguno se está más cerca de Dios que en los de Santa Clara.

Animada por las confidencias de la muchacha, la superiora se atrevió a seguir preguntando. Hasta ahora era muy poco lo que sabía de las dos jóvenes pues, aunque a veces sentía curiosidad por conocer los motivos que las habían llevado a aquel convento tan lejos de su ciudad, se decía que no tenía derecho a inmiscuirse en sus vidas y que, si ellas no le habían contado el porqué de su huida de Sevilla, sus razones tendrían. Esta fuga, que Mencía era huérfana, María de Piedraescrita tenía madre y que su nombre, tan extraño como hermoso, era por la Virgen de un pequeño pueblo de las tierras de la Extremadura: ésos eran los datos que tenía. Las muchachas se habían amoldado a la vida y horarios del convento y, aunque estaban dispensadas de los rezos de maitines y laudes, solían acudir a menudo a compartir las oraciones con el resto de las monjas. En el trabajo, la hermana Eduvigis no tenía sino halagos para ellas y lo mismo sucedía en el tiempo de asueto, donde compartían juegos y risas con las novicias. Sí, debía reconocer que don Alfonso había dicho la verdad cuando afirmó que no tendría ningún problema con ellas. Además, estaba el dinero que el caballero le hacía llegar periódicamente al convento y que excedía en mucho el gasto que generaban las jóvenes.

—Bueno, don Celedonio tiene algo de razón —dijo sonriendo—. Santa Clara, la fundadora, escribió de su puño y letra la regla en la que se sustenta nuestra orden y entre los principios está el de la pobreza y la oración. Como ves, este convento es muy sencillo, pero no todos son así. El convento de Sevilla es un edificio hermosísimo, lo fundó un rey, Sancho IV de Castilla, aunque eso no te debe llevar a engaño, pues la vida de las hermanas se desarrolla con lo mínimo necesario para vivir.

La superiora pensó que ése era el momento de indagar en

la biografía de la joven. Al fin y al cabo, si quería ser monja tendría que conocer su vida.

—Cuando vuelvas y si ése es tu deseo y crees que has sentido la llamada de Dios, debes ponerlo en conocimiento de don Celedonio, tu confesor. Y de tu madre, naturalmente.

A María de Piedraescrita se le borró la sonrisa del rostro.

—¿Es que acaso tu madre se opone?

—Nunca lo he hablado con ella, aunque se lo imagina. Por una parte, ella sería feliz con que yo profesase, el amor de Dios lo he aprendido de ella. Pero, por otra, yo sé que soñaba con que me casase con un caballero y le diera nietos. A la posada acude lo más principal de Sevilla y ella nunca ha querido que trabaje. Ni Mencía tampoco.

La campana que anunciaba la hora de ir al refectorio interrumpió la conversación.

—Ya seguiremos otro día, hija mía.

70

Era la segunda vez que don Juan de Hinestrosa viajaba a Sevilla para buscar a Mencía. La primera se había alojado en una mísera posada del barrio de la Carretería, en el puerto, para estar más cerca del lugar al que suponía que habría ido la joven. Allí centró sus pesquisas, preguntando a cuanto marinero encontraba, subiendo a todos los barcos y hablando con sus capitanes, recorriendo las posadas de los barrios de la Carretería y de la Cestería, pero nadie podía darle noticias acerca de un joven caballero que hubiera querido pasar a Berbería. Mencía parecía haberse evaporado. Volvió a la villa desanimado, con la tristeza y la rabia nublándole los ojos.

Al verlo llegar, Elvira respiró tranquila, pero cuando se fijó en la ropa sucia y los cercos azulados de sus ojos sintió lástima por él. Fue sólo un instante, pues luego recordó que era uno de los culpables de su sufrimiento y que se merecía estar pasando por lo que ella ya había pasado anteriormente. Luego vinieron las noches de insomnio, la comida dejada en el plato, los asuntos de la fortaleza olvidados… y la hidalga temió por su salud.

—Me voy a Sevilla —le anunció una mañana nada más verla—. Algo me dice que Mencía está viva y que la encontraré allí.

Elvira sintió los fuertes latidos de su corazón en la garganta y temió que le sucediera lo mismo que a su madre.

Su hermano se quedó mirándola fijamente y un pensamiento cruzó por su cabeza. No era la primera vez que se le ocurría la idea de que Elvira hubiera podido ayudar a escapar a Mencía. Al fin y al cabo, la odiaba y deseaba verla fuera del alcázar. Así que verbalizó sus pensamientos.

—Mencía está viva y alguien la ayudó a escapar. Pero la encontraré —dijo mirándola con los ojos desorbitados.

—¿Y qué harás si la encuentras? ¿Forzarla a volver? ¿Denunciarla a la Inquisición?

—La encontraré —repitió— y la traeré, aunque sea a rastras. Cuando esté aquí ya pensaré lo que hacer con ella.

El alcaide había pronunciado las últimas palabras con rabia y Elvira no pudo evitar estremecerse.

Ahora estaba entrando por segunda vez en la ciudad del Guadalquivir y sentía renacer la esperanza de poder encontrar a Mencía. En su mente volvieron a sonar las palabras de su hermana: «¿Y qué harás si la encuentras?». Nunca hasta entonces se había parado a pensar lo que haría si daba con la muchacha. Elvira había nombrado la Inquisición. ¿Sería capaz de denunciarla al Santo Oficio? Estaba seguro de que su tío no lo consentiría, aunque reconocía que Mencía se había burlado de ellos y se había comportado como una ingrata. No sabía cuál sería su actitud cuando se encontrara frente a ella. Quizá le pidiera perdón y le rogara que la llevara con él de vuelta a la villa, entonces sí podría disculparla. Todavía la amaba, no se lo había dicho a Elvira, pero no podía engañarse, aunque había intentado odiarla, no podía. Quería creer que la culpa de todo había sido de los moriscos, y sobre todo de Tristán, que la había engatusado para que lo acompañara. «¡Maldito seas, Tristán!» ¡Y pensar que había intercedido por la familia de Bartolomé para que se quedaran en Magacela! Así se lo pagaban. El sedero sabía de su pretensión de casarse con Mencía... debió impedir esa locura. Su madre tenía razón, los moriscos eran unos ingratos, lo llevaban en la raza.

Las voces de un carretero lo sacaron de su ensimismamiento.

Esta vez pensaba aposentarse en el centro de la ciudad, así que preguntó a unos caballeros por una buena posada y le indicaron una de la calle Joyería próxima a la plaza de San Francisco.

Era media tarde cuando llegó al establecimiento y decidió descansar del largo viaje hasta el día siguiente, en que comenzaría sus pesquisas. Tenía pensado ir a todas las posadas decentes de la ciudad, pues si Mencía había estado en Sevilla había tenido que quedarse en alguna de ellas hasta coger el barco que la llevara a Berbería. Con suerte, incluso podría encontrarla todavía allí. Sólo habían pasado unos seis meses desde su desaparición y sabía que eran pocos los barcos que hacían viaje hasta aquellas tierras en invierno. Quizá Mencía estaba esperando a la primavera.

Con estos pensamientos se durmió rendido por el sueño y el cansancio del viaje.

Dos días después había visitado una docena de posadas y preguntado a sus dueños, pero tampoco nadie le supo dar noticias del joven por el que se interesaba.

La mañana del tercer día, al pasar por la iglesia del Salvador, entró para escuchar misa. Sus ojos se iban fijando en cada muchacho que entraba en la iglesia, pues suponía que Mencía seguiría llevando el hábito de hombre con el que lo habían visto los dominicos.

Acababa de recibir la comunión y se encontraba de rodillas en el banco. Fue cuando se incorporó para sentarse cuando la vio. Sus ojos se cruzaron sólo un instante con los de una joven cuyo manto casi le cubría el rostro. Sintió un pálpito y casi se quedó sin aliento. Incapaz de levantarse del asiento, por su cabeza cruzaron las imágenes del rostro de Mencía y el de la muchacha que acababa de mirarlo. No supo cuánto tiempo pasó hasta que pudo reaccionar.

—¡Mencía! ¡Dios mío, es Mencía! —exclamó en voz alta.

Sin oír las voces quedas que le indicaban silencio salió a toda prisa de la iglesia en pos de la muchacha que lo había mirado.

Durante toda la mañana anduvo vagando por las calles colindantes a la iglesia del Salvador sin conseguir dar con el paradero de la joven de la que estaba seguro era Mencía. Esos ojos verdes eran inconfundibles y, además, algo en su interior le decía que era ella.

Confundido y nervioso, volvió a la posada. A la euforia que sintió durante las primeras horas le había seguido ahora un abatimiento que casi le impedía caminar. Cuando por fin entró en su cuarto se tumbó en la cama e intentó traer a su mente la imagen de la muchacha de la iglesia. Era Mencía, no tenía ninguna duda. Sin embargo, ahora que la había visto le parecía más difícil encontrarla. ¿Lo habría reconocido ella? Había sido sólo un instante. De pronto, una idea fugaz y terrible inundó su mente. ¡Ella lo había reconocido! En sus ojos había visto el miedo. Por eso no había podido dar con ella. Había huido. No la encontraría nunca.

Se levantó de la cama y comenzó a pasear por el pequeño cuarto. Incapaz de controlar los nervios que se iban apoderando de él, abrió la puerta y se precipitó escaleras abajo. Salió a la calle y volvió a la plaza del Salvador. Se dirigió a la iglesia, pues quizá podía preguntar a algún cura si conocía a Mencía. No obstante, a esa hora la iglesia estaba cerrada y los pocos viandantes se apresuraban a entrar en las tabernas y mesones para comer. Vio un letrero pintado con una rama de laurel y se encaminó hasta allí. Un coche estaba detenido junto a la puerta, supuso que de algún caballero importante. Antes de entrar tuvo que dejar salir a una mujer joven acompañada de una muchacha, a la que abrazó antes de que ésta subiera al coche. La mujer volvió a entrar en la taberna enjugándose los ojos mientras el coche desaparecía calle abajo.

Sentado a la única mesa que había libre, don Juan pidió la empanada de carne que le recomendó su vecino de mesa y un cuartillo de vino. Se bebió el vino y no probó la comida. Volvió a pedir vino; esta vez el mozo le trajo una frasca que el alcaide vació sin apenas respirar. Cuando se levantó de la mesa tuvo que agarrarse a la silla para no dar con su cuerpo en tierra. Malolila, la posadera, mandó al muchacho que acompañara al caballero a su posada y el alcaide se lo agradeció dándole una moneda.

Se despertó desorientado varias horas después, cuando ya no entraba claridad por la ventana. Se incorporó en la cama, pero tuvo que volver a tumbarse porque todo le daba vueltas. Se levantó con esfuerzo y avanzó titubeante hasta el aguamanil, pero comprobó con disgusto que estaba vacío. Con el jarro en la mano salió del cuarto para pedir al posadero que se lo llenara, pero cuando iba a bajar la escalera se quedó parado sin poder creer lo que veían sus ojos.

71

Tristán y Ahmad Qāsim llevaban varios días en Sevilla haciendo averiguaciones y preguntando discretamente por la biblioteca que hacía unos meses había sido apresada al sultán Muley Zaidan. Habían llegado a saber que había pasado por Sevilla con destino a Madrid, por lo que al día siguiente, después de que el hijo de Bartolomé pasase a saludar a don Alfonso, partirían hacia la ciudad.

En ese momento se encontraban en la parte de abajo de la posada, destinada a comedor y taberna, dando buena cuenta de un estofado de carne. Eran los únicos clientes por ser aún temprano para cenar; sin embargo, ellos querían retirarse pronto para salir al día siguiente temprano.

De pronto se oyó:

—¡Tristán! ¡Maldito morisco!

Los dos jóvenes volvieron la cabeza hacia el lugar de donde provenía el grito.

—¡Don Juan! —exclamó el joven levantándose como si hubiera visto a un fantasma.

El secretario del sultán imitó a su compañero y echó mano a la espada.

En lo alto de la escalera el alcaide, con los ojos inyectados de rabia, miraba a Tristán y una sonrisa sardónica se dibujó en su cara.

—¿Creíais que no os iba a encontrar? ¿Que podíais huir sin dejar rastro? Os denunciaré a la Inquisición. Tú y tu amante os pudriréis en una celda.

El posadero, al oír la palabra «Inquisición», se persignó.

—Señores, por Dios, vamos a tener paz —dijo con la voz temblándole.

El alcaide comenzó a bajar los escalones tambaleándose. El jarro que aún llevaba en la mano cayó rodando escaleras abajo.

—Queríais hacerme creer que Mencía estaba muerta. Que se había ahogado.

Tristán no salía de su asombro con cada palabra que oía. ¿Qué estaba diciendo el alcaide?

Las risotadas sarcásticas de don Juan hicieron que Tristán volviera a la realidad.

—¿Qué pensará el Santo Oficio cuando se entere de que os burlasteis de su justicia? ¡Os quemarán por herejes! —seguía gritando el alcaide—. ¿Dónde la tienes escondida? ¿Está aquí?

Don Juan había conseguido bajar varios escalones, pero a cada paso que daba parecía que iba a precipitarse desde lo alto. El posadero subió y trató de agarrarlo, pero el alcaide lo empujó y, trastabillando, volvió a bajar.

—¡No me habéis engañado! ¡Vi a Mencía, en la iglesia, y ella también me vio! —La risa del alcaide se mezclaba ahora con palabras que los tres hombres eran incapaces de entender.

Tristán sintió que la respiración se le aceleraba. ¿Sería verdad lo que estaba diciendo ese hombre?

—¡Te mataré, hereje! —volvió a gritar don Juan.

En ese momento la barandilla de madera cedió haciendo que el alcaide cayera al vacío. Su cuerpo se estrelló contra el suelo con tal mala fortuna que su cabeza se golpeó contra uno de los poyos de piedra de la sala. Pronto, una gran mancha de sangre comenzó a teñir las losas del suelo.

El posadero se acercó temblando al cuerpo del alcaide, se agachó y acercó su oído al pecho. Con el rostro lívido se volvió hacia los dos hombres, que lo miraban atónitos.

—Está vivo, ayúdenme vuestras mercedes a llevarlo a su cuarto. Hay que avisar a un médico —dijo.

En un momento, Ahmad Qāsim se hizo cargo de la situación. No podían verse involucrados en ese suceso. El médico haría preguntas y quizá tuviera que dar parte a los guardias.

Ayudaron a subir al alcaide a su cuarto y el posadero le puso una toalla en la herida. El secretario lo tomó de un brazo y lo llevó aparte.

—Nosotros no hemos estado aquí —afirmó sacando una abultada bolsa de dinero y entregándosela al posadero—. ¿Tienes caballos en la cuadra?

—Sí, señor. Tengo dos yeguas jóvenes y veloces —contestó el hombre, que había olvidado su miedo y ahora respondía con voz tranquila.

—Bien, nos las llevaremos. Cuando nos hayamos ido busca a un médico y cuéntale lo que quieras.

—Le diré la verdad, señor —declaró serio el posadero, sopesando la bolsa que le había entregado el caballero—. Que yo estaba sólo en la sala cuando oí un golpe horrible. El caballero que unas horas antes había llegado borracho se había caído desde el piso superior.

—Se escapó y se ahogó en el río. Mencía. Se escapó, pero no se ahogó. La vi, la vi —se oía la voz debilitada de don Juan.

—¡Ah! Nos llevaremos lo justo, encárgate del resto del equipaje, quédate con él o haz lo que quieras, pero hazlo desaparecer del cuarto.

—No se preocupe, yo me encargaré.

El posadero miró luego al herido, que, con los ojos cerrados, daba signos de estar cada vez más débil.

—Está delirando, señor. Yo lo cuidaré. Váyanse ya vuestras mercedes.

—No, no puedo irme, necesito saber dónde está Mencía.

Tristán se acercó al moribundo y le cogió una mano.

—Don Juan, por el amor de Dios, dígame dónde está Mencía. ¿La tiene todavía la Inquisición en Llerena?

El alcaide abrió los ojos y le miró fijamente. Una mueca de dolor se dibujó en su rostro y con las últimas fuerzas que le quedaban intentó incorporarse sujetándose en la mano de Tristán, que aún le tenía asido.

—Mencía se ahogó, se ahogó en el río con Alonsillo.

Tristán se soltó y se acercó aún más a don Juan.

—¿Mencía ha muerto ahogada en el río? ¡Eso es mentira, Mencía está viva y va a decirme ahora mismo dónde está! —gritó fuera de sí, sacudiendo los hombros del moribundo.

Los labios del alcaide se curvaron en una nueva mueca de dolor y sus ojos se abrieron.

—Déjelo, señor, ha muerto —dijo suavemente el posadero.

Ahmad Qāsim agarró de un brazo a Tristán y lo empujó fuera del cuarto. Media hora después cruzaban a galope la puerta de Carmona y salían de la ciudad.

CUARTA PARTE

72

San Lorenzo el Real,
julio del año de Nuestro Señor de 1612

El padre jerónimo Lucas de Alaejos tenía treinta años cuando llegó al monasterio de San Lorenzo el Real en 1595. Había tomado el hábito diez años antes y desde entonces se dedicó en cuerpo y alma al estudio, y aunque algunas disciplinas como la metafísica no se le daban muy bien, pronto consiguió convertirse en el fraile más erudito de todos cuantos habían pasado por el monasterio, hasta tal punto de que al cabo de un año lo requirieron en la corte para predicar delante del rey.

Había sido discípulo de Arias Montano, quien le había enseñado el gusto por la poesía y el amor incondicional por los libros. Era tanta su afición a la lectura y escritura que pasaba horas enteras practicando la ortografía, de manera que sus textos rozaban la perfección.

Pronto fue nombrado bibliotecario de la espléndida y opulenta biblioteca del monasterio y su celo por preservar los libros de San Lorenzo de ojos curiosos que nada tenían que ver con el afán de aprender lo llevó a esconder algunos y a expurgar otros. El padre Mariana le había acusado de tener sus libros más preciados «cautivos con cadenas», palabras estas que disgustaron enormemente a fray Lucas, quien le respondió agriamente que en su biblioteca todo el mundo podía ver los libros y revolverlos, excepto el padre Mariana, aludiendo veladamente a que el fraile era corto de vista.

Aquella mañana de primeros de julio fray Lucas se hallaba en la biblioteca, encaramado a una escalera colocando unos libros en las estanterías más altas. El sol entraba a raudales por los ventanales iluminando las magníficas pinturas de las bóvedas, por lo que el bibliotecario había detenido un momento su tarea para deleitarse en su contemplación. Las puertas de la gran sala se abrieron dando paso al padre prior fray Juan de Peralta, que, avanzando por el iluminado pasillo, llegó hasta donde estaba el bibliotecario. Levantó la vista y con una amplia sonrisa dijo:

—Bajad, hermano. Tengo un documento que quiero que leáis.

Muy importante tendría que ser aquello que dijera el documento para que el propio prior se hubiera personado en la biblioteca; muy importante y muy bueno a tenor de la alegría que manifestaba su superior, pensó fray Lucas comenzando a bajar los peldaños de la escalera.

—Leed —ordenó fray Juan de Peralta entregándole el papel que sostenía en sus manos cuando tuvo al hermano frente a él.

El bibliotecario comenzó a leer:

—«El rey. Venerable y devoto padre frey Juan de Peralta, prior de San Lorenzo el Real».

El fraile levantó la cabeza del papel y miró a su superior con una sonrisa. Éste lo invitó con un gesto a que siguiera leyendo.

—«... presa por algunos bajeles de mi armada sobre el puerto de la Mamora de la librería del rey Zaidan, mandé traerla a esta corte y que se entregase a Francisco de Gurmendi, mi criado, que me sirve en la traducción e interpretación de las Lenguas Arábigas, Turquesca y Persiana, para que viese y reconociese qué libros eran los que están en su poder; y me ha hecho relación que son cuatro mil...»

A medida que leía, al bibliotecario se le iban iluminando los ojos.

—¡Bendito sea el Señor, cuatro mil libros!

—Continuad, hermano —le apremió el superior.

Fray Lucas obedeció y siguió leyendo la carta en silencio.

—¿Habéis llegado ya a lo sustancial, fray Lucas? —interrumpió sonriendo de nuevo el superior al ver la cara de asombro de su hermano, y le volvió a hacer un gesto para que continuase.

—«... suplicándome fuese servido de mandar que los dichos libros se lleven a San Lorenzo el Real —acababa de leer el fraile— y se entreguen en depósito al religioso o persona que vos nombráredes, para que los tenga apartados de los otros libros, tanto vedados como no vedados, hasta que yo ordene lo que se ha de hacer de ellos sin que de ninguna manera se mezclen con otros poniéndoles aparte en un lado de la librería más alta de esa casa, así os lo mando que en esta conformidad deis orden que se reciban en esa casa los dichos libros, y que en la custodia de ellos y lo demás se guarde puntualmente lo que va resuelto y declarado en ésta mi cédula sin exceder de ello en ninguna manera, que así conviene a mi servicio y es mi voluntad. Dado en Madrid a 7 de julio de mil y seiscientos y doce años. Yo, el Rey.»

Fray Lucas acabó de leer el documento con emoción contenida.

—¡Bendito sea Dios! ¿Y dónde vamos a colocar este tesoro? —preguntó sonriendo y devolviendo el documento al prior.

—Ya he mandado desalojar a los novicios de su cámara. Es una estancia amplia y cerca de la biblioteca para que vuestra paternidad trabaje más a gusto. Según el correo, los libros han salido esta misma mañana de palacio a primera hora.

A mediodía el bibliotecario se hallaba sentado en el refectorio delante de su escudilla sin poder probar bocado. No había asistido a los rezos de sexta en la iglesia porque no dejaba de pensar en la inminente llegada de los libros. Y así, siguiendo la regla de San Benito, que permitía rezar las horas menores en el lugar de trabajo, interrumpió su labor en la biblioteca durante unos minutos para cumplir con el precepto y volver a sus pensamientos.

Ya por la tarde no pudo concentrarse ni en sus tareas ni en los rezos y se pasó las horas nervioso, asomándose continuamente a las numerosas ventanas del monasterio, desde donde se divisaba el camino a Madrid por si podía ver algún indicio que le indicara que los libros estaban al llegar.

Se dirigía a la iglesia a cumplir con el rezo de vísperas cuando un hermano llegó corriendo a informarlo:

—¡Ya llegan, hermano Lucas! ¡La primera carreta está entrando en el monasterio!

En efecto, cuando el bibliotecario llegó sin resuello a las puertas del convento, la primera carreta con seis arcas se hallaba ya aparcada, y una fila de otras cinco con idéntica carga cruzaba las puertas del recinto.

—¡Bendito sea Dios! ¿Dónde vamos a poner tanto libro? —exclamó el fraile con la sonrisa iluminándole el rostro.

Como había dispuesto el prior, las arcas, hasta un total de treinta y ocho, todas numeradas, se llevaron al dormitorio de los novicios, que, aunque era una estancia amplia, se quedó pequeña para albergar tantos baúles. Una vez estuvieron en el lugar establecido, fray Lucas se dirigió a donde esperaba Francisco de Gurmendi, estudioso y traductor que se había encargado de los libros hasta ese día por orden expresa de Felipe III, y tras pedirle disculpas le invitó a que pasase a la biblioteca, donde podían charlar sobre lo que el rey había indicado en su cédula. Allí, después de mucho rato hablando acerca de los manuscritos y materias de que trataban, el traductor de lenguas árabe, turquesca y persiana le entregó a fray Lucas una lista de unos cuarenta libros que eran los que solicitaba en préstamo y que se hallaban en el arca número uno. Así que, sin más dilación, pues la tarde estaba muy avanzada y Francisco de Gurmendi quería volver con los carreteros a Madrid, se dirigieron de nuevo al dormitorio de los novicios para que le hiciera entrega de los libros.

Cuando el bibliotecario, ayudado por uno de los novicios, abrió el arca numerada, su sorpresa fue mayúscula al contemplar las cubiertas de los libros, ricamente labradas con figuras doradas y delicadas filigranas.

—En esta arca colocamos los libros que creemos tienen más valor. Algunos estaban guarnecidos de piedras preciosas, que naturalmente han sido arrancadas. Sólo hemos conservado las gemas en el libro más valioso y hermoso, un Corán de Oro, ¡lástima que únicamente contenga las palabras mentirosas de ese profeta! Pero ésa ha sido la voluntad de nuestro rey. Ya los verá vuestra paternidad —dijo Francisco de Gurmendi.

Fray Lucas no salía de su asombro, pues, aunque había imaginado que algunos estarían ricamente encuadernados, nunca pensó que esmeraldas y rubíes pudieran haber formado parte de las cubiertas de un libro, pese a que fuera el del mismo Mahoma.

Después de sacar los libros ricamente encuadernados, el traductor se dispuso a extraer los que había solicitado en préstamo.

—No crea vuestra paternidad que todos son como los que tenéis en las manos —comentó sonriendo—. De ésos hay unos cuarenta, luego hay muchos con hermosísimas miniaturas e ilustraciones. Como he dicho, es una lástima que los más bellos sólo contengan errores y herejías sobre el falso profeta Mahoma. Pero, en fin, ya los irá viendo y clasificando vuestra paternidad. Yo he hecho una primera catalogación muy básica de algunos baúles porque Su Majestad tenía mucha prisa en que los trajésemos a San Lorenzo.

Fray Lucas casi no escuchaba lo que su interlocutor decía, atento sólo a los libros que el gramático iba apartando. Le parecía al bibliotecario que esos volúmenes ya le pertenecían y que por muy traductor de lenguas árabes que fuera, se los iba a llevar, y a saber cuándo y en qué estado los devolvería. De pronto, recordó la carta en la que el rey decía que la idea de llevarlos a San Lorenzo había sido del estudioso y traductor De Gurmendi, y se avergonzó de sus pensamientos.

73

Septiembre del año de Nuestro Señor de 1612

Fray Lucas de Alaejos llevaba tres meses trabajando en los manuscritos de la biblioteca de San Lorenzo el Real, pero desgraciadamente los avances apenas si se notaban. Había realizado una nueva clasificación por materias traduciendo los títulos de los libros que estaban encuadernados, por lo que el esfuerzo y el tiempo no habían sido demasiados. Y así, de las cuatro disciplinas en que Francisco de Gurmendi había dividido en un principio los manuscritos, él había ampliado la clasificación hasta ocho, aparte de los que trataban de la religión de Mahoma: moral, política, medicina, historia natural, matemáticas, magia, astronomía y astrología.

Sin embargo, el problema se planteaba a la hora de clasificar los centenares de libros que carecían de portada, sin título ni nombre de autor y a veces hasta sin numeración, cuyas hojas aparecían guardadas en carpetas a modo de carteras de pergamino.

A este problema había que añadir el relacionado con las lenguas en las que los libros estaban escritos. Aunque el conocimiento que tenía de la lengua árabe era amplio y preciso y, además, disponía de un detallado vocabulario elaborado por su antiguo maestro Diego de Urrea, a veces se encontraba con vocablos que tenían multitud de significados, resultándole muy difícil elegir el adecuado. Además, cientos de manuscritos aparecían escritos en la lengua turquesca y persiana, cuyas nociones había ido olvidando con los años por el poco uso que les había dado.

Con este cúmulo de problemas, y aunque recibía la ayuda de cuatro frailes, antiguos alumnos también de Diego de Urrea y, por tanto, buenos conocedores de la lengua árabe, los trabajos avanzaban lentamente.

Una mañana en que los cinco frailes se encontraban en plena tarea, se presentó el padre prior en el dormitorio de novicios, donde aún se encontraban los libros y manuscritos, muchos de los cuales ni siquiera se habían sacado todavía de las arcas en las que habían llegado un par de meses antes.

Quería saber el superior cómo iban los trabajos y lo que se había adelantado, pues el rey Felipe III se había interesado por ellos. Fray Lucas le expuso los problemas con los que se encontraban y la lentitud con la que avanzaban:

—Nos sería de mucha utilidad que vuestra paternidad se lo comentase a nuestro rey y que él nos enviase a algunos traductores de la corte.

Así lo hizo fray Juan de Peralta y tres días más tarde recibió la contestación del monarca: les enviaría al mejor que tenía, Diego de Urrea.

Fray Lucas no se alegró tanto de la noticia como había creído el prior. Tenía sus razones. Pensaba el bibliotecario que, con la llegada del maestro, él pasaría a un segundo lugar, pues era obvio que Diego de Urrea era mayor conocedor no sólo de la lengua árabe, sino de la turca, persa y tártara. Y, en segundo lugar, y era ésta una razón delicada que se guardaba de exponer, su antiguo maestro no le inspiraba confianza, como no lo hacía ninguna persona que hubiera convivido con moros, pues si fray Lucas amaba los libros y la caligrafía árabes, sentía una profunda aversión por todos los seguidores de Mahoma. Y ese maestro no sólo había vivido muchos años en Berbería, sino que había abrazado la profesión de Alá.

Y así era. Diego de Urrea había nacido en una familia italiana. A los siete años había sido hecho prisionero y llevado a Berbería, donde fue educado en la religión de Mahoma, pasándose a llamar Morato Aga. Recibió una formación exquisita en la madrasa junto con Muley Xeque y Muley Zaidan, hijos del entonces sultán de Marruecos. Dotado de un especial talento para las lenguas, estudió, además de la árabe, la lengua turquesca y la persiana.

Un día, según contaba él mismo, escapó de su cautiverio y llegó a tierras italianas. Allí dio a conocer quién era y pidió que lo bautizaran, abrazando de nuevo el cristianismo. Tenía entonces treinta años. Viajó a España con el conde de Liste, quien le recomendó para que lo nombrasen profesor de árabe de la Universidad de Alcalá. Colaboró con algún tribunal de la Inquisición, quizá para demostrar que su conversión era sincera, aunque muchos en la corte no se fiaban de él. A pesar de la desconfianza que despertaba en algún sector de la Iglesia, fue llamado por el obispo de Granada para trabajar junto con Arias Montano en la traducción de los libros plúmbeos encontrados en Sacromonte.

En 1598 había pasado varios meses en el monasterio de San Lorenzo enviado por Felipe II para enseñar árabe a algunos religiosos, entre los que se encontraba fray Lucas Alaejos. Varios años después Felipe III lo había nombrado intérprete oficial de árabe y de turco. A pesar de las mercedes recibidas, Diego de Urrea anhelaba trasladarse a Málaga, donde tenía parientes, y así, con cartas de recomendación del monarca, se presentó ante el duque de Medina Sidonia para ponerse a su servicio. Allí recibió la misiva del rey.

Llegó al monasterio un día plomizo de otoño. Unas nubes negras ensuciaban el cielo y presagiaban lluvia, lo que

Diego de Urrea, muy dado a la interpretación de los elementos atmosféricos, creyó de mal augurio.

Fray Lucas lo trató con cortesía: había sido enviado por el rey y era el mayor experto en lengua árabe del reino, no cabía decir más. Nadie habría dicho que el bibliotecario trataba de superar los prejuicios que sentía al tener que trabajar a las órdenes de un mahometano. No obstante, resultó ser un excelente compañero. Dejaba que fray Lucas ordenara y dispusiera, y aunque él era el experto en las lenguas, siempre se situaba en segundo plano dejando al bibliotecario la dirección del trabajo. A pesar de ello, la desconfianza que sentía el bibliotecario hacia él continuaba. No se fiaba de las traducciones de algunos títulos que el maestro hacía, y hasta hubo alguna vez que lo espió, con la intención de cogerlo en algún renuncio. Entonces se avergonzaba de su conducta y le prometía a Dios no volver a caer en un pecado para el que no encontraba nombre. Pero, pasados unos días de remordimientos, volvía a las andadas.

A pesar de todo, los trabajos habían avanzado considerablemente. El padre prior había vuelto a solicitar más ayuda al rey, pero éste se la negó aduciendo que ya tenían a su mejor traductor.

Así estaban las cosas cuando una fría mañana de mediados de diciembre, De Urrea comunicó al superior del monasterio que iba a ausentarse unos días para viajar hasta Madrid. Llevaba dos meses en San Lorenzo y el trabajo le empezaba a resultar agotador. En la corte conservaba aún muchos amigos y deseaba pasar unos días en su compañía, pero, sobre todo, esperaba que alguno de ellos lo invitara a pasar las fiestas de la Natividad con ellos, pues la idea de pasarla rodeado de frailes y de rezos no le hacía ninguna gracia.

Cuando salió del monasterio sus ojos se posaron en la cima del monte Abantos, cubierta por la nieve caída durante la noche. Siempre le había parecido hermosa la nieve. Todavía recordaba la primera vez que la vio. Fue al poco tiempo de escapar de Berbería, en Nápoles, y pasó varias horas con las manos extendidas intentando aprisionar lo que le parecía espuma que caía del cielo. Después había visto nevar muchas veces, pero la imagen de Nápoles con la nieve deshaciéndose entre sus dedos quedó grabada para siempre en su memoria.

Miró el cielo intentando adivinar si volvería a llover.

—¡Entre, señor! —le apremió el cochero—. Va a empezar a caer agua.

74

Diego de Urrea había pasado muchos años conviviendo con árabes y sabía reconocer la exquisita educación y modales que demostraban en la corte. Por eso le llamó la atención el modo ceremonioso con el que aquel hombre le había saludado en el sótano de la librería de la plaza de la Cebada. Solía visitarla a menudo. Su dueño, el viejo Fulgencio, se había hecho con varios cientos de libros en árabe, cuyos dueños, todos moriscos, se los habían vendido a precio de saldo ante el temor de que la Inquisición los encontrara o antes de ser expulsados. Fulgencio los tenía escondidos en el sótano y sólo los mostraba a unos pocos y buenos clientes, dispuestos siempre a pagar lo que el librero les pedía. Volvió la vista y lo observó detenidamente: buena apostura, elegante y caras ropas cristianas. ¿Qué hacía un cristiano buscando libros en lengua arábiga? Iba acompañado de un joven también elegante. Podían ser moriscos retornados, sabía de muchos que, burlando la ley, habían vuelto y se habían quedado a vivir en otros lugares distintos del suyo para no ser denunciados por sus propios vecinos. Pero algo le decía que el hombre que lo había saludado no era un morisco retornado.

Comenzó a hojear un manuscrito en lengua arábiga pendiente de lo que los dos hombres tenían en sus manos.

La enjuta figura del librero apareció en la escalera.

—He cerrado la puerta de la librería para que nadie moleste a vuestras mercedes —dijo sonriendo—. Si precisan algo estaré arriba.

Los tres hombres se lo agradecieron con un gesto y Fulgencio desapareció.

El traductor se acercó a los dos jóvenes.

—*As-salamu aláikum* —dijo en voz baja, aunque lo suficiente como para que ambos lo oyeran.

Tristán dio un respingo y puso su mano sobre la espada. Ahmad Qāsim le agarró el brazo, se volvió y miró al hombre que, entrado en años, alto, de porte aristocrático y con una barba blanca muy cuidada le sonreía e inclinaba la cabeza en señal de saludo.

—¡Vámonos! —ordenó con voz apremiante Tristán.

—*Aláikum salam* —contestó Ahmad Qāsim.

—¡Vámonos, te digo! ¡No debemos meternos en problemas! —insistía Tristán.

—Es un precioso volumen —comentó Diego de Urrea en perfecta lengua arábiga tomando en su mano el libro que el secretario del sultán acababa de dejar en una estantería.

—Sí que lo es —convino el secretario en castellano.

—Permitid que me presente. Soy Diego de Urrea, traductor de árabe y turco.

—Mi nombre es Agustín Casán —dijo Ahmad traduciendo su nombre al cristiano— y soy, como vos, traductor de lengua arábiga. Éste es mi amigo Tristán. Pero, decidme, ¿dónde aprendisteis la lengua? A fe que la habláis a la perfección.

—Lo mismo podría decir de vos. También la habláis con mucha soltura para haber sido sólo aprendida. Las lenguas, para hablarlas así, hay que aprenderlas desde pequeño. Yo lo hice en la corte de Amhad Al-Mansur, en Marruecos.

Ahmad Qāsim y Tristán se miraron. El traductor de árabe captó el gesto y se dispuso a deshacer la desconfianza que había despertado en los dos hombres su respuesta haciéndoles un resumen de su azarosa vida.

—¿Conocisteis a Muley Zaidan? —preguntó Tristán impresionado.

La mirada de reproche que le dirigió su compañero no pasó tampoco desapercibida a los astutos ojos de Diego de Urrea.

—Comprendo que no os fieis de un desconocido, pero os juro por lo más sagrado que no tengo ninguna intención de haceros daño.

Luego escuchó atento el relato que el mayor de los hombres le contó. Eran originarios de Extremadura, dijo, habían estudiado en Sevilla y venido a la corte, donde creían tener más oportunidades de medrar.

Naturalmente el astuto traductor se dijo que los dos hombres que tenía delante no le habían dicho la verdad. Bien era cierto que a él poco le importaba que fueran retornados o no, lo verdaderamente importante era que había encontrado dos hombres que conocían perfectamente la lengua árabe y tenía que convencerlos para que lo ayudaran en la ingente labor que estaba llevando a cabo.

—Deduzco, pues, que aún no habéis encontrado trabajo. Yo os lo puedo proporcionar.

—Os lo agradecemos, señor, pero traemos cartas de recomendación de nuestro mentor, que nos abrirán algunas puertas.

—Muy poderoso tiene que ser vuestro protector para que las puertas de las casas nobles de Madrid se abran para dos desconocidos. No os lo toméis a mal, pero aquí la cosa no está tan fácil. Además, no creo que el trabajo que encontréis sea tan interesante como el que os puedo ofrecer yo.

—Gracias de nuevo, señor, pero…

—¿De qué se trata? —preguntó interesado Ahmad Qāsim interrumpiendo la respuesta de Tristán.

Al fin y al cabo, pensó el secretario, llevaban ya muchos meses en Madrid, de librería en librería y no habían sido capaces de encontrar ni un solo indicio de adónde habían ido a parar los libros. Quizá aquel hombre que decía ser traductor de árabe podría ofrecerles alguna información útil.

—Estoy inmerso en la traducción de una serie de libros de la biblioteca de San Lorenzo el Real. Son miles y necesito ayuda. Os repito que es un trabajo muy interesante. Su antiguo dueño fue una persona poderosa y amante de los libros y muchos ejemplares son verdaderamente extraordinarios.

Ahmad Qāsim no daba crédito a lo que oía y temió que su impulsivo compañero lo echara todo a perder, así que se apresuró a hablar.

—Tenéis razón, esos libros deben de ser importantes para que todo un traductor real dedique su tiempo a ellos. Aceptamos. No tenemos nada que perder.

—Os aseguro que no os arrepentiréis. Y ahora, si me lo permitís, os invito a almorzar. En la taberna de la Cebada hacen la mejor empanada de carne de todo Madrid.

«Seguro que no será tan buena como la de la posada del Laurel de Sevilla», pensó con nostalgia Tristán.

75

En el tiempo que llevaban Mencía y María de Piedraescrita en el convento de Santa Clara en Peñafiel, don Alfonso le había escrito varias cartas a la hija de Ezequiel. En las primeras la instaba a que permaneciera unos meses allí hasta que don Juan, cansado de buscarla, volviera a la villa y se olvidara de ella. Pero el tiempo fue pasando y la vida reposada del claustro, donde las dificultades y acechanzas parecían diluirse, la atraía hasta hacerla pensar que quizá el Señor le había hecho pasar todos esos sufrimientos para luego entregarle el galardón: la vida tranquila y sosegada junto a Él. La búsqueda de Tristán se le antojaba ahora como un sueño que se desvanecía como la bruma en la fortaleza de Magacela cuando el sol calentaba. Su confesor, a quien le había contado parte de su historia, la animaba a que le pidiera a Dios que la llamara para servirle, pero ella a veces, casi inconscientemente, se oía pidiéndole que le diera fuerzas para ir en busca de su amado.

La abadesa llevaba un rato con la carta que había recibido esa mañana del obispo de Valladolid. No estaba conforme con lo que decía el prelado, pero tendría que acatarlo. Ella hubiera preferido que fueran los franciscanos o agustinos, como venía siendo costumbre, quienes llevaran a cabo los actos religiosos durante la Semana Santa, pero el obispo les mandaba a unos inquisidores que escudriñarían cada rincón de su convento y a saber qué conclusiones sacarían de su labor como madre abadesa. Su primera reacción fue escribir a su sobrino, quien sentía aversión por la Inquisición, para quejarse de la actuación caprichosa del obispo, pero luego lo pensó mejor y se dijo que se debía a la regla de obediencia y, además, que intentar impedir a unos religiosos la entrada en el convento daría que pensar, cuando ella no tenía nada que ocultar. Y es que a la superiora no le gustaba la Inquisición y, aunque sabía que no todos los dominicos eran inquisidores, y que incluso muchos de ellos no estaban de acuerdo con los métodos de esa institución, sólo el hecho de que algunos de sus miembros pertenecieran a esa comunidad le producía rechazo.

Después de nona reunió en capítulo a sus hermanas para comunicarles que este año serían los frailes dominicos quienes visitarían el convento para dirigir los ejercicios espirituales y predicar en los oficios de Jueves y Viernes Santo, además de llevar a cabo la confesión general.

Las hermanas acogieron la noticia con frialdad y algunas sin poder disimular su disgusto.

—Hermanas, hermanas —dijo la superiora en un intento de atajar los tenues murmullos que empezaron a oírse—, que sean los dominicos los que compartan con nosotros la Última Cena del Señor debería llenarnos de satisfacción. No olvidemos que los dominicos es la orden por excelencia de la predicación. Los hermanos son grandes evangelizadores que han llevado y continúan propagando la palabra de Dios por doquier. El hecho de que algunos de ellos pertenezcan a la Inquisición no debe impedir que les abramos nuestros corazones y nuestras almas en el acto de la confesión general.

Mencía y María de Piedraescrita, vestidas con la túnica

religiosa aunque sin tocar, escucharon las palabras de la superiora en silencio recogido. Sin embargo, a Mencía el corazón le comenzó a latir tan fuerte al escuchar la palabra «Inquisición» que tuvo que apoyarse en el brazo de su amiga, pues temió sufrir un vahído. Notó cómo la náusea le subía desde el estómago a la garganta y atenazaba ésta hasta casi impedirle respirar.

María de Piedraescrita vio cómo su amiga se estaba poniendo del color de la cera y se asustó.

—¡Mencía! ¿Qué te pasa? ¿Quieres que se lo diga a la madre para que...?

La muchacha apretó aún más el brazo de su amiga y suplicó con voz débil, aunque audible:

—Por Dios, no digas nada, ya se me pasa.

Durante los rezos de vísperas, a la caída de la tarde, Mencía no pudo concentrarse en los salmos y las palabras que leía la hermana le llegaban como un eco:

Es inútil que madruguéis,
que veléis hasta muy tarde,
que comáis el pan de vuestros sudores:
¡Dios lo da a sus amigos mientras duermen!

Lo mismo le había sucedido en el rezo de completas. Cuando por fin se retiró a la celda que compartía con la hija de Malolila estaba exhausta. Se arrojó sobre la cama y comenzó a llorar. Su amiga volvió a reiterarle el ofrecimiento de ir a llamar a la madre superiora, pero Mencía lo rechazó de nuevo. A pesar de que llevaban un año compartiendo celda y habían intimado mucho, nunca le había contado nada de los sucesos acaecidos en Magacela o en Llerena. Pero ahora, viendo que las lágrimas de su amiga estaban a punto de salir de sus ojos, sintió vergüenza por no haberse confiado a ella, que la quería como una verdadera hermana. Así que le pidió que se sentaran, pues tenía que confesarle algo muy grave.

En susurros Mencía le fue contando a María de Piedraescrita todo lo que había vivido en la villa desde que escuchó el primer bando de expulsión de los moriscos: su amor por Tristán, la huida con los moriscos, la detención por la Inquisición, la cárcel en Llerena, el amor de don Juan, la huida hacia Sevilla en hábito de hombre, la muerte de Alonsillo, la ayuda de don Alfonso...

—No te lo he contado antes porque hablar de ello me dolía tanto que las palabras me quemaban en los labios. No fue porque desconfiara de vosotros. Cuando vi a don Juan en la iglesia del Salvador y eché a correr escuchando su voz que me llamaba, me imaginé de nuevo en la celda de la Inquisición. Don Alfonso os dijo parte de la verdad a tu madre y a ti. Que don Juan estaba buscándome para casarse conmigo. Ahora mis miedos han vuelto. Los frailes de los que ha hablado la madre son dominicos, inquisidores. Si me reconocen me llevarán de nuevo a la cárcel y seguramente me condenarán a...

Los sollozos impidieron a Mencía continuar.

—Pero ¿cómo te van a reconocer si no te han visto nunca? Además, ya has oído a la superiora, no todos los dominicos pertenecen a la Inquisición.

El sonido de la campanilla convocando al rezo de maitines dio por concluida la conversación. Se dieron cuenta entonces de que habían estado hablando casi tres horas y que no habían dormido en todo ese tiempo.

Tres días más tarde los dos frailes dominicos llegaron al convento de San Pablo en Peñafiel, donde sus hermanos de orden los recibieron con júbilo. Se trataba de un fraile entrado en años y un hermano muy joven que hacía poco tiempo que había profesado y terminado sus estudios.

A la mañana siguiente se dirigieron al convento de Santa Clara. Era Jueves Santo y las hermanas estaban terminando de preparar el monumento que habría de albergar el Cuerpo de Cristo. La madre abadesa los recibió con amabilidad.

Por la tarde se presentaron temprano para comenzar las confesiones. La madre superiora indicó a los frailes que las hermanas se confesarían con el hermano mayor, por creer, dijo, que necesitaban ser dirigidas por un experto sacerdote.

A fray Manuel, el joven fraile, se le demudó el semblante al oír a la superiora, pues desde que había traspasado las puertas del convento se había fijado en la belleza y juventud de algunas de las novicias y el hecho de tener a esas jóvenes al otro lado del confesonario desnudando su alma le producía un cosquilleo en el estómago difícil de explicar. Sabía que algún día tendría que ser él quien desnudara la suya ante su confesor, pero de momento, se decía, no estaba preparado.

Las hermanas se sentaron en el banco preparando la confesión, esperando que el confesor apareciese, cuando vieron que de la pequeña sacristía salía fray Manuel. Su hermano, dijo, había sufrido una indisposición y quería descansar para celebrar los oficios. Sería él quien llevaría a cabo las confesiones.

—Ave María Purísima —oyó el joven fraile decir a una novicia.

Notó un estremecimiento cuando, pegado su rostro a la celosía del confesionario, sintió el aliento de la monja. Cerró los ojos y se preparó para disfrutar el momento.

Horas más tarde, la pequeña capilla se quedó pequeña para albergar a los fieles ansiosos de oír predicar a los frailes dominicos venidos de lejos. Las hermanas, situadas al fondo y separadas del resto de los fieles por una verja, escuchaban las palabras de los sacerdotes con los rostros cubiertos por un velo. Éstos, vestidos con ricas casullas bordadas con hilos de oro y de espaldas a los fieles, leían textos en latín de la vida de Jesús y de su Última Cena.

Con auténtica fe y recogimiento, Mencía escuchaba a los sacerdotes. El olor del incienso y de la cera y los cánticos de sus hermanas la sumergieron en una especie de calma que no había sentido desde que supo de la llegada de los frailes dominicos al convento. Cuando llegó el momento de la predicación, el mayor de los frailes abandonó el altar mayor y se dirigió al púlpito. Las hermanas y los fieles pudieron entonces ver su rostro. Pero fue también entonces cuando Mencía sofocó un grito.

—Ni la herida del costado, ni las espinas clavándose en las sienes, ni los clavos atravesándole los pies y las manos, nada le duele a Cristo más que nuestros pecados, porque... —decía el dominico con voz grave y modulada.

Mencía cerró los ojos intentando concentrarse en las palabras del predicador, pero lo único que ocupaba su mente eran las imágenes de la cárcel de Llerena, su deseo y a la vez temor de morir. La voz del fraile le llegaba de nuevo.

—... constancia y perseverancia, eso es lo que Él nos pide —decía ahora—. Debemos ser constantes en la súplica, en la entrega, en la oración... Cristo, hermanos, espera que le pidamos y que perseveremos en nuestras peticiones. ¿Quién de nosotros teniendo sed no busca el agua para saciarla? Y si no la encuentra en casa, ¿no coge el cántaro y va a la fuente más próxima? Y si está agotada, ¿no toma el camino, por muy angosto que éste sea, en busca de otra fuente? Pues así...

«Sí —pensó Mencía, olvidándose por unos momentos del dolor que sentía—. Seré perseverante, Señor, te suplicaré mil veces tu ayuda porque mi dolor y mi sufrimiento son insignificantes al lado del tuyo. ¿Qué tengo que temer si estás a mi lado? "Aunque pase por el valle de sombra de muerte, no temeré mal alguno porque Tú estás conmigo; Tu vara y Tu cayado me infunden aliento"», recitó en silencio. Y sintiendo que las palabras del salmo de David se habían escrito para ella, olvidó sus pesares y se concentró en escuchar el sermón.

Fray Manuel, sentado en el altar, estaba absorto en sus pensamientos sin atender a lo que el predicador decía. El escalofrío inicial que había sentido al oír la voz de la primera hermana en el confesionario fue dando paso a otras sensaciones que no había experimentado antes. Claro que nunca había estado durante dos horas confesando a monjas. Ahora, después de que a su alma y sobre todo a su cuerpo hubiera vuelto el sosiego, se decía que lo que había sentido aquella tarde estaba muy cerca del sexto mandamiento y que no podía demorar por más tiempo su confesión con su hermano. Tranquilizado por esta decisión, se empleó en poner atención en el sermón.

A la hora de la comunión, el mayor de los frailes bajó del altar y caminando por el pasillo llegó a donde estaban las hermanas, mientras fray Manuel daba la comunión a los fieles.

—*Corpus Domini nostri Jesucristi custodiat animam tuam in vitam eternam.*

—Amén —dijo Mencía levantando los ojos y clavándolos en el sacerdote.

Al recibir la santa forma notó que los dedos del fraile temblaban.

76

En la pequeña sacristía de la capilla, el oficiante, ayudado por fray Manuel, se estaba quitando la casulla cuando entró la madre Beatriz.

—El sermón de vuestra paternidad ha llegado al alma y al corazón de la comunidad, padre.

—Gracias, hija mía. Eso es lo que pretendemos. Que las hermanas sientan nuestra palabra como si fuera la de Dios. Sobre todo las más jóvenes. Por cierto, esas dos muchachas sin hábito que viven en clausura...

La superiora se adelantó a hablar ante lo que parecía que sería un problema. Con esos dominicos nunca se sabía.

—Son Mencía y María de Piedraescrita.

—Extraño y hermoso nombre.

—Son unas jóvenes honradas y temerosas de Dios que llegaron al convento hace un año tuteladas por un rico comerciante de Sevilla, don Alfonso de Silva. El caballero portaba una carta de recomendación de mi sobrino, el duque de Osuna.

A los perspicaces ojos de la madre Beatriz no le había pasado inadvertido el ligerísimo movimiento de cejas que había hecho el fraile al oír el nombre del duque de Osuna.

— De sus vidas anteriores poco le puedo decir a vuestra paternidad —continuó la superiora—, sino lo que yo he ido averiguando, pues son celosas de su intimidad. La mayor, Mencía, debe de venir huyendo de un dolor que no puedo definir, pues arrastra una tristeza que no logran ocultar sus hermosos ojos.

—Sí, me he fijado en sus ojos tristes, difíciles de olvidar, por otra parte, si se han visto una vez.

La madre superiora se preguntó qué habría querido decir el fraile.

—¿Recordáis exactamente cuándo llegaron las muchachas?

—Claro, fue la primavera pasada, en marzo, creo recordar.

El dominico se quedó absorto unos instantes procesando la información que le acababa de dar la superiora.

—La pequeña dejó a su madre en Sevilla —siguió la superiora sacando de su abstracción al fraile—. La quiere y sufre por el dolor que pueda causarle si ingresa de novicia, como es su deseo. Las últimas semanas, tal vez contagiada por el amor a Dios de su amiga, Mencía ha dejado entrever su acercamiento a la vida del claustro. Así que no me extrañaría que en vez de una novicia tuviéramos dos.

El fraile sonrió y la madre abadesa creyó que los datos que había proporcionado al dominico lo habían satisfecho.

—Sí, sería una alegría para la comunidad que dos jóvenes con tan santas virtudes se incorporaran a ella. Me gustaría tener unas palabras con ellas. Por separado.

—Diré a una hermana que vaya a buscarlas. Vuestra paternidad puede hablarles en la celda grande.

Tiró de un cordón que hacía sonar una campanilla. Al poco rato entró una novicia y la superiora le dio el recado.

El dominico sólo habló unos minutos con María de Piedraescrita interesándose sobre todo por su incipiente vocación religiosa y su deseo de consagrar su vida al Señor. Unos minutos después de que se hubiera marchado, se abrió la puerta de nuevo.

—¡Ave María Purísima! —dijo una voz vacilante.

—Sin pecado concebida —contestó el dominico.

Mencía entró temblando en la celda de la superiora.

—El Señor sea contigo, Mencía.

—Y con vuestra paternidad, fray Jerónimo.

De nada servía ya simular que no conocía al dominico. Él se había dirigido a ella por su nombre y en ese instante se dio cuenta de que no podía hacer otra cosa. Se había quedado parada en el umbral sin atreverse a entrar, aunque el tono de voz de fray Jerónimo la había tranquilizado como aquella vez en la cárcel de Llerena. Quizá el Señor de nuevo volvía a enviarle a aquel fraile para ayudarla. Pero ¿cuál sería ahora el motivo? Hacía tiempo que había comprendido que fray Jerónimo la había sacado de la celda porque su sobrino se lo había pedido, la amaba y quería casarse con ella. Pero, ahora, ¿qué razón había para que no la denunciase? Él entendería su huida como una burla a la Inquisición, al igual que pensaría que había deshonrado a su sobrino primero huyendo con los moriscos y luego haciéndoles creer a todos que había muerto.

—Adelante, hija mía, toma asiento.

Las palabras, de nuevo dulces del fraile, la sacaron de su abstracción. Mencía se sentó en una jamuga de madera tallada y asiento de piel, regalo sin duda de algún benefactor, mientras que el dominico hacía lo propio al otro lado de la mesa. Cruzó las manos sobre el regazo y esperó con los ojos fijos en ellas a que el fraile hablase.

—Me alegro de verte, Mencía. Y también me alegro de que tus pasos, cualesquiera que hayan sido, te hayan traído a este lugar santo. Eso me demuestra que no estaba equivocado y que eres una muchacha honrada que nunca se alejó de Nuestro Señor.

A medida que el dominico hablaba, Mencía iba sintiendo que la esperanza de que lo perdonara volvía a renacer en ella. No la denunciaría porque sus palabras no albergaban odio.

—Desde que... —fray Jerónimo dudó un instante sobre la palabra que debía utilizar— desapareciste, todo cambió para nosotros, sobre todo para mi sobrino.

Mencía seguía sin levantar los ojos.

—La madre Beatriz me ha contado lo poco que sabe de tu vida anterior y no pretendo que me la cuentes a mí. Por supuesto, yo tampoco le he dicho nada. El pasado ya no importa, hija mía, sólo el presente y el futuro. Lo que eres y lo que quieres ser. Sin embargo, hay algo de ese pasado que debes saber. Es una noticia triste y dolorosa.

Por primera vez desde que habían iniciado la conversación Mencía levantó los ojos y los fijó en los del dominico.

—Mi sobrino don Juan ha muerto.

La sorpresa se reflejó en los verdes ojos de la joven, que se llevó las manos a la boca para sofocar un grito. Sintió que la congoja se adueñaba de su alma mientras intentaba hablar.

—¿Y cómo...? —balbuceó— ¿Qué le ha sucedido?

El fraile dudó un momento si contarle que su sobrino había encontrado la muerte en una posada de Sevilla mientras la buscaba. Seguramente esas palabras la harían sentirse culpable. Quizá se lo mereciera, al fin y al cabo, había demostrado ser una ingrata con todos los que la habían ayudado.

—Eso ya no importa, Mencía. Sólo que su alma ya goza de la paz del Señor. Era un hombre bueno y sin duda velará desde el cielo por nosotros.

El llanto sincero de Mencía conmovió al dominico.

—Bueno, hija mía, me ha dicho la madre que te atrae la vida del claustro. Quizá el Señor había decidido que le entregaras su vida y nosotros no supimos ver el sendero que había trazado para ti. Sus caminos son inescrutables. Me gustaría que hablásemos de ello.

De pronto, Mencía se puso de rodillas con las lágrimas rodando por sus mejillas y las manos entrelazadas en señal de súplica.

—Escúcheme en confesión, padre. Mi alma ya no puede cargar con todas las culpas que la atormentan.

Fray Manuel había terminado de doblar las vestiduras talares y las colocó en uno de los cajones del mueble que para tal uso había en la sacristía. Luego se sentó en el banco a aguardar a fray Jerónimo. Cansado de la espera, se levantó y salió al claustro. Quizá, con suerte, pudiera hablar con alguna de esas bellas novicias a las que había confesado esa mañana. Sintió un escalofrío recorriéndole el cuerpo y sonrió. El largo claustro aparecía desierto y no se veía a ninguna monja. Seguramente estarían recogidas en oración, pensó. Echó a andar por el claustro. Las puertas de las celdas estaban entornadas, pues las monjas tenían prohibido cerrarlas, y el fraile volvió a sentir el cosquilleo de nuevo ante la posibilidad de entrar en alguna de ellas.

Iba a hacerlo cuando de pronto oyó un susurro de voces apagadas que procedía de una de las celdas. Se acercó y asomó la cabeza por la rendija que formaba la puerta entornada. La escena que vio lo sorprendió: fray Jerónimo, sentado en un sillón, apoyado un brazo en la mesa y con la mano cubriéndose los ojos, parecía disponerse a oír en confesión a una de las jóvenes sin toca que él había confesado esa mañana. ¿Qué habría hecho esa muchacha que necesitaba confesarse de nuevo? ¿O es que quizá no le había contado todo a él?

Picado por la curiosidad y mirando de reojo el claustro por si aparecía alguna hermana, aguzó el oído y se dispuso a oír la confesión que la joven le había negado. Ésta, arrodillada en un reclinatorio, le daba la espalda, por lo que fray Manuel no pudo saber cuál de las dos muchachas era.

El joven dominico escuchó la confesión de Mencía con las manos puestas sobre los labios temiendo que en cualquier momento se le escapara un grito. Y lo peor, se dijo, no era la terrible historia que esa muchacha estaba contando, sino que fray Jerónimo, el superior de su convento, parecía conocerla por las preguntas que le hacía y que ella no dudaba en contestar.

—*Ego te absolvo a peccatis tuis in nomine...*

Cuando las palabras de su hermano llegaron a sus oídos, fray Manuel se retiró y volvió deprisa a la sacristía. Tenía mucho en que pensar, pero, sobre todo, tenía que recapacitar sobre el provecho que podía sacar de esa horrible confesión en la que estaba implicado el Santo Oficio.

77

Encomienda de Magacela,
junio del año de Nuestro Señor de 1613

El tiempo pasaba lento en Magacela. Los escasos habitantes de la villa iban acostumbrándose poco a poco a las solitarias calles, al silencio sepulcral que inundaba las noches, a las malas hierbas que crecían en las huertas, a la ausencia de los gritos de niños, pero, sobre todo, Elvira debía acostumbrarse a la ausencia de los seres a los que había querido.

Aquella mañana la monotonía en la que se había convertido su vida desde la muerte de su hermano se vio alterada por la llegada de su tío, fray Jerónimo. Era casi media tarde, por lo que insistió en que se quedara a cenar y pernoctase allí. Después de la cena, tío y sobrina se sentaron a conversar en la terraza del alcázar. Aunque estaban a las puertas del verano la noche era fresca y allí arriba se sentía el relente.

—¿Has recapacitado sobre tu deseo de ingresar en el convento? —preguntó él cuando estuvieron instalados.

Elvira miró a lo lejos las casas de la villa iluminadas por la enorme luna llena.

—Sí, nada me retiene ya aquí, tío. Prefiero la vida del claustro. Dedicaré mis fuerzas a rezar y pedir perdón por el mal que he causado.

—Elvira —dijo dulcemente fray Jerónimo—, los muros de los conventos ocultan el cuerpo al mundo, pero la mente debe también estar preparada para olvidar todo lo que deja en él. A veces, el corazón no logra esconderse tras las rejas de los claustros y se queda vagando como un alma en pena haciendo desgraciado a aquel que está dentro.

La hidalga volvió a mirar de nuevo las casas como si pudiera encontrar allí abajo las palabras que buscaba.

—Deberías observar cómo está el tuyo, hija mía —continuó su tío—. Quizá si hablaras con Francisco...

El dominico se calló esperando ver la reacción de su sobrina. Ésta se lo quedó mirando y pareció perderse durante unos instantes en sus propios pensamientos. Luego sonrió con tristeza.

—Francisco se casó con una de las criadas la semana pasada. Hacía mucho tiempo que sabía de su relación con ella. Está esperando un hijo y él ha hecho lo que debía. Darle un apellido y reconocer a su propia sangre.

Fray Jerónimo sintió por su sobrina una pena infinita y creyó ver en sus palabras una velada acusación. Por eso, aunque no tenía pensado contarle nada de lo acaecido en Peñafiel, decidió que Elvira había estado casi veinte años creyendo una mentira y que se merecía, quizá por una vez en su vida, que no le siguieran mintiendo.

—He visto a Mencía. Está muy bien —afirmó sin más.

Elvira cerró los ojos para gozar de las palabras que llevaba tanto tiempo esperando y que tantas veces en la soledad de su cuarto había rogado a Dios oír antes de renunciar para siempre a la vida mundana. Ahora, Él le entregaba por boca de su tío esas palabras como último galardón.

—La oí en confesión mucho rato —añadió el fraile como excusa para no dar más detalles sobre su paradero.

La hidalga abrió los ojos y las lágrimas comenzaron a caer lentamente por sus mejillas.

—Me ha prometido que un día te escribirá y te lo contará todo. Guarda en su corazón el abrazo que le diste. Me alegro de que, al final, el amor por...

—Por mi hija —terminó la frase Elvira.

—... por tu hija prevaleciese sobre el odio que te llenaba. Todos hemos sufrido por ello, Elvira.

—Todos, sí, pero nosotras más que nadie. Que una madre odie a su propia hija, aunque sea sin conocerlo, es un dolor que no sé si lograré arrancar algún día de mi corazón.

Las últimas palabras las había dicho sin rencor, pensó el dominico, así que quizá fuera el momento de que volviera a pedirle lo que tanto ansiaba.

—Elvira, cuando creí que había llegado el momento de rendir cuentas al Creador te revelé el secreto de que tu hija no había muerto y que era Mencía. Te pedí perdón, pero entonces tu herida sangraba demasiado y necesitabas tiempo. No sé si ahora podrás concedérmelo.

—Como suele decir vuestra paternidad —dijo Elvira sonriendo—, los caminos del Señor son inescrutables. No sé si Dios tenía ya trazada mi vida por senderos tortuosos que al final me han conducido hasta Él.

—Sí, quién sabe si algún día vuestros caminos se volverán a unir de nuevo.

Elvira se levantó, se acercó a su tío y lo abrazó. Fray Jerónimo sintió que el peso que había llevado tantos años sobre su conciencia por fin desaparecía y que el dolor que éste había provocado en su sobrina quedaba mitigado por un futuro esperanzador.

—Bueno —dijo al fin cuando ambos se hubieron calmado—, como veo que tu decisión es firme hablaré la semana que viene con la superiora del convento de Santa Clara en Mérida. No creo que haya inconveniente. Pero antes tienes que dejar atados los asuntos mundanos. Ya sabes que debes romper cualquier vínculo que te ate a esta vida para comenzar una nueva.

Durante unos instantes se hizo el silencio.

—¿Por qué nunca nos dijiste quién era el padre? ¿Por qué no compartiste ese secreto conmigo? —volvió a hablar el fraile.

Elvira sonrió de nuevo con tristeza.

—¿Habría cambiado algo que yo le hubiera confesado que Francisco era el amor de mi vida? ¿Vuestra paternidad habría consentido que yo me casara con un criado que, además, era morisco?

Fray Jerónimo asintió y pensó en el infinito dolor que había causado durante tantos años a su sobrina.

—¿Lo amas todavía? —preguntó dulcemente.

—Él es un hombre casado que está esperando un hijo y yo, una mujer a punto de entregar su vida a Dios.

El dominico no quiso seguir ahondando en la herida, pero aún le quedaba una pregunta por hacer.

—¿Sabe él...?

—¿Que Mencía es su hija?

Por primera vez la sonrisa de Elvira fue de felicidad.

—¿Cómo, si no, cree vuestra paternidad que podría haber escapado? Todo fue idea de él. Preparó un plan que salió perfecto hasta que Juan encontró los chapines y comenzó a sospechar que Mencía podría estar viva.

Fray Jerónimo siguió hablando con su sobrina mucho rato, hasta que el cansancio del viaje y el sueño comenzaron a rendirlo. Ya en su cuarto pensó que ésa sería seguramente la última noche de su vida que pasaba en la alcazaba.

78

En su alcoba y una noche más, Elvira era incapaz de conciliar el sueño. A las imágenes de su hermano muerto se unían ahora las palabras de su tío: «He visto a Mencía. Está muy bien. Me ha prometido que un día te escribirá y te lo contará todo. Guarda en su corazón el abrazo que le diste». Ella también lo conservaba. Era lo único hermoso que le había sucedido desde hacía años.

Recordó aquella tarde en que su tío, con el temor de la muerte en el cuerpo, le confesó que su hija no había nacido muerta y que vivía. Ella se quedó mirando sus agonizantes ojos y poco a poco fue soltando su mano, que sostenía con las suyas. Intentó decir una palabra, pero algo en la garganta, como una bola de bilis, se lo impedía. Comenzó a sentir un regusto amargo en la boca y temió vomitar allí mismo, delante de su tío moribundo. Éste había cerrado los ojos y por un instante ella creyó que había muerto. Luego los abrió de repente para volver a cerrarlos de nuevo.

Poco a poco la bola de la garganta se le fue deshaciendo y consiguió por fin hablar. Le preguntó por su hija. No sabía si su tío podía oírla, ni siquiera estaba segura de que estuviera vivo.

El moribundo volvió a abrir los ojos e hizo un esfuerzo sobrehumano por hablar. Con el corazón golpeándole el pecho, Elvira se acercó aún más a su tío temiendo que éste muriera sin desvelarle el paradero de su hija. Cuando por fin pudo hablar sólo dijo un nombre. Entre jadeos volvió a repetirlo y entonces ella abrió la boca para decir algo, pero las palabras no llegaron a salir de sus labios. Se levantó lentamente del lecho y atravesó la celda como un espíritu. Cuando don Juan, que esperaba fuera, la vio salir supo que su tío le había hecho partícipe de su secreto.

No volvió a despegar los labios durante las largas horas que esperaron en su casa de Llerena a que los frailes le comunicaran la triste noticia de la muerte de su tío. Al amanecer un recadero del convento les informó que, milagrosamente, fray Jerónimo había mejorado. Don Juan acompañó al mensajero, quería comprobarlo con sus propios ojos. Ella se negó a ir con él. Ya en el camino de regreso rompió su mutismo para preguntarle a su hermano.

—¿Desde cuándo lo sabías?

Se levantó de la cama y se acercó a la mesa para servirse un vaso de agua. La luna seguía brillando y el claro resplandor de plata iluminaba la estancia. ¿Cómo no pudo darse cuenta de que eran los mismos ojos que tanto había amado? Qué ciega había estado. El odio que sentía por Mencía le había cerrado los ojos e impedido ver lo que ahora se le presentaba tan nítido.

Los recuerdos volvieron a su mente.

—Cuando a Mencía la llevaron a la cárcel de la Inquisición, nuestro tío me mandó llamar y me lo contó todo —contestó don Juan—. Pensaba decírmelo el día en que fui al convento para comunicarle mi deseo de casarme con Mencía. Pero, luego, todo se precipitó. Ella se fue con los moriscos. Yo estaba herido en mi orgullo y no estaba muy seguro de querer volver a verla. Él intentó hacerme ver que todavía la amaba, lo cual era cierto, pero seguía teniendo dudas. Entonces me dijo que debíamos sacar de allí a Mencía porque era de nuestra sangre. Al principio no lograba comprender qué quería decir, pero luego me lo explicó todo. Madre le pidió que se encargara de la niña cuando nació y le hizo prometer que nunca te lo diría. Cuando la tuvo en sus brazos, así me lo contó, pensó que no podía deshacerse de su propia sangre y no volver a saber nada más de ella. Así que pidió a unos conocidos que buscaran unos padres a la niña que vivieran lejos de Llerena, pero sobre todo que fueran cristianos viejos y honrados. Ezequiel y su mujer lo eran, no tenían hijos y, aunque mayores, parecían los mejores padres para ella. Luego surgió lo de venir a Magacela y nuestro tío pensó que quizá el Señor le daba una oportunidad para resarcir el daño que te había causado. Quizá, con el tiempo, Mencía y tú os llegarais a conocer.

Elvira permanecía callada con la tristeza nublándole los ojos.

—Yo también sufrí, Elvira. Me sentía asqueado de haberme enamorado y deseado a mi propia sobrina. Así se lo conté a nuestro tío, pero él me tranquilizó alegando que para mí era una extraña y eso justificaba nuestra relación. El resto de la historia ya la sabes. Mencía salió de la cárcel y enloqueció. Sólo espero que sane para poder hacerla mi esposa.

—¿Tú también sufriste? ¿Cuánto lo hiciste, Juan? ¿Una hora, un día? —replicó Elvira—. ¿Qué pensabas de mí cuando odiaba y despreciaba a Mencía? ¿Que no era digna de ser madre porque ni los animales desprecian a sus crías? ¿Por eso no me lo dijiste entonces?

—¡Por Dios, hermana, cálmate! No vimos la necesidad de decirte que...

—¿No visteis la necesidad de decirme que Mencía era mi hija? ¿Eras testigo de cómo día a día deseaba que mi propia hija se fuera lejos y no viste la necesidad de poner coto a esa aberración?

A partir de ese día la sola visión de su hermano le daba

náuseas. Lo culpaba de todo el dolor que había sufrido. Se dormía pensando en Mencía, rogándole a Dios que le despertase el amor de madre, que por lo menos dejase de odiar a su propia hija. En cuanto a Juan, no se merecía casarse con ella y haría todo lo que estuviera en su mano para impedirlo. Si para ello tenía que volver a ayudar a la muchacha a escapar, así lo haría.

Elvira se enjugó las lágrimas que comenzaban a rodar por sus mejillas. Volvió a la cama e intentó que el sueño cerrara sus párpados, pero estaba visto que las noticias que le había dado su tío sobre Mencía habían reavivado sus recuerdos. ¡Qué sentimientos tan encontrados estallaron el día en que vio por primera vez a Mencía después de saber que era su hija! Había estado rehuyendo el encuentro alegando excusas, encerrada en su alcoba, espiándola por la ventana, buscando sus rasgos en el hermoso rostro de la joven, culpándose por no sentir el amor que se suponía debería haber nacido en su corazón en el mismo instante en que su tío le dijo que era su hija.

Una semana después de que su tío se lo confesara se cruzó con Mencía, que se dirigía al jardín con un libro en la mano, y sin saber por qué la llamó.

—Mencía —dijo. Y enseguida se dio cuenta de que no sabía cómo seguir.

La muchacha se volvió y sonrió tímidamente. Ella le miró a los ojos, los mismos hermosos ojos verdes que tantas veces había contemplado y comenzó a sentir los latidos del corazón en las sienes. Sin darse cuenta su boca dibujó una débil sonrisa que la muchacha no supo cómo interpretar.

Los siguientes días, empujada por una fuerza superior a su voluntad, buscaba a Mencía y se sentaba junto a ella en el jardín a leer o a bordar sin mediar palabra.

Una cálida tarde de septiembre Elvira vio a Mencía en la terraza y subió hasta allí.

—Los echas de menos, ¿verdad? —le preguntó cuando estuvo a su lado, al ver que la muchacha tenía la vista fija en la villa.

Mencía no la había sentido llegar y se dio la vuelta sobresaltada. Se encontró con la sonrisa cálida de la hidalga y se preguntó por qué desde que regresó de Llerena había dejado de odiarla. Lo veía en sus ojos y ahora sus palabras amables se lo confirmaban. ¿Cómo era posible que hubiera cambiado tanto en tan poco tiempo? ¿O estaba fingiendo?

—Sí, doña Elvira. Eran mi familia —respondió al fin, tristemente.

Elvira clavó sus ojos en los de Mencía y vio la inmensa tristeza que se reflejaba en ellos. ¿Por qué no sentía nada por aquella muchacha que era su hija? Una idea le cruzó fugaz.

—¿Todavía quieres irte con ellos? —le planteó con la voz temblorosa.

Mencía sintió la cercanía y calidez de sus palabras y fue sincera:

—Sueño cada noche que estoy junto a Tristán —contestó la joven, y un sollozo le impidió seguir.

—Te ayudaré a reunirte con los tuyos —anunció con una tímida sonrisa y se marchó precipitadamente para que Mencía no pudiera ver las primeras lágrimas que habían comenzado a rodar por sus mejillas.

79

Con la primera luz del día Elvira todavía no había conseguido dormir. La imagen de su hermano muerto y el hecho de no haber podido despedirse de él la atormentaban, y aunque su tío la había tranquilizado diciéndole que lo único que le importaba a Dios era el perdón y ése ella ya se lo había dado, las palabras de odio que le había arrojado cada vez que tenía oportunidad la llenaban de dolor y arrepentimiento. En aquellos días ella quería que sufriese creyendo que Mencía había muerto, como ella había tenido que padecerla durante dieciocho años. Los papeles se habían trocado: ahora ella sabía que su hija estaba viva porque la había ayudado a escapar y su hermano la lloraba porque la creía muerta.

—¡Deja ya de llorar y compórtate como un hombre! —le espetó una mañana cuando habían pasado ya varios días del suceso.

—¿Y qué se supone que hace un hombre? —preguntó él con rabia contenida.

—Asumir que Mencía ha muerto y dejarla dormir el sueño de los justos en paz.

—¡No tienes corazón! ¡Tu hija yace entre el fango del río y tú no derramas ni una lágrima! —gritó con rabia el alcaide.

—Mi hija murió hace dieciocho años y la lloré como no

te puedes imaginar. ¿Es que acaso has olvidado las noches enteras en que me oíais llorar rota de dolor y ni tú ni madre cruzasteis nunca la puerta de mi cuarto para consolarme? Ni siquiera me dijisteis dónde la habíais enterrado. Durante años, cuando las campanas tocaban a difuntos, iba al cementerio y ponía flores en un trozo de tierra de nadie e imaginaba que era allí donde estaba enterrada mi hija. Y ahora, porque te has enamorado, me vienes a pedir que llore por una extraña.

Era preferible que su hermano creyera que no tenía corazón a que sospechara que la había ayudado a escapar. Mencía sería libre, como ella no lo fue jamás y viviría su amor junto a Tristán. No le sucedería como a ella, que por su cobardía no pudo hacerlo.

Luego llegaron las sospechas de Juan de que la muchacha podría estar viva y ella se alegraba y se entristecía por igual. Por un lado, la alegría de que su hija hubiera logrado su propósito y no le hubiese sucedido nada en el camino la llenaba de orgullo, pero, por otro, si su hermano la encontraba podía denunciarla de nuevo a la lnquisición, que la declararía prófuga y la juzgaría como tal. La idea de que Mencía pudiese volver a la cárcel de Llerena la hacía estremecerse.

Recordó con dolor el día que el mensajero le trajo la triste noticia de la muerte de Juan. Se horrorizaba del primer pensamiento que tuvo y creía que Dios nunca le perdonaría aquello. No era de buena cristiana alegrarse por la muerte de un ser humano y mucho menos si se trataba de tu propio hermano. Pero eso es lo que sintió ella en el mismo momento en que le dieron la noticia. Ya nadie podría perseguir a su hija, denunciarla o llevarla ante la Inquisición.

Conforme las horas iban pasando, iba tomando conciencia de la tragedia que había sucedido y de lo sola que se quedaría en el mundo. Después de mandar aviso a su tío se encerró en su cuarto suplicando a Dios que le diese lágrimas para llorar a su hermano muerto, que sintiese dolor por su pérdida, que se le desgarrase el alma como cuando le dijeron que su hija había nacido muerta, que por lo menos notase el nudo en la garganta que había sentido cuando se despidió de Mencía. Pero nada de lo que pidió le concedió el Señor y, así, Elvira asistió al funeral de su hermano sin haber conseguido que el llanto acudiera a sus ojos aunque sintiendo por dentro que su mundo se desmoronaba.

Después del funeral volvió a encerrarse en su cuarto. Los criados temieron por la salud de su señora e intentaron que abriera la puerta y comiera algo. Francisco lo había intentado varias veces, pero ella se negó a dejarle pasar. Podía haberlo hecho porque ya nadie se lo impedía, podía haber abierto la puerta y haberle permitido entrar porque ninguna persona la acecharía y no había nadie para censurar su comportamiento. Podía haberse refugiado en sus brazos, podía haber recibido las caricias soñadas durante tantos años o besar los labios que tan ardientemente lo habían hecho en otro tiempo, podían haber compartido el dolor de la pérdida de su hija... Pero, en lugar de todo eso, Elvira se encerró oyendo la voz de Francisco al otro lado de la puerta, sintiendo, ahora sí, que las lágrimas comenzaban a deslizarse por sus mejillas sin saber si eran por el dolor que le producía la muerte de su hermano o porque renunciaba para siempre al amor de Francisco.

Sus pensamientos la llevaron a una calurosa tarde de verano en una casa de campo en Los Chaparrales, muy cerca de Llerena. Unos primos de su madre los habían invitado a pasar el estío con ellos. Cuando bajó del coche se cogió a la mano que alguien le tendía para ayudarla a bajar. Levantó la cabeza y se encontró con los ojos más verdes que había visto nunca. Luego se dio cuenta de que pertenecían a un muchacho gallardo y con la piel canela y una bonita y franca sonrisa:

—Francisco, ayuda con el equipaje —oyó que lo llamaban.

Aquella noche pensó en él. Sus hermosos ojos verdes la persiguieron en sueños y cuando a la mañana siguiente el joven le sostuvo el estribo para que ella montara en la yegua alazana que le había preparado supo que por primera vez en su vida se había enamorado. Luego vinieron miradas cómplices, sonrisas furtivas, roces de manos cuando la ayudaba a subir a la yegua... Hasta que una tórrida tarde con el cielo amenazando tormenta se perdieron por entre los olivares y se dejaron llevar por la pasión. Cuando comenzaron a oírse los primeros truenos ellos ya se habían jurado amor eterno. Luego vinieron otros encuentros con renovada pasión y, cuando ya las tardes comenzaron a hacerse más cortas y menos tórridas, se despidieron entre promesas de amor eterno.

Elvira contó uno a uno los meses que quedaban para el siguiente verano, pero llegó la fiesta de la Natividad del Señor y no pudo esconder lo que se estaba haciendo evidente y, llorando, se lo contó a su tío. Tenía entonces diecisiete años.

Unos golpes en la puerta la sacaron de sus pensamientos. Era Ana, que venía a anunciarle que su tío se marchaba y quería despedirse de ella.

Cuando entró en el comedor fray Jerónimo ya estaba listo para el viaje. La noche anterior habían hablado todo lo que debían decirse, así que sólo quedaba la despedida. Se abrazaron emocionados.

—La próxima vez que te vea, nuestro parentesco habrá cambiado, tendré que llamarte «hermana» —dijo sonriendo el dominico.

—Espero ser merecedora de ese nombre. Ahora que ha llegado el momento tengo miedo.

—Serás una buena monja, Elvira. Has sufrido mucho en la vida y has amado y, lo más importante, has sabido perdonar. En el convento tendrás tiempo para perdonarte a ti misma.

El sol comenzaba ya a calentar cuando fray Jerónimo, junto con fray Manuel, salieron de la fortaleza. Desde la terraza Elvira esperó a que su silueta se perdiera en la lejanía. Sintió que con la marcha de su tío se rompía otro de los nudos que la ataban a la vida mundana. Ahora debía deshacer el último, el que más fuerte se había ligado. Debía hablar con Francisco, decirle que su hija estaba bien y que llevaba su recuerdo en su corazón. Pero sobre todo debía despedirse de él para siempre.

La imagen de su tío en lontananza le trajo a la mente otra de hacía tres años.

Aquella mañana Elvira se hallaba también asomada a la terraza cuando vio dos figuras que se aproximaban a la fortaleza. En cuanto distinguió a su hermano, su interés decayó y bajó las escaleras.

Fue, ya sentados a la mesa, cuando de pasada doña Rosalía preguntó a su hijo por el viaje a Llerena.

—Muy bien. Ya sabéis que fui a buscar a algún mozo que entendiese de caballos para domar los nuevos potros. Después del fallecimiento de Antonio, el capataz, ninguno de los mozos de la fortaleza se hace con esos animales.

—Dios lo tenga en su gloria —dijo doña Rosalía persignándose—. Era un buen hombre. Desde el día de nuestra llegada mostró su lealtad. Y bien, ¿has encontrado a alguien?

—Pues, sí, he tenido mucha suerte. Pasé por Los Chaparrales a ver si tenían gente de sobra y como ahora no tienen doma han consentido que venga a la fortaleza el mejor de sus mozos. Su mujer murió de parto y poco después su hijo también, y quería alejarse unos meses de allí. En cuanto me ha visto me ha reconocido; yo, sin embargo, no logro acordarme de él. Por lo visto nos recuerda de cuando íbamos los veranos a Los Chaparrales.

Aunque Elvira parecía no estar atendiendo a la conversación entre su madre y su hermano, sus sentidos estaban alerta y su corazón se había puesto a latir fuertemente. En Los Chaparrales había bastantes mozos que se encargaban de los caballos, no tenía por qué ser Francisco. No obstante, algo muy dentro le decía que era él. Después de tantos años volvería a verlo. ¿Se acordaría de ella o se habría olvidado? Su hermano había dicho que lo había reconocido. ¿Qué le diría cuando lo viera? Quince años eran toda una vida y ella había dejado atrás la juventud hacía tiempo. Todo el mundo sabía que los hombres envejecían de otra manera. Dejó la cuchara sobre el plato para que no se notara el temblor de su mano y luchó contra el deseo de levantarse y salir corriendo hacia las cuadras.

Elvira se sobresaltó al reconocer la voz. Siguió mirando hacia el camino por donde acababa de desaparecer su tío.

—Estaba recordando el día que llegaste hace tres años. Desde aquí divisé a mi hermano junto a otro jinete. No podía suponer que eras tú. Ni en mis sueños más extraños pude imaginar que algún día te volvería a ver.

80

Fray Jerónimo cabalgaba pensativo. Recordaba la conversación mantenida la noche anterior con su sobrina y se preguntaba qué llevaba al hombre a hacer daño a sus semejantes, quién nos había nombrado jueces para guiar el destino de las personas otorgándoles la felicidad o negándosela, por qué...

—Fray Jerónimo —lo interrumpió fray Manuel.

El superior miró a su hermano esperando que hablara.

—¿Es lícito que alguien denuncie a su hermano sabiendo que ha actuado en contra de la justicia, aunque haya conocido su falta cometiendo él otra?

El superior se quedó pensando lo que su hermano le había preguntado.

—Si se está bajo el secreto de confesión no se puede denunciar. Pero, si no es así, dice Mateo que «si tu hermano peca, ve y repréndelo a solas; si te escucha, has ganado a tu hermano. Pero si no, lleva contigo a testigos; si tampoco escucha a éstos, dilo a la Iglesia» —contestó al fin.

—No es el caso. Pero si la falta se ha sabido cometiendo un pecado grave...

El fraile se quedó pensando en las palabras de su hermano ¿Adónde quería llegar? ¿Qué pecado se puede cometer para conocer la falta de una persona que no se la ha confesado? Daba por descontado que estaba hablando de él mismo y que, por tanto, su hermano sabía de un pecado que no le había confesado el propio pecador.

Una idea fugaz cruzó su mente, pero la rechazó por improbable.

—¿Es muy grave la falta que ha cometido esa persona? —inquirió astutamente fray Jerónimo.

Si fray Manuel contestaba afirmativamente habría caído en la trampa, pues descubriría que era él mismo quien quería denunciar.

—Sí, muy grave, tanto que puede llegar hasta la Inquisición y si...

El joven fraile se dio cuenta de que acababa de cometer un error al nombrar el Santo Oficio y se calló sin terminar la frase.

La idea volvió ahora con más nitidez y fray Jerónimo ya no tuvo dudas de que su hermano había oído la confesión de Mencía.

—Bueno —contestó al fin—, si la falta del denunciante es más grave que la del denunciado, el castigo que se habrá de dar a aquél también será superior.

El sol les daba en la cara, pero fray Jerónimo hubiera jurado que a su hermano le comenzaron a temblar los labios.

—A veces —continuó el superior— no hacen falta confesiones para saber que una persona está en pecado, pero no por ello la comunidad toda ha de saberlo. El pecador siente tal vergüenza de su proceder que no se atreve a abrir su alma. Se mortifica día tras día, se dice que debe confesar su debilidad, pero el pudor se lo impide. Suelen ser sobre todo faltas que recoge el sexto mandamiento y, sobre todo, que se relacionan con hombres y mujeres consagrados a Dios.

Las últimas palabras las había dicho mirando a los ojos a su hermano. Ahora el temblor de fray Manuel se hizo visible.

—¿Os encontráis bien, hermano?

La mula de fray Manuel se había parado, por lo que el superior tiró de las riendas de la suya y se detuvo también.

—Como decía —prosiguió el superior sin esperar la contestación—, a veces es necesario aguardar hasta que el pecador confiese su pecado motu proprio. Recordad, hijo mío, lo que dijo Jesús: «El que de vosotros se halle sin pecado tire contra ella el primero la piedra». Y ahora, hermano, démonos prisa, que está cerca la venta y nos podremos refrescar.

Y azuzando a la mula, fray Jerónimo se alejó de su hermano con un ligero trotecillo.

81

Elvira acabó de doblar la última camisa y la depositó en el baúl. Sobre la cama había ido colocando los vestidos junto a los sombreros que ya no volvería a usar más y que pensaba regalar a las criadas. Era lo último que conservaba de lo que pronto sería su anterior vida. Esa misma mañana había recibido un mensaje de su tío en el que le anunciaba que las hermanas clarisas de Mérida la recibirían gustosas.

Cerró el baúl con la ropa blanca que podía llevar al convento y pensó en lo poco que se necesitaba para vivir. Una ráfaga de viento abrió de par en par los postigos de la ventana y se apresuró a cerrarlos. Vio a Francisco correr hacia las cuadras para resguardarse de las primeras gotas de lluvia que comenzaban a caer y se quedó mirando el patio empedrado. Su imaginación voló a una tarde de hacía casi tres años.

¡Qué caprichos tenía el destino! También el cielo amenazaba tormenta y ella, después de haber pasado toda la tarde intentando poner atención en la labor que estaba cosiendo, se asomó a la ventana de su cuarto y lo vio. Rápidamente se alejó de los cristales, a pesar de que los visillos impedían ver desde fuera lo que sucedía en el interior. Recostada en la pared y con los ojos cerrados, se agarró el pecho intentando que su corazón desbocado no se le saliese por la boca. Sin conseguirlo, volvió a asomarse y, ahora sí, se quedó mirando a Francisco. Había cambiado, ya no era aquel joven de Los Chaparrales, pero era él. Se había quitado la camisa para refrescarse en el pilón del pozo y la vista de su cuerpo moldeado por el trabajo y las cabalgadas la turbó. Volvió a retirarse de la ventana y cogió el aguamanil para humedecer el pañuelo y llevárselo al rostro. El bochorno de la tarde, junto con la vergüenza por lo que sentía, la estaban haciendo sudar.

Durante dos días evitó encontrarse con él, hasta que llegó lo inevitable.

—Elvira —la llamó una mañana su hermano.

Ella estaba cortando las últimas rosas del jardín que habían sobrevivido al estío y se volvió para atenderlo.

—¿Recuerdas a Francisco? El muchacho de…

Se encontró con los hermosos ojos verdes y temió que los dos hombres oyeran el fuerte latir de su corazón contra su pecho. Su hermano seguía hablando, la voz de Francisco le llegaba lejana, pero ella era incapaz de desviar la mirada. Por fin logró volver a la realidad y se fijó en que él le sonreía. Le devolvió el gesto, aunque no consiguió que ninguna palabra llegara a sus labios.

—Estás sangrando. ¿Qué te pasa en la mano? —preguntó su hermano un tanto alarmado.

Francisco se acercó solícito, le abrió la mano y el tallo y los pétalos de una rosa cayeron al suelo. Un estremecimiento recorrió el cuerpo de Elvira, que a punto estuvo de desvanecerse.

No recordaba qué palabras había dicho o qué excusa había puesto para salir corriendo y alejarse de allí.

Luego llegó el otoño, se acostumbró a verlo todos los días y su corazón volvió a latir como antes. Hasta que un día Francisco se acercó a ella y le preguntó si ya no montaba. Llevaba del ronzal a una joven yegua que había domado y a la que acababa de cepillar. No pudo impedir que su corazón se desbocase y se odió por permitir que aquel sentimiento que permanecía dormido hubiera despertado con tanta fuerza. Se recompuso para contestar que desde los veranos de Los Chaparrales no había vuelto a montar, además de que quizá ya no tuviera edad para ello. Él sonrió y se ofreció para ayudarla a recordar lo aprendido. Elvira se lo quedó mirando y por un momento pensó que tal vez él nunca había sentido por ella ese amor apasionado por el que tanto había sufrido. Lo miró con amargura.

—¿Y seducirme de nuevo? —preguntó con un deje de sarcasmo en la voz.

La sonrisa se le borró a Francisco de los labios.

—Yo te amaba, Elvira, y creo que aún sigo haciéndolo —confesó bajando la voz.

Elvira se quedó sin palabras, aunque eran muchas las preguntas que se agolpaban en sus labios. «¿Por qué no me buscaste entonces?» «¿Por qué no te enfrentaste al mundo para tenerme contigo?» «¿Por qué, en vez de luchar por mi amor, conseguiste olvidarme y buscarte otros labios que besar?» Hubiera querido gritarle, pero ninguna palabra salía de sus labios y cuando notó que las lágrimas comenzaban a nublar sus ojos echó a correr.

Los meses pasaban y Elvira seguía recordando cada noche las palabras de Francisco, pero luego lo veía reír con las criadas y le volvían las dudas. A veces oía las chanzas y burlas que los mozos y criados hacían sobre las miradas que atraía cuando entraba en la cocina y que él, cuando se hallaba ella presente, ignoraba observándola de soslayo.

Luego comenzaron a llegar las noticias sobre la expulsión de los moriscos y temió volver a perderlo. Su hermano viajó hasta Llerena para buscar el documento que certificaba que, aunque su madre era morisca, él no tendría que abandonar la villa porque su padre era cristiano viejo. Volvió a respirar tranquila, a pesar de que sabía que un día alguna de las criadas lo apartaría para siempre de ella.

Volvieron a hablar muchas veces y el día en que Francisco le cogió de las muñecas y la besó, ella se dejó arrastrar por la pasión que la estaba consumiendo y le devolvió los besos que durante tantos años había estado añorando. Había sido la mañana en que su hermano había bajado a la villa a buscar a Mencía después de que los moriscos se hubieran marchado unos días antes. Las voces del hidalgo llamando a Francisco los sorprendió en las caballerizas cuando ella gozaba con los ojos cerrados de los apasionados besos del hombre a quien llevaba amando dieciséis años. Si su hermano no hubiera entrado en las cuadras tan ofuscado pidiendo a gritos que el mozo le ensillara el caballo, se habría dado cuenta de que la mujer que intentaba componerse las faldas no era ninguna de las criadas de la casa y a ella le hubiera sido muy difícil explicar por qué estaba tumbada en la paja junto al mozo de los caballos.

Entonces había agradecido al cielo que aquello no hubiera sucedido pero, ahora, asomada a la ventana y viendo a Francisco quizá por última vez, fantaseó sobre lo que podría haber cambiado su vida si su hermano la hubiera sorprendido en los brazos del caballerizo. Sonrió tristemente y se dijo que esos pensamientos no eran muy adecuados para una mujer que al cabo de unos días consagraría su vida a Dios.

Llamó a las criadas jóvenes y les entregó los vestidos, sombreros y zapatos. La cara de asombro de las tres muchachas le hizo sonreír y olvidar la tristeza que parecía embargarla por momentos. Agradecidas, besaron la mano de su señora y escucharon, asombradas, palabras cariñosas. Elvira las despidió no sin antes advertirles de la fidelidad que debían mostrar con el nuevo alcaide que llegaría dentro de unos días.

Se acercó a Ana, una de las criadas, a la que ya se le empezaba a notar la preñez y le puso una mano sobre el vientre.

—Tendrás un hijo precioso con unos hermosos ojos verdes, ya verás —dijo sonriendo a la joven.

Luego buscó a Francisco para darle las últimas instrucciones y despedirse de él. No quería hacerlo a solas, temía derrumbarse en el último minuto y abrazarse a él. No podía consentirlo, era ya un hombre casado y ella, una mujer a punto de convertirse en novicia. Lo encontró en las caballerizas junto a otro mozo, que se apartó para que pudieran hablar. Le contó con una entereza desconocida hasta entonces lo que su tío le había dicho una semana antes: que Mencía era feliz, que los llevaba en su corazón y que les escribiría para darles detalle de todo lo que le había sucedido. Antes de que ella pudiera evitarlo Francisco le cogió la mano y se la besó.

El coche se hallaba parado desde hacía un buen rato en la plaza del Apartado esperando a que Elvira subiera, pero ésta se había demorado contemplando por última vez, desde lo alto de la terraza del alcázar, la villa y los campos de labrantío a medio segar, las sierras y los propios muros de la fortaleza en los que había transcurrido la mitad de su vida. El resto esperaba pasarlo dentro de otros muros, donde deseaba encontrar la paz que tanto ansiaba su alma.

Bajó las escaleras y se dirigió al coche.

—Ya podemos irnos, Miguel —ordenó al poner el pie en el estribo.

El cochero se inclinó desde el pescante para asentir con la cabeza. Elvira sonrió al ver que unos hermosos ojos verdes le sonreían desde lo alto.

Durante el viaje luchó porque la nostalgia no la invadiera y recordó una vez más las palabras de su tío de que a veces el corazón no lograba esconderse tras las rejas de los claustros y se quedaba vagando como un alma en pena, haciendo desgraciado a aquel que está dentro. ¿Y si a ella le sucedía eso si no lograba olvidar todo lo que dejaba en este mundo? Sacudió la cabeza esforzándose por que se desvanecieran esos pensamientos e intentó imaginarse cómo sería su vida en el convento. Luego, Mencía ocupó sus pensamientos. Rogaría a Dios todos los días para que su hija le perdonase todo el mal que le había hecho.

A su pesar, el recuerdo de la tarde en que Francisco supo que Mencía era su hija se coló en su mente. Le había pedido que volviera a ayudarla para preparar la huida de la muchacha. Se había quedado mirándola y le preguntó si tanto deseaba que se fuera. Entonces ella le contó todo desde el principio. El calvario que le hizo sufrir su madre, la huida de Llerena, la revelación de su tío... Él no podía creer lo que estaba oyendo y con la voz rota le dijo que si lo hubiera sabido habría ido a la fortaleza y la habría sacado de allí, se habría enfrentado a todo y a todos.

La voz de Francisco deteniendo las mulas la sacó de sus cavilaciones. Ayudó a bajar a Elvira y ésta esperó a que el criado bajara el baúl. En silencio se volvió hacia él y le tendió la mano. Le dio un beso breve como si temiera ya profanar el convento. Elvira se permitió una chanza.

—Todavía no soy monja —dijo sonriendo.

—Nunca te olvidaré, Elvira —sentenció con la voz quebrada por la emoción.

Ella esperó parada hasta que dejó de oír el sonido de las ruedas del coche. Cuando tiró del cordón de la campanilla no pudo evitar que las lágrimas acudieran a sus ojos.

82

San Lorenzo el Real,
septiembre del año de Nuestro Señor de 1613

La luz de la luna se filtraba por las rendijas de la ventana iluminando tenuemente la habitación. Ahmad Qāsim se levantó de la cama procurando no hacer ruido para no despertar a Tristán, que dormía en la cama de al lado, en la pequeña cámara que compartían en el colegio que daba al patio de los Reyes. Llevaban un año trabajando a las órdenes de don Diego de Urrea, traduciendo y clasificando los libros y manuscritos de la ingente biblioteca de Muley Zaidan.

Ahmad encendió la lamparilla, sacó la Biblia y se dispuso a descifrar el enigma que esa mañana, por fin, se le había presentado nítido ante sus ojos. Lo había tenido delante sin verlo, había leído y traducido docenas de veces la inscripción en el tapete rojo de la mesa en el que la reina de Saba interroga al rey Salomón en una de las pinturas de los frisos de la biblioteca. ¿Cómo había podido estar tan ciego? La reina le propone unos enigmas como Arias Montano había ofrecido a los que fueran capaces de verlo.

Había sido esa mañana cuando fue a buscar un libro sobre griego y se quedó contemplando una vez más la impresionante biblioteca. Llevaba un año admirándola casi a diario, pero no por ello se acostumbraba a las magníficas pinturas que decoraban las bóvedas y a las vitrinas de madera trabajada con primor que contenían los libros. Caminó lentamente por la gran sala rectangular. La luz grisácea de la mañana otoñal entraba a través de las cinco ventanas abiertas en tres de sus cuatro paredes, iluminando parcialmente los armarios que contenían los libros por materias. Se detuvo en el que albergaba los fondos bíblicos y se recreó en los retratos de Moisés, David, Salomón y los evangelistas. «Libros, códices escritos a mano por los santos padres Nacianceno y Crisóstomo, volúmenes de los concilios de Toledo o Nicea, cartas de papas, emperadores o reyes, toda la sabiduría del mundo está aquí», recordó Ahmad que le dijo Diego de Urrea al mostrarles por primera vez la biblioteca. Luego alzó la cabeza y volvió a recrearse una vez más en las pinturas de la bóveda. Allí, como le había explicado también su maestro, estaban representadas en figuras las siete artes liberales, compendio del saber humano. Admiró las figuras de los filósofos griegos, se asombró de nuevo con la pintura de la torre de Babel y volvió a sobrecogerse con la rudeza de las figuras que mostraban el prendimiento de Arquímedes dentro del arte de la geometría. Fue en el instante en que sus ojos contemplaban la hermosura de la reina de Saba cuando lo vio: «Has dispuesto todas las cosas con medida, número y peso», rezaba la inscripción en hebreo del tapete. Una idea nítida se abrió paso en su mente y, olvidándose del libro que había ido a buscar, corrió hasta el dormitorio de novicios.

—Fray Jesús, ¿sabéis dónde puedo encontrar una Biblia? —dijo dirigiéndose a uno de los frailes ayudantes que trabajaban con él.

El joven religioso salió de la cámara y volvió al poco rato con un ejemplar gastado por las puntas y se lo entregó.

Ahmad la tomó en sus manos y se puso a buscar entre sus páginas.

—¿Busca vuestra merced algún pasaje en particular? —preguntó solícito el dueño de la Biblia.

—Pues sí. ¿Seríais tan amable de indicarme en qué libro de la Biblia puedo encontrar la historia de la reina de Saba y su encuentro con el rey Salomón?

Si Tristán y sus compañeros de trabajo hubieran estado atentos al diálogo que mantenía Ahmad con fray Jesús se habrían dado cuenta de la tensión que en ese momento reflejaba el rostro del joven fraile.

—¿La reina de Saba y el rey Salomón? —repitió como si no hubiera entendido la petición.

—Sí, fray Jesús. Quiero buscar en la Biblia el pasaje que está representado en el friso de la biblioteca.

Cuando el fraile le indicó que se encontraba en el Libro de los Reyes, pero que no sabía exactamente el capítulo, su nerviosismo era más que evidente, aunque ninguno de los presentes lo notó.

El secretario de Muley Zaidan hojeó por encima la Biblia y vio que había dos Libros de los Reyes con abundantes capítulos, por lo que su curiosidad la tendría que satisfacer en sus ratos de ocio. Preguntó a fray Jesús si podía prestarle su Biblia, a lo que el fraile le contestó asintiendo con la cabeza, incapaz ya de hablar.

Desde el momento en que Diego de Urrea les dijo aquella tarde, hacía ahora un año, que el trabajo que llevaba a cabo tenía lugar en la biblioteca de San Lorenzo el Real, Ahmad Qāsim, olvidándose de la misión que los había llevado hasta allí, soñó cada noche con encontrar el *Enchiridion*, el libro prohibido por la Inquisición y que sus maestros en Sevilla le habían confirmado, en sus años de estudiante, que se encontraba oculto en la biblioteca en la que ahora trabajarían; el libro por el que su señor Muley Zaidan hubiera dado la mitad de sus preciados libros sólo por leer algunas de sus páginas.

Sin embargo, cuando llegaron al monasterio el traductor les llevó a la antigua cámara de los novicios, donde se amontonaban aún cientos de libros y documentos sin clasificar. La decepción del secretario fue tan evidente que Diego de Urrea lo tranquilizó sonriendo:

—No te preocupes, Agustín, podrás visitar cada vez que quieras la biblioteca y sacar los libros que te interesen.

El *Enchiridion* era un compendio de artes mágicas, conjuros, necromancia, alquimia y rituales demoníacos del que se aseguraba que aquel que lo poseyera dominaría el mundo. Había sido un regalo del papa León III al emperador Carlomagno el día de su coronación en el año 800. Desvanecido tras la muerte de éste, volvió a aparecer en el siglo XIII en manos de los templarios. Cuando la Inquisición tuvo conocimiento del texto se convirtió en el libro más buscado, aunque ni siquiera se atrevió a incluirlo en el *Índice de libros prohibidos*. Su lectura se reservó a reyes, pontífices y emperadores que, burlando la prohibición, esperaban encontrar en sus páginas la forma de adueñarse del mundo como en su día lo había hecho Carlomagno.

Cuando en mayo de 1527 las tropas del emperador Carlos I saquearon la ciudad de Roma, respetaron la Biblioteca Vaticana, pues, según creían los espías del emperador, el libro prohibido se encontraba allí custodiado por el mismo papa Clemente VII. Según la historia o la leyenda, el rey Felipe II habría heredado el libro y ante el temor de que alguien lo descubriera en palacio y lo denunciara a la Inquisición se lo entregó a Arias Montano, a quien encargó personalmente la gestión de su biblioteca en San Lorenzo el Real. Humanista y buen conocedor de la lengua hebrea, el fraile y sacerdote que odiaba al Santo Oficio, tal vez por sus orígenes judeo-conversos, y que se sentía atraído por sectas esotéricas, lo escondió seguramente en un lugar secreto de la biblioteca.

Esa noche Ahmad se afanaba por encontrar la clave que lo llevaría hasta el libro. Leyó por enésima vez el capítulo del primer Libro de los Reyes, en el que la reina de Saba interroga al rey Salomón, convencido de que allí, entre líneas, estaría oculto el mensaje. Cuando ya no hubo nada que escudriñar anotó el número del libro, el capítulo y el versículo: 1, 10, 1. Entonces otra idea se le pasó por la mente: ¿y si en vez de en el texto la clave estaba en los números? Leyó de nuevo el mensaje: «Has dispuesto todas las cosas con medida, número y peso».

Ahmad despertó sobresaltado y con los brazos entumecidos por la postura al quedarse dormido sobre la mesa. Guardó las notas y la Biblia en el cajón de la mesa y volvió a la cama a dormir las pocas horas que restaban de la noche.

Fray Lucas de Alaejos, el bibliotecario, también estaba despierto esa noche, pero su desvelo no se debía al ansia de conocer el lugar oculto en que se hallaba el *Enchiridion*. Lo sabía muy bien. A decir verdad, era el único que conocía el secreto desde que hacía años su maestro Arias Montano se lo revelara poco antes de morir, como él había hecho con el joven fray Jesús.

Lo que esa noche lo mantenía en vela eran las palabras que su ayudante le había dicho esa tarde: que uno de los traductores de Diego de Urrea le había pedido una Biblia para leer acerca de la reina de Saba y el rey Salomón. No era la primera vez que algún traductor o fraile se dejaba llevar por las inscripciones de las pinturas de la biblioteca e intentaba descifrar su significado. Pero algo le decía al astuto fraile que las pesquisas por saber del traductor iban más allá de la mera curiosidad.

Desde el mismo día en que Diego de Urrea había llegado con esos dos jóvenes comenzó a sospechar. Es verdad que llevaban ropas de cristianos y que en la iglesia oraban con fervor, pero tenía la sospecha de que el conocimiento de la lengua árabe que poseía el mayor no lo había aprendido sólo en los libros. Podían ser moriscos retornados. Después de todo, el maestro Urrea había vivido muchos años como moro.

Fray Lucas se levantó de la cama y se acercó a la ventana de la amplia celda. Sus ojos se quedaron contemplando la luna llena que brillaba en lo alto y se dijo que seguramente se estaba preocupando por nada. No obstante, tendría que estar atento y ver hasta dónde podía llegar ese joven. Las palabras de su antiguo maestro volvieron a sus oídos: «No siempre el conocimiento hace al hombre más libre. Hay libros que si volvieran a ver la luz sumirían a aquel que los leyese en la oscuridad de la ambición, en el deseo de dominar el mundo, aunque por ello tuviera que vender su alma al diablo. A nosotros se nos ha encargado vigilar que eso no suceda. Pero tampoco podemos destruir aquello que no nos pertenece. El *Enchiridion* debe permanecer oculto a los ojos de los hombres y en el mismo lugar en el que el rey eligió. Jamás debe volver a ver la luz y, si por azar alguien lo descubre, deberéis encargaros personalmente de que su secreto no salga de sus labios».

Con la certeza de que debía actuar conforme a la promesa que había hecho a su antiguo maestro se fue tranquilizando a medida que el sueño volvía a sus ojos.

83

Año de Nuestro Señor de 1613 y 1022 de la Hégira

Muley Zaidan, ayudado por sus sirvientes, acabó de quitarse el albornoz y bajó los dos peldaños de la piscina de agua caliente. Rodeada de columnas de mármol rosa, era la más lujosa de las dos con que contaba el hamam. La otra piscina contenía agua fría y, en medio de ambas, se situaba una tercera estancia dedicada a la relajación, los masajes y el aseo del cuerpo. Construido para uso exclusivo del sultán, aunque era el más pequeño de los cinco que había en el palacio, era el más suntuoso de todos.

A medida que el sultán se sumergía, sentía cómo todos sus miembros se relajaban. Una vez dentro, se sentó en el banco de mármol rosa debajo del chorro de agua. La luz de la tarde pasaba tamizada a través de los lucernarios estrellados perforados en la bóveda y se reflejaba en el agua arrancándole destellos irisados. El sultán cerró los ojos y aspiró el aroma de sándalo y almizcle que exhalaban los pebeteros y se abandonó a la molicie. Aunque la luz era suficiente, decenas de lamparillas aparecían esparcidas por las losas formando caprichosas sombras en las paredes.

Al cabo de un rato, sacó del agua un brazo y enseguida oyó el palmear de sus eunucos. Tres jóvenes y hermosas esclavas aparecieron desnudas en la sala de relajación y rodearon un banco alto de mármol en el que se habían colocado blancos paños de lino.

Ayudado de nuevo por sus sirvientes, el sultán salió de la piscina y sintió bajo sus pies la calidez de las piedras hasta que llegó a la sala. Cuando se hubo tendido boca arriba en el banco, las tres jóvenes de manos expertas comenzaron a masajear el cuerpo de su señor con aceites de esencias hasta que no quedó ni un recóndito lugar al que no hubieran llegado sus ágiles dedos.

Alí entró en el hamam y se acercó al banco de mármol con una carta en la mano.

—Es de Ahmad Qāsim, *sahib*, y creo...

Se dio cuenta de la excitación de su señor y se turbó.

—Puedo esperar, *sahib* —dijo mirando las losas del suelo.

El sultán soltó una carcajada y miró con ternura al eunuco.

—Mi buen y fiel Alí, el placer que me puedan dar mis esclavas es mínimo comparado con el que puede contener esa carta.

Levantó una mano y un sirviente lo cubrió con un paño de lino fino. Luego, los sirvientes, eunucos y esclavas salieron con sigilo.

—Deberías dejar que mis esclavas te masajearan, Alí. Ya sabes que sólo tienes que pedirlo. Sus manos despiertan el deseo mucho más que sus cuerpos.

—Sí, *sahib*, pero con los baños ya me doy por satisfecho. ¿Puedo comenzar a leer? —preguntó impaciente e incomodado por el ofrecimiento de su señor.

Muley Zaidan hizo un movimiento con la mano y el chambelán comenzó a leer:

—«Que Alá, el Clemente, el Misericordioso, el que ha hecho el sol como claridad luminosa y a la luna como luz de la noche, el que nos hace viajar por tierra y por mar te colme de bendiciones».

El sultán había cerrado los ojos deleitándose con la suave y armoniosa voz del eunuco. De vez en cuando una sonrisa iluminaba su rostro y Alí pensó que hacía mucho tiempo que no veía a su señor tan feliz.

—«... así, cuando don Diego de Urrea nos llevó aquella mañana a la sala donde tienen almacenados los libros creímos que había sido Alá, el Clemente, el que había guiado nuestros pasos...»

Muley Zaidan abrió los ojos y los clavó en la mirada glauca del eunuco.

—¿Te das cuenta, Alí? —lo interrumpió sonriendo—. Tenías razón, han llegado hasta ellos. Continúa, continúa.

Alí terminó el primer pliego y cogió el segundo.

—«... allí ante mis humildes ojos estaban los escritos de los poetas, de los médicos, de los filósofos y de los gramáticos que habían poblado la biblioteca de mi señor...»

El sultán se incorporó con la emoción reflejada en el rostro.

—¡Oh, mi amado Alí! ¡Qué bien hice en seguir tu consejo! Sólo con saber que mis adorados libros están en buenas manos, aunque sea de infieles, me doy por satisfecho.

—Escuchad esto, *sahib*.

Ayer, después de varios meses de trabajo, nos dejaron solos en el taller de traductores y pude comenzar a copiar el manuscrito del poeta Abū Nuwās. Tengo que decir que, cuando empecé a escribir las primeras letras, la emoción me embargó y tuve que detenerme para que mis lágrimas no borraran la tinta. Todos los libros se conservan bien, aunque las piedras preciosas que los adornaban y los hacían únicos aparecían arrancadas dejando los huecos como cuencas vacías. Sólo el Quram permanece intacto. Creo que Alá, el Clemente, el Misericordioso, ha iluminado la mente de los infieles y no han profanado la palabra del profeta. Si ésa es su voluntad pronto estará de nuevo en las manos de mi *sahib*.

Cuando el eunuco acabó de leer la carta, la luz de la tarde apenas llegaba a través de los óculos de las bóvedas. Ayudó a bajar a su señor y, abrazado a él, salió del hamam.

84

Desde hacía una semana el secretario de Muley Zaidan se quedaba parte de la noche intentando descifrar el misterio sobre el oculto lugar en el que se encontraba el *Enchiridion*. Cada vez que su trabajo se lo permitía, se acercaba a la biblioteca y allí, parado delante del friso en el que aparecía la reina de Saba, estudiaba con detenimiento los números del papel que el rey Salomón le muestra a la soberana. Pero una y otra vez se decía que allí no estaba la solución y de nuevo volvía a la inscripción del tapete.

Esa tarde habían terminado pronto el trabajo y, mientras Tristán se iba a su celda para leer y descansar, él volvió a la biblioteca.

Vio a fray Lucas en una de las vitrinas y se acercó para hacerle una pregunta que llevaba tiempo rondándole por la cabeza.

—Fray Lucas —dijo aproximándose Ahmad—, querría preguntaros algo.

A pesar de los meses que llevaba en San Lorenzo, apenas había hablado una docena de veces con el bibliotecario, pero sí las suficientes para darse cuenta de que, por alguna razón que se le escapaba, su presencia y la de Tristán no le eran agradables.

El fraile acabó de colocar el libro en el armario y miró al

traductor fijamente, como si quisiera adivinar lo que iba a demandarle.

—Quisiera preguntarle a vuestra paternidad si conoció a Arias Montano...

Al bibliotecario se le antojó una cuestión impertinente. ¿Qué le importaba a ese más que probable morisco quiénes habían sido sus maestros?

—Pues sí, tuve el honor de que me enseñara el amor por los libros. Mas ¿por qué deseáis saberlo?

Ahmad se encontró con que no sabía qué responder.

—He mirado hoy alguno de sus libros, que me parecen excelentes, y me dije que hubiera sido dichoso de haberlo tenido como maestro —mintió—. Así que era sólo curiosidad.

El secretario se despidió de fray Lucas y éste se preguntó si el morisco habría dicho la verdad o, por el contrario, tendría que preocuparse por su curiosidad.

Hasta el día siguiente el bibliotecario no advirtió que el traductor estaba dando pasos peligrosos y de que la pregunta del día anterior no era sólo por curiosidad, como había afirmado el traductor. Tanto él como fray Jesús tendrían que estar muy alertas.

Una mañana de domingo, el bibliotecario vio al traductor con Diego de Urrea en la biblioteca. Estaban parados al pie de la esfera armilar y el maestro parecía encantado de mostrar sus conocimientos sobre ella a los dos jóvenes traductores.

—Fue un regalo del cardenal Fernando de Médicis para el rey Felipe II —decía Diego de Urrea— y representa las teorías sobre el movimiento de los astros.

Tristán y Ahmad admiraban la esfera soportada por la cabeza de cuatro esculturas de madera que representaban otras tantas esfinges aladas.

—Los círculos graduados —seguía el maestro— muestran el ecuador, el horizonte, el zodíaco, los paralelos y los meridianos. Es similar a un astrolabio.

—¿Y cómo funciona? —inquirió con interés Tristán.

—Si se pone la esfera apuntando hacia una estrella se pueden leer sus coordenadas celestes sobre unas escalas graduadas.

—O sea, que si se ubica un astro y se coloca la esfera se puede establecer la situación exacta de esa estrella en el marco de referencia, ¿no? —planteó Ahmad.

—Exacto —contestó don Diego—. No es muy difícil.

El secretario del sultán levantó la vista y se encontró con la pintura que desde hacía una semana lo mantenía en vela parte de la noche. Una idea descabellada se le acababa de ocurrir.

—¿Y siempre ha estado colocada en este lugar, junto al friso de la reina de Saba? —preguntó con interés.

—Pues creo que sí. Felipe II la tuvo primero en el Alcázar de Madrid, pero luego la envió aquí en 1593 y no se ha movido desde entonces.

—¿Y había un motivo para colocarla junto a estas pinturas?

—Eso no lo sé, pero si quieres satisfacer tu curiosidad puedes preguntárselo al bibliotecario, que precisamente está aquí.

Ahmad le agradeció a su maestro el ofrecimiento diciéndole que no deseaba importunar a fray Lucas.

Mientras don Diego y Tristán seguían su paseo por la biblioteca, Ahmad se quedó rezagado mirando la pintura y pensando en la idea que se le había ocurrido. Estaba seguro de que la esfera armilar estaba relacionada de alguna manera con la posición en la que se ocultaba el *Enchiridion*. Pero ¿cómo? ¿Eran los números unas coordenadas que establecían el lugar exacto del libro?

Tan absorto estaba en sus pensamientos que no vio a fray

Lucas llegar hasta él. El bibliotecario había oído toda la conversación y ya no le cupo duda de que el morisco estaba dando pasos de gigante y acercándose demasiado al libro prohibido.

—¿Os interesa el estudio del firmamento? —preguntó sonriendo fray Lucas.

Ahmad dio un brinco y se volvió. Estaba a punto de decir que, más que las estrellas, le interesaba la relación que existía entre la esfera armilar y la pintura. Pero, de pronto, algo le dijo que no debía exponerle sus sospechas al fraile jerónimo.

—Sí, debe de ser muy interesante conocer la situación de los astros. ¿Vuestra paternidad sabéis utilizar este artefacto?

—¡Oh, no! A mí el único cielo que me interesa es el que ocupan Dios, los ángeles y los santos. Pero daos prisa u os perderéis las eruditas lecciones del insigne don Diego de Urrea.

Ahmad se despidió del fraile y se dijo que tampoco su maestro debía de gozar de la amistad del bibliotecario a tenor del retintín con el que había dicho las últimas palabras.

Fray Lucas de Alaejos se quedó de pie mirando cómo se alejaba el traductor y pensó en que no debía permitir que aquel joven se acercara más de lo que lo había hecho. No podía traicionar a su maestro, ni echar por tierra lo que con tanto ahínco llevaba haciendo tantos años, pero, sobre todo, no podía consentir que el *Enchiridion* volviera a ver la luz.

85

Sevilla,
septiembre del año de Nuestro Señor de 1613

Desde que don Alfonso había dejado en el convento de las clarisas de Peñafiel a Mencía y María de Piedraescrita se sentía más tranquilo, pues sabía a la muchacha a salvo. Por otra parte, seguía haciendo esfuerzos por conseguir la carta ejecutoria de hidalguía, pues sabía que ésa era la única manera de que sus amigos volvieran a la tierra de la que nunca deberían haber salido.

Aquella mañana, don Luis Salcedo se personó en su casa para ponerle al corriente de los progresos que se habían hecho en los últimos meses, pues, como se solía decir, los asuntos de palacio van despacio y el asunto de la consecución de la carta de hidalguía iba, según don Alfonso, demasiado lento.

—En mi visita anterior los informé de que habíamos contactado con un escribano de la Sala de los Hijosdalgo, en la Cancillería de Granada, que, aunque es el último eslabón, no por ello era menos importante, como ya se vio —dijo el secretario del duque de Osuna—. Pues bien, me escribió informándome de que demostrar que sus amigos eran hidalgos de sangre nos llevaría años, dado que deberíamos solicitar documentos a la Iglesia de que sus antepasados también lo fueron y la Inquisición está siempre sospechando. Así que lo mejor sería solicitar la carta como hidalgos de privilegio, que es cuando los reyes la conceden por algún servicio prestado. Hoy he recibido una nueva misiva y en ella Antonio Suárez, que es como se llama el escribano, ha encontrado a un hidalgo que ha contraído deudas en el juego y que necesita urgentemente dinero. Se ha ofrecido a ayudarnos y a buscarnos a las personas adecuadas. Nos ha indicado los primeros pasos que debemos dar. Según el hidalgo, en vez de solicitar la carta ejecutoria de hidalguía, deberíamos pedir la Real provisión de un mismo acuerdo que tiene el mismo valor que una carta, pero nos llevará la mitad de tiempo y es más fácil de conseguir.

Don Alfonso asentía a todo lo que el secretario le estaba diciendo.

—Pero ¿debemos empezar de nuevo? ¿Todos los documentos que llevamos conseguidos no nos valen de nada? —preguntó con el rostro serio.

—Claro que son útiles, don Alfonso. El certificado de legitimidad de nacimiento indicando claramente que no es bastardo y las cartas indicativas de que el solicitante ha sido recompensado por los servicios prestados al rey nos sirven. El solicitante será granadino. Conservará su nombre, pero tendrá apellidos distintos, claramente cristianos, por supuesto.

Las palabras de don Luis tranquilizaron a don Alfonso, que pensaba que todo aquello empezaba a durar demasiado.

—Los dos alcaldes y el notario también los tenemos y...

—Excusad mi curiosidad, don Luis, pero ¿cómo se puede comprar la voluntad de gente tan principal? ¿Es el dinero el que abre tantas puertas?

El secretario carraspeó y se removió en su silla. Era un tema espinoso del que no le gustaba hablar.

—Bueno, don Alfonso, el dinero es un señor principal que tiene poder para abrir muchas puertas, pero en ocasiones éstas están demasiado bien guardadas y es necesario recurrir a otros métodos, digamos —y aquí don Luis se paró un instante buscando el término adecuado— menos ortodoxos.

—¿No recurrirá vuestra merced a la violencia?

—¡Oh, no, no! Perded cuidado, don Alfonso, estamos tratando siempre con gente de bien, personas que se mueven en esos círculos y que conocen muy bien la vida en la Chancillería. Todos tenemos miserias que guardar y cuanto más poder más flaquezas se tienen. Sólo hay que saber buscarlas. Y nuestro hidalgo, creedme, sabe dónde buscar porque le va el honor en ello, aunque para esas personas a las que indaga ya lo haya perdido. Pero la nobleza tiene su código que el resto de los mortales no podemos entender. En fin, así es la vida —concluyó el secretario dando por zanjado el asunto.

Don Alfonso se levantó y se acercó a un bargueño ricamente labrado y, abriendo uno de los múltiples cajoncitos, sacó una bolsa de dineros y se la entregó al secretario.

—Creo que con esto bastará de momento para comprar esas voluntades que vuestra merced decís.

Don Luis guardó la bolsa y se vio obligado a añadir algo para compensar el peso de la misma.

—Estamos ya muy cerca de conseguirlo, don Alfonso. Una vez que se haya obtenido la Real provisión de un mismo acuerdo, el Concejo lo inscribirá en el Padrón de Hijosdalgo y se le excluirá del padrón de pecheros.

—Dios os oiga, don Luis, Dios os oiga. Y Dios nos perdone también por saltarnos la ley.

Cuando don Luis se marchó, se quedó pensando en las últimas palabras del secretario y sonrió esperanzado.

—Pronto estarás aquí, hijo mío, de donde nunca deberías haber salido.

La visita del secretario del duque de Osuna con las buenas nuevas no fue la única que recibió el sedero esa mañana. Se encontraba en la biblioteca cuando un criado vino a anunciarle que dos frailes trinitarios estaban en la puerta pidiendo limosna para redimir a los cautivos de Fez y Tetuán.

Don Alfonso se levantó con la intención de dar al criado una pequeña bolsa con monedas para que se la entregara a los buenos frailes. De pronto se paró delante del bargueño, se volvió y miró a su criado a los ojos como si nunca lo hubiese visto antes.

—Los trinitarios viajan por toda Berbería —dijo sin dirigirse a nadie en concreto.

—¡Oh! Sí, señor —contestó el criado, que creyó que le preguntaba a él—, cuando reúnen una gran cantidad de dinero viajan hasta las tierras de Berbería para tratar directamente con los corsarios y rescatan a los cautivos cristianos. Dicen que los sultanes de aquellas tierras tienen prohibido a los piratas tocar un pelo a los frailes, no porque sean misericordiosos con ellos, qué va: esos moros no conocen lo que es ese sentimiento, sino porque los frailes son buenos negociadores, que nunca intentan engañar a nadie y pagan muy bien por los cautivos.

Don Alfonso no oía lo que estaba diciendo su criado. Una idea se le acababa de ocurrir. Esos benditos frailes podrían buscar a Bartolomé, entregarle una carta y traer de vuelta noticias de Tristán.

—¡Gracias, Señor, porque me has mostrado una luz en la oscuridad! —exclamó emocionado.

Dos meses después de que don Alfonso conversara largamente con los dos frailes trinitarios y cuando ya estaba comenzando a perder las esperanzas de que su idea hubiera producido algún resultado, éstos volvieron a visitarlo. Le entregaron una carta y durante mucho rato le dieron buena cuenta de la vida que los moriscos llevaban en Berbería contestando a cuantas preguntas les hacía el sedero.

Ahora se hallaba sentado junto a su esposa con la carta de Bartolomé que los religiosos le habían entregado. Emocionados por saber de su amigo, rompió el lacre y leyó en voz alta:

> Mi querido amigo:
>
> Me holgaré que al recibo de ésta os encontréis con salud, nosotros todos quedamos también con ella, por lo que damos gracias a Dios. De la alegría que sentí después que los frailes trinitarios tuvieron la merced de entregarme vuestra carta no hay que decir sino que, tomándola entre mis manos, la besé mil veces y lloré con ella y luego llamando a mi esposa Catalina y a mis hijos pequeños la abrimos y sentimos que Dios nos daba el mayor y más grande galardón que en estos momentos podíamos recibir...

Don Alfonso terminó de leer la carta con emoción contenida. Doña Mercedes se había enjugado varias veces los ojos oyendo a su marido contar los sufrimientos que habían pasado sus amigos después de que la Inquisición se llevó a Mencía, la amargura y la pena de Tristán, la nostalgia y el dolor de su esposa, las penalidades hasta levantar la casa, todo ello, repetía Bartolomé, «llevado con resignación cristiana porque Dios, como se ha visto, no nos abandona».

—¡Santísima Virgen de la Amargura! —dijo al fin la esposa del sedero, persignándose y uniendo sus manos en señal de rezo—. Tristán ha estado en Sevilla y nosotros sin enterarnos.

—¡Mi hijo ha pasado por aquí! —gritó don Alfonso levantándose del diván.

De pronto, se dio cuenta de la palabra que acababa de pronunciar y miró a su esposa pidiéndole perdón con la mirada. Ésta le sonrió.

—Tu hijo, Alfonso, tu hijo.

—Sí, mi hijo —repitió emocionado—. Creí que nunca llegaría a pronunciar en alto esa palabra.

Doña Mercedes, sentada aún, levantó la mirada y sonrió dulcemente.

—A veces también me planteo que si mi orgullo no hubiera estado tan herido ahora le estaríamos evitando el sufrimiento a un muchacho inocente. Por no enfrentarme al qué dirán dejé que ese niño, que era sangre de tu sangre, se fuera lejos.

—No, Mercedes, no te mortifiques, no hay culpables ni inocentes. En aquel momento lo único que me importaba era que me perdonases y lo hiciste con generosidad. Ahora lo primero es que Tristán y su familia vuelvan a su tierra.

—Encontraremos a Tristán. Lo primero que debemos hacer es averiguar adónde se llevó la biblioteca del sultán. Según dice Bartolomé, estará seguramente ya trabajando en ese lugar. Estoy pensando en la persona adecuada que puede averiguar eso: don Luis Salcedo.

Unos días después el eficiente secretario del duque de Osuna comunicó a don Alfonso que habían llevado la biblioteca del sultán al monasterio de San Lorenzo el Real.

—Por si a vuestra merced le interesa —dijo con satisfacción don Luis—, una de las personas que están trabajando en las traducciones de los libros es don Diego de Urrea, muy amigo de mi señor el duque.

86

Me voy —dijo Tristán aquella mañana en cuanto se levantó.

Ahmad se restregaba los ojos, somnoliento, pues llevado por la emoción del descubrimiento de los números le había sido imposible conciliar el sueño. Ahora estaba allí, delante de su amigo, y no entendía lo que éste quería decirle.

—Me marcho a Magacela a buscar a Mencía. Sabes que me he negado siempre a creer en las palabras de don Juan. Mi corazón me dice que Mencía está viva y que necesita mi ayuda. No voy a fallarle de nuevo, Ahmad. El trabajo para el que vinimos está terminado. Hemos copiado los cinco libros que nos pidió Alí, más el Corán. Cada día que paso sin correr en su ayuda es como una espina que se me clava en el corazón. Nuestra misión ha concluido.

El secretario seguía mirando a su amigo y se conmovió cuando vio que las lágrimas anegaban sus ojos. Pero no podían marcharse, ahora no. Estaba muy cerca de desentrañar el misterio del *Enchiridion* y, por otra parte, aunque Tristán lo creyese, la misión no estaba terminada. Faltaba la parte más difícil y la que no podía confiar en nadie, ni siquiera en su amigo. Pensó deprisa. Sabía que si Tristán se iba él tendría que marcharse también. No podía fallarle a Alí, había confiado en él, pero, sobre todo, no podía defraudar al sultán, pues quizá de ello dependiese su vida.

Un estremecimiento le recorrió el cuerpo.

—Una semana, Tristán, aguanta una semana y nos marchamos. Es el tiempo que necesito para organizar todo y poner las copias a salvo.

Antes de traspasar la puerta de la cámara de los novicios Tristán se sacudió el agua que se había acumulado en su capote embreado. Todos los días daba gracias a Dios por haberles permitido llegar a tan hermoso lugar. No sólo porque habían llegado al final de su viaje y, cumpliendo con creces su misión, habían podido copiar los cinco libros encargados por Alí, sino porque había descubierto un trabajo que lo apasionaba. Tener todos los días en sus manos códices y libros de otros siglos, obra de personas que con sus letras cambiaron el mundo se le antojaba al joven un regalo que creía no merecer. Pero había llegado el momento de proseguir su viaje e ir en busca de Mencía. No podía ni quería demorarlo más. Algo le decía que su amada estaba viva, y en el supuesto de que don Juan hubiera dicho la verdad y Mencía hubiera muerto, necesitaba pedirle perdón en su tumba.

Estos pensamientos nublaron los ojos de Tristán, que los desechó y se concentró en el trabajo.

Un buen rato después apareció Ahmad con ojos somnolientos. Desde hacía unas semanas su amigo siempre se quedaba dormido y ese día parecía, además, ausente.

Terminaron el trabajo del día anterior y se dispusieron a catalogar una serie de códices sobre filosofía griega. Ahmad no podía concentrarse en la tarea. Las palabras que le había dicho su amigo esa mañana resonaban una y otra vez en su mente. Una semana. Tenía solamente una semana para llevar a cabo la parte final del plan y, de momento, su cabeza estaba bloqueada y ninguna idea acudía a ella.

Inmersos cada uno en sus cavilaciones, no oyeron entrar a don Diego de Urrea.

—¡Ah, sois vos! Buenos días nos dé Dios —saludó Tristán, extrañado de que a esa hora tan temprana apareciera el ilustre traductor.

Don Diego no contestó y se limitó a mirarlos con una tristeza infinita marcada en el rostro.

—¿Quiénes sois? ¿Y a qué habéis venido aquí?

Las palabras del traductor y la dureza con la que habían sido pronunciadas sorprendieron a los jóvenes, que casi no lograron articular ninguna palabra con la que contestar.

—No sé qué queréis decir, don Diego —respondió por fin azorado Ahmad.

—Desde un principio sabía que no me habíais dicho la verdad. Vuestras caras ropas y vuestra exquisita educación me confundieron y os tomé por caballeros, aunque estaba seguro de que ésos no eran vuestros verdaderos nombres. Me hubiera sido muy fácil averiguar si de verdad procedíais de Extremadura, pero me decía que no había ningún motivo para dudar de la palabra de dos caballeros. Luego, tus palabras me convencieron, la historia que me contaste de tu vida llegó a mi corazón —dijo don Diego mirando ahora a Tristán—. Nunca imaginé que fuerais nada más que dos vulgares ladrones que, escondidos tras vuestras ropas, sólo pretendíais llegar aquí para robar códices y libros.

—Don Diego, permitidme que… —interrumpió Tristán.

—No, Tristán, ¿o no es ése tu nombre? Tu traición aún me duele más, pues te he tratado como a un hijo. No quiero escuchar ni una sola palabra que salga de vuestros labios. Esta mañana recogeréis vuestras cosas y os marcharéis de aquí para siempre. Para vuestra información os diré que todos los códices robados que ocultabais en vuestro cuarto han sido recuperados.

Tristán no podía dar crédito a lo que su maestro acababa

de decirles. ¿En su cuarto habían encontrado códices? Miró a su amigo y vio reflejada en su rostro la incredulidad.

—Don Diego, os ruego por Dios que me escuchéis. Luego, si queréis podréis entregarnos a la justicia, pero aun los reos condenados a muerte tienen derecho a ser escuchados.

El maestro traductor se dio la vuelta y salió de la estancia con el semblante entristecido.

Desde el día en que conoció a los dos traductores, don Diego de Urrea había sentido una especial predilección por el más joven, aunque no sabría decir cuál era el motivo. Quizá, como buen conocedor del alma humana, fuera porque creía ver en los ojos de Tristán una tristeza cuyo origen, durante los primeros meses, no había podido arrancarle, aunque habían sido muchas las conversaciones que mantenía con él. Le gustaba hablar con ese joven en cuyos ojos podía ver una profunda tristeza. Le creía noble y de buen corazón. Hasta que una tarde en que don Diego de Urrea acabó de relatarle su historia, Tristán se sinceró con él y le contó la suya.

—Desde el día en que os conocí, sabía que no erais lo que decíais ser —afirmó don Diego cuando Tristán hubo acabado de hablar.

—¡Vaya! —exclamó sonriendo el muchacho—. Y nosotros que creíamos que la historia podría engañar hasta a la misma Inquisición...

—Pues ya ves que no ha sido así. Supongo que la vida de Agustín poco tendrá que ver con la tuya.

—Así es, don Diego. Pero yo no puedo contárosla. Sólo os diré que Ah... Agustín es un hombre de honor y que su pasión por los libros es verdadera.

A partir de aquel momento, don Diego se convirtió en un verdadero maestro para Tristán. Lo animaba a estudiar, le recomendaba libros, paseaban juntos hablando de cuantas cosas en común tenían sus vidas, de la corte del sultán...

—¿Sabéis por qué estamos aquí, don Diego? —le preguntó un día Tristán mientras paseaban por los jardines.

—No, pero lo sospecho. Para que dos jóvenes se hayan atrevido a volver de Berbería haciéndose pasar por lo que no son debe de haber una razón muy poderosa. Y no se me ocurre otra que la de indagar sobre la biblioteca de Muley Zaidan.

Tristán se paró y se quedó mirando muy serio a su maestro.

—¿Y no os importa? —inquirió incrédulo.

—¿Por qué habría de hacerlo? ¿Acaso pensáis robar los libros y cargar con ellos hasta Berbería? —contestó sonriendo el traductor Urrea.

—No, señor. Nuestra misión era localizar los libros del sultán y copiar dos libros de poesía y tres sobre el arte de gobernar, los más queridos para él. Aunque debo admitir que nunca pensé que el trabajo de traductor me produjera tanta satisfacción. Lástima que un día tengamos que dejar todo esto. Ahora que he conocido y leído muchos de los libros de Muley Zaidan entiendo cómo debió de sentirse el sultán.

—Sí, yo también lo entiendo. Como te conté, viví en la corte de su padre y de él heredó Muley Zaidan la pasión por los libros.

Sentado en el escritorio de su cuarto, incapaz de concentrarse en la lectura, don Diego recordaba una y otra vez la conversación mantenida con Tristán. Se sentía dolido en lo más profundo de su alma. Que Agustín, o como se llamara, hubiese robado libros podía incluso entenderlo, pues siempre pensó que no era quien decía ser, pero que Tristán, en quien había depositado toda su confianza, lo hubiese traicionado de aquella manera le resultaba incomprensible. Había hablado centenares de veces con el joven, le había brindado su ayuda para interceder por él ante las autoridades, habían trazado un plan: viajar hasta Sevilla y hablar con don Alfonso de Silva para que... La rabia y la humillación de sentirse burlado y engañado le impidieron seguir recordando.

Rememoró las facilidades que les había dado para que, en las horas de asueto, que eran pocas, los dos jóvenes copiaran los libros que Muley Zaidan les había encargado, incluso tuvo que enfrentarse a fray Lucas de Alaejos, que no veía con muy buenos ojos que los ayudantes se aprovecharan de su posición para hacer copias, que a saber dónde terminarían.

Se levantó de la mesa y comenzó a pasear por la estancia. Luego volvió a ella y tomó en sus manos los manuscritos encontrados en el cuarto de los dos traductores y que constituían la prueba de su traición. Recordó cómo la tarde antes uno de los frailes ayudantes había ido a su cuarto para contarle que desde hacía algún tiempo venía sospechando que estaban desapareciendo manuscritos de la biblioteca de Muley Zaidan. No eran muchos, pero suponía que eran importantes. Él se quedó mirando al joven sin extrañarle lo que le contaba. A lo largo de su vida siempre se había topado con algún pobre diablo, casi siempre criados o ayudantes, que sustraía algún documento para venderlo al mejor postor. Tampoco faltaba, a veces, la falsa acusación por envidia o rencor. Por eso preguntó casi con desgana:

—¿Sospecháis de alguien, hermano?

El joven jerónimo pareció dudar antes de responder:

—Creo que son los traductores Agustín y Tristán.

El maestro traductor se quedó sin habla. Su primera reacción fue de rabia contra aquel ayudante llegado hacía sólo unos meses, bastante torpe, por cierto, que se presentaba en su cuarto acusando a sus dos mejores traductores, quienes trabajaban sin importarles las horas ni el salario. Sin embargo, se contuvo y sus palabras de respuesta sonaron serenas.

—Ésa es una acusación muy grave, ¿no creéis?

Entonces el joven fraile le contó que desde hacía meses sospechaba de Ahmad porque se quedaba el último. La noche anterior lo espió y vio cómo se escondía en el coleto un manuscrito.

Despidió al fraile ayudante y se quedó solo. No podía creer lo que acababa de oír. Tristán, el joven por el que sentía un afecto especial, lo había traicionado. Robar documentos de la biblioteca real estaba considerado un delito similar a robar al rey, por lo que podían acabar en la cárcel. Tenía que pensar cómo proceder. Seguramente debería hablar con el superior del convento, pero antes tenía que comprobarlo. Así que, aprovechando que los traductores aún estarían en el trabajo, cruzó el patio de los Reyes y entró en su cuarto. No hizo falta buscar mucho. En un roto del jergón de una de las camas encontró cuatro volúmenes manuscritos escritos en árabe sobre filosofía y religión.

Tres días después del incidente del robo de los manuscritos nada parecía haber cambiado en el dormitorio de los novicios. Tristán y Ahmad seguían trabajando como si no hubiese sucedido nada.

En ese momento se encontraban los dos solos, pues los ayudantes habían salido a hacer unos recados.

—Te digo que este silencio no me gusta nada —comentó en voz baja Ahmad—. No hemos vuelto a ver a don Diego y eso me da mala espina. Una vez más, te repito que deberíamos irnos.

—No, Ahmad, no podemos convertirnos en fugitivos. Debemos enfrentarnos a nuestro destino y si el maestro nos denuncia nos defenderemos. Tenemos dinero, buscaremos a alguien que nos defienda.

—He estado pensando, Tristán, y creo que nos han tendido una trampa y, además, creo saber quién ha sido. Escucha —dijo tomando del brazo a su amigo y llevándoselo a un rincón.

La cabeza de un ayudante asomó por la puerta para decirles que don Diego los esperaba en la biblioteca.

87

Desde el día en que supo que los dos traductores habían robado manuscritos, el maestro De Urrea no había vuelto por el taller de traducción. Temía enfrentarse con los dos jóvenes, a los que había tratado como si hubieran sido de su familia. No había informado aún al prior porque si algo había aprendido durante su largo cautiverio en Berbería era que los problemas o vicisitudes necesitaban del silencio de la noche para que las ideas fluyeran limpias y claras a la mente. Aquélla era la tercera noche que pedía a Dios que lo iluminara en su proceder. Cuando los primeros rayos de sol se colaron por la ventana de su cuarto ya había tomado una resolución.

—Adelante —dijo cuando oyó los golpes en la puerta.

Cuando los dos jóvenes entraron, don Diego se quedó mirándolos y se dijo que o él no sabía nada del alma humana o la mirada franca de esos muchachos no tenía nada que ver con quien ha sido acusado de robo.

—Bien, podéis comenzar a contarme vuestra verdadera historia —dijo dirigiéndose a Tristán—. Hasta los reos tienen derecho a defenderse, ¿no?

—La mía ya os la conté en su día, don Diego, y os juro, por lo que más he querido en esta vida, que todo lo que os dije era verdad.

La vehemencia con la que Tristán había pronunciado las palabras conmovió al traductor; sin embargo, no se dejó llevar por la emoción y continuó con rostro serio:

—Y tú, Agustín, ¿también la historia que me contaste aquel día en la librería es verdadera?

Don Diego escuchó las palabras sinceras de Ahmad y cuando éste terminó supo que no le había mentido. Miró ahora a los dos jóvenes, más extrañado aún de que hubieran robado los códices.

—Ahora lo entiendo menos. ¿Por qué lo hicisteis? Si me hubierais pedido alguno, os los hubiera dado, hay miles, algunos con muy poco valor para nosotros, aunque supongo que para Muley Zaidan significarían mucho.

—Don Diego —dijo Tristán, tranquilizado al comprobar que su maestro volvía a creer en ellos—, Ahmad cree que nos han tendido una trampa.

—¿Una trampa? ¿Quién podría querer tendérosla y para qué? —preguntó extrañado el maestro traductor.

—Os lo explicaré, don Diego —contestó Ahmad.

Don Diego de Urrea les invitó a sentarse y el joven morisco comenzó a hablarle del *Enchiridion*, de los pasos que había dado y de cómo creía estar muy cerca de averiguar la clave del lugar en el que se encontraba el libro prohibido.

El maestro y Tristán escuchaban fascinados el relato del joven. La mirada de don Diego se iba iluminando a medida que éste describía los detalles y las pistas que lo habían llevado a la certeza de que el *Enchiridion* se encontraba oculto en algún lugar del monasterio.

—Es extraordinario, Agustín, digo Ahmad —afirmó sonriendo—. Pero no entiendo por qué decís que os han tendido una trampa.

—Creo que es obra de fray Lucas de Alaejos, señor.

Don Diego dio un respingo al oír el nombre del bibliotecario. De todos era sabido el celo con que guardaba el padre jerónimo los volúmenes de San Lorenzo el Real y el afán que mostraba por protegerlos de la vista de los curiosos, hasta el punto de que los jesuitas lo habían acusado en varias ocasiones de esconder los libros para que nadie pudiera encontrarlos. Pero de ahí a que tuviera escondido el *Enchiridion* mediaba un abismo.

Ahmad siguió contando cómo desde hacía tiempo venía sospechando del fraile jerónimo y de cómo esto se había confirmado.

—Él o alguien mandado por él puso los libros en nuestro cuarto, señor, para que fuésemos acusados y nos echaran de aquí o, lo que es peor, para que nos enviaran a presidio.

Cuando los jóvenes se hubieron marchado, don Diego de Urrea estuvo pensando largamente en cómo debía proceder. Estaba claro que no podía contárselo a fray Lucas, éste lo negaría y quizá haría que lo expulsasen del trabajo que, por otra parte, lo apasionaba. Además, pondría en evidencia su conocimiento sobre el *Enchiridion*. Podía recurrir al rey, pero sería echar más leña al fuego. Que sus ayudantes tenían que irse lo daba por descontado. Si fray Lucas se había atrevido a achacar un robo a personas inocentes podría arriesgarse con todo. Un escalofrío le recorrió el cuerpo. Tendría que meditar durante la noche.

A la mañana siguiente se levantó con la mente despejada después de que de madrugada se le ocurriera lo que estaba dispuesto a llevar a cabo. Se encaminó al taller de traductores y allí encontró a fray Jesús, el joven fraile ayudante que había descubierto el robo. Le hizo una seña para que saliera y le invitó a dar un paseo por el patio de los Reyes.

—El otro día cumpliste con tu obligación —le dijo con una voz pausada—. Es de justicia que los delitos y quienes los cometen sean castigados. Sin embargo, acusar falsamente de robo a personas inocentes, además de atentar contra el octavo mandamiento, es un delito si cabe más grave que el que habéis confesado.

Don Diego contuvo la respiración. Si el fraile se reafirmaba en su palabra de nada serviría el discurso que había preparado. El rostro desencajado del novicio le hizo sonreír por dentro y continuó:

—No sé cuál ha sido la causa de vuestro proceder. He hablado con otros ayudantes que salieron junto con Tristán y Agustín la misma noche del robo y han certificado que no notaron nada extraño. Por tanto, alguien les tendió una trampa.

El joven jerónimo escuchaba con la mirada fija en el suelo de piedras del patio. Un trueno retumbó y el fraile, sobresaltado, levantó la cabeza y el traductor pudo ver la congoja en sus ojos. Por un momento sintió lástima por él, pero luego recordó que sus amigos habían estado a punto de pudrirse en una cárcel por un mal siervo de Dios y no sintió piedad.

—A veces —siguió don Diego—, el demonio nos tienta con la envidia y hace que ésta se apodere de nuestra alma. Entonces, cegados por el pecado, no nos damos cuenta de que nuestro proceder está causando un mal a nuestros semejantes. Creo que ése ha sido vuestro pecado, ¿no es así, fray Jesús?

El fraile pareció tranquilizarse cuando oyó al maestro decir que la causa de todo aquel lío era la envidia y que el maestro traductor, que se creía tan listo, no sospechaba de nada.

—Sí, señor, ése ha sido mi pecado —admitió aliviado.

—Bien, pues quede entre nosotros este pequeño... —el traductor dudó sobre la palabra que debía elegir— enredo. Ni Tristán ni Agustín sabrán nada y espero que de vuestros labios tampoco salga una palabra de este asunto. No obstante, los traductores ya me habían solicitado en varias ocasiones su deseo de dejar este trabajo. Así que se lo he concedido y se marchan dentro de unos días. Podéis volver a vuestra tarea, fray Jesús, y no os olvidéis de confesar vuestro pecado.

Un relámpago iluminó el cielo gris de la tarde cuando don Diego de Urrea, con el semblante alegre, entró en la biblioteca. Allí se encontró con fray Lucas de Alaejos.

—Buenas tardes, fray Lucas, parece que se terminó el verano.

Habían pasado cuatro días desde que Diego de Urrea entró en el dormitorio de novicios para echarles en cara la hospitalidad que les había brindado y los pocos escrúpulos que los jóvenes habían demostrado tener. La preocupación había hecho mella en los dos jóvenes, que acudían al lugar de trabajo con la tristeza reflejada en el rostro y que cuando llegaba la noche apenas podían conciliar el sueño. Sus tribulaciones eran distintas: Tristán, porque quizá la falsa acusación que alguien había hecho podría llevarle a la cárcel y ello significaba tener que renunciar a la búsqueda de Mencía y Ahmad, porque aquel contratiempo le impediría llevar a cabo la parte final de la misión.

Esa tarde el maestro entró en la estancia cuando un trueno retumbó a lo lejos. La sonrisa de su rostro traslucía la inmensa alegría que sentía al haber demostrado que sus protegidos eran inocentes. Los invitó a su celda y allí les contó, sin entrar en detalles, que todo se había aclarado. Las palabras sinceras de agradecimiento de Tristán emocionaron al traductor.

—Guarda tus palabras, muchacho, las vas a necesitar. Esta mañana a primera hora he recibido la visita de un mensajero de mi buen amigo el duque de Osuna. Me ha entregado una carta de tu amigo y valedor don Alfonso de Silva. Te espera en Sevilla y por lo que deja entrever en la carta las nuevas que te va a dar son harto halagüeñas.

Tristán se quedó sin habla. El nudo que le oprimía la garganta se lo impedía. Cuando por fin pudo hacerlo las lágrimas asomaban a sus ojos.

—Queréis decir que mi familia está en Sevilla? —preguntó ansioso.

—La carta no dice eso. Ten, léela.

Tristán no podía contener el llanto mientras leía la misiva y cuando terminó levantó los ojos e hizo un esfuerzo por hablar.

—Debo partir ahora mismo, pueden ser noticias de Mencía y...

—Tranquilo, ya me he encargado de todo y vuestro coche no sale para Sevilla hasta dentro de tres días. Sé que estás impaciente, pero ¿no querrás hacer el camino a pie? Además, os tengo preparada una sorpresa para compensaros por los días de angustia que os he hecho pasar. Mañana hay un festejo de toros y cañas en Madrid y he alquilado un balcón modesto, pero desde el que disfrutaremos del espectáculo. Dicen que quizá asista el rey nuestro señor.

Mientras Tristán asimilaba la noticia y se esforzaba por que no se notara su decepción, Ahmad sonreía alegre. Por fin Alá, el Misericordioso, pensó, había escuchado sus súplicas y le enviaba una señal cuando ya daba por perdida culminar la verdadera misión que le había llevado hasta allí.

El gentío se apretujaba por la calle Mayor en dirección a la plaza: damas acompañadas de caballeros y pisaverdes que se apeaban de sus carruajes y sorteaban los charcos que la tormenta de la tarde anterior había dejado en los aledaños de la plaza; hidalgos que, a saber, cómo, habían reunido los dineros para alquilar un balcón por el que se llegaban a pagar hasta treinta escudos y que habían dejado vacío el mentidero de las gradas de San Felipe; alguaciles con sus capotillos embreados intentando poner orden en aquel desconcierto.

Diego de Urrea, junto con sus dos ayudantes, se habían retrasado y cuando llegaron la plaza Mayor ésta era un hervidero. Intentaban abrirse paso por entre la muchedumbre cuando un coche negro sin ningún distintivo y con las cortinillas echadas avanzó lentamente precedido por varios alguaciles que iban despejándole el camino.

—¡Es el rey! —gritó alguien y el alboroto se hizo aún mayor.

Ahmad corría por la calle de Toledo como si le persiguiera el mismo diablo. En su mente sólo estaba presente una idea: que el viejo Fulgencio fuera aficionado a los toros, como lo era la mayoría de los vecinos de Madrid, y que su carrera hubiera sido en vano.

Cuando llegó a la plaza de la Cebada se paró para tomar resuello y sus ojos se clavaron en la pequeña puerta de la librería. Desde donde se encontraba no podía ver si ésta estaba abierta, pero creyó percibir a través de los cristales una sombra en el interior. Respiró tranquilo cuando empujó la puerta y vio la figura del viejo librero colocando unos libros en los anaqueles.

—¡Vaya, vaya, vaya, si es el joven caballero! —dijo el hombre a modo de saludo.

Fulgencio cerró la puerta con llave y bajaron al sótano como Ahmad le había pedido. Sin perder tiempo el secretario sacó de debajo del coleto una hoja de papel y la extendió sobre unos libros.

—¡Vaya, son unos dibujos muy hermosos! —se ajustó las

antiparras y cogiendo el dibujo se lo acercó a los ojos—. Yo diría que son árabes. Sí, son muy hermosos.

—Lo serán más cuando estén labrados en oro y adornados con esmeraldas. ¿Sabéis qué son estos dibujos?

Los vivaces ojos del librero lo miraron por encima de los anteojos. Algo le decía que aquel joven caballero al que recordaba muy bien tenía algo importante entre manos.

—Podrían ser las cubiertas de algún hermoso libro árabe. Y, como dice vuestra merced, en oro o plata serían bellísimas.

—Tenéis razón, amigo. Quiero que trabajéis las cubiertas más ricas y lujosas que nunca hayáis visto.

—El contenido debe de ser también muy importante para merecer gastar tanto en ellas —afirmó el librero con cautela.

—Ni el oro ni las piedras preciosas son comparables con la palabra del profeta.

Ahmad se abrió el coleto, sacó la jambia, la extrajo de su funda de cuero y la depositó sobre el dibujo. En el rostro de Fulgencio cruzó una sombra de miedo durante un instante. Luego, sus ojos parpadearon cuando el oro y las piedras preciosas de la empuñadura lo cegaron.

Sin decir palabra, subió las escaleras, corrió las cortinillas y colocó el letrero de CERRADO. Luego volvió al sótano.

—Creo que habéis venido al lugar adecuado. Os aseguro que la palabra del profeta lucirá con las cubiertas más hermosas que nunca hayáis visto.

Ahmad sonrió y pensó que el librero se equivocaba, que unas cubiertas idénticas a las que iba a trabajar las veía casi a diario y casi también a diario soñaba con el día en que volvieran a su legítimo dueño.

—Bien, ¿me he perdido algo importante? —preguntó Ahmad sonriendo.

—¡Ahmad! — gritó Tristán sobresaltado al oír la voz de

su amigo a su espalda. ¿Dónde te habías metido? Te hemos estado buscando un buen rato.

—Tu amigo estaba muy preocupado por ti, pero yo sabía que aparecerías sano y salvo. Luego nos contarás tus correrías por Madrid, ahora disfrutemos de los toros.

Ahmad se acomodó en el banco colocado en el balconcillo que había alquilado Diego de Urrea y que estaba situado en el piso superior del taller de un sombrerero y desde el que se veía toda la plaza, y se dispuso a disfrutar de lo que quedaba del espectáculo. Ni Tristán ni su maestro se habían dado cuenta de que el secretario no llevaba ya su valiosa jambia.

88

La tormenta se había desatado de nuevo y los truenos retumbaban en el monasterio de San Lorenzo el Real como queriendo arrancar de cuajo sus cimientos.

Diego de Urrea despertó sobresaltado a media noche. Se quedó en el lecho oyendo caer la lluvia y sus pensamientos volaron al día en que conoció a Tristán y Ahmad. Pensó en los sucesos acaecidos en los últimos días y sonrió al pensar que entre lo que le habían contado los dos jóvenes y la historia de su vida le daba para escribir un libro. Se levantó y fue hacia la ventana. Siempre le había subyugado la lluvia. Ésta había arreciado y golpeaba ahora con fuerza los cristales de la ventana de su celda. Absorto en la contemplación del recorrido de las gotas de agua, dio un brinco cuando el relámpago iluminó el patio de los Reyes. Entonces lo vio. Una sombra cruzó corriendo el pequeño patio empedrado y se refugió en la galería que daba a los talleres de trabajo. ¿Quién se atrevía a desafiar esa noche de perros para ir a los talleres?

Intrigado, se envolvió en su capote embreado, cogió el manojo de llaves de la alcayata de la que estaba colgado y salió al patio. Una ráfaga de viento estuvo a punto de hacerle chocar con uno de los naranjos. Entró deprisa en la galería en el momento en que la sombra se paraba delante de la celda de los novicios y la abría con la llave.

Un escalofrío le recorrió el cuerpo al pensar que pudiera tratarse de Tristán o de Ahmad. Desechó el pensamiento diciéndose que los jóvenes habían sido sinceros. Él mismo había visto los libros que habían copiado magistralmente para Muley Zaidan.

El tenue resplandor de una palmatoria se filtraba a través de la rendija de la puerta entreabierta. El traductor se acercó con sigilo y su corazón comenzó a golpearle el pecho cuando vio al intruso de rodillas delante del arcón donde se guardaban los libros más preciados del sultán, aquellos cuyas cubiertas eran de oro o plata y tenían incrustaciones de piedras preciosas.

Instantes después la figura salió del taller y se perdió en las sombras.

Las llaves produjeron un ligero tintineo cuando el traductor introdujo una de ellas con mano temblorosa en la cerradura de la celda de los novicios.

Se acercó al arcón con el corazón golpeándole las sienes. ¿Se habría equivocado al juzgar a los jóvenes traductores? ¿Se habría dejado engañar y en realidad era uno de ellos el que había robado algún libro esa noche? Ahora reconocía que el miedo a descubrir la verdad le había impedido irrumpir en el taller y coger al ladrón in fraganti. En lugar de eso se había escondido como un cobarde y había permitido que aquél robara alguno de los libros más valiosos del sultán.

El clic de la cerradura del arcón al abrirse interrumpió sus amargos pensamientos. Acercó la palmatoria y lo que vio le dejó sin habla: los seis libros estaban allí, no faltaba ninguno. Eran los mismos que Tristán y Ahmad habían estado copiando durante meses. Se fijó en las piedras preciosas que adornaban las cubiertas del Corán de oro, pero todas refulgían ante la luz de la vela. De pronto, una idea descabellada le cruzó la mente y con manos temblorosas se puso a pasar las hojas de los libros temiendo que muchas de ellas hubieran sido arrancadas. Tranquilizado después de revisarlos, se arrellanó en el suelo y recostó la espalda en el arcón.

¿Qué había pasado? ¿Para qué había ido el intruso de madrugada al taller si no era para llevarse algún libro? Aunque no había podido verlo, habría jurado que escondía algo bajo el capote, pero allí no faltaba nada.

Cerró el arcón y el dormitorio de novicios y con un mar de dudas agitando su mente volvió a su celda.

Cuando las primeras luces del alba entraron por la ventana Diego de Urrea se hallaba despierto. A decir verdad, había estado toda la noche en vela haciendo mil conjeturas hasta llegar a una conclusión: el intruso que visitó el taller no podía haber sido otro que fray Lucas de Alaejos, que ante la certeza de que los jóvenes traductores se marchaban a la mañana siguiente había querido comprobar que los libros más valiosos permanecían allí y no los habían robado aquéllos.

Tranquilizado por la idea, se levantó del lecho y se asomó a la ventana. La tormenta de la noche anterior había llenado el patio de hojas, entre las cuales se adivinaban los restos de alguna teja caída. El cielo aparecía limpio de nubes y el traductor abrió la ventana y aspiró el aire tibio de la mañana.

Tristán y Ahmad esperaban en el portalón del monasterio la llegada del coche. Se habían despedido la noche antes de fray Lucas y de sus compañeros de trabajo y estaban extrañados de que su ya antiguo maestro no hubiera salido a despedirlos.

—¿No pretenderéis marcharos sin decirme adiós? — oyeron los jóvenes cuando cargaban el equipaje en el coche.

Tristán se volvió sonriente.

—Claro que no, don Diego. Tengo prisa por llegar a Sevilla, pero no tanta como para irme sin despedirme de la persona a quien tanto debo.

El traductor hizo un gesto con la mano para quitar importancia a las palabras de Tristán.

Ahmad, ayudado por el cochero, terminó de sujetar el equipaje.

—Es verdad, don Diego, le debemos mucho. Nunca le olvidaremos.

—Pues, entonces, ahora me debéis algo más —y le tendió a Ahmad un paquete—. Es un regalo para Muley Zaidan de mi parte. Decidle que sus libros, aunque no volverá a tenerlos, están en buenas manos.

—¿Qué libros son? —preguntó con curiosidad Tristán.

—El Corán me parecía un regalo muy caro —contestó sonriendo don Diego—. El libro sagrado no saldrá jamás de este lugar, tiene demasiado valor. Son libros de poesía, no tan importantes ni valiosos como los que habéis copiado, pero son originales.

—Nunca se sabe, don Diego, lo que Alá, el Clemente, el Misericordioso, es capaz de hacer con la palabra de su profeta. A Mahoma no le gustaría permanecer entre infieles porque todas las cosas tienen su medida, su número y su peso —añadió Ahmad sonriendo a su vez.

—Me temo, amigo mío, que esta vez tu dios no va a tener tanto poder. Aunque, quién sabe… —Volvió a sonreír el maestro.

—*Insha'Allah, sadiq*, ojalá, amigo mío —contestó a su vez Ahmad devolviéndole la sonrisa.

Luego, don Diego de Urrea abrazó a los dos jóvenes. El cochero hizo restallar el látigo y el carruaje se puso en marcha.

—Buena suerte, amigos —dijo en voz alta y permaneció en el portalón de entrada del edificio hasta que el carruaje se perdió en la lejanía.

Entró en la biblioteca y se quedó mirando la magnífica pintura de Salomón y la reina de Saba: «Has dispuesto todas las cosas con medida, número y peso», leyó. Era una lástima que Ahmad no hubiera podido desentrañar el misterio del *Enchiridion*. Recordó las palabras que el secretario del sultán le acababa de decir ¿O acaso lo había descubierto, pero no había querido hacerle partícipe de ello? Le había demostrado que era un joven muy inteligente. Sonrió al recordar a sus ayudantes.

De pronto, algunas palabras del secretario volvieron a su mente: «A Mahoma no le gustaría permanecer entre infieles». Una idea fugaz pasó por su mente y echó a correr. Cruzó la biblioteca y entró sin resuello en el taller de trabajo, que por ser las primeras horas del día permanecía desierto. Por segunda vez en un día volvió a abrir el arcón de los libros preciosos. Allí estaban los seis. Cogió el Corán y lo colocó en una de las mesas que estaba junto a los ventanales. Se ajustó las antiparras y tomó la lupa. Empezó por las cubiertas: el repujado del oro, la incrustación de las piedras preciosas. Todo parecía igual. Sin embargo... Luego abrió el libro y comenzó a estudiar detenidamente los trazos de las letras y los dibujos mientras la sonrisa se iba ensanchando cada vez más en su rostro. Se acercó a una de las estanterías que albergaba multitud de pomos de tintas y tinturas de diferentes colores y extrajo una pequeña porción con una pluma; luego, dibujó el trazo de unas letras árabes en uno de los pergaminos y comparó el dibujo con el Corán que permanecía abierto.

—Pero si se suponía que no estaban copiando el Corán, para qué...

El asombro se reflejó en sus ojos y soltó una carcajada mientras devolvía el libro al arcón.

—Muy inteligente, Ahmad, muy inteligente. A ver si ahora, fray Lucas, la inteligencia de vuestra paternidad es capaz de descubrir el engaño.

89

Noviembre del año de Nuestro Señor de 1613

Las aguas del Guadalquivir se removían inquietas por el viento que había comenzado a soplar. Tristán tenía puestos los ojos en el navío *Santa Catalina*, el mismo que les había llevado a aquellas tierras extrañas. El recuerdo de Mencía gritando en la pasarela del barco lo llenó de tristeza y luchó para que las lágrimas no acudieran a sus ojos.

—*Al-wādi al-Kabīr* —dijo Ahmad mirando el río—. Así lo llamaban mis antepasados. Hermoso río, aunque a ti te traiga amargos recuerdos. Me gustaría acompañarte, Tristán. Sé que tu amigo don Alfonso te ayudará y que las cédulas de Alí te permitirán ir por los caminos sin problemas.

—Gracias, amigo mío. Espero que Alí no se enfade contigo cuando vea que no he vuelto. Aunque creo que en el fondo sospechaba que no iba a regresar contigo.

—Lo que llevo en ese baúl es más de lo que el sultán espera. Y más de lo que tú te imaginas —dijo sonriendo.

El secretario volvió a mirar a su amigo, que se había vuelto a abstraer mirando la carabela.

—Espero que encuentres a Mencía y que seas muy feliz con ella. Pero si la voluntad de Alá, el Misericordioso, o de tu dios ha sido otra, y quieres volver, siempre tendrás un amigo y el sultán sabrá recompensarte.

—Cada vez que recuerdo las palabras de don Juan me digo a mí mismo que mintió, habló de que habíamos escapado juntos, en su agonía dijo tantas cosas que no sé qué había de verdad o de mentira en ellas. Sólo sigo a mi corazón, y éste me dice con fuerza que sigue viva y que me está esperando.

—Ten cuidado, Tristán. En Sevilla no dejamos un buen recuerdo y si alguien descubre que eres un morisco retornado te expones a que te cuelguen —le advirtió su amigo.

—Que Dios te acompañe, Ahmad.

—*Barak Allahu feekum,* amigo —dijo Ahmad inclinándose y sonriendo.

Los dos amigos se despidieron con un abrazo.

Cuando estaba entrando en el barrio de la Carretería Tristán se volvió para ver cómo el *Santa Catalina* comenzaba a soltar amarras. De nuevo los recuerdos volvieron a su mente y los gritos de Mencía llamándolo mientras era arrastrada por los soldados le parecían que resonaban con más fuerza que nunca en el Arenal.

Luchó para que los recuerdos no le impidieran pensar en lo que debía hacer. Volvería andando hasta la posada para comer algo, pues esa mañana no habían querido perder tiempo ante el temor de que Ahmad perdiera el barco.

Entró por la puerta del Arenal y subió por la calle del Mar hasta llegar a las gradas de la catedral de Santa María la Mayor. A pesar de lo temprano de la hora el lugar bullía con el trasiego de vendedores, cambistas y recaderos. El olor a fritanga que salía de las posadas lo invitaba a entrar, pero el deseo de saber las noticias que iba a darle don Alfonso se impuso y se encaminó a la plaza de San Francisco.

Cuando se encontró frente a la puerta del caserón se quedó parado y un halo de nostalgia cruzó por su mente. Aquélla había sido su casa durante tres años, en los que recordaba haber sido muy feliz. Don Alfonso y doña Mercedes lo habían tratado como a un hijo y él, agradecido, se había esforzado en los estudios para que se sintieran orgullosos. Cuando llegó el momento de la partida, el sedero le propuso que siguiera estudiando en Salamanca, pero él se negó aduciendo que su padre lo necesitaba en la villa. Ahora comprendía que también era Mencía la que, sin él saberlo, lo necesitaba. Mencía.

Sacudió la cabeza para que el recuerdo de la joven no enturbiara la felicidad que al cabo de un momento experimentaría al abrazar a don Alfonso y a su esposa.

El sonido de la aldaba de bronce al caer sobre la madera le trajo de nuevo recuerdos lejanos. Don Alfonso siempre había querido entregarle una llave para que entrara y saliera a su antojo, pero él no quiso nunca cogerla porque, decía, le gustaba el ruido del metal contra la recia madera que le recordaba a las campanas de la villa.

Volvió a dejar caer la bola de metal en el momento en que la puerta se abrió y apareció una criada.

—¡Asunción! —dijo sonriendo Tristán—. ¡Soy yo! ¿No me reconoces?

La mujer se quedó un momento parada mirando a aquel apuesto joven vestido con lujosas ropas.

—¡Soy Tristán! —repitió abriendo los brazos a la vez que su sonrisa se ensanchaba.

—¡Virgen del Amor Hermoso! —exclamó abriendo los ojos la criada.

Y dejando al joven en la puerta entró en la casa dando gritos.

—¡Tristán ha vuelto, señor! ¡Tristán está aquí!

Epílogo

Julio del año de Nuestro Señor de 1616

El jinete había salido del lugar entrada la mañana, así que cuando avistó Campanario el sol de la canícula llevaba muchas horas haciendo intransitables las calles del pueblo. Había estado en aquella villa muchas veces y sabía que su destino quedaba sólo a dos calles desde la puerta del Parador, por donde debía entrar. Sin embargo, pensó en dar un rodeo y dirigirse antes al pozo de la Noria, un gran pozo junto a un pilón que servía de abrevadero a las bestias, no muy alejado de las últimas casas del pueblo.

Se apeó y llevando del ronzal al caballo se acercó hasta el pilón que rebosaba agua. El suelo estaba húmedo y varias matas de verdolaga habían crecido frondosas alrededor de él, por lo que, después de saciar la sed, el animal se entretuvo en devorarlas mientras su dueño se refrescaba. Estuvo tentado de tenderse a la sombra que procuraba el elevado brocal de piedra del pozo y pasar allí las horas de más calor, pero resistió la tentación, pensando que si se alargaba su cometido se le podía hacer de noche a la vuelta. Volvió a coger al caballo del cabestro y se dirigió a la calle Parador. Las casas bajas de adobe apenas brindaban sombra en la que cobijarse. Un remolino de aire cálido hizo volar briznas de paja de un carro cargado que se atrevía a desafiar las tórridas horas de la siesta. El caballo sacudió la cabeza, molesto, y la espuma acumulada en sus belfos salpicó la cara de su dueño.

—Ya llegamos, Volador, amigo —dijo acariciándole las crines.

Torció a la derecha para bajar la calle y se quedó un momento contemplando la hermosa espadaña que, enhiesta, soportaba desafiante el abrasador sol. Cuando llegó, se paró junto a una sencilla puerta sin más distintivo que un pequeño crucifijo de madera sobre el dintel y una campanilla. Como era de esperar, la encontró cerrada y dudó si la carta que llevaba sería motivo suficiente para perturbar el recogimiento de sus moradoras. Sin pensarlo dos veces tiró del cordón de la campanilla, pues la otra alternativa era esperar no sabía cuánto tiempo bajo un sol de justicia.

Pasó un buen rato hasta que oyó el sonido de un cerrojo. Una monja tocada por un velo negro apareció detrás de la celosía del postigo.

—Ave María Purísima —saludó una voz joven—. ¿Qué se os ofrece, hermano?

El hombre contestó al saludo y pidió perdón por lo intempestivo de la hora. Le entregó por una abertura la carta urgente que iba dirigida a la abadesa.

—¿Espera respuesta? —preguntó la hermana.

—No, pero yo aguardaré por si la madre abadesa quiere darme algún recado después de leerla.

La monja se limitó a asentir con la cabeza y desapareció del postigo. El sonido del cerrojo se confundió con el de la campana del convento.

El monasterio de Nuestra Señora de la Encarnación de Campanario había sido fundado ese mismo año sobre lo que no era sino propiamente un beaterio. Conformado éste por diez monjas de la Tercera Orden de San Francisco, vivían en recogimiento guardando la regla de la descalcez de Santa

Clara y sin obligación a cumplir clausura. El edificio era sencillo, formado por la unión de cuatro casas, aunque con iglesia propia en dos de ellas. Hacía sólo un año que las hermanas habían celebrado con inmensa alegría la llegada de la carta con la Real provisión de Felipe III para que la iglesia pudiera albergar el Santísimo Sacramento y sólo unos meses que tres monjas clarisas del Monasterio de Jesús de Mérida habían llegado para fundar el mismo.

La joven monja había echado el cerrojo con nerviosismo y cuando leyó la única letra que llevaba el remite el corazón casi se le sale del pecho. Echó a correr con la carta en la mano sin poder contener la alegría. Hacía un rato que habían terminado los rezos de nona, pero las hermanas se encontraban recogidas en el coro ensayando los cantos. Cruzó el zaguán y subió a la carrera la escalera de piedra que llevaba al piso superior, donde se encontraban algunas celdas y el coro.

—¡Madre! ¡Madre abadesa!

La hermana portera llegó sin resuello y se dirigió a la superiora.

— Es de ella, madre, estoy segura —dijo entregándole la carta con lágrimas en los ojos.

La superiora tomó la carta y se dirigió a sus hermanas.

—Continúen con los cantos, hermanas. Hermana María de Piedraescrita, acompañadme —ordenó saliendo del coro.

La madre abadesa bajó las escaleras y tras cruzar el claustro entró en su celda seguida de María de Piedraescrita. Cerró la puerta e invitó a la hermana a que tomara asiento.

La superiora rompió el lacre y extrajo las tres hojas que contenía.

—«Querida doña...» —comenzó a leer en voz alta.

—¡Alabado sea el Señor! ¡Es de Mencía! —gritó la hermana portera.

—No gritéis, hermana, que hasta las paredes de los claustros tienen oídos —la reprendió deteniendo la lectura.

Luego pareció reparar en un detalle.

—¿Quién ha traído la carta?

—Un hombre que parecía tener mucha prisa por entregarla a tenor de las horas a las que ha llamado. Ha dicho que no esperaba respuesta, como si supiera de qué se trataba, pero que aguardaría por si vuestra reverencia le quería dar algún recado.

—¿Te has fijado si ese hombre tenía los ojos...?

—¡Verdes, madre, verdes y hermosos como los de Mencía! —respondió con vehemencia abriendo los suyos como si quisiera demostrar con ese gesto sus palabras.

La abadesa sonrió.

—Tenía razón en esperar recado. Id y decidle que entre en el locutorio. Es de razón que él oiga lo que dice esta carta.

La hermana se quedó parada un momento sin entender muy bien qué quería decir la superiora. Se suponía que todo lo referente a Mencía era un secreto que sólo conocían ellas dos.

—Id, hermana, y dadle el recado —insistió la superiora.

La madre abadesa entró en el locutorio con el rostro cubierto por un velo negro. Llevaba la carta en la mano y saludó al recién llegado.

—El Señor esté contigo, Francisco —dijo con una tenue sonrisa que ocultó el velo.

—Contigo también, Elvi... madre —contestó nervioso el hombre al otro lado de la celosía.

La abadesa se levantó el velo y dejó al descubierto el rostro. La hermana María de Piedraescrita la siguió en el gesto.

—La carta, como bien habías supuesto, es de Mencía y todavía no la he leído.

Invitó a Francisco a que tomara asiento y ellas hicieron lo propio. Volvió a sacar el contenido del sobre y comenzó a leer.

> Querida doña Elvira:
>
> Quiero comenzar esta carta pidiéndoos perdón por no haber dado antes noticia sobre mi persona a quien tanto bien ha hecho por mí.

La superiora dejó de leer y le entregó la carta a la hermana.

—Será mejor que continuéis, pues creo que la emoción me va a impedir daros cuenta de su contenido.

La hermana María de Piedraescrita continuó leyendo, aunque a veces debía pararse y tragar el nudo que por momentos se iba formando en su garganta.

> ... Dios, que nunca me abandonó puso en mi camino a mi hermana María de Piedraescrita...

—¡Ay, Santa Virgen, que se acuerda de mí! —se interrumpió mirando a sus oyentes.

> ...y juntas llegamos al monasterio de Peñafiel donde el Señor me tenía reservada otra sorpresa, pues vuestro tío, fray Jerónimo, que Dios guarde, llegó allí enviado por el Señor para aliviar mi alma y guiar mis pasos. Sin embargo, aunque trajo la paz a mi espíritu, también me trajo la pena, pues diome a conocer la fatal noticia de la muerte de don Juan, al que tanto debo y al que tanta ingratitud mostré. Ruego al Señor que lo tenga en su gloria, ya que tanto bien hizo por doquier.

La joven hermana acababa de terminar la segunda hoja y se dispuso a comenzar la última de las que componían la carta.

Los dos oyentes seguían escuchando con atención las palabras de Mencía por boca de la monja. Hacía rato que la superiora había dejado de enjugarse las lágrimas y ahora éstas corrían libres por sus mejillas.

...así que entre oraciones, naranjos y risas la vocación de mi hermana se fue afianzando y a fe mía que yo también la hubiera deseado y hubiera iniciado el camino, a no ser porque una imagen se me representaba nítida haciendo que sonaran falsos mis deseos.

La hermana María de Piedraescrita se detuvo para tomar aliento y continuó leyendo.

... ahora que soy madre sólo acierto a ver en su ayuda valiente un acto maternal, porque sólo por un hijo podemos exponer nuestra propia vida y vos os expusisteis a ser denunciada a la Inquisición. Por eso cuando mi hija nació no pude sino ponerle el nombre de quien hizo que su nacimiento fuera posible, Elvira.

La superiora se levantó presa de una congoja que casi le impedía respirar y se agarró a la reja que dividía el locutorio. Miró con una sonrisa a Francisco, que se la devolvió asintiendo con la cabeza.

... no olvido a Francisco, que, sin apenas conocerme, arriesgó no menos su vida porque yo comenzara una nueva. Lo recuerdo todos los días al mirar los hermosos ojos verdes de mi hija. Es un hombre bueno y noble de corazón, merecedor del amor de una mujer valiente. Pido a Dios por él y por vos.

Ahora fue Francisco al que abandonó el banco para impedir que las dos mujeres vieran cómo comenzaban a nublarse sus ojos mientras la voz suave y modulada de la hermana seguía dando cuenta de la vida de Mencía.

> ... soy feliz junto a mi esposo Tristán y junto a las personas que me ayudaron y que en su generosidad no cejaron en su empeño logrando documentos y haciendo regresar a toda mi familia de una tierra que jamás debieron haber pisado.

—¡Dios bendiga a don Alfonso! —exclamó la hermana emocionada.

> No quiero despedirme sin antes rogarle que en la medida de lo posible escriba a María de Piedraescrita (¡raro nombre y no menos hermoso!), mi hermana del alma. Lo último que supe de ella por su madre, a quien veo con frecuencia, es que se hallaba en el convento de clarisas de Mérida. Ella le dará detalles y pormenores de mi vida.

—¡Ay, madre, si pudiéramos contarle! —exclamó la hermana María de Piedraescrita.

—Todo se andará, hija mía, con la ayuda de Dios —dijo la superiora sonriendo.

> Y sin más y rogando para que el Señor, que todo lo puede, la guíe en su camino, me despido llevándola en mi corazón.

—Y firma con una M —terminó la hermana, y metiendo las hojas en el sobre se lo entregó a la superiora.

—Gracias, Elvira, por haber compartido las palabras de Mencía.

La superiora se llevó el sobre al corazón y sonrió.

—Gracias a ti, Francisco, por cerrar la última herida que aún quedaba abierta en mi corazón. Que Dios te bendiga y proteja a tu familia.

La abadesa se echó el velo sobre el rostro y abandonó el locutorio.

Francisco se quedó un momento parado viendo perderse la silueta de Elvira por el claustro.

—La última herida que aún quedaba abierta en tu corazón —dijo para sí—. No, Elvira, hay heridas internas que no cicatrizan jamás. El tiempo va formando costras, pero si se hurga en ellas siempre sangran.

La voz de la hermana apremiándolo para que saliese lo sacó de su abstracción.

El sol le dio de lleno en los ojos cuando desató al caballo de la argolla de la pared. Se subió en él y tiró de las riendas.

—Vamos, Volador, amigo, llévame a casa.

Dramatis personae

Ahmad Qāsim. Secretario del sultán Muley Zaidan.

Alí Maliq. Eunuco en la corte del sultán Muley Zaidan.

Alonso de Paredes. Morisco arabizado y hortelano de Magacela.

Alonsillo. hijo del molinero Domingo Tomás.

Bartolomé de la Peña. Morisco cristianizado y sedero rico de Magacela

Catalina López. Cristiana vieja de Magacela, esposa de Bartolomé de la Peña.

Domingo Tomás. Morisco cristianizado, molinero y padre de Alonsillo.

Don Alfonso de Silva: Sedero rico de Sevilla, amigo y valedor de Bartolomé de la Peña.

Don Celedonio: Párroco de la iglesia del Divino Salvador del Mundo en Sevilla.

Don Diego de Urrea. Traductor de lenguas en la biblioteca de San Lorenzo el Real.

Don Juan de Hinestrosa. Alcaide de la fortaleza de Magacela.

Doña Malolila. Dueña de la posada de El Laurel y anteriormente criada de don Alfonso de Silva.

Doña Mercedes Cortés. Dama noble sevillana y esposa de don Alfonso de Silva.

Doña Rosalía Ortiz de Tovar y Atienza. Hidalga de Llerena y madre de don Juan de Hinestrosa.

Don Pedro Téllez-Girón, III duque de Osuna. Noble y amigo de don Alfonso de Silva.

Elvira de Hinestrosa. Hermana de don Juan de Hinestrosa e hija de doña Rosalía.

Ezequiel. Morero y cristiano viejo de Magacela. Padre de Mencía.

Francisca de Paredes. Morisca arabizada, esposa de Alonso de Paredes.

Francisco. Morisco, caballerizo de don Juan de Hinestrosa.

Fray Ángel. Dominico inquisidor del convento de Llerena.

Fray Jerónimo. Prior del convento dominico de Llerena y tío de don Juan de Hinestrosa.

Fray Jesús. Fraile jerónimo del monasterio de San Lorenzo el Real.

Fray Lucas de Alaejos. Bibliotecario de la Biblioteca de San Lorenzo el Real.

Fray Manuel. Dominico del convento de Llerena.

Frey Nicolás Barrantes. Prior de Magacela en el partido de La Serena.

Fulgencio. Librero de Madrid.

María/Fátima de Paredes. Hija de Alonso y Francisca de Paredes.

María de Piedraescrita. joven sevillana amiga de Mencía e hija de doña Malolila.

Mencía. Joven de Magacela, hija de Ezequiel, el Morero.

Muley Zaidan. Sultán del reino de Marruecos.

Tristán. Joven morisco cristianizado, hijo de Bartolomé de la Peña y de Catalina López.

Nota de la autora

La fortaleza de Magacela en la provincia de Badajoz se alza sobre un levantado monte en la sierra del mismo nombre y domina parte del fértil valle de la Serena. Levantada por los almohades en el siglo XI aprovechando los cimientos de una antigua edificación romana, era un recinto de triple muralla que albergaba en su interior varias dependencias. Había sido testigo mudo de luchas y contiendas entre moros y cristianos hasta que el rey de León le puso cerco durante meses y acabó incorporándola a sus dominios. Donada por el rey Fernando III en 1234 a la Orden de Alcántara a cambio de la villa de Trujillo, pronto se constituyó en encomienda y se incorporó a la Mesa Maestral con privilegios y fueros.

Fueron siglos de esplendor para la recién estrenada encomienda, que, dotada de priorato, se convirtió en cabeza de partido: Villanueva de los Freyres, La Haba, Quintana, La Guarda, Campanario y Aldehuela, villas algunas con más poder socioeconómico que la propia encomienda, pasaron pronto a depender de ella.

Lo que en el medievo había sido una imponente fortaleza se fue convirtiendo en una ruinosa construcción en la que torres y lienzos de muralla comidos de yedra se desplomaban ante la desidia de algunos alcaides y la inoperancia de los sucesivos Maestres de la Orden, y todo ello a pesar de que desde el siglo XV en los capítulos de la propia orden se recogía la obligación que tenían las distintas dignidades de reparar y mantener sus casas y edificios de residencia.

Paralelamente a la decadencia de la fortaleza, la población morisca, mayoritaria en la villa, fue perdiendo privilegios.

Hasta mediados del siglo XIV los moriscos de Magacela conservaban privilegios que los equiparaban legalmente a los cristianos igualando incluso las penas carcelarias.

Cuando en 1492 los Reyes Católicos firmaron las capitulaciones con el rey nazarí Boabdil comprometiéndose a respetar los ritos y tradiciones de aquéllos, pocos podían pensar que sólo unos años después, en 1502, y, a instancias del cardenal Cisneros, se publicaría un decreto por el que se obligaba a todos los moriscos de los reinos de Castilla a elegir la conversión al cristianismo o el destierro.

Los habitantes de la villa fueron bautizados todos, muchos acataron la verdadera fe y sólo algunos continuaron fieles a la doctrina de Mahoma.

A pesar de todo ello, los sucesivos regidores, alcaides, priores y representantes de la Inquisición apoyados en la política de Carlos V, que propugnaba un acercamiento a los moriscos para conseguir una verdadera conversión de los cristianos nuevos, fueron permisivos y durante todo el siglo XVI se gozó en la villa de una cierta armonía entre cristianos viejos, moriscos y seguidores de Mahoma.

No obstante, los escasos recursos con que contaba la Corona para destinar a tan ingente labor resultaron insuficientes y algunos consejeros del monarca aprovecharon para que éste decretara nuevas leyes en contra de la lengua árabe y de sus costumbres.

Aunque estas leyes tardaron en aplicarse, en parte por los ochenta mil ducados de oro que el emperador recibió de los moriscos granadinos, al cabo del tiempo se pusieron en práctica, y el vecino tribunal de la Inquisición de Llerena comenzó a mirar con desconfianza a la población de la villa de Magacela.

En la novela se mezcla la ficción con episodios y personajes reales.

Son rigurosamente históricos los documentos y pragmáticas sobre la expulsión de los moriscos, las cartas del conde de Salazar al rey Felipe III, los personajes de los frailes y traductores de la biblioteca de San Lorenzo de El Escorial y aquellos conocidos por todos en la historia. Los nombres de muchos de los personajes habitantes de Magacela son reales, como el del alcaide don Juan de Hinestrosa, no así las vidas que les atribuyo, que son todas fruto de mi invención.

El itinerario que hicieron los moriscos de Magacela hasta llegar a Sevilla no está registrado documentalmente, por lo que, ayudada por el profesor Manuel Soto, tracé una ruta, que bien pudiera ser real, llevándolos a través de caminos, veredas y sendas utilizados en muchos casos como vías de ganado.

Tampoco está documentado el lugar de embarque ni el destino de la mayoría de los moriscos, a excepción de ochenta y seis que embarcan en Málaga para dirigirse a Roma, dato que recoge el profesor Bartolomé Miranda en su libro *Reprobación y persecución de las costumbres moriscas: el caso de Magacela (Badajoz)*

En cuanto a la biblioteca del sultán Muley Zaidan, de los casi cuatro mil manuscritos sólo se conservan 1939, que siguen en la biblioteca de San Lorenzo de El Escorial. Son los que han podido sobrevivir a «los casos desastrados», como el aparatoso incendio que se produjo en junio de 1671 o la destrucción en las sucesivas guerras o invasiones. Los que se conservan aparecen sin las piedras preciosas y los ricos materiales que la historia les atribuye.

En 2013 el rey Juan Carlos regaló a Mohamed VI una copia digitalizada de todos ellos.

Quiero resaltar lo anecdótico de un personaje que bien pudiera parecer inventado, Ahmad Qāsim, pero que es absolutamente real. Originario de Hornachos, estudió en Sevilla, desde donde se supone que embarcó para Berbería unos años antes de la expulsión de los moriscos de esa villa. Fue secretario de Muley Zaidan. El papel desempeñado en la novela como acompañante de Tristán para copiar los libros de El Escorial es, sin embargo, de mi invención. Los personajes que aparecen en los capítulos de San Lorenzo del Real, llamado así en la época, son reales, aunque no pudieran parecerlo. Así, Diego de Urrea tuvo en verdad la vida novelesca que él mismo cuenta en la obra.

Es de señalar que, aunque he intentado ceñirme a las fechas en las que sucedieron los hechos narrados en la novela, a veces me ha sido imposible. Esto sucede, por ejemplo, en el episodio en que la biblioteca de Muley Zaidan es capturada en 1611 cuando en realidad fue en 1612, o en la fecha de fundación del convento de la Encarnación de las monjas clarisas de Campanario que adelanto veinte años, concretamente a 1615, cuando lo que existió hasta 1636 fue un beaterio.

A pesar de ello, la alteración de las fechas no intercede para nada en el desarrollo de los hechos narrados.

Badajoz/Campanario, septiembre 2017

Agradecimientos

Quiero expresar mi gratitud a un puñado de personas sin cuya ayuda la escritura de esta novela me hubiera sido, sin duda, más ingrata.

A los profesores Bartolomé Miranda, Alonso Gutiérrez y Manuel Soto, por mostrarme tal como eran Magacela, su historia, sus caminos y sus gentes en el siglo XVII.

A David Vilela y Ángel Galván, mis primeros y pacientes lectores.

Especialmente quiero dar las gracias a mi amiga María Fidalgo, profesora y crítica de arte, por sus acertadas opiniones.

A todos cuantos me apoyaron y alentaron, gracias.

SALA.
Hospitium
Sala noua.
Balneum æthio
pum